CB055810

SUAVE É A NOITE

UM ROMANCE

SUAVE É A NOITE

UM ROMANCE
F. SCOTT FITZGERALD

TRADUÇÃO E NOTAS
SOLANGE PINHEIRO

MARTIN CLARET

PREFÁCIO
SUAVE É A NOITE E SEU NAMORO COM A REALIDADE

Lenita Esteves *

Qualquer comentário sobre *Suave é a noite* que encontremos dirá, com quase toda a certeza, que o livro é "semiautobiográfico". Isso porque os dois personagens principais, o casal Dick e Nicole Diver, guardam semelhanças com Scott e Zelda Fitzgerald. Sim, os Fitzgeralds moraram algum tempo na Riviera Francesa no final da década de 1920. Sim, Zelda tinha problemas mentais, tendo ficado internada por muitos anos. E, sim, ela vinha de uma família de posses, ao passo que Scott era de origem mais humilde. Eles espelham, dessa forma, Nicole e Dick Diver.

Foi também na Riviera Francesa que o casal Fitzgerald conviveu com Sara e Gerald Murhpy, a quem, aliás, *Suave é a noite* é dedicado, junto a uma menção a "muitas *fêtes*", muitas festas, uma das ocupações mais comuns na vida de Dick e Nicole e também na de Gerald e Sara e na de Scott e Zelda. À medida que vamos nos aprofundando na pesquisa de dados, vemos que uma transformação ocorrida naquela região de veraneio, atribuída a Dick e Nicole no livro, foi, na verdade, efetuada por Gerald e Sara. No capítulo IV da primeira parte, Nicole explica à jovem atriz Rosemary que:

---

* Professora e pesquisadora na área de tradução, vinculada ao Departamento de Letras Modernas da FFLCH-USP. É também tradutora profissional, trabalhando junto a editoras há mais de vinte anos.

— Esta é apenas a segunda temporada em que o hotel fica aberto no verão — explicou Nicole. — Nós persuadimos Gausse a manter um cozinheiro e um garçom e um *chasseur*[1]... as rendas cobriram as despesas, e este ano está sendo ainda melhor.

Na Wikipedia, a página sobre Gerald e Sara Murphy afirma que eles convenceram o proprietário do *Hotel du Cap* a mantê-lo aberto no verão, de modo que eles pudessem entreter os amigos, e isso acabou resultando na transformação da Riviera Francesa em um importante local de agito e badalação durante essa época do ano. No livro, Abe North exclama, quando Rosemary pergunta se eles apreciavam o lugar: "Eles têm de gostar... Eles o inventaram".

Temos então que Fitzgerald se inspirou em sua própria vida, mas também na vida de seus amigos, para escrever a obra. O que não é de surpreender, já que a matéria-prima da imaginação dos romancistas está muitas vezes, se não sempre, em sua própria realidade e nas observações que fazem dela. Só mais um detalhe envolvendo os Murphys: a história começa com uma cena de praia, e o narrador nos leva a conhecer os personagens pouco a pouco. A primeira descrição de Nicole a apresenta com uma roupa de banho e um colar de pérolas:

> Sua roupa de banho estava afastada dos ombros, e as suas costas, de um bronze avermelhado, adornadas por um colar de pérolas, brilhavam sob o sol.

O colar de pérolas *nas costas* da personagem causa certa estranheza, mas essa sensação se aguça quando, um pouco mais adiante, temos outra referência a Nicole e suas pérolas:

---

[1] Porteiro.

Nicole Diver, suas costas morenas pendendo de suas pérolas, estava procurando em um livro uma receita de frango à moda de Maryland.

Parece que nesse ponto a inversão se duplica: Nicole, além de ostentar as pérolas nas costas (e não na frente do corpo), tem as costas "pendendo de suas pérolas", e não as pérolas pendendo das costas. A descrição é inusitada e nos faz pensar. O que teria causado tal ideia na mente de Fitzgerald? Não podemos responder com certeza, mas se o leitor for curioso como certas prefaciadoras, poderá encontrar, justamente na página sobre Sara e George Murphy, uma foto em que ela, Sara, está com um traje de banho que tem uma alça afastada dos ombros e pérolas adornando as costas. Ao fundo, é até possível divisar a figura de uma mulher tricotando, que pode muito bem corresponder a uma das "três babás inglesas" que "sentavam-se tricotando", também já no primeiro capítulo da primeira parte. A foto traz a legenda: *Sara Murphy wearing pearls at Cap d'Antibes Beach, 1923* [Sara Murphy usando pérolas na praia de Cap d'Antibes", 1923].[2]

Antes de partirmos para outros comentários sobre o romance, cabe ainda salientar que o que é biográfico em um romance pode ter sido causado por uma sugestão muito mais sutil. Ao apresentar Rosemary, também no capítulo que abre o romance, o narrador a descreve assim:

> Quando andava, ela se movia como uma bailarina, não com o peso do corpo desabado sobre os quadris, mas concentrado na cintura.

O narrador, ao comparar Rosemary a uma bailarina, não o faz de uma maneira óbvia, dizendo que seu andar era leve como

---

[2] Fonte: Wikipedia.

o de uma bailarina, ou que tinha a mesma graça. O comentário dele é quase técnico, e diz respeito a uma determinada postura que os bailarinos precisam manter, uma constante contração do abdome que estabiliza o tronco e alinha o corpo. Assim, o peso do corpo de uma bailarina não é "desabado sobre os quadris, mas concentrado na cintura". De onde Fitzgerald teria tirado essa observação técnica? Também não é possível determinar com certeza, mas é sabido que Zelda se empenhou exaustivamente, durante alguns anos, a se aperfeiçoar no balé clássico, treinando até oito horas por dia. Sua primeira crise psíquica séria poderia teria sido causada por uma completa exaustão física e mental.

As imagens e comparações propostas por Fitzgerald em *Suave é a noite* merecem alguma atenção. Além das costas que pendem das pérolas e da Rosemary bailarina que não deixa o peso do próprio corpo desabar sobre os quadris, podemos encontrar muitas outras imagens e comparações curiosas e originais. Vamos a mais algumas delas: Em um jantar oferecido pelos Divers, um personagem secundário, o Sr. Denby, tenta chamar a atenção para si e dominar a conversa, sem sucesso:

> Ele tentou interromper outros diálogos, mas era algo como trocar um aperto de mãos com uma luva da qual a mão tivesse sido retirada.

Que imagem inusitada para uma tentativa malsucedida de protagonismo em um encontro social. Igualmente interessante é a descrição do professor Dohmler, por quem Dick tem tanto respeito:

> O professor, o rosto bonito sob as suíças bem cuidadas, semelhante a uma varanda coberta por videiras em alguma bela e antiga casa, o deixou sem ação.

Outra comparação eficaz e exata, mas nem por isso menos original, aparece na descrição do estado mental de Nicole. Menos vulnerável, ela é apresentada como uma pessoa cujos pensamentos são "límpidos como sinos de boa qualidade".

O NARRADOR IRÔNICO

Fitzgerald nos dá um narrador que muitas vezes é irônico; em vez de dizer que um personagem está agindo de forma ridícula, ele encontra termos para descrever essa ação que com certeza terão mais capacidade de provocar o riso do leitor. Como acontece, por exemplo, nesta passagem em que o Sr. McKisco tenta, apesar de sua pouca aptidão, fazer uma boa figura ao nadar.

> O Sr. McKisco respirou profundamente, se jogou na água rasa e começou, com braços rígidos, a infligir no Mediterrâneo uma sova que obviamente tinha por objetivo sugerir o nado *crawl*. Seu fôlego tendo se acabado, ele se levantou e olhou ao redor com uma expressão de surpresa por ainda estar perto da praia.

No trecho a seguir, ele mistura o mito de Aquiles com uma centopeia e, mais uma vez, consegue um efeito bastante original. Note-se também, no mesmo trecho, a sensibilidade do autor para temas sociais tão candentes na época, como a guerra, mesclados com uma observação sobre um Dick recém--formado que chega a Zurique para trabalhar numa clínica psiquiátrica.

> Dick chegou a Zurique com menos calcanhares de Aquiles do que seria necessário para equipar uma centopeia, mas com vários — as ilusões da força e da saúde eternas, e da bondade essencial das pessoas; ilusões de uma nação, as mentiras de gerações de

mães da fronteira que tinham de dizer com voz doce e falsa que não havia lobos fora da porta da cabana.

No nível da interação dos personagens, Fitzgerald capta uma diferença entre classes sociais que torna sua convivência praticamente impossível. Nicole, nascida numa família abastada, sente certa repugnância por Kaethe, esposa do sócio de Dick na clínica psiquiátrica da qual os dois são proprietários durante alguns anos. Kaethe vem de um estrato social inferior, e neste trecho o autor capta com perspicácia as reações que ela provoca em Nicole. A cena começa com Kaethe se queixando para o marido de que Nicole parece "prender a respiração" quando ela se aproxima, como se ela cheirasse mal. Segue então o comentário do narrador:

> Kaethe havia tocado em uma verdade incontestável. Ela fazia a maior parte do serviço de casa e, frugal, comprava poucas roupas. Uma balconista de loja norte-americana, lavando duas mudas de roupas íntimas todas as noites, teria percebido uma sugestão do suor de ontem reavivado na pessoa de Kaethe, menos um cheiro do que um lembrete amoniacal da eternidade da labuta e da decomposição. Para Franz, isso era tão natural quanto o cheiro forte e profundo dos cabelos de Kaethe, e ele teria sentido falta disso da mesma maneira; mas para Nicole, que nascera odiando o cheiro das mãos da babá que a vestia, era uma ofensa que mal podia ser suportada.

Em vez de julgar ou condenar Nicole por sua soberba ou Kaethe por um talvez desleixo com o cuidado pessoal, o narrador apenas coloca uma ao lado da outra em seu comentário, explicando ao mesmo tempo o que fazia cada uma delas ser como era e como a convivência entre as duas era difícil, por motivos muito mais elementares do que uma incompatibilidade de gênios ou opiniões opostas sobre algum aspecto da vida.

Dick, que pertence também a um estrato social mais humilde, parece perceber a diferença entre os dois mundos, mas sente-se culpado quando pende mais para o lado de Nicole e se desagrada do cheiro da casa do amigo Franz, que juntamente com a esposa Kaethe o recebe para jantar. Note-se também um olhar do narrador para as transformações pelas quais Dick está passando, algumas causadas por uma prosperidade dos EUA no pós-guerra, outras por uma ascensão social que o faz mudar de ponto de vista. Dick fica confuso diante de tendências conflitantes dentro dele. A simplicidade do casal Gregorovius de certa forma o incomoda, e o fato de estar incomodado também o incomoda:

> Os gestos domésticos de Franz e de sua esposa, enquanto eles se moviam em um espaço pequeno, eram destituídos de graça e de aventura. Os meses do pós-guerra na França e as generosas liquidações que estavam acontecendo sob a égide do esplendor norte-americano haviam afetado as perspectivas de Dick. E também homens e mulheres tinham-no tratado como alguém importante, e talvez o que o levasse de volta ao centro do grande relógio suíço fosse uma intuição de que isso não era bom demais para um homem sério.
>
> Ele fez Kaethe Gregorovious se sentir encantadora, enquanto ficava cada vez mais desassossegado por causa do onipresente cheiro de couve-flor — e simultaneamente se odiando por esse princípio de uma superficialidade que ele não conhecia.

Na passagem a seguir, Fitzgerald constrói uma imagem instigante para mais uma vez descrever Nicole em seu ambiente de riqueza. O que há de instigante é uma mescla da nobreza de onde provém Nicole e a condição de uma massa de trabalhadores que, segundo a perspectiva do narrador, labutam para que Nicole floresça em seu mundo luxuoso. Nicole pode existir como existe porque o que sustenta seu luxo é uma interminável exploração dos menos favorecidos. Note-se, de passagem, a visão no mínimo distorcida que ele tem dos habitantes do Brasil:

> Nicole era o produto de muito engenho e de trabalho duro. Por causa dela, trens começaram a correr em Chicago e atravessaram o ventre redondo do continente até a Califórnia; fábricas produtoras de goma de mascar soltavam fumaça e correias de ligação aumentavam de elo em elo em fábricas; homens misturavam pasta de dentes em cubas e extraíam enxaguante bucal de tonéis de cobre; meninas enlatavam rapidamente tomates em agosto ou trabalhavam afanosamente em lojinhas de artigos baratos na véspera de Natal; índios mestiços labutavam no Brasil em plantações de café, e sonhadores eram expropriados de direitos de patente de novos tratores — essas eram algumas das pessoas que davam um dízimo para Nicole, e à medida que todo o sistema seguia adiante balançando e trovejando, emprestava um viço febril a tais atividades dela como fazer compras em atacado, como o rubor no rosto de um bombeiro que permanece em seu posto na frente de um fogo que se alastra. Ela ilustrava princípios muito simples, contendo em si própria o seu próprio destino, mas os ilustrava de modo tão preciso que havia graça no procedimento, e logo em seguida Rosemary tentaria imitá-la.

Na cena abaixo, há uma análise de três mulheres sentadas à mesa: cada uma vem de um estrato social e o narrador as caracteriza de forma sumária, mas precisa, expondo suas origens. O encontro das três se apresenta como um espetáculo do "imenso fluxo" da vida dos EUA:

> O trio de mulheres à mesa era representativo do imenso fluxo da vida norte-americana. Nicole era neta de um capitalista norte-americano *self-made*, e neta de um Conde da Casa de Lippe Weissenfeld. Mary North era filha de um trabalhador especializado em colocação de papel de parede e descendente do

Presidente Tyler. Rosemary era oriunda do meio da classe média, catapultada às pouco familiares alturas de Hollywood por sua mãe. O ponto de semelhança entre cada uma e sua diferença em relação a tantas mulheres norte-americanas se encontrava no fato de que elas estavam todas felizes por existirem em um mundo masculino — elas preservavam a sua individualidade por meio dos homens e não em oposição a eles. Todas as três teriam sido ou boas cortesãs ou boas esposas, não por uma casualidade de nascimento, mas por causa da casualidade maior de descobrir o seu homem ou não descobri-lo.

O INEVITÁVEL MACHISMO

Fitzgerald e seu narrador, como provavelmente a esmagadora maioria dos homens no início do século XX, são machistas. Isso fica evidente em várias passagens, como o final do excerto anterior, em que a mulher é caracterizada como um apêndice do homem, que vive em função dele. Nesta outra passagem, surge algo parecido. Dick, Rosemary e alguns amigos estão passando uma semana em Paris, durante a qual visitam um campo de batalha da recém-terminada Primeira Guerra Mundial. Dick se emociona e serve de referência para como Rosemary deve se sentir e se portar:

> Eles saíram da trincheira cuidadosamente reconstruída e se defrontaram com um memorial para os mortos da Terra Nova. Lendo a inscrição, Rosemary irrompeu subitamente em lágrimas. Assim como a maior parte das mulheres, ela gostava que lhe dissessem como ela deveria se sentir; e ela gostou de Dick lhe dizendo quais coisas eram risíveis e quais coisas eram tristes.

Apesar disso, o livro traz várias personagens femininas fortes, dominadoras até, como é o caso de Baby Warren, irmã de Nicole. Mesmo Nicole, tão instável e frágil, constrói seu caminho em direção a uma vida mais harmoniosa no mesmo movimento de gangorra em que Dick se degrada.

Ascensão e queda, riqueza e pobreza, loucura e sanidade, embriaguez e temperança são alguns dos polos em torno dos quais se constrói a narrativa de *Suave é a noite*. Retomando a questão que se colocou no início deste texto, sobre quanto o romance é autobiográfico, muitas coisas haveria a acrescentar. Assim como Nicole, Zelda esteve internada em uma instituição psiquiátrica na Suíça. Assim como Dick, Scott Fitzgerald despontava no início da idade adulta como um talentosíssimo profissional; os dois igualmente se degradaram, igualmente vitimados pelo alcoolismo. Os dois casais, o real e o fictício, foram por um período o centro das atenções de um grupo de pessoas ricas e famosas. Zelda é por muitos considerada a primeira "melindrosa" da era do jazz. Os dois casais participaram de festas extravagantes em Paris.

O machismo do Fitzgerald romancista, que se revela no narrador de *Suave é a noite*, tem recebido muita atenção das feministas ultimamente. Acusam-no de ter usado trechos de diários de Zelda em seus escritos. Alguns o veem como um marido usurpador que contribuiu para a doença mental de Zelda. Outros insistem que foi ela, com seus problemas psíquicos, que levaram Scott à total decadência. Scott morreu de ataque cardíaco fulminante com 44 anos. Zelda teve uma morte trágica aos 48, numa clínica em que estava internada. A clínica pegou fogo e, entre as internadas, nove não conseguiram escapar em virtude das janelas gradeadas e pesadas portas que as confinavam. Entre essas nove estava Zelda. A vida de ambos foi intensa e trágica, como um bom romance.

NOTA DA TRADUTORA
AS IMAGENS COMPLEXAS

Solange Pinheiro *

Um dos pontos mais discutidos em qualquer análise de obras literárias de sucesso é o controverso "estilo do escritor". O que é esse estilo, como identificá-lo, como precisar o que permite identificar certo texto como "pertencente" a um escritor? Essas são questões discutidas à exaustão, e sobre as quais jamais se chegará a um consenso. Estilo é "escolha entre o que deve ficar na página e o que deve ser omitido", disse Otto Maria Carpeaux; ou, como afirmou Mário Quintana, é a "deficiência que faz com que um autor só consiga escrever como pode." Como pode, ou como quer? Afinal, se há um elemento de escolha no estilo, ele não está totalmente fora do controle; e "como pode" indicaria muito mais uma falta de opção por parte de quem escreve do que o processo consciente e árduo da escolha, da lapidação do texto.

Ao discutir o estilo do escritor, um dos elementos abordados em análises literárias e/ou estilísticas é o uso das figuras de linguagem. Algumas ficaram tão famosas na história da literatura que se transformaram quase em memória coletiva: a referência à vida do pequeno Paul Dombey como um rio correndo para

---

* Solange Pinheiro é formada em Letras / Tradutor e Intérprete pelo Centro Universitário Ibero-Americano. Fez mestrado em Estudos Linguísticos e Literários em Inglês (Tradução) na Universidade de São Paulo, instituição em que também obteve o título de Doutora em Letras (Filologia e Língua Portuguesa) e fez pós-doutorado no Programa de Estudos da Tradução da USP, na área de italiano.

o mar em *Dombey & Son*, de Charles Dickens; a afirmação de Cathy Earnshaw, em *O Morro dos Ventos Uivantes*, de que o amor que ela sente por Heathcliff "se parece com as rochas sempiternas sob a superfície: uma fonte de pouquíssimo prazer visível, mas necessário"; e, na literatura brasileira, o famoso comentário de Brás Cubas, "Marcela amou-me por onze meses e quinze contos de réis", perfeitamente entendido por leitores contemporâneos, mesmo que eles não saibam quanto valeriam esses "contos de réis" em moeda atual — e importa saber?

Entretanto, há figuras de linguagem usadas para apresentar fatos e personagens que representam um ponto de vista tão particular, ligado a uma época ou sociedade específica, que sua compreensão se torna difícil para leitores contemporâneos. E, nesse caso, leitores (e tradutores) se deparam com a questão: o que o autor está querendo dizer?!

Scott Fitzgerald se encaixa muito bem nessa categoria: em *Suave é a Noite*, o leitor vai encontrar imagens um tanto herméticas, ou comentários que parecem extremamente preconceituosos para os olhos modernos. No capítulo XIX do primeiro livro, Dick Diver chega à estação de trem trazendo uma "superfície bela e luminosa sobre a qual as três mulheres pularam como macacos com gritos de alívio"; no capítulo II do terceiro livro, o Señor Pardo y Cuidad Real conta a história do filho para Dick Diver "com tanto autocontrole quanto uma mulher bêbada". No capítulo IV desse mesmo livro, o marido de Mary North "não era claro o suficiente para viajar em um vagão pullman de um trem ao sul da linha Mason-Dixon", e Nicole descreve os dois filhos do primeiro casamento dele como "bem escuros".

A própria Nicole é descrita de modo pouco convencional, "her brown back hanging from her pearls" — as costas podem ficar *penduradas* de um colar de pérolas? Em outra cena, o narrador diz que "Los Angeles was loud about Rosemary now" — uma imagem carregada de significados, já que ela se encontra em um estúdio de cinema na França. Mas, como transmitir para o leitor brasileiro essa ideia — em português, um local não pode "estar barulhento" ao redor de alguém. Em outra obra de Fitzgerald, *O Último Magnata*, em uma conversa entre Cecilia Brady e Wylie White, ela responde, "on your flowing veil"; uma pesquisa na Internet direcionou essa expressão unicamente para a obra de Fitzgeral; pesquisas em dicionários não deram resultados satisfatórios. Uma criação fitzgeraldiana? Ou ele usou uma gíria ou expressão popular comum na época em que escrevia o romance, e que caiu no esquecimento total? Em uma menção a Sonja Heine, até hoje considerada uma das maiores patinadoras do século passado, está escrito em um letreiro que ela iria "skate on hot soup" — a expressão "to be in the soup" (estar em circunstâncias difíceis) era bastante comum nas décadas de 30 a 40, mas essa variante foi também uma criação autoral?

Essas questões não têm respostas prontas, exatas. Para o leitor moderno, pode não ser agradável pensar nas mulheres pulando "como macacos", ou na comparação do Señor Pardo y Cuidad Real com "uma mulher bêbada", ou na cor da pele do marido de Mary. Vivemos em tempos em que as pessoas tentam ser tão politicamente corretas, que comentários como esses soam ofensivos e preconceituosos. E aí surge outra questão: quem está "falando" isso, Fitzgerald ou o narrador? Não é fácil dissociar completamente narrador/escritor, autor/obra — quando e como estabelecer uma linha divisória, discernir o que é ficção, o que é "real" nas páginas que temos em mãos? Scott Fitzgerald via o mundo de modo original, como demonstra a observação a respeito de Los Angeles; mas ele via mesmo as mulheres assim como ele as retratou em seu romance? Rosemary, a eterna criança; Baby Warren, descrita como solteirona aos trinta anos de idade, correndo de um relacionamento amoroso superficial para outro; o comportamento extravagante de Lady Caroline — Scott Fitzgerald, homem moderno, ícone da literatura norte-americana do século XX, seria ele o que hoje chamaríamos de machista?

E o que o tradutor pode ou deve fazer? Eliminar as referências incômodas? Tornar o texto de Fitzgerald politicamente correto? Transformar os macacos em graciosas bailarinas, a mulher bêbada em uma competente advogada (entre outras possibilidades)? É uma alternativa, claro; podemos pensar em uma estratégia de amortecimento na tradução. No entanto, com essa atitude, ganhamos algo — não suscitamos controvérsias, não incitamos a violência, nem os sentimentos de desprezo, raiva ou escárnio — e igualmente perdemos. Ler Fitzgerald com suas imagens complexas, ver a noite "escura e límpida, como se estivesse pendurada de uma única estrela sem brilho", uma descrição possivelmente ímpar na literatura de língua inglesa, e pensar, ao mesmo tempo, que a Sra. Speers "tinha condições de encarar [as confusões do amor e da dor] com tanto distanciamento e humor quanto um eunuco", é mergulhar no estilo de um escritor, ver o mundo através dos olhos de suas personagens; olhar para uma época em que "feminismo" poderia ser uma ideia quase tão repulsiva quanto "comunismo" em alguns setores da sociedade, e na qual as mulheres ainda teriam de ser boas donas-de-casa e mães, assim cumprindo o papel que lhes fora destinado ao nascer. Ler um texto do passado — ainda que de um passado recente, como *Suave é a Noite* ou *O Último Magnata* — é uma experiência que nos leva a ver como a sociedade era, e a pensar em como ela está agora.

O talento criativo de Fitzgerald sem dúvida era maior que qualquer dose de preconceito que possa ser encontrada em suas páginas. Toda produção artística está ligada ao que vem antes, à experiência de vida de nossos antepassados; nascido em 1896, Scott Fitzgerald não existiria sem os escritores do século XIX, sem o pensamento que norteou a sociedade de sua época. Ele deu um passo à frente, mostrou a mudança que ocorria em seu tempo, e se hoje certas passagens de seus livros soam incômodas, que esse incômodo propicie momentos de reflexão para os leitores do começo do século XXI. E outros tantos de deleite ou de estranhamento, como no trecho inicial, em que o narrador descreve o hotel e "its bright tan prayer rug of a beach" — "uma praiazinha com um colorido trigueiro", nesta edição. Uma possibilidade de tradução — outras sugestões, leitores?

SUAVE É A NOITE

UM ROMANCE

JÁ ESTOU CONTIGO! SUAVE É A NOITE LINDA,
[...] MAS AQUI NÃO HÁ LUZ,
SALVO A QUE O CÉU POR ENTRE AS BRISAS BRINDA
EM MEIO À SOMBRA VERDE
E AO MUSGO DOS LUGARES.*

---

* Augusto de Campos (trad.), *Byron e Keats, entreversos*. Editora da Unicamp, 2009.

PARA GERALD
E SARA:

MUITAS FÊTES

LIVRO

1

Na agradável costa da Riviera Francesa, aproximadamente na metade do caminho entre Marselha e a fronteira italiana, se localiza um grande e imponente hotel de um tom rosado. Palmeiras afáveis refrescam sua fachada enrubescida, e à sua frente se estende uma praia pequena e encantadora. Recentemente, ele se transformou em um local de veraneio das pessoas notáveis e elegantes; uma década atrás ele ficava praticamente deserto depois de sua clientela inglesa ir para o norte em abril. Agora, muitos bangalôs se aglomeram em suas proximidades, mas quando esta história começa somente as cúpulas de uma dúzia de *villas* se deterioravam como nenúfares em meio aos pinheiros aglomerados entre o Hôtel des Étrangers de Gausse e Cannes, a uns oito quilômetros de distância.

O hotel e sua praiazinha com um colorido trigueiro eram uma coisa só. No começo da manhã, a imagem distante de Cannes, o rosado e o creme de antigas fortificações, os Alpes purpúreos que cingiam a Itália, eram refletidos na água e jaziam trêmulos nas ondulações e círculos concêntricos criados pelas plantas aquáticas em meio aos límpidos bancos de areia. Antes das oito horas, um homem desceu para a praia usando um roupão de banho azul e, com muitos borrifos preliminares da água fria em sua pessoa, e uma boa dose de resmungos e respiração ruidosa, se moveu com dificuldade no mar. Depois de ele ter ido embora, praia e baía ficaram tranquilas por uma hora. Vendedores iam lentamente rumo ao oeste na linha do horizonte; ajudantes de cozinha gritavam no pátio do hotel; o orvalho secava sobre os pinheiros. Em mais uma hora, as buzinas dos carros começaram a soar lá da estrada serpenteante ao longo do baixo maciço dos Maures, que separa o litoral da verdadeira França provençal.

A uns mil e seiscentos metros do mar, onde os pinheiros cedem o lugar a choupos empoeirados, se encontra uma parada isolada da ferrovia, de onde, em uma manhã de junho de 1925, uma condução trouxe uma mulher e sua filha até o Hotel de Gausse. A face da mãe era de uma beleza fenecida que logo ficaria raiada de veiazinhas; sua expressão era ao mesmo tempo agradavelmente tranquila e consciente. Entretanto, os olhos de um observador se moviam rapidamente para sua filha, que tinha mágica nas palmas das mãos rosadas e nas faces um rubor cativante, assim como o aprazível rosado das crianças depois de seus banhos frios vespertinos. Sua bela testa se erguia delicadamente até onde seus cabelos, que a contornavam como um escudo armorial, irrompiam em cachos e ondas e caracóis de um loiro acinzentado e dourado. Seus olhos eram luminosos, grandes, límpidos, úmidos e brilhantes; a cor de suas faces era real, irrompendo na superfície por causa do forte pulsar de seu coração. O corpo dela pairava com delicadeza no limite derradeiro da infância — ela tinha quase dezoito anos, praticamente feitos, mas o frescor ainda fazia parte dela.

Quando o mar e o céu apareceram aos pés delas em uma linha fina e quente, a mãe disse:

— Alguma coisa me diz que nós não vamos gostar deste lugar.

— Eu quero voltar para casa, de qualquer modo — respondeu a menina.

As duas falavam com um tom alegre, mas estavam obviamente sem rumo e aborrecidas com o fato; além do mais, não era qualquer coisa que serviria. Elas queriam grande excitação, não pela necessidade de estimular nervos exaustos, mas com a avidez de crianças que ganharam prêmios na escola e fazem jus às suas férias.

— Nós vamos ficar aqui três dias, e depois voltamos para casa. Eu vou telegrafar agora mesmo para reservar as passagens de navio.

No hotel, a menina fez as reservas em um francês idiomático, mas um tanto sem vida, parecido com algo que ela rememorava. Quando as duas estavam instaladas no piso térreo, ela se encaminhou para o clarão das portas-francesas e avançou uns poucos passos na varanda de pedra que acompanhava a extensão do hotel. Quando andava, ela se movia como uma bailarina, não com o peso do corpo desabado sobre os quadris, mas concentrado na cintura. Lá fora, a luz quente chegou perto da sombra dela, e ela tornou a entrar — era luminoso demais para olhar. A uns cinquenta metros, o Mediterrâneo oferecia sua coloração, de instante em instante, à brutal luz do sol; abaixo da balaustrada um Buick[1] com um tom desbotado estava cozinhando na entrada do hotel.

Na verdade, de toda a região, somente na praia havia atividade. Três babás inglesas sentavam-se tricotando, imprimindo o vagaroso modelo da Inglaterra Vitoriana, o modelo das décadas de quarenta, sessenta e oitenta, a malhas e meias, ao som de tagarelice tão formal quanto um encantamento; mais perto do mar, uma dúzia de pessoas se protegia sob guarda-sóis listrados, enquanto sua dúzia de filhos perseguia peixes não atemorizados na água mais rasa ou se deitava sob o sol, nua e reluzente com óleo de coco.

Enquanto Rosemary se dirigia para a praia, um menino de uns doze anos passou correndo por ela e se jogou no mar com gritos exultantes. Sentindo o impactante escrutínio de rostos desconhecidos, ela tirou seu roupão de banho e foi atrás do menino. Foi boiando com o rosto para baixo por alguns metros e, percebendo que o local era raso, agitou as pernas até ficar em pé e caminhou penosamente, arrastando pernas esguias contra

---

[1] Marca de automóveis de luxo fundada em 1899.

a resistência da água como se fossem pesos. Quando a água lhe cobria o peito, ela lançou um olhar na direção da praia: um homem careca com um monóculo e roupa de banho, seu peito peludo empinado, sua barriga pouco atraente encolhida, a estava olhando atentamente. Quando Rosemary correspondeu ao olhar, o homem desalojou o monóculo, que foi se esconder entre os irreverentes tufos de seu peito, e encheu um copo com alguma coisa que estava em uma garrafa em sua mão.

Rosemary afundou o rosto na água e deu algumas braçadas até a plataforma flutuante. A água a envolveu, tirando-a do calor com gentileza, se infiltrando em seus cabelos e percorrendo os recantos de seu corpo. Rosemary girou o corpo várias vezes na água, aceitando-a, se revolvendo nela. Ao chegar à plataforma, ela estava sem fôlego, mas uma mulher bronzeada com dentes muito brancos olhou para ela, e Rosemary, subitamente consciente da absoluta brancura de seu próprio corpo, se colocou de costas e foi boiando na direção da praia. O homem peludo que segurava a garrafa lhe dirigiu a palavra quando ela saiu do mar.

— Ouça só... eles têm tubarões lá atrás da plataforma flutuante. — Ele era de uma nacionalidade indeterminada, mas falava inglês com a lenta pronúncia de Oxford. — Ontem devoraram dois marinheiros britânicos da *flotte*[2] que estava lá no Golfe Juan.

— Mas que coisa! — exclamou Rosemary.

— Eles vêm atrás dos refugos do barco.

Fixando o olhar em outro ponto para indicar que somente havia falado para alertá-la, ele se afastou com passinhos rápidos e preparou outro drinque para si mesmo.

Com uma autoconsciência que não era desagradável, já que tinha havido um ligeiro desvio da atenção em sua direção durante essa conversa, Rosemary procurou um lugar para se

---

[2] A frota francesa.

sentar. Naturalmente, cada família possuía a faixa de areia imediatamente na frente de seu guarda-sol; além disso, havia muitas visitas e conversas de um lado para outro — a atmosfera de uma comunidade na qual seria presunção se intrometer. Mais adiante, onde a praia estava repleta de seixos e de algas marinhas mortas, sentava-se um grupo com a pele tão branca quanto a dela. Eles se protegiam com pequenas sombrinhas de mão em vez de guarda-sóis de praia, e eram com toda clareza menos familiares ao lugar. Entre as pessoas bronzeadas e as brancas, Rosemary encontrou um espaço e estendeu seu roupão de banho na areia.

Assim deitada, ela primeiro ouviu vozes e sentiu os pés de pessoas ladeando seu corpo e suas silhuetas passando entre ela e o sol. O bafo de um cachorro curioso soprou quente e agitado em sua nuca; ela podia sentir sua pele se esquentando um pouquinho no calor e ouvir o suave e cansado rumorejar das ondas que se acabavam na praia. Logo em seguida, seus ouvidos distinguiram vozes individuais e ela teve consciência de que alguém a quem se referiam desdenhosamente como "o tal do North" havia sequestrado um garçom de um café em Cannes na noite passada com o intuito de serrá-lo ao meio. A responsável pela história era uma mulher de cabelos brancos usando um vestido de noite, obviamente uma relíquia da noite anterior porque uma tiara ainda se agarrava à cabeça dela e uma orquídea desanimada fenecia em seu ombro. Rosemary, sentindo uma vaga antipatia por ela e seus companheiros, se virou para o outro lado.

Mais perto dela, do outro lado, uma moça estava deitada sob uma cobertura de guarda-sóis, fazendo uma lista de coisas a partir de um livro aberto sobre a areia. Sua roupa de banho estava afastada dos ombros, e as suas costas, de um bronze avermelhado, adornadas por um colar de pérolas, brilhavam sob o sol. O rosto dela era duro e adorável e inspirava piedade. Seus olhos se encontraram com os de Rosemary, mas não a viram. Atrás dela estava um homem atraente com um boné de jóquei e uma roupa de banho com listras vermelhas; depois a mulher que Rosemary havia visto na plataforma flutuante, e que correspondeu ao seu olhar, enxergando-a; depois um homem com um rosto longo e uma cabeleira dourada e leonina, com uma roupa de banho azul e sem chapéu, conversando seriamente com um jovem indiscutivelmente latino, com roupa de banho preta, ambos pegando pedacinhos de algas marinhas na areia. Rosemary achou que, em sua maioria, eles eram norte-americanos, mas algo fazia com que eles não se parecessem com os norte-americanos que ela havia conhecido recentemente.

Depois de certo tempo, ela percebeu que o homem com o boné de jóquei estava fazendo uma pequena e silenciosa encenação para o grupo; ele andava de um lado para o outro com toda seriedade com um ancinho, ostensivamente removendo cascalho e, enquanto isso, criando uma pequena paródia mantida em suspenso por seu rosto sério. Seus desdobramentos mais fugazes tinham se tornado hilariantes, até que qualquer coisa que ele dizia desencadeava uma explosão de risadas. Até mesmo as pessoas que, como ela própria, estavam longe demais para ouvir, apuraram os ouvidos. A única pessoa na praia a não se envolver nisso foi a moça com o colar de pérolas. Talvez por causa da modéstia do autocontrole ela reagia a cada explosão de gargalhadas inclinando-se com mais atenção sobre sua lista.

O homem do monóculo e da garrafa falou do nada, acima de Rosemary.

— A senhorita é uma nadadora incrível.

Ela discordou.

— Muito boa. Meu nome é Campion. Temos aqui uma senhora que disse ter visto a senhorita semana passada em Sorrento e saber quem a senhorita é. Ela gostaria tanto de conhecê-la.

Olhando ao redor com um aborrecimento dissimulado, Rosemary viu que as pessoas não bronzeadas estavam à espera. Relutante, ela se levantou e se dirigiu até elas.

— Sra. Abrams... Sra. McKisco... Sr. McKisco... Sr. Dumphry...

— Sabemos quem é a senhorita — disse a mulher com o vestido de noite. — A senhorita é Rosemary Hoyt e eu a reconheci em Sorrento e perguntei ao funcionário do hotel e nós todos achamos que a senhorita é perfeitamente maravilhosa e gostaríamos de saber por que a senhorita não está de volta aos Estados Unidos fazendo outro filme maravilhoso e emocionante.

O grupo fez um gesto supérfluo de abrir um espaço para ela. A mulher que a havia reconhecido não era judia, apesar do nome. Ela era uma daquelas "criaturas agradáveis" de mais idade, preservada para gerações futuras por uma impermeabilidade à experiência e uma boa digestão.

— Gostaríamos de alertá-la a respeito de ficar queimada no primeiro dia — ela continuou, alegre — porque *sua* pele é importante, mas parece haver tanta formalidade infeliz nesta praia, que nós não sabíamos se a senhorita iria se importar.

— Achávamos que talvez a senhorita fizesse parte da trama — disse a Sra. McKisco. Ela era uma mulher jovem e de olhos mortiços, com uma intensidade desencorajadora. — Nós não sabemos quem está na trama e quem não está. Um homem com quem meu marido foi especialmente simpático acabou se revelando um personagem importante... praticamente o herói assistente.

— A trama? — perguntou Rosemary, sem compreender bem. — Há uma trama?

— Minha cara, não *sabemos* — disse a Sra. Abrams, com um risinho abafado e convulsivo de mulher corpulenta. — Não fazemos parte dela. Nós somos a audiência.

O Sr. Dumphry, um jovem efeminado de cabelos muito claros, observou:

— Mamãe Abrams é uma trama por si só — e Campion balançou seu monóculo na direção dele, dizendo:

— Ora, Royal, não use palavras tão desagradáveis.

Rosemary olhou todos eles, desconfortável, desejando que sua mãe tivesse vindo com ela. Ela não gostava daquelas pessoas, sobretudo em uma comparação imediata com aquelas que a haviam interessado no outro lado da praia. O traquejo social modesto, porém sólido, de sua mãe as tirava de situações indesejáveis rapidamente e com firmeza. Porém, Rosemary era uma celebridade há apenas seis meses, e às vezes os modos franceses do começo de sua adolescência e os modos democráticos dos Estados Unidos, estes últimos preponderando, criavam certa confusão, e deixavam-na vulnerável exatamente a tais coisas.

O Sr. McKisco, um homem de trinta anos, magricela, avermelhado e sardento, não achou graça no tópico da "trama". Ele estivera olhando fixamente para o mar, e então depois de uma olhadela rápida para a esposa, voltou-se para Rosemary e perguntou, de modo agressivo:

— Está aqui faz tempo?
— Somente um dia.
— Oh.

Dando por certo que o assunto havia sido completamente mudado, ele olhou para os demais.

— Vai ficar o verão todo? — perguntou a Sra. McKisco, inocente. — Se a senhorita ficar, poderá observar a trama se desenrolar.

— Pelo amor de Deus, Violet, deixe isso para lá! — explodiu seu marido. — Arrume outra piada, pelo amor de Deus!

A Sra. McKisco oscilou na direção da Sra. Abrams e sussurrou de modo audível:

— Ele está nervoso.

— Não estou nervoso — discordou McKisco. — Acontece que eu não estou nem um pouco nervoso.

Ele estava visivelmente afogueado — um rubor escuro havia se espalhado por seu rosto, dissipando todas as suas expressões em uma vasta ineficácia. De repente, tendo um laivo de consciência de sua condição, ele se levantou e foi para a água, seguido por sua esposa; aproveitando a oportunidade, Rosemary foi atrás.

O Sr. McKisco respirou profundamente, se jogou na água rasa e começou, com braços rígidos, a infligir no Mediterrâneo uma sova que obviamente tinha por objetivo sugerir o nado *crawl*. Seu fôlego tendo se acabado, ele se levantou e olhou ao redor com uma expressão de surpresa por ainda estar perto da praia.

— Ainda não aprendi a respirar. Eu nunca entendi muito bem como eles respiravam — disse ele, olhando para Rosemary, inquisitivo.

— Acho que o senhor deve expirar embaixo d´água — ela explicou. — E a cada quatro braçadas o senhor vira a cabeça para inspirar.

— Respirar é a parte mais dura para mim. Vamos até a plataforma flutuante?

O homem com a cabeleira leonina estava esticado na plataforma, que se balançava para lá e para cá com o movimento da água. Quando a Sra. McKisco esticou o braço para alcançá-la, uma inclinação repentina atingiu o seu braço com força, com o que o homem se sobressaltou e a puxou para cima.

— Fiquei com medo de a plataforma atingi-la. — A voz dele era lenta e encabulada; ele tinha um dos rostos mais tristes que Rosemary já tinha visto; os ossos malares altos de um índio, o lábio superior longo, e imensos olhos de um dourado escuro cravados fundo na face. Ele havia falado com o canto da boca, como se ele esperasse que suas palavras fossem chegar até a Sra. McKisco por uma rota sinuosa e discreta; em um minuto ele havia pulado na água, e seu longo corpo jazia imóvel na direção da praia.

Rosemary e a Sra. McKisco o observaram. Depois de ter esgotado seu impulso, ele abruptamente dobrou o corpo, suas pernas finas se ergueram sobre a superfície, e ele desapareceu por completo, mal deixando um pouquinho de espuma atrás de si.

— Ele é um bom nadador — disse Rosemary.

A resposta da Sra. McKisco surgiu com uma violência surpreendente.

— Bem, ele é um músico horroroso. — Ela se voltou para o marido, que, depois de duas tentativas malsucedidas havia dado um jeito de subir na plataforma e, tendo conseguido se equilibrar, estava tentando fazer algum tipo de floreio compensatório, conseguindo apenas um cambaleio a mais. — Eu estava apenas dizendo que Abe North pode ser um bom nadador, mas é um músico horroroso.

— Sim — concordou McKisco, com má vontade. Era óbvio que ele havia criado o mundo de sua esposa, e lhe permitia nele poucas liberdades.

— Eu sou mais Antheil. — A Sra. McKisco se voltou desafiadora para Rosemary. — Antheil e Joyce. Não suponho que a senhorita jamais tenha ouvido falar bastante sobre esse tipo de pessoas em Hollywood, mas o meu marido escreveu a primeira crítica de *Ulysses* que apareceu nos Estados Unidos.

— Eu queria um cigarro — disse McKisco, calmo. — Isso é mais importante para mim, agora.

— Ele tem fibra... você não acha, Albert?

A voz dela sumiu de repente. A mulher das pérolas havia se juntado aos seus dois filhos na água, e então Abe North surgiu embaixo de um deles como uma ilha vulcânica, erguendo-o nos ombros. A criança gritava de medo e de prazer, e a mulher observava com uma paz encantadora, sem um sorriso.

— Aquela é a esposa dele? — perguntou Rosemary.

— Não, essa é a Sra. Diver. Eles não estão no hotel. — Os olhos dela, fotográficos, não se afastaram do rosto da mulher. Depois de uns instantes, ela se voltou para Rosemary, veemente.

— A senhorita já esteve no exterior antes?

— Sim... estudei em Paris.

— Oh! Então a senhorita provavelmente sabe que se alguém deseja se divertir aqui, o que se deve fazer é conhecer algumas famílias verdadeiramente francesas. O que essas pessoas conseguem de bom com isso? — Ela direcionou o ombro esquerdo na direção da praia. — Elas simplesmente ficam juntas umas das outras em pequenos grupinhos. Naturalmente, nós tivemos cartas de apresentação, e conhecemos todos os melhores artistas e escritores franceses em Paris. Isso tornou tudo tão agradável.

— Acredito que sim.

— Meu marido está terminando o seu primeiro romance, sabe?

Rosemary disse:

— É mesmo? — Ela não estava pensando em nada específico, a não ser ficar se perguntando se sua mãe havia conseguido dormir com aquele calor.

— Parte da ideia de *Ulysses* — prosseguiu a Sra. McKisco. — Só que, em vez de pegar vinte e quatro horas, meu marido pega cem anos. Ele pega um velho aristocrata francês decadente e o coloca em contraste com a era mecânica...

— Oh, pelo amor de Deus, Violet, não fique aí contando para todo mundo a ideia — protestou McKisco. — Não quero que ela seja espalhada antes de o livro ser publicado.

Rosemary nadou de volta para a praia, onde colocou seu roupão sobre os ombros já sensíveis e se deitou novamente sob o sol. O homem com o boné de jóquei estava naquele instante indo de guarda-sol em guarda-sol levando uma garrafa e pequenos copos em suas mãos; logo em seguida ele e seus amigos ficaram mais alegres e mais unidos e então eles estavam todos sob uma única coleção de guarda-sóis — ela ficou sabendo que alguém estava indo embora e que aquele era o último drinque na praia. Até mesmo as crianças sabiam que alguma agitação estava começando a acontecer sob aquele guarda-sol e se dirigiram para ele. E pareceu a Rosemary que tudo se originava daquele homem com o boné de jóquei.

O sol a pino dominava céu e mar; até a linha branca de Cannes, a oito quilômetros de distância, havia se desvanecido em uma miragem do que era viçoso e fresco; um barco a vela com proa ruiva arrastava atrás de si uma faixa do mar aberto e mais escuro. Parecia que não havia vida em qualquer lugar em toda aquela extensão de costa, a não ser sob a luz do sol filtrada por aqueles guarda-sóis, onde algo acontecia em meio à cor e ao murmúrio.

Campion se aproximou dela, ficou a alguns passos de distância e Rosemary fechou os olhos, fingindo ter adormecido; então ela os entreabriu e observou dois pilares turvos e embaçados que eram pernas. O homem tentava abrir seu caminho sob uma nuvem com cor de areia, mas a nuvem flutuou para o céu amplo e quente. Rosemary realmente adormeceu.

Ela acordou encharcada de suor e encontrou a praia deserta, a não ser pelo homem com o boné de jóquei, que estava fechando um último guarda-sol. Enquanto Rosemary ficou ali deitada, piscando, ele se aproximou um pouco mais e disse:

— Eu ia acordar a senhorita antes de ir embora. Não é muito bom ficar muito queimada logo de cara.

— Obrigada. — Rosemary olhou para suas pernas cor de cereja.

— Mas que coisa!

Ela riu, alegre, convidando-o a falar, mas Dick Diver já estava carregando uma tenda e um guarda-sol para um carro que o aguardava; então ela entrou na água para tirar o suor. Ele voltou e, pegando um ancinho, uma pá e uma peneira, guardou-os em um buraco na pedra. Ele olhou rapidamente de um lado para outro da praia para ver se havia deixado algo para trás.

— Sabe que horas são? — perguntou Rosemary.

— Mais ou menos uma e meia.

Eles olharam a paisagem marinha juntos por um momento.

— Não é uma hora ruim — disse Dick Diver. — Não é uma das piores horas do dia.

Ele olhou para ela e, por um instante Rosemary viveu nos luminosos mundos azuis dos olhos dele, cheia de ansiedade e de confiança. Então ele colocou o resto de seus cacarecos nos ombros e se encaminhou para o seu carro, e Rosemary saiu da água, sacudiu seu roupão e se dirigiu para o hotel.

III

Eram quase duas horas quando elas foram para o salão de jantar. De um lado para outro, sobre as mesas desertas, um nítido padrão de feixes de luz e sombra se agitava com o movimento dos pinheiros lá fora. Dois garçons, empilhando pratos e falando italiano em voz alta, ficaram em silêncio quando elas entraram e lhes trouxeram uma cansada versão do almoço da *table d'hôte*.[1]

— Eu me apaixonei na praia — disse Rosemary.

— Por quem?

— Em primeiro lugar, por uma porção de pessoas que tinham um ar agradável. E depois, por um homem.

— Você conversou com ele?

— Só um pouquinho. Muito bonito. Com cabelo avermelhado. — Ela estava comendo com voracidade. — Ele é casado, no entanto... geralmente é assim.

Sua mãe era sua melhor amiga e havia concentrado todos os seus esforços para orientá-la, uma coisa não tão rara na profissão teatral, mas muito especial pelo fato de que a Sra. Elsie Speers não estava se recompensando por uma derrota pessoal. Ela não tinha amargura ou ressentimentos a respeito da vida; duas vezes satisfatoriamente casada, e duas vezes viúva, seu estoicismo alegre havia aumentado a cada vez. Um de seus maridos tinha sido um oficial de cavalaria, e o outro um médico do exército, e ambos haviam deixado para ela alguma

---

[1] Mesa onde diversas pessoas comem com um preço fixo em hotéis, pousadas, etc.

coisa que ela tentava apresentar intacta para Rosemary. Mas, ao não poupar Rosemary ela a havia tornado dura; por não poupar seu próprio esforço e devoção ela havia cultivado um idealismo em Rosemary, que no momento presente estava direcionado para ela própria e via o mundo através de seus olhos. De modo que, mesmo Rosemary sendo uma moça "comum" ela estava protegida por um duplo revestimento — o da armadura de sua mãe e o de sua própria — e ela sentia uma desconfiança amadurecida daquilo que era trivial, fácil e vulgar. Entretanto, com o sucesso repentino de Rosemary no cinema, a Sra. Speers achou que era hora de ela ser espiritualmente emancipada; lhe causaria maior prazer do que dor se esse idealismo um tanto vigoroso, esbaforido e exigente se concentrasse em algo além de ela própria.

— Então gosta daqui? — ela perguntou.

— Poderia ser divertido se conhecêssemos aquele grupo. Havia algumas outras pessoas, mas elas não eram simpáticas. Elas me reconheceram... não importa onde a gente vá, todos viram *A Garotinha do Papai*.

A Sra. Speers aguardou que o fulgor do egoísmo diminuísse; então disse de modo casual:

— Isso me faz lembrar, quando verá Earl Brady?

— Pensei que poderíamos ir esta tarde... se você tiver descansado.

— Você vai... eu não.

— Então esperamos até amanhã.

— Eu quero que você vá sozinha. É pertinho... e você fala bem francês.

— Mãe... não há coisas que eu não tenha de fazer?

— Oh, então vá depois... mas antes de irmos embora.

— Certo, Mãe.

Depois do almoço, as duas foram dominadas pela súbita lassidão que se apodera de viajantes norte-americanos em tranquilas localidades estrangeiras. Nenhum estímulo agia sobre elas, nenhuma voz as chamava lá de fora, nenhum fragmento de seus próprios pensamentos surgia de repente das mentes dos outros, e sentindo falta do clamor do Império elas achavam que a vida não prosseguia ali.

— Vamos ficar só três dias, Mãe. — Rosemary disse quando estavam de volta aos seus aposentos. Lá fora, uma brisa ligeira afastava o calor, forçando-o através das árvores e mandando rajadinhas quentes através das venezianas.

— E quanto ao homem por quem você se apaixonou na praia?

— Eu não amo ninguém além de você, Mãe querida.

Rosemary parou na entrada do hotel e falou com Gausse *père*[2] a respeito de trens. O porteiro, usando roupa cáqui e sentado a uma mesa, ficou olhando fixamente para ela, e então de súbito se lembrou dos modos de seu *métier*.[3] Ela pegou o ônibus, e foi com uma dupla de obsequiosos garçons até a estação, embaraçada com o silêncio respeitoso deles, com vontade de instigá-los: "Mas oras, falem, se divirtam. Isso não me incomoda."

O compartimento de primeira classe estava sufocante; os coloridos cartazes de propaganda turística das companhias de estrada de ferro — o Pont du Gard em Arles, o Amphithéâtre em Orange, esportes de inverno em Chamonix — tinham mais vida que o grande e imóvel mar lá fora. Ao contrário dos trens norte-americanos, que se concentravam em seu próprio e intenso destino, desdenhando pessoas em outro mundo menos veloz e esbaforido, esse trem era parte da região pela qual passava. Seu resfolegar soprava o pó das folhas das palmeiras, as cinzas se misturavam com o esterco seco nos jardins. Rosemary tinha certeza de que poderia se debruçar na janela e colher flores com suas mãos.

---

[2] O Gausse mais velho.
[3] Profissão.

Uma dúzia de motoristas de táxi dormia em seus carros fora da estação de Cannes. Na *promenade*[4] o Casino, as lojas sofisticadas e os grandes hotéis exibiam impassíveis máscaras de ferro para o mar de verão. Era inacreditável que pudesse ter havido uma "temporada" ali, e Rosemary, parcialmente nas garras da moda, ficou um pouco constrangida, como se estivesse exibindo um pouco saudável gosto pelo que era moribundo; como se as pessoas estivessem se perguntando por que ela estava ali no intervalo entre a alegria do último inverno e a do próximo inverno, enquanto lá no norte o verdadeiro mundo estrondeava.

Quando ela estava saindo de uma drogaria com um vidro de óleo de coco, uma mulher, a quem ela reconheceu como a Sra. Diver, passou por ela com os braços cheios de almofadas de sofá, e foi para um carro estacionado um pouco para baixo na rua. Um cachorro comprido e preto latiu para ela, um chofer que cochilava acordou com um sobressalto. Ela se sentou no carro, seu adorável rosto tranquilo, controlado, os olhos destemidos e vigilantes, olhando à sua frente para o nada. Seu vestido era de um vermelho vivo, e suas pernas morenas estavam à mostra. Ela tinha cabelos espessos, de um dourado escuro, como os pelos de um *chow chow*.

Tendo meia hora para esperar pelo trem, Rosemary sentou-se no Café des Alliés na Croisette, onde as árvores lançavam um crepúsculo esverdeado sobre as mesas e uma orquestra cortejava um imaginário público de cosmopolitas com o *Nice Carnival Song* e a canção dos Estados Unidos do ano anterior. Ela havia comprado o *Le Temps* e o *The Saturday Evening Post* para sua mãe, e enquanto bebia sua *citronade*,[5] abriu o *Saturday* nas memórias de uma princesa russa, julgando

---

[4] Passeio público; esplanada.
[5] Limonada.

as indistintas convenções da década de noventa mais reais e mais próximas do que as manchetes do jornal francês. Era o mesmo sentimento que a deixara aflita no hotel: acostumada a ver as mais desagradáveis *grotesqueries*[6] de um continente fortemente destacadas como comédia ou tragédia, destreinada para a tarefa de separar o essencial por si só, ela havia então começado a sentir que a vida francesa era vazia e insípida. Esse sentimento era reforçado pelos sons tristonhos da orquestra, reminiscentes da música melancólica tocada por acrobatas no *vaudeville*.[7] Ela se sentia feliz por estar de volta ao Hotel de Gausse.

Seus ombros estavam queimados demais para que ela pudesse nadar no dia seguinte, então ela e sua mãe alugaram um carro — depois de muito regateio, pois Rosemary havia formado sua apreciação pelo valor do dinheiro na França — e dirigiram ao longo da Riviera, o delta de muitos rios. O chofer, um Tsar russo do período de Ivã, o Terrível, atuava como guia por conta própria, e os nomes glamurosos — Cannes, Nice, Monte Carlo — começaram a brilhar através de sua camuflagem entorpecida, falando em sussurros sobre os velhos reis que haviam vindo até ali para festejar ou falecer; de rajás lançando olhares de Buda para bailarinas inglesas; de príncipes russos transformando as semanas em crepúsculos bálticos nos idos dias do caviar. Acima de tudo, havia o aroma dos russos ao longo da costa — suas livrarias e mercearias fechadas. Dez anos atrás, quando a temporada terminava em abril, as portas da Igreja Ortodoxa eram trancadas, e os champanhes doces a que eles davam preferência eram deixados de lado até eles retornarem. "Estaremos de volta na próxima temporada", eles diziam, mas isso era prematuro, pois eles jamais iriam retornar.

---

[6] Algo grotesco.
[7] Espetáculo de variedades no teatro.

Era agradável voltar para o hotel no fim da tarde, acima de um mar com um colorido tão misterioso quanto as ágatas e cornalinas da infância, verde como a relva, azul como água de anil, cor de vinho escuro. Era agradável passar por pessoas que comiam fora de suas casas, e ouvir os agressivos pianos mecânicos por trás das videiras dos pequenos *estaminets*[8] da província. Quando elas se afastaram da Corniche d'Or e desceram para o Hotel de Gausse através das encostas sombreadas por árvores, umas atrás das outras em muitos tons de verde, a lua já estava pairando sobre as ruínas dos aquedutos...

Em algum lugar nas colinas por trás do hotel havia um baile, e Rosemary ouvia a música através da fantasmagórica luz do luar e de sua rede protetora contra mosquitos, percebendo que também havia alegria em algum lugar ali por perto, ela pensou nas pessoas simpáticas na praia. Pensou que poderia encontrá-las de manhã, mas elas claramente formavam um grupinho autossuficiente, e uma vez que seus guarda-sóis, tapetes de bambu, cachorros e crianças estivessem em seus devidos lugares, a parte da *plage*[9] estaria literalmente isolada. Ela decidiu, de qualquer modo, não passar suas duas últimas manhãs com o outro grupo.

---

[8] Pequenos cafés onde eram servidas bebidas alcoólicas.
[9] Praia.

IV

A questão estava resolvida para ela. Os McKiscos ainda não estavam lá, e ela mal havia estendido seu roupão quando dois homens — o homem com o boné de jóquei e o homem alto e louro, com tendência a cortar garçons ao meio — deixaram o grupo e foram em sua direção.

— Bom dia — disse Dick Diver. Ele foi direto ao assunto. — Olhe... queimadura do sol ou não, por que a senhorita ficou longe daqui ontem? Nós nos preocupamos com a senhorita.

Ela sentou-se e sua risadinha feliz acolheu a intrusão dos dois.

— Ficamos pensando — disse Dick Diver — se não gostaria de se juntar a nós nesta manhã. Nós vamos lá, nós comemos e bebemos, então é um convite e tanto.

Ele se mostrava gentil e encantador; sua voz garantia que ele iria cuidar dela e, em breve, descortinaria novos mundos para ela, uma infindável sucessão de possibilidades magníficas. Ele deu um jeito de fazer a apresentação de modo que seu nome não fosse mencionado e então fez com que ela soubesse facilmente que todos sabiam quem ela era, mas estavam respeitando a integridade de sua vida particular — uma delicadeza com que Rosemary ainda não havia se deparado a não ser por parte de profissionais desde que começara a fazer sucesso.

Nicole Diver, suas costas morenas pendendo de suas pérolas, estava procurando em um livro uma receita de frango à moda de Maryland. Ela tinha cerca de vinte e quatro anos, Rosemary supôs — o rosto dela poderia ter sido descrito em termos de uma beleza convencional, porém dava a impressão de haver sido, em primeiro lugar, criado em uma escala heroica com estrutura e linhas fortes, como se os traços e a vivacidade da testa e da tonalidade, tudo o que associamos com temperamento e personalidade, tivessem sido moldados nas proporções de um Rodin, e então cinzelados na direção da beleza a um ponto em que um único descuido teria diminuído de modo irreparável sua força e qualidade. Com a boca, o escultor havia se arriscado muito — ela era o arco do cupido de uma capa de revista; no entanto, compartilhava a distinção dos outros traços do rosto.

— A senhorita vai ficar aqui muito tempo? — perguntou Nicole. A voz dela era baixa, quase áspera.

De repente, Rosemary permitiu que passasse por sua mente a possibilidade de elas ficarem mais uma semana.

— Não por muito tempo — ela respondeu, de modo vago. — Estivemos viajando pelo exterior por um bom tempo... Desembarcamos na Sicília em março, e estivemos lentamente viajando rumo ao norte. Eu peguei uma pneumonia fazendo um filme em janeiro passado, e estou me recuperando.

— Mas que coisa! Como isso aconteceu?

— Bem, foi por nadar — Rosemary relutava bastante em se deixar levar por revelações pessoais. — Um dia, eu estava com gripe e não sabia, e eles estavam filmando uma cena em que eu mergulhava em um canal de Veneza. Era um *set* muito caro, então eu tive de mergulhar e mergulhar e mergulhar a manhã toda. Minha mãe chamou um médico lá mesmo, mas não adiantou de nada... eu peguei uma pneumonia. — Ela mudou de assunto com firmeza antes que eles pudessem falar. — Vocês gostam daqui... deste lugar?

— Eles têm de gostar — disse Abe North, lentamente. — Eles o inventaram. — Ele virou sua nobre cabeça lentamente, de modo que seus olhos pousaram com ternura e afeição nos dois Divers.

— Oh, é mesmo?

— Esta é apenas a segunda temporada em que o hotel fica aberto no verão — explicou Nicole. — Nós persuadimos Gausse a manter um cozinheiro e um garçom e um *chasseur*[1]... as rendas cobriram as despesas, e este ano está sendo ainda melhor.

— Mas não estão hospedados no hotel.

— Nós construímos uma casa, lá em Tarmes.

— A ideia é — disse Dick, arrumando um guarda-sol para afastar um pouco da luz do sol dos ombros de Rosemary — que todos os lugares mais ao norte, como Deauville, foram escolhidos pelos russos e ingleses que não se importam com o frio, enquanto metade de nós norte-americanos vem de climas tropicais... e é por isso que nós começamos a vir para cá.

O homem moço de aspecto latino estivera folheando o *The New York Herald*.

— Bem, e de que nacionalidade são essas pessoas? — ele perguntou, de repente, e leu com uma ligeira entonação francesa. — "Registrados no Hotel Palace em Vevey estão o Sr. Pandely Vlasco, a Sra. Bonneasse"... não estou exagerando... "Corinna Medonca, a Sra. Pasche, Seraphim Tullio, Maria Amalia Roto Mais, Moises Teubel, a Sra. Paragoris, Apostle Alexandre, Yolanda Yosfuglu e Geneveva de Momus!" Ela é quem mais me atrai... Geneveva de Momus. Quase vale a pena ir correndo até Vevey para dar uma olhada em Geneveva de Momus.

Ele se levantou com uma inquietação súbita, se espreguiçando com um movimento brusco. Ele era alguns anos mais novo que Diver ou North. Era alto, e seu corpo era firme, porém muito magro, a não ser pela força concentrada nos músculos de seus ombros e braços. À primeira vista, ele parecia bonito de um modo convencional — mas havia sempre em sua face uma ligeira aversão que arruinava o brilho intenso e bravio

---

[1] Porteiro.

de seus olhos castanhos. No entanto, a pessoa se lembrava deles posteriormente, depois de ter esquecido a incapacidade da boca de tolerar o tédio e a jovem testa com seus sulcos de dor irascível e sem proveito.

— Nós descobrimos algumas pessoas bem interessantes nos novos norte-americanos na semana passada — disse Nicole.
— A Sra. Evelyn Oyster e... quem eram os outros?
— Havia o Sr. S. Flesh — disse Diver, também se levantando. Ele pegou seu ancinho e começou a trabalhar seriamente recolhendo pequenas pedras da areia.
— Ah, é... S. Flesh... ele não deixa vocês com os cabelos em pé?

Era muito tranquilo ficar sozinha com Nicole — Rosemary descobriu que era mais tranquilo até do que com sua mãe. Abe North e Barban, o francês, estavam falando sobre Marrocos, e Nicole, tendo copiado sua receita, pegou uma costura. Rosemary examinou os itens de propriedade dela — quatro grandes guarda-sóis que criavam um dossel de sombra, uma cabine portátil para se vestir, um cavalo pneumático de borracha, coisas novas que Rosemary jamais havia visto, originárias do primeiro furor da indústria de artigos de luxo depois da Guerra, e provavelmente nas mãos dos primeiros compradores. Ela havia depreendido que eles eram pessoas elegantes; mas, embora sua mãe a tivesse educado para que se precavesse contra tais pessoas, pois elas eram indolentes, ela não se sentia desse modo naquele lugar. Até na total imobilidade deles, completa como aquela da manhã, ela sentia um propósito, uma atividade em relação a alguma coisa, uma direção, um ato de criação diferente de qualquer outro que ela tivesse conhecido. Sua mente imatura não especulou sobre a natureza do relacionamento deles uns com os outros, ela estava preocupada somente com a atitude deles para com ela — mas, ela percebia a teia de alguma agradável relação mútua, que ela expressava com o pensamento de que eles pareciam estar se divertindo bastante.

Ela olhou para os três homens, um por vez, temporariamente os expropriando. Todos os três eram atraentes de modos diversos; todos eram de uma gentileza especial que ela sentia ser parte de suas vidas passadas e futuras, não condicionada por acontecimentos, nada parecida com os modos refinados dos atores; e ela detectou também uma delicadeza ampla que era diferente da grosseira e pronta boa camaradagem dos diretores, que representavam os intelectuais na vida dela. Atores e diretores — esses eram os únicos homens que ela conhecera; esses e a heterogênea e indistinguível massa de meninos da faculdade, interessados somente em amor à primeira vista, que ela conhecera no baile de formatura de Yale no outono passado.

Esses três eram diferentes. Barban era menos civilizado, mais cético e zombeteiro, seus modos eram formais, até mesmo perfunctórios. Abe North tinha, sob sua timidez, um humor desesperado que a divertia, mas a deixava perplexa. A natureza séria dela desconfiava de sua capacidade de causar uma forte impressão nele.

Mas Dick Diver — estava todo completo ali. Silenciosamente, ela o admirou. Sua tez era avermelhada e queimada pelo sol, assim como os seus cabelos curtos — uma penugem clara percorria seus braços e pernas. Seus olhos eram de um azul claro e duro. O nariz era um tanto pontudo, e jamais havia a menor dúvida em relação a quem ele estava olhando ou com quem estava falando — e isso é uma atenção lisonjeira, pois, quem olha para nós? — olhares recaem sobre nós, curiosos ou desinteressados, nada mais. A voz dele, perpassada por uma ligeira entonação irlandesa, cortejava o mundo; entretanto, Rosemary sentia uma camada de dureza nele, de autocontrole e de autodisciplina, as mesmas virtudes dela. Oh, ela o escolheu, e Nicole, erguendo a cabeça, viu que ela o escolhia, ouviu o ligeiro suspiro pelo fato de ele já ser propriedade de alguém.

Perto do meio-dia, os McKiscos, a Sra. Abrams, o Sr. Dumphry e o Señor Campion chegaram à praia. Eles haviam levado um novo guarda-sol, que eles instalaram com olhares de esguelha na direção dos Divers, e se esgueiraram para baixo dele com expressões satisfeitas — todos menos o Sr. McKisco, que ficou de fora, zombeteiro. Em sua atividade de limpeza, Dick havia passado perto deles e agora retornava para os guarda-sóis.

— Os dois jovens estão lendo o *Livro de Etiqueta* juntos — disse ele, em voz baixa.

— Planejando se misturar c'os superior — disse Abe.

Mary North, a mulher jovem e muito bronzeada com quem Rosemary se encontrara no primeiro dia na plataforma, voltou depois de ter nadado, e disse com um sorriso que era um fulgor jovial:

— Então, o Sr. e a Sra. Nuncavacila chegaram.

— Eles são amigos deste homem — Nicole lhe recordou, indicando Abe. — Por que não vai falar com eles? Não os considera atraentes?

— Acho que são muito atraentes — concordou Abe. — Eu só não acho que eles sejam atraentes, é só isso.

— Bem, eu *andei* sentindo que havia pessoas demais na praia este ano — admitiu Nicole. — *Nossa* praia, que Dick criou a partir de um monte de seixos. — Ela ficou pensando, e então, baixando o tom de voz para que não chegasse até o trio de babás que se sentavam sob outro guarda-sol. — Mesmo assim, eles são preferíveis àqueles britânicos do verão passado, que ficavam gritando por aí: "O mar não é azul? O céu não é branco? O nariz da pequena Nellie não está vermelho?"

Rosemary ficou pensando que ela não gostaria de ter Nicole como inimiga.

— Mas vocês não viram a briga — prosseguiu Nicole. — No dia antes de chegarem, o homem casado, o que tem o nome que parece de gasolina ou manteiga...

— McKisco?

— Isso... bem, eles estavam discutindo e ela jogou um pouco de areia na cara dele. Então, naturalmente ele se sentou em cima dela e esfregou o rosto dela na areia. Nós ficamos... chocados. Eu quis que Dick interferisse.

— Acho... — disse Dick Diver, olhando distraidamente para o tapetinho de palha — que eu vou lá convidá-los para o jantar.

— Não, você não vai — Nicole lhe disse rapidamente.

— Acho que seria uma coisa muito boa. Eles estão aqui... vamos nos adaptar.

— Nós estamos muito bem adaptados — ela insistiu, rindo. — Não vou ter o *meu* nariz esfregado na areia. Sou uma mulher mesquinha e dura — ela explicou a Rosemary, e então, erguendo o tom de voz. — Crianças, coloquem suas roupas de banho!

Rosemary pressentiu que aquele banho de mar seria futuramente o típico de sua vida, o que sempre iria surgir em sua lembrança quando banhos de mar fossem mencionados. Simultaneamente, o grupo todo se dirigiu para a água, mais do que prontos por causa da longa e forçada inatividade, passando do calor para o frescor com a *gourmandise*[2] de um *curry* picante comido com vinho branco gelado. O dia dos Divers era organizado como o dia das antigas civilizações para proporcionar o máximo a partir do material que eles tinham disponível, e para dar a todas as transições o seu valor completo; e ela não sabia que em breve haveria ainda outra transição da total absorção do banho de mar para a garrulice da hora do almoço provençal. Mas, uma vez mais ela tinha a sensação de que Dick estava cuidando dela, e ela se deliciava em responder ao derradeiro movimento dele como se tivesse sido uma ordem.

Nicole entregou ao marido a curiosa peça de roupa com a qual estivera trabalhando. Ele se dirigiu à cabine para se vestir

---

[2] Gula, gulodice.

e instantes depois inspirou uma comoção, ao aparecer usando uma roupa de banho transparente de renda negra. Uma inspeção mais detalhada revelou que, na verdade, ela era forrada com um tecido da cor da pele.

— Mas vejam só se isso não é uma coisa de maricas! — exclamou o Sr. McKisco, desdenhosamente; e então, voltando-se rapidamente para o Sr. Dumphry e o Sr. Campion, ele acrescentou — Oh, peço-lhes desculpas.

Rosemary sentiu um frêmito de deleite por causa da roupa de banho. A ingenuidade dela reagia de todo coração à dispendiosa simplicidade dos Divers, sem ter consciência de sua complexidade e de sua falta de inocência, sem ter consciência de que tudo aquilo era uma seleção de qualidade, em vez de quantidade, da produção do mercado mundial; e que a simplicidade do comportamento também, a paz e a boa vontade semelhantes às de um quarto de criança, a ênfase nas virtudes simples, eram parte de uma desesperada barganha com os deuses e haviam sido obtidas por meio de lutas que ela não poderia ter imaginado. Naquele momento, os Divers representavam externamente o estado mais avançado da evolução de uma classe, de modo que a maior parte das pessoas parecia desajeitada ao lado deles — na verdade, uma mudança qualitativa já havia se instalado e não era de modo nenhum aparente para Rosemary.

Ela ficou com eles enquanto eles bebiam *sherry* e comiam bolachas salgadas. Dick Diver olhou para ela com olhos azuis e frios; sua boca gentil e forte disse pensativa e deliberadamente:

— A senhorita é a única mocinha que eu vejo, desde muito tempo, que realmente se parece com algo que está florescendo.

No colo da mãe, mais tarde, Rosemary chorava e chorava.

— Eu o amo, Mãe. Estou perdidamente apaixonada... eu nunca soube que poderia me sentir desse jeito por alguém.

E ele é casado e eu gosto dela também... é um caso perdido. Oh, eu o amo tanto!

— Estou curiosa de conhecê-lo.

— Ela nos convidou para o jantar na sexta-feira.

— Se você está apaixonada, isso deveria deixá-la feliz, fazê-la rir.

Rosemary ergueu os olhos e balançou seu rosto com graça e riu. Sua mãe sempre exercia uma grande influência sobre ela.

V

Rosemary foi a Monte Carlo quase tão emburrada quanto era possível que ficasse. Ela subiu a colina acidentada para La Turbie, um antigo lote da Gaumont em processo de reconstrução, e enquanto ficava parada ao lado da entrada com grades, esperando por uma resposta para a mensagem em seu cartão, ela poderia ter estado olhando para Hollywood. Os bizarros detritos de algum filme recente, uma decadente cena de rua na Índia, uma grande baleia de papelão, uma árvore monstruosa que dava cerejas tão grandes quanto bolas de basquete, floresciam lá por uma permissão exótica, tão autóctones quanto o pálido amaranto, a mimosa, o sobreiro ou o pinheiro anão. Havia uma barraca para refeições rápidas e dois palcos semelhantes a estábulos, e em todos os lugares na extensão do lote, grupos de faces maquiadas à espera, cheias de esperança.

Depois de dez minutos, um moço com o cabelo da cor de penas de canário foi apressado até o portão.

— Entre, Srta. Hoyt. O Sr. Brady está no *set*, mas está muito ansioso para vê-la. Eu sinto muito que a tenham mantido esperando, mas a senhorita sabe que algumas dessas senhoras francesas são piores na hora de passar na frente dos outros...

O gerente do estúdio abriu uma portinha na parede lisa do palco e, com uma familiaridade súbita e feliz, Rosemary o seguiu rumo à semiescuridão. Aqui e acolá, figuras manchavam a luz crepuscular, voltando para ela rostos pálidos como almas no purgatório observando a passagem de um mortal. Havia sussurros e vozes veladas e, aparentemente de mais longe, o delicado *tremolo* de um pequeno órgão. Dobrando a esquina criada por alguns biombos, eles se depararam com o brilho branco e crepitante de um palco, onde um ator francês — a frente da camisa, o colarinho e os punhos de um tom de rosa brilhante — e uma atriz norte-americana estavam parados imóveis, um na frente do outro. Eles se encaravam fixamente com olhos determinados, como se tivessem permanecido na mesma posição por horas; e ainda durante um bom tempo nada aconteceu, ninguém se moveu. Uma fileira de luzes se apagou com um sibilar selvagem, se acendeu de novo; as batidas lamentosas de um martelo imploravam admissão a lugar nenhum à distância; um rosto azulado aparecia entre as luzes cegantes lá no alto, dizia alguma coisa ininteligível para a escuridão mais acima. Então o silêncio foi interrompido por uma voz na frente de Rosemary.

— Meu bem, não tire as meias, você pode estragar mais dez pares. O vestido custa quinze libras.

Dando um passo para trás, o homem que falava se chocou contra Rosemary, e na mesma hora o diretor do estúdio disse:

— Ei, Earl... a Senhorita Hoyt.

Eles estavam se encontrando pela primeira vez. Brady era apressado e enérgico. Quando ele segurou a mão dela, Rosemary viu que ele a olhava da cabeça aos pés, um gesto que ela reconhecia e que a fazia se sentir em casa, mas sempre lhe dava uma ligeira sensação de superioridade em relação a quem quer que o fizesse. Se a pessoa dela era um bem de valor, ela poderia exercer qualquer vantagem que fosse inerente a essa posse.

— Achei que a senhorita iria chegar a qualquer momento — disse Brady, com uma voz que era apenas um pouquinho chamativa demais para a vida privada, e que era acompanhada por um ligeiro e desafiador sotaque *cockney*. — Fez uma boa viagem?

— Sim, mas estamos felizes por voltar para casa.

— Nã-ã-ão! — ele protestou. — Fique mais um pouco... quero conversar com a senhorita. Permita-me dizer-lhe que aquele seu filme é muito bom... aquele *A Garotinha do Papai*. Eu o vi em Paris. Eu telegrafei para a costa na mesma hora para ver se a senhorita tinha contrato.

— Acabei de assinar... sinto muito.

— Meu Deus, mas que filme!

Não desejando sorrir com uma anuência tola, Rosemary franziu a testa.

— Ninguém quer ser lembrado para sempre só por um filme — ela disse.

— Com certeza... muito certo. Quais são seus planos?

— Minha mãe achou que eu precisava de um descanso. Quando eu voltar, nós provavelmente vamos assinar ou com a *First National* ou continuar com a *Famous*.

— Quem somos "nós"?

— Minha mãe. Ela resolve as questões de negócios. Eu não conseguiria me ajeitar sem ela.

Uma vez mais, ele a examinou dos pés à cabeça e, ao fazê-lo, algo em Rosemary simpatizou com ele. Não era apreciação, nada parecido com a admiração espontânea que ela sentira pelo homem na praia naquela manhã. Era um estalido. Ele a desejava e, até o ponto em que as emoções virginais dela chegavam, ela considerava com tranquilidade a hipótese de entregar-se a ele. No entanto, sabia que poderia esquecê-lo meia hora depois de se afastar dele — como um ator beijado em um filme.

— Onde a senhorita está hospedada? — perguntou Brady. — Ah, sim, no Gausse. Bem, os meus planos estão feitos para este ano também, mas aquela carta que eu escrevi ainda é válida. É melhor fazer um filme com a senhorita do que com qualquer mocinha desde que Connie Talmadge era uma menina.

— Eu também penso do mesmo modo. Por que o senhor não vai para Hollywood?

— Não consigo suportar aquele maldito lugar. Estou bem aqui. Espere até depois desta tomada, e eu vou lhe mostrar o estúdio.

Caminhando para o *set* ele começou a falar com o ator francês com uma voz baixa e tranquila.

Cinco minutos se passaram — Brady continuava a falar, enquanto, de tempos em tempos, o francês mexia os pés e assentia. De modo abrupto, Brady interrompeu sua conversa com o ator e falou algo na direção das luzes que os deixaram sobressaltados em um zumbido luminoso. Los Angeles se manifestava ao redor de Rosemary então. Sem se intimidar, ela perambulou uma vez mais através da cidade das paredes finas, querendo estar de volta lá. Mas, ela não queria ver Brady no estado de espírito que ela imaginava em que ele estaria depois de ter terminado, e saiu do estúdio com um feitiço ainda pairando sobre si. O mundo mediterrâneo estava menos silencioso agora que ela sabia que o estúdio estava lá. Ela gostou das pessoas nas ruas e comprou um par de *espadrilles*[1] a caminho do trem.

A mãe ficou contente por Rosemary ter feito de modo tão preciso o que ela lhe havia dito para fazer, mas ainda desejava que a filha se emancipasse por completo. A Sra. Speers tinha uma aparência viçosa, mas estava cansada; leitos de morte deixam a pessoa muito cansada mesmo, e ela havia velado ao lado de dois.

---

[1] Sapato típico da região sul da França, semelhante à alpercata.

VI

Sentindo-se bem por causa do vinho rosé na hora do almoço, Nicole Diver cruzou os braços tão no alto que a camélia artificial em seu ombro tocou sua face, e se encaminhou para seu adorável jardim sem grama. O jardim era limitado de um lado pela casa, a partir da qual ele fluía e para a qual corria, de dois lados pelo velho vilarejo, e do último pelo penhasco que se precipitava em saliências até o mar.

Ao longo dos muros do lado do vilarejo, tudo estava empoeirado, as vinhas retorcidas, os limoeiros e os eucaliptos, o ocasional carrinho de mão, deixado fazia apenas alguns instantes, mas já fazendo parte do caminho, atrofiado e ligeiramente enferrujado. Nicole invariavelmente ficava um tanto impressionada com o fato de que virando para o outro lado ao longo de um canteiro de peônias, ela entrasse em uma área tão verde e fresca que as folhas e as pétalas estavam encurvadas com uma delicada umidade.

Atado em sua garganta, ela usava um lenço cor de lilás que até mesmo sob a acromática luz do sol lançava sua cor para o alto de seu rosto e para baixo até seus pés que se moviam em meio a uma sombra lilás. Seu rosto era duro, quase austero, a não ser pelo delicado cintilar de dúvida tristonha que espreitava de seus olhos verdes. Seu cabelo, outrora claro, havia escurecido, mas ela era mais adorável agora aos vinte e quatro anos do que havia sido aos dezoito, quando seus cabelos eram mais luminosos do que ela.

Seguindo um atalho marcado por uma intangível névoa de florescência que seguia a borda de pedras brancas, ela chegou a uma área com vista para o mar, onde havia lanternas adormecidas nas figueiras, uma mesa grande, cadeiras de vime e um grande guarda-sol de Siena, tudo amontoado junto de um gigantesco pinheiro, a maior árvore do jardim. Ela fez uma pausa ali por um momento, olhando distraída para um punhado de nastúrcios e íris emaranhados aos pés dele, como se tivessem surgido de um descuidado punhado de sementes, ouvindo as queixas e as acusações de alguma querela infantil dentro de casa. Quando isso feneceu no ar estival, ela continuou a andar, entre peônias caleidoscópicas aglomeradas em nuvens rosadas, tulipas negras e cor de tijolo e frágeis rosas com caule cor de malva, transparentes como flores de açúcar na vitrine de um confeiteiro — até, como se o *scherzo*[1] de cores não conseguisse alcançar mais intensidade, ele se interromper de repente no ar, e degraus úmidos descerem para um nível um metro e meio abaixo.

Ali havia um poço com o madeiramento ao seu redor úmido e escorregadio, até mesmo nos dias mais luminosos. Ela subiu os degraus do outro lado e foi à horta; ela caminhava bem depressa; gostava de ser ativa, embora às vezes transmitisse uma impressão de repouso que era ao mesmo tempo estática e evocativa. Isso acontecia por ela conhecer poucas palavras e não acreditar em nenhuma, e em sociedade ela era bastante silenciosa, contribuindo com apenas a sua quota de senso de humor refinado com uma precisão que se aproximava da escassez. Porém, no momento em que estranhos tendiam a ficar desconfortáveis na presença dessa economia, ela se apoderava do tópico e falava cheia de energia a seu respeito, febrilmente surpreendida com sua própria pessoa — e então o continha e o abandonava de modo abrupto, quase com timidez, como um cachorro *retriever* obediente, tendo sido adequada e algo além disso.

---

[1] Jogo.

Enquanto ela ficava parada sob a imprecisa luz verde da horta, Dick passou pelo caminho à frente dela, indo para seu estúdio. Nicole aguardou em silêncio até ele ter passado; então ela prosseguiu através das fileiras de futuras saladas até um pequeno viveiro onde pombos e coelhos e um papagaio fizeram uma mistura de ruídos insolentes para ela. Descendo para outra saliência, ela chegou a um muro baixo e recurvo, e olhou mais de duzentos metros abaixo para o Mar Mediterrâneo.

Ela estava em Tarmes, o antigo vilarejo da colina. A *villa* e seu terreno eram compostos por uma fileira de moradias de camponeses que confinavam com o penhasco — cinco casinhas pequenas haviam sido unidas para fazer a casa, e quatro destruídas para criar o jardim. As paredes externas estavam intocadas, de modo que da estrada lá embaixo não se podia distingui-las da massa cinzento-violácea da cidadezinha.

Por um instante, Nicole ficou parada olhando lá para baixo para o Mediterrâneo, mas não dava para fazer nada com aquilo, até mesmo com suas mãos incansáveis. Em seguida, Dick saiu de seu estúdio de um cômodo só carregando um telescópio e olhou a leste, na direção de Cannes. Em um instante, Nicole ondulou em seu campo de visão, e logo em seguida ele desapareceu dentro de casa e saiu com um megafone. Ele tinha muitos aparatos mecânicos portáteis.

— Nicole — ele gritou —, eu me esqueci de dizer que como um gesto apostólico final eu convidei a Sra. Abrams, a mulher com os cabelos brancos.

— Eu desconfiava. É uma afronta.

A facilidade com que a resposta dela chegou até ele parecia desmerecer o seu megafone, então ela ergueu a voz e disse:

— Dá para você me escutar?

— Sim. — Ele baixou o megafone e então o ergueu, teimosamente. — Vou convidar mais algumas pessoas. Eu vou convidar os dois moços.

— Tudo bem — disse ela, tranquila.

— Realmente quero oferecer uma festa muito *ruim*. Eu estou falando sério. Quero oferecer uma festa onde haja brigas e seduções, e pessoas indo para casa com os sentimentos magoados e mulheres desmaiadas no *cabinet de toilette*.[2] Espere e veja.

Ele voltou para seu estúdio e Nicole percebeu que tomava conta dele um de seus estados de espírito mais característicos, a excitação que envolvia todo mundo e era inevitavelmente seguida pela sua melancolia típica, que ele nunca demonstrava, mas da qual ela desconfiava. Essa excitação com as coisas alcançava uma intensidade fora de proporção em relação à importância delas, gerando uma virtuosidade realmente extraordinária com as pessoas. A não ser entre uns poucos daqueles entes obstinados e eternamente desconfiados, ele tinha o poder de despertar um amor fascinado e destituído de críticas. A reação acontecia quando ele percebia o desperdício e a extravagância envolvidos. Ele às vezes olhava em retrospectiva, espantado, para os excessos de afeição que havia oferecido, do mesmo modo como um general poderia lançar um olhar sobre um massacre que ele houvesse ordenado para saciar uma impessoal sede de sangue.

Porém, ser incluído no mundo de Dick Diver por certo tempo era uma experiência notável: as pessoas acreditavam que ele abria exceções especiais para elas, reconhecendo a orgulhosa singularidade de seus destinos enterrada sob os compromissos de sabe-se lá quantos anos. Ele conquistava todas as pessoas rapidamente com uma consideração refinada e uma educação que se deslocava de modo tão rápido e intuitivo que poderia ser analisada somente por meio de seu efeito. Então, sem cautela, para que o primeiro florescer da relação não fenecesse, ele abria os portões para o seu mundo divertido. Desde que as pessoas aderissem a ele sem reservas, a felicidade delas era

---

[2] Banheiro.

a preocupação de Dick, mas ao primeiro pestanejar de dúvida quanto à sua abrangência ele evaporava sob os olhos delas, deixando poucas recordações comunicáveis do que havia dito ou feito.

Às oito e meia daquela noite ele saiu para encontrar os seus primeiros convidados, o casaco carregado de modo bastante cerimonioso, bastante promissor, em sua mão, como a capa de um *toreador*.[3] Foi típico que, depois de cumprimentar Rosemary e sua mãe, ele esperasse que elas falassem em primeiro lugar, como se para assegurá-las de suas próprias vozes em ambientes desconhecidos.

Para retomar o ponto de vista de Rosemary, deveria ser dito que, sob o feitiço da subida a Tarmes e do ar mais fresco, ela e sua mãe olharam ao redor de modo apreciativo. Assim como as qualidades pessoais de criaturas extraordinárias podem torná-las comuns em uma pouco costumeira mudança de expressão, do mesmo modo a perfeição intensamente calculada da Villa Diana transparecia de repente por meio de ínfimas falhas, tais como o surgimento casual de uma empregada no pano de fundo, ou a perversidade de uma rolha. Enquanto os primeiros convidados chegavam trazendo a excitação da noite, a atividade doméstica do dia recuava à frente deles com gentileza, simbolizada pelos filhos dos Divers e sua governanta que ainda jantavam no terraço.

— Mas que belo jardim! — exclamou a Sra. Speers.

— O jardim de Nicole — disse Dick. — Ela não o abandona... ela fica em volta dele o tempo todo, se preocupa com suas doenças. A qualquer momento eu espero vê-la ficando doente com oídio ou fuligem das maçãs, ou requeima da batata. — Ele apontou o dedo indicador de modo decisivo para Rosemary, dizendo com um tom brincalhão que parecia

---

[3] Toureiro.

ocultar um interesse paternal. — Eu vou salvar sua cabecinha... Eu vou lhe dar um chapéu para usar na praia.

Ele levou-as do jardim para o terraço, onde ele preparou um coquetel. Earl Brady chegou, descobrindo Rosemary com surpresa. Os seus modos eram mais gentis do que no estúdio, como se o fato de ele ser diferente tivesse aparecido no portão, e Rosemary, comparando-o na mesma hora com Dick Diver, se inclinou rapidamente na direção deste. Em comparação, Earl Brady parecia ligeiramente grosseiro, ligeiramente mal--educado; uma vez mais, entretanto, ela sentiu uma reação elétrica à sua pessoa.

Ele falou com familiaridade com as crianças que estavam se levantando da mesa de sua refeição ao ar livre.

— Olá, Lanier, e que tal uma música? Você e Topsy não vão cantar uma música para mim?

— O que é que podemos cantar? — concordou o menininho, com o estranho sotaque cantado de crianças norte--americanas educadas na França.

— Aquela música do *Mon Ami Pierrot*.

Menino e menina ficaram lado a lado sem constrangimento e suas vozes se elevaram doces e agudas no ar noturno.

Au clair de la lune
Mon Ami Pierrot
Prête-moi ta plume
Pour écrire un mot
Ma chandelle est morte
Je n'ai plus de feu
Ouvre-moi ta porte
Pour l'amour de Dieu.[4]

---

[4] À luz da lua / Meu Amigo Pierrot / Empresta-me tua pena / Para que eu possa escrever uma palavra / Minha vela se apagou / Não tenho mais fogo / Abre a porta / Pelo amor de Deus.

O canto acabou e as crianças, suas faces iluminadas pela tardia luz do sol, ficaram sorrindo tranquilas com o seu sucesso. Rosemary estava pensando que a Villa Diana era o centro do mundo. Em tal palco, alguma coisa memorável com certeza iria acontecer. Ela se empolgou ainda mais quando o portão se abriu com um estalido e os demais convidados chegaram em conjunto — os McKiscos, a Sra. Abrams, o Sr. Dumphry e o Sr. Campion foram para o terraço.

Rosemary teve um profundo sentimento de decepção — ela olhou rapidamente para Dick, como se pedisse uma explicação sobre aquela mistura incongruente. Mas, não havia nada de incomum na expressão dele. Ele acolheu os recém-chegados com um porte altivo e uma óbvia deferência para com suas infinitas e desconhecidas possibilidades. Ela acreditava tanto nele que na mesma hora aceitou a adequação da presença dos McKiscos como se tivesse esperado encontrá-los o tempo todo.

— Encontrei o senhor em Paris — McKisco disse para Abe North, que, com a esposa, havia chegado imediatamente depois deles. — Na verdade, eu o encontrei duas vezes.

— Sim, eu lembro — disse Abe.

— Então, onde foi? — inquiriu McKisco, não contente em deixar as coisas do jeito que estavam.

— Ora, eu acho... — Abe se cansou da brincadeira. — Não consigo me lembrar.

A conversa preencheu uma pausa e o instinto de Rosemary lhe dizia que alguma coisa cheia de tato deveria ser dita por alguém, mas Dick não fez o menor esforço para separar o grupo formado por essas chegadas tardias, nem mesmo para tirar da Sra. McKisco o seu ar de divertimento desdenhoso. Ele não resolveu esse problema social por saber que aquilo não tinha importância no momento e se resolveria por si só. Ele estava poupando a sua inventividade para um esforço maior, esperando um momento mais significativo para que seus hóspedes tivessem consciência de um bom momento.

Rosemary ficou ao lado de Tommy Barban — ele estava em um estado de espírito particularmente desdenhoso e parecia haver algum estímulo especial agindo sobre ele. Ele iria partir de manhã.

— Indo para casa?

— Casa? Não tenho casa. Estou indo para uma guerra.

— Qual guerra?

— Qual guerra? Qualquer guerra. Não tenho lido os jornais ultimamente, mas suponho que haja uma guerra... sempre há.

— O senhor não se importa com aquilo por que luta?

— De jeito nenhum... desde que eu seja bem tratado. Quando estou levando uma vida tediosa, venho visitar os Divers, porque então eu sei que em umas poucas semanas vou querer ir para a guerra.

Rosemary se retesou.

— O senhor gosta dos Divers — ela lhe recordou.

— Mas é claro... especialmente dela... mas eles me fazem querer ir para a guerra.

Ela ficou pensando nisso, sem muito êxito. Os Divers faziam-na querer ficar perto deles para sempre.

— O senhor é meio norte-americano — disse ela, como se aquilo fosse resolver o problema.

— E também sou meio francês, e fui criado na Inglaterra e desde que tenho dezoito anos usei os uniformes de oito países. Porém, espero não ter dado para a senhorita a impressão de que não gosto dos Divers... e gosto, especialmente de Nicole.

— E como alguém poderia não gostar? — disse ela, com simplicidade.

Ela se sentia distante dele. Sua voz ao dizer aquelas palavras lhe causava repulsa, e Rosemary afastou sua adoração pelos Divers da profanação, da amargura de Tommy. Ela ficou feliz por ele não estar perto dela durante o jantar, e ainda estava pensando em suas palavras, "especialmente dela", quando eles se encaminharam para a mesa no jardim.

E por um momento então ela estava ao lado de Dick Diver no caminho. Ao lado de seu brilho forte e elegante, tudo se desfez na certeza de que ele sabia tudo. Por um ano, o que significava para sempre, ela tinha tido dinheiro e certa celebridade e contato com os celebrados, e estes se lhe haviam apresentado simplesmente como poderosas ampliações das pessoas com quem a viúva do médico e sua filha haviam se relacionado em um *hôtel-pension*[5] em Paris. Rosemary era uma romântica, e sua carreira não havia proporcionado muitas oportunidades satisfatórias nesse sentido. Sua mãe, com a ideia de uma carreira para Rosemary, não admitiria quaisquer substitutos espúrios como as excitações disponíveis em todos os cantos, e na verdade Rosemary já estava muito afastada disso — ela Aparecia nos filmes, mas de modo algum Vivia neles. Então, quando ela viu a aprovação a Dick Diver no rosto de sua mãe, isso queria dizer que ele era "um artigo genuíno": isso indicava permissão para ir tão longe quanto ela fosse capaz.

— Eu a estava observando — ele disse, e ela sabia que ele estava sendo sincero. — Nós nos apegamos muito à senhorita.

— Eu me apaixonei por você na primeira vez em que o vi — ela disse, em voz baixa. Ele fingiu não ter escutado, como se o elogio fosse puramente formal.

— Novos amigos — disse ele, como se fosse uma questão importante — com frequência podem se divertir mais do que velhos amigos.

Com essa observação, que ela não entendeu muito bem, ela se flagrou à mesa, realçada por luzes que emergiam lentamente contra o crepúsculo escuro. Um sentimento de deleite brotou em seu peito quando ela viu que Dick havia colocado sua mãe ao seu lado direito; quanto a ela, estava entre Luis Campion e Brady.

---

[5] Tipo de hotel mais simples

Sentindo o peso de sua emoção, ela se voltou para Brady com a intenção de fazer-lhe confidências, mas, com a primeira menção dela a Dick, uma centelha intratável nos olhos dele fez com que ela compreendesse que ele se recusava a fazer o papel de pai. Por sua vez, ela foi igualmente firme quando ele tentou monopolizá-la, de modo que eles falaram sobre assuntos profissionais, ou melhor, ela ouvia enquanto ele falava sobre assuntos profissionais, os olhos educados dela nunca se afastando do rosto dele, mas sua cabeça tão definitivamente em outro lugar que ela sentia que ele devia estar adivinhando o fato. Em intervalos, ela entendia o ponto principal de suas frases e providenciava o resto a partir de seu subconsciente, assim como a pessoa acompanha as batidas já iniciadas de um relógio somente com o ritmo das primeiras badaladas que não foram contadas pairando na mente.

VII

Durante uma pausa, Rosemary olhou para o outro lado da mesa, onde Nicole se sentava entre Tommy Barban e Abe North, seu cabelo de *chow chow* espumando e borbulhando à luz das velas. Rosemary prestou atenção, bastante atraída pela voz tão nítida em falas pouco frequentes:

— Coitado do homem — exclamou Nicole. — Por que você queria cortá-lo em dois?

— Mas é *claro* que eu queria ver como é que um garçom é por dentro. Você não gostaria de saber o que tem dentro de um garçom?

— Menus antigos — sugeriu Nicole, com uma risada breve. — Pedaços de porcelana quebrada, gorjetas e tocos de lápis.

— Exatamente... mas o negócio era provar isso de modo científico. E, naturalmente, fazer isso com aquela serra musical iria eliminar qualquer aspecto sórdido.

— O senhor tencionava tocar a serra enquanto fazia a operação? — inquiriu Tommy.

— Nós não chegamos a esse ponto. Nós ficamos assustados com os gritos. Nós achamos que ele poderia arrebentar alguma coisa.

— Tudo isso me parece muito peculiar — disse Nicole. — Qualquer músico que vá usar a serra de outro músico para...

Eles tinham estado à mesa por meia hora, e uma mudança perceptível havia se instalado — de uma em uma, as pessoas haviam se desfeito de algo, de uma preocupação, de uma ansiedade, de uma suspeita, e agora eram somente o melhor delas mesmas e convidadas dos Divers. Não ter sido amistoso e interessado teria dado a impressão de atingir os Divers, de modo que estavam todos tentando e, ao perceber isso, Rosemary gostou de todos — com exceção de McKisco, que havia dado um jeito de ser o membro não assimilado do grupo. Isso se devia menos à má vontade do que à sua determinação de manter com vinho o bom humor de que ele desfrutara em sua chegada. Recostado em seu posto entre Earl Brady, a quem ele havia endereçado inúmeras observações desdenhosas a respeito de filmes, e a Sra. Abrams, a quem ele nada disse, ele ficava encarando Dick Diver com uma expressão de ironia devastadora, o efeito sendo ocasionalmente interrompido por suas tentativas de atrair Dick para uma conversa na diagonal da mesa.

— O senhor não é um amigo de Van Buren Denby? — ele dizia.

— Não creio que o conheça.

— Eu achei que o senhor era amigo dele — ele persistia, de forma irritante.

Quando o tema do Sr. Denby se esgotou por conta própria, ele tentou outros temas igualmente irrelevantes, mas a cada vez a própria deferência da atenção de Dick parecia imobilizá-lo, e depois de uma pausa momentânea a conversa que ele havia interrompido prosseguia sem ele. Ele tentou interromper outros diálogos, mas era algo como trocar um aperto de mãos com uma luva da qual a mão tivesse sido retirada — de modo que, finalmente, com um ar resignado de quem está entre crianças, ele dedicou sua atenção total ao champanhe.

O olhar de Rosemary percorria de tempos em tempos a mesa, ansioso pela diversão dos demais, como se eles fossem seus futuros enteados. Uma graciosa luz de mesa, que emanava de uma taça de tons de rosa picantes, recaía sobre o rosto da Sra. Abrams, já no ponto ideal por causa do Veuve Clicquot, cheio de vigor, tolerância e boa vontade adolescente; ao lado dela sentava-se o Sr. Royal Dumphry, sua graciosidade de menininha menos surpreendente no prazeroso mundo noturno. A seguir, Violet McKisco, cuja beleza lhe aflorara à superfície, de modo que ela abandonou sua luta para deixar tangível para si mesma sua nebulosa posição de esposa de um arranjista que não havia se arranjado.

Então vinha Dick, com os braços cheios da indolência que ele havia sugado dos demais, profundamente imerso em seu próprio entretenimento.

Então sua mãe, sempre perfeita.

Então Barban, conversando com sua mãe com uma fluência educada que fez Rosemary gostar dele de novo. Então Nicole. Rosemary subitamente a viu de uma maneira diferente, e achou que ela era uma das pessoas mais bonitas que jamais conhecera. O rosto dela, o rosto de uma santa, uma Madonna *viking*, brilhava entre as ínfimas partículas de pó que caíam à luz da vela, obtendo o seu rubor das lanternas cor de vinho no pinheiro. Ela estava absolutamente imóvel.

Abe North estava conversando com ela a respeito do seu código moral:

— Mas é claro que tenho um... — ele insistiu. — Um homem não pode viver sem um código moral. O meu é que sou contra queimar as bruxas. Sempre que eles queimam uma bruxa, eu fervo dentro das calças. — Rosemary sabia por intermédio de Brady que ele era um músico que, depois de um início brilhante e precoce, não havia composto nada durante sete anos.

A seguir vinha Campion, conseguindo, de algum modo, conter sua afeminação mais flagrante, e até mesmo a punir quem estava perto dele com certa atitude materna desinteressada. Então Mary North com um rosto tão alegre que era impossível não corresponder ao sorriso nos espelhos brancos de seus dentes — toda a área ao redor de seus lábios entreabertos era um adorável pequeno círculo de deleite.

E por fim Brady, cuja cordialidade se tornava, a cada momento, algo social em vez de uma rude afirmação e reafirmação de sua própria saúde mental, e o fato de ele preservá-la por intermédio de um distanciamento das fragilidades dos demais.

Rosemary, tão impregnada de confiança como uma criança saída de uma das perversas brochuras da Sra. Burnett, tinha a convicção do regresso ao lar, de um retorno das trocistas e impuras improvisações da fronteira. Havia vaga-lumes cruzando o ar escuro e um cachorro uivando em alguma saliência baixa e distante do penhasco. A mesa parecia ter se elevado um pouquinho na direção do céu como uma plataforma dançante mecânica, dando a cada pessoa ao seu redor a sensação de estar sozinha com os demais no universo escuro, nutrida por seus únicos alimentos, aquecida por suas únicas luzes. E, como se uma estranha risada silenciosa por parte da Sra. McKisco fosse um sinal de que tal distanciamento do mundo tivesse sido alcançado, os dois Divers começaram repentinamente a se aquecer e a refulgir e a se expandir, como se para compensar os seus convidados, já tão sutilmente convencidos de sua importância, tão lisonjeados com boas maneiras, por qualquer coisa de que eles ainda pudessem sentir falta daquele país deixado tão para trás. Só por um momento, eles pareciam conversar com todos os outros que estavam à mesa, individualmente e em grupo, dando-lhes a garantia de sua amizade, de sua afeição. E por um momento os rostos voltados na direção deles eram como os rostos das crianças pobres ao pé de uma árvore de Natal. Então, abruptamente a mesa se dispersou — o momento em que os convidados haviam sido ousadamente elevados acima da hospitalidade à mais rara atmosfera do sentimento, havia se acabado antes que ele pudesse ser manifestado discreta e irreverentemente, antes que eles tivessem parcialmente percebido que ele estava ali.

Porém, a difusa magia do sul quente e doce havia se embebido neles — a noite de patas aveludadas e o fantasmagórico ondejar do Mediterrâneo lá embaixo e lá longe — a mágica abandonou essas coisas e se dissolveu nos Divers e passou a ser parte deles. Rosemary observou Nicole insistindo com sua mãe para que aceitasse uma bolsa de festa amarela que ela havia admirado, dizendo, "Acho que as coisas devem pertencer às pessoas que as apreciam", e então colocando dentro dela todos os itens amarelos que conseguia encontrar, um lápis, um batom, um caderninho de endereços, "porque todos eles formam um conjunto."

Nicole desapareceu e logo em seguida Rosemary percebeu que Dick não estava mais por ali; os convidados se distribuíram pelo jardim ou se encaminharam na direção do terraço.

— A senhorita — Violet McKisco perguntou a Rosemary — não quer ir ao banheiro?

Não naquele exato instante.

— Eu quero — insistiu a Sra. McKisco — ir ao banheiro. — Como uma mulher que falava de modo sincero, ela saiu andando na direção da casa, carregando seu segredo, enquanto Rosemary observava com reprovação. Earl Brady havia proposto que eles caminhassem até o muro que dava para o mar, mas ela achava que era a sua vez de ter uma quota de Dick Diver quando ele reaparecesse, de modo que ela se deteve, ouvindo McKisco brigar com Barban.

— Por que o senhor quer lutar contra os soviéticos? — disse McKisco. — O maior experimento jamais feito pela humanidade? E o Rife? Para mim, parece que seria mais heroico lutar do lado justo.

— E como o senhor descobre qual ele é? — perguntou Barban, seco.

— Ora... geralmente, toda pessoa inteligente sabe.

— O senhor é comunista?

— Sou socialista — disse McKisco. — Simpatizo com a Rússia.

— Bem, eu sou um soldado — respondeu Barban, com amabilidade. — Meu negócio é matar pessoas. Eu luto contra o Rife porque sou europeu, e combati o comunismo porque eles querem tirar a minha propriedade de mim.

— De todas as desculpas mesquinhas... — McKisco olhou ao redor para estabelecer uma ligação desdenhosa com alguma outra pessoa, mas sem sucesso. Ele não tinha ideia do que estava enfrentando na pessoa de Barban, tampouco da simplicidade do punhado de ideias do outro homem, e nem da complexidade do treinamento dele. McKisco sabia o que as ideias eram, e à medida que sua mente aumentava, ele tinha condições de reconhecer e ordenar uma quantia cada vez maior delas — porém, defrontado por um homem a quem ele considerava "pateta", um homem em quem ele não encontrava ideias que pudesse reconhecer como tais e, entretanto, em relação a quem ele não conseguia se sentir pessoalmente superior, ele rapidamente chegou à conclusão de que Barban era o produto final de um mundo arcaico e, como tal, sem valor. Os contatos de McKisco com as classes superiores nos Estados Unidos haviam incutido nele o incerto e desajeitado esnobismo dessas pessoas, seu deleite na ignorância e sua rudeza deliberada, todos copiados dos ingleses sem levar em consideração os fatores que tornavam o materialismo e a rudeza dos ingleses propositais, e usados em uma terra onde um pouquinho de conhecimento e de civilidade compra mais do que consegue comprar em qualquer outro lugar — uma atitude que alcançou seu apogeu nos "modos de Harvard" de cerca de 1900. Ele achava que esse Barban era desse tipo e, estando embriagado, precipitadamente se esqueceu de que sentia temor dele — e isso levou à confusão em que ele logo se encontrou.

Sentindo-se vagamente envergonhada por causa de McKisco, Rosemary esperou, tranquila, mas internamente exaltada, pela volta de Dick Diver. De sua cadeira na mesa despovoada com Barban, McKisco e Abe, ela olhou ao longo do caminho ladeado com umbrosos mirtos e samambaias para o terraço de pedra e, se apaixonando pelo perfil de sua mãe contra uma porta iluminada, estava prestes a ir para lá quando a Sra. McKisco veio correndo lá da casa.

Ela transpirava excitação. No próprio silêncio com que ela puxou a cadeira e se sentou, seus olhos fixos, sua boca se mexendo um pouquinho, todos reconheceram uma pessoa transbordante de notícias, e o "O que foi que aconteceu, Vi?" dito por seu marido surgiu naturalmente, enquanto todos os olhares se voltavam para ela.

— Meu Deus... — ela disse de modo geral, e então se dirigiu a Rosemary — minha cara... não é nada. Eu realmente não posso dizer uma só palavra.

— A senhora está entre amigos — disse Abe.

— Bem, no andar de cima eu me deparei com uma cena, meus caros...

Balançando a cabeça de modo enigmático, ela se interrompeu bem a tempo, pois Tommy se levantou e se dirigiu a ela, educado, mas contundente:

— Não é aconselhável fazer comentários a respeito do que acontece nesta casa.

VIII

Violet respirou fundo e com força uma vez e com esforço mudou a expressão de seu rosto.

Dick finalmente voltou, e com um instinto certeiro separou Barban e os McKiscos e demonstrou para McKisco ter pouco conhecimento e grande curiosidade a respeito de literatura — desse modo dando-lhe o momento de superioridade de que ele precisava. Os demais o ajudaram a carregar as luminárias — quem não ficaria feliz carregando, prestativo, luminárias em meio à escuridão? Rosemary ajudou, enquanto respondia pacientemente à inesgotável curiosidade de Royal Dumphry a respeito de Hollywood.

Agora — ela estava pensando — eu mereço um tempo sozinha com ele. Ele deve saber disso, porque as leis dele são como as leis que a Mamãe me ensinou.

Rosemary tinha razão — logo em seguida Dick separou-a do grupo no terraço, e eles ficaram juntos, sozinhos, afastados da casa na direção do muro que dava para o mar não exatamente por passos, mas por intervalos irregularmente espaçados em que ela era às vezes puxada, outras vezes empurrada.

Eles observaram o Mediterrâneo. Lá longe, o último barco de excursão vindo das Isles des Lérins flutuava ao longo da baía como um balão da festa de 4 de Julho à deriva nos céus. Entre as ilhas negras ele flutuava, docemente abrindo um sulco na maré escura.

— Compreendo por que a senhorita fala de sua mãe como fala — disse ele. — A atitude dela em relação à senhorita é muito boa, eu acho. Ela tem um tipo de sabedoria que é rara nos Estados Unidos.

— Mamãe é perfeita — ela disse com fervor.

— Eu estive falando com ela a respeito de um plano que fiz... ela me disse que o tempo em que vocês duas ficarão na França depende da senhorita.

Depende de *você*, Rosemary quase disse em voz alta.

— Então, como as coisas por aqui se acabaram...

— Acabaram? — ela perguntou.

— Bem, isto se acabou... esta parte do verão se acabou. Na semana passada, a irmã de Nicole partiu; amanhã Tommy Barban vai embora; segunda-feira Abe e Mary North estão partindo. Talvez nós tenhamos mais diversão neste verão, mas esta diversão específica se acabou. Eu quero que ela morra de modo violento, ao invés de fenecer de modo sentimental... é por isso que ofereci esta festa. Mas aonde quero chegar é... Nicole e eu vamos a Paris para o bota-fora de Abe North para os Estados Unidos... eu fico pensando se a senhorita gostaria de ir conosco.

— O que Mamãe disse?

— Ela parecia achar que seria bom. Ela não quer ir. Ela quer que a senhorita vá sozinha.

— Eu não visito Paris desde que cresci — disse Rosemary. — Adoraria visitá-la com vocês.

— Muito gentil de sua parte. — Ela imaginava que a voz dele estivesse repentinamente metálica? — É claro que nós ficamos empolgados com a senhorita a partir do momento em que foi para a praia. Aquela vitalidade, nós tínhamos certeza de que era profissional... principalmente Nicole. Uma vitalidade que jamais se esgotaria com qualquer pessoa ou grupo.

O instinto dela alertou-a de que ele estava lentamente empurrando-a na direção de Nicole, e ela se conteve, dizendo com um controle igual:

— Queria saber tudo a respeito de vocês, também... especialmente a seu respeito. Eu lhe disse que me apaixonei por você na primeira vez em que o vi.

Ela estava certa ao agir desse modo. Porém, a amplidão entre céu e terra havia acalmado a mente dele, destruído a impulsividade que havia feito com que ele a levasse até aquele lugar, e o fez ter ciência do apelo óbvio demais, da luta com uma cena não ensaiada e com palavras que não eram familiares.

Ele tentou então fazer com que ela quisesse voltar para casa, e isso era difícil, e ele não queria perdê-la por completo. Ela sentiu apenas a rajada de ar frio soprando enquanto ele brincava com ela, bem humorado:

— A senhorita não sabe o que quer. Vá e pergunte para a sua mãe o que a senhorita quer.

Ela ficou arrasada. Ela o tocou, sentindo o tecido macio do paletó escuro dele como uma casula. Ela parecia prestes a cair de joelhos — e dessa posição ela desferiu sua última tacada.

— Acho que você é a pessoa mais maravilhosa que jamais conheci... com exceção de minha mãe.

— A senhorita tem olhos românticos.

A risada dele carregou-os na direção do terraço, onde ele a colocou nas mãos de Nicole...

Cedo demais já era hora de ir embora, e os Divers ajudaram todos eles a irem rapidamente. No grande Isotta dos Divers estariam Tommy Barban e sua bagagem — ele iria passar a noite no hotel para pegar um trem bem cedo — com a Sra. Abrams, os McKiscos e Campion. Earl Brady iria deixar Rosemary e a mãe dela a caminho de Monte Carlo, e Royal Dumphry foi com eles porque o carro dos Divers estava lotado. Lá no jardim, lanternas ainda brilhavam sobre a mesa onde eles haviam jantado, enquanto os Divers ficavam um ao lado do outro no portão; Nicole resplandecente e enchendo a noite com graciosidade, e Dick se despedindo de todos pelo nome.

Para Rosemary, pareceu muito pungente ir embora e deixá-los na casa deles. Uma vez mais, ela ficou pensando o que a Sra. McKisco teria visto no banheiro.

IX

Era uma noite escura e límpida, como se estivesse pendurada em uma cesta de uma única estrela sem brilho. A buzina do carro à frente estava abafada pela resistência do ar denso. O chofer de Brady dirigia devagar; as luzes traseiras do outro carro apareciam de tempos em tempos nas curvas — e depois, nada. Porém, passados dez minutos, as luzes surgiram de novo: o outro carro estava parado no acostamento. O chofer de Brady diminuiu a velocidade, mas na mesma hora o outro carro começou a seguir adiante lentamente, e ele os ultrapassou. No instante em que o chofer de Brady os ultrapassou, todos no carro ouviram um murmúrio indistinto de vozes por trás da discrição da limusine e viram que o chofer dos Divers estava sorrindo, divertido. Então eles prosseguiram, indo rapidamente através das elevações de escuridão e de noite tênue que se alternavam, descendo finalmente em uma série de movimentos abruptos até a grande estrutura do hotel de Gausse.

Rosemary cochilou por três horas e então ficou deitada, suspensa na luz do luar. Envolta pela escuridão erótica, ela exauriu rapidamente o futuro, com todas as possibilidades que poderiam levar a um beijo; mas com o beijo em si tão indistinto quanto um beijo de filme. Ela mudava de posição na cama deliberadamente, o primeiro sinal de insônia que ela jamais tivera, e tentava pensar com a mente de sua mãe a respeito da questão. Durante o processo, ela com frequência era perceptiva além de sua experiência, com coisas lembradas de antigas conversas que haviam se embebido nela parcialmente ouvidas.

Rosemary havia sido criada com a ideia do trabalho. A Sra. Speers gastara os parcos recursos dos homens que a haviam deixado viúva na educação de sua filha, e quando ela floresceu aos dezesseis anos com aqueles cabelos extraordinários, foi com ela rapidamente a Aix-les-Bains e levou-a sem ser anunciada à suíte de um produtor norte-americano que estava convalescendo lá. Quando o produtor foi para Nova Iorque, elas foram também. Assim, Rosemary havia superado seus exames de admissão. Com o sucesso subsequente e a promessa de comparativa estabilidade que se seguiu, a Sra. Speers havia se sentido livre para sugerir tacitamente naquela noite:

— Você foi criada para trabalhar... não especialmente para se casar. Agora se deparou com seu primeiro abacaxi para descascar e é um belo abacaxi... siga em frente e considere o que quer que aconteça como experiência. Você se machucar ou ele... o que quer que aconteça, não pode prejudicá-la, porque economicamente você é um menino, não uma menina.

Rosemary nunca havia pensado muito, a não ser a respeito da inesgotabilidade das perfeições de sua mãe; então aquele derradeiro corte do cordão umbilical perturbou o seu sono. Uma aurora enganadora fez com que o céu se intrometesse através das grandes portas-francesas, e ao se levantar Rosemary saiu no terraço, cálido sob seus pés descalços. Havia ruídos secretos no ar, um pássaro insistente alcançava com regularidade um triunfo maldoso nas árvores acima da quadra de tênis; passos seguiam um caminho circular na parte de trás do hotel, extraindo sua sonoridade ora da estrada poeirenta, ora do caminho de pedras esmagadas, ora dos degraus de cimento, e então revertendo o processo quando se afastavam. Além do mar muito escuro e bem lá no alto daquela colina que era mais uma sombra negra viviam os Divers. Ela pensou nos dois juntos, ouviu-os ainda cantando de modo indistinto uma canção parecida com a fumaça que se elevava, como um hino, muito remota no tempo e bem distante. Os filhos deles dormiam, o portão deles estava fechado para a noite.

Ela entrou e, colocando um vestido leve e *espadrilles*, saiu de novo pela porta-francesa e avançou pelo terraço ininterrupto na direção da porta da frente, indo rapidamente por ter percebido que outros quartos de hóspedes que emanavam sono, se abriam para ele. Ela parou ao ver uma figura sentada na ampla escadaria branca da entrada principal — então ela viu que era Luis Campion, e que ele estava chorando.

Ele estava chorando forte e em silêncio; e tremendo nas mesmas partes do corpo como uma mulher que chorasse. Uma cena em um papel que ela havia desempenhado no ano anterior se apoderou dela irresistivelmente e, se aproximando, ela tocou o ombro dele. Ele soltou um gritinho antes de reconhecê-la.

— O que foi? — Os olhos dela eram tranquilos e gentis e não penetravam nele com uma curiosidade inflexível. — Posso ajudar?

— Ninguém pode me ajudar. Eu sabia. Eu só tenho a mim mesmo para culpar. É sempre a mesma coisa.

— O que foi... quer me contar a respeito?

Ele olhou para ela antes de resolver.

— Não — ele decidiu. — Quando a senhorita for mais velha, saberá o que sofrem as pessoas que amam. A agonia. É melhor ser frio e jovem do que amar. Já aconteceu comigo antes, mas nunca como isto... tão acidental... e exatamente quanto tudo estava correndo bem.

O rosto dele era repulsivo à luz que começava a surgir. Nem por uma centelha de sua personalidade, nem por um movimento do menor dos músculos, ela traiu sua súbita repugnância por o que quer que fosse. Porém, a sensibilidade de Campion percebeu isso, e ele mudou de assunto com certa brusquidão.

— Abe North está em algum lugar por aqui.

— Ora, mas ele está hospedado na casa dos Divers!

— Sim, mas ele está em pé... a senhorita não sabe o que aconteceu?

Uma veneziana se abriu de repente em um quarto dois andares acima e uma voz inglesa grunhiu de modo distinto:
— *Podem, gentilmente, parar de matraquear?*

Rosemary e Luis Campion desceram humildemente os degraus e se dirigiram a um banco ao lado do caminho que levava ao mar.

— Então a senhorita não tem ideia do que aconteceu? Minha cara, a coisa mais extraordinária... — ele estava se empolgando, então, se agarrando à sua revelação. — Eu nunca vi algo acontecer tão de repente... Eu sempre evitei pessoas violentas... elas me perturbam tanto que às vezes tenho de ficar de cama por dias.

Ele olhou para ela, triunfante. Ela não tinha a menor ideia do que ele estava falando.

— Minha cara — ele disse com ímpeto, inclinando-se na direção dela com o corpo todo, enquanto lhe tocava a coxa, para mostrar que não se tratava de mera atitude irresponsável de sua mão; ele estava tão seguro de si. — Haverá um duelo.

— O... o quê?

— Um duelo com... ainda não sabemos com o quê.

— E quem vai duelar?

— Eu vou lhe contar desde o começo. — Ele inspirou profundamente e então disse, como se fosse algo que depusesse contra ela, mas ele não iria acusá-la. — Naturalmente, a senhorita estava no outro automóvel. Bem, de certo modo, a senhorita teve sorte... eu perdi pelo menos dois anos de minha vida, tudo aconteceu tão de repente.

— O que aconteceu? — perguntou ela.

— Eu não sei o que deu início a tudo. Primeiro ela começou a falar...

— Quem?

— Violet McKisco. — Ele baixou a voz, como se houvesse pessoas debaixo do banco. — Mas não mencione os Divers porque ele ameaçou qualquer pessoa que mencionasse isso.

— Quem ameaçou?

— Tommy Barban, então a senhorita não diga nem que eu os mencionei. Nenhum de nós ficou sabendo o que é que Violet tinha a dizer, porque ele ficava interrompendo-a, e então o marido dela entrou na conversa e agora, minha cara, nós temos esse duelo. Hoje de manhã... às cinco horas... em uma hora. — Ele suspirou de repente, pensando em seus próprios pesares. — Eu quase queria que fosse eu. Eu poderia muito bem ser morto agora que não tenho motivos para viver. — Ele se interrompeu de repente e ficou balançando para trás e para frente com tristeza.

Uma vez mais, a veneziana se abriu lá em cima, e a mesma voz britânica disse:

— *Céus, isso precisa parar agora mesmo.*

Ao mesmo tempo, Abe North, parecendo um tanto preocupado, saiu do hotel, viu-os contra o céu branco acima do mar. Rosemary balançou a cabeça, admoestadora, antes que ele pudesse falar, e eles passaram para outro banco mais adiante no caminho. Rosemary viu que Abe estava um pouquinho bêbado.

— O que *a senhorita* está fazendo em pé? — ele perguntou.

— Acabei de me levantar. — Ela começou a rir, mas, lembrando-se da voz logo acima, se conteve.

— Atormentada pelo rouxinol — sugeriu Abe, e repetiu —, provavelmente atormentada pelo rouxinol. Este membro do clube das marocas contou para a senhorita o que aconteceu?

Campion disse, digno:

— Eu só sei o que ouvi com meus próprios ouvidos.

Ele se levantou e se afastou rapidamente; Abe sentou-se ao lado de Rosemary.

— Por que o senhor o tratou tão mal?

— Eu o tratei? — ele perguntou, surpreso. — Ele andou choramingando por aí a madrugada toda.

— Bem, talvez ele esteja triste por causa de alguma coisa.

— Talvez esteja.

— E essa história do duelo? Quem vai duelar? Pensei que havia algo estranho naquele carro. É verdade?
— Com certeza não dá para acreditar, mas parece ser verdade.

X

O problema começou quando o carro de Earl Brady passou pelo carro dos Divers parado no acostamento — o relato de Abe se fundia de modo impessoal na noite movimentada — Violet McKisco estava contando para a Sra. Abrams algo que ela havia descoberto a respeito dos Divers — ela tinha ido ao andar de cima na casa deles e tinha se deparado com alguma coisa lá que causara uma impressão muito forte nela. Mas, Tommy é um cão de guarda quando se trata dos Divers. Na verdade, ela é inspiradora e impressionante — mas é algo mútuo, e a questão de Os Divers juntos é mais importante para os amigos deles do que muitos deles percebem. Naturalmente, isso é obtido com certo sacrifício — às vezes eles parecem não mais que figuras encantadoras em um balé, e merecedoras simplesmente da atenção que você dedica a um balé, mas é mais do que isso — você ia ter de saber a história. De qualquer modo, Tommy é um daqueles homens que Dick transferiu para Nicole, e quando a Sra. McKisco ficou mencionando a história dela, ele disse que eles estavam agindo mal. Ele disse:

— Sra. McKisco, por favor, não faça mais comentários a respeito da Sra. Diver.

— Eu não estava falando com o senhor — ela objetou.

— Eu acho que é melhor deixá-los de lado.

— Eles são assim tão sagrados?

— Deixe-os de lado. Fale sobre outra coisa.

Ele estava sentado em um dos dois banquinhos ao lado de Campion. Campion me contou a história.

— Ora, o senhor é bem mandão — retrucou Violet.

A senhorita sabe como as conversas são nos carros tarde da noite, algumas pessoas murmurando e outras pouco se importando, abrindo mão de tudo depois da festa, ou entediadas ou adormecidas. Bem, nenhum deles sabia exatamente o que tinha acontecido até o carro parar e Barban gritar com uma voz que abalou todo mundo, uma voz para o regimento de cavalaria.

— Querem descer aqui... nós estamos apenas a mil e quinhentos metros do hotel, e vocês podem andar ou eu os levarei arrastados até lá. *Você tem de calar a boca e fazer sua esposa calar a boca!*

— Você é um valentão — disse McKisco. — Sabe que tem músculos mais fortes do que eu. Mas, eu não tenho medo de você... o que eles têm de ter é o código para duelos...

E foi quando ele cometeu seu erro, porque Tommy, sendo francês, inclinou-se para frente e lhe deu um tapa, e então o chofer continuou a dirigir. Foi quando vocês passaram por eles. Então as mulheres começaram. Era essa a situação quando o carro chegou ao hotel.

Tommy telefonou para um homem em Cannes solicitando que ele atuasse como padrinho; McKisco disse que não ia ser apadrinhado pelo Campion, que de qualquer modo não estava louco de vontade de se envolver na história, então ele me telefonou não para dizer alguma coisa, mas para que eu viesse na mesma hora. Violet McKisco desmaiou, e a Sra. Abrams levou-a para o quarto dela e lhe deu um brometo e com isso ela dormiu confortavelmente na cama. Quando cheguei lá, tentei argumentar com o Tommy, mas este não iria aceitar nada menos que um pedido de desculpas; e McKisco, muito valentão, não o faria.

Quando Abe terminou, Rosemary perguntou, pensativa:
— Os Divers sabem que foi por causa deles?
— Não... e eles nunca vão ficar sabendo que tiveram qualquer coisa a ver com isso. Aquele infeliz do Campion não tinha nada

que ficar falando com a senhorita sobre o assunto, mas já que ele falou... eu disse para o chofer que eu ia pegar a velha serra musical se ele abrisse a boca a respeito do assunto. Essa é uma briga entre dois homens... Tommy precisa é de uma boa guerra.

— Espero que os Divers não descubram — disse Rosemary.

Abe consultou seu relógio.

— Tenho de ir e ver o McKisco... A senhorita quer vir? Ele está se sentindo meio sozinho... aposto que não dormiu.

Rosemary teve uma visão da vigília desesperada que aquele homem muito nervoso e desorganizado provavelmente havia mantido. Depois de um momento hesitando entre piedade e repugnância, ela concordou, e cheia de energia matinal, saltitou escada acima ao lado de Abe.

McKisco estava sentado na cama, com sua combatividade alcoólica exaurida, apesar da taça de champanhe em sua mão. Ele parecia muito franzino e irritado e pálido. Evidentemente estivera escrevendo e bebendo a noite toda. Ele olhou fixamente, confuso, para Abe e Rosemary e perguntou:

— Já está na hora?

— Não, ainda falta meia hora.

A mesa estava coberta de papéis, que ele reuniu com certa dificuldade em uma longa carta; a escrita nas últimas páginas era grande e ilegível. À delicada luz evanescente das lâmpadas elétricas, ele rabiscou seu nome no fim, enfiou tudo em um envelope e o entregou para Abe.

— Para minha esposa.

— Seria melhor mergulhar sua cabeça em água fria — sugeriu Abe.

— Acha que seria melhor? — perguntou McKisco, duvidoso. — Eu não quero ficar sóbrio demais.

— Bem, você está com uma aparência horrível agora.

Obediente, McKisco foi ao banheiro.

— Estou deixando tudo em uma confusão dos diabos — ele falou. — Eu não sei como Violet vai voltar para os Estados

Unidos. Eu não tenho nenhum seguro. Eu nunca achei tempo para pensar nisso.

— Não diga bobagens, estará aqui tomando o café da manhã em uma hora.

— Mas é claro, eu sei. — Ele voltou com os cabelos molhados e olhou para Rosemary como se a visse pela primeira vez. De repente, seus olhos se encheram de lágrimas. — Eu nunca terminei o meu romance. É isso que me deixa tão magoado. A senhorita não gosta de mim — ele disse para Rosemary —, mas não dá para evitar. Eu sou basicamente um homem de letras. — Ele emitiu um som vago e desencorajado e balançou a cabeça, desamparado. — Eu cometi muitos erros em minha vida... muitos deles. Mas, eu fui um dos mais proeminentes... de certos modos...

Ele se interrompeu e levou à boca um cigarro apagado.

— Eu gosto do senhor — disse Rosemary —, mas não acho que o senhor deveria entrar em um duelo.

— É, eu deveria ter tentado derrotá-lo, mas agora já foi. Permiti que eu fosse arrastado a alguma coisa em que eu não tinha condição de estar. Tenho um gênio muito ruim... — Ele olhou atentamente para Abe como se esperasse que a afirmativa fosse contestada. Então, com um riso apavorado ele levou a bituca do cigarro apagado à boca. A respiração dele ficou mais rápida.

— O problema é que eu sugeri o duelo... Se a Violet tivesse ficado de boca fechada, eu poderia ter dado um jeito nisso. É claro, mesmo agora eu posso ir embora, ou ficar sentado e dar risada da história toda... mas eu não acho que Violet jamais me respeitasse de novo.

— Sim, ela respeitaria — disse Rosemary. — Ela o respeitaria ainda mais.

— Não... a senhorita não conhece Violet. Ela é muito dura quando leva vantagem sobre uma pessoa. Nós estamos casados há doze anos, nós tínhamos uma menininha de sete anos de idade, e ela morreu e depois disso, a senhorita sabe como é. Nós dois andamos tendo uns casinhos, nada sério, mas nos afastando... ela me chamou de covarde lá, esta noite.

Perturbada, Rosemary não respondeu.

— Bom, nós vamos providenciar para que haja tão poucos problemas quanto possível — disse Abe. Ele abriu o estojo de couro. — Estas são as pistolas de duelo de Barban... eu as peguei emprestadas, para que pudesse se familiarizar com elas. Ele as leva em sua mala. — Ele sopesou uma das armas arcaicas. Rosemary soltou uma exclamação de desassossego e McKisco olhou as pistolas com ansiedade.

— Bem... com certeza não vamos ficar em pé e enfiar uma bala no outro com uma quarenta e cinco — ele disse.

— Não sei — disse Abe, cruel —, a ideia é que você tem uma visão melhor com um cano longo.

— E quanto à distância? — perguntou McKisco.

— Eu fiz umas perguntas a respeito disso. Se um ou outro dos duelistas tem de ser definitivamente eliminado, eles dão oito passos; se eles são honrados e estão irritados, são vinte passos, e se é apenas para vingar a honra, são quarenta passos. O padrinho dele concordou comigo em estipular quarenta passos.

— Isso é bom.

— Há um duelo maravilhoso em um romance do Pushkin — relembrou Abe. — Cada homem ficava à beira de um precipício, então se ele fosse atingido, estava acabado.

Isso parecia ser muito remoto e acadêmico para McKisco, que o encarou e disse:

— O quê?

— Quer dar uma mergulhada rápida e se refrescar?

— Não... não, eu não conseguiria nadar. — Ele suspirou. — Eu não entendo do que se trata — ele disse, impotente. — Eu não entendo por que estou fazendo isto.

Era a primeira coisa que ele fazia em sua vida. Na verdade, ele era um daqueles para os quais o mundo das sensações não existe e, confrontado com um fato concreto, McKisco introduziu nele uma imensa surpresa.

— Nós poderíamos muito bem ir andando — disse Abe, vendo que ele hesitava um pouquinho.

— Tudo bem. — Ele bebeu uma dose pura de *brandy*, colocou a garrafa em seu bolso, e disse com um ar quase agressivo. — O que vai acontecer se eu o matar... eles vão me jogar na cadeia?

— Eu o levo correndo até a fronteira italiana.

Ele olhou de relance para Rosemary, e então disse com ar de desculpas para Abe:

— Antes de nós sairmos, tem uma coisa que eu gostaria de discutir com você sozinho.

— Espero que nenhum dos dois se machuque — disse Rosemary. — Eu acho que é muita bobagem, e vocês deveriam tentar impedir isso.

XI

Ela encontrou Campion lá embaixo, no saguão deserto.

— Eu vi a senhorita indo lá para cima — ele disse, agitado. — Ele está bem? Quando vai acontecer o duelo?

— Não sei. — Ela se ressentia de vê-lo falando do assunto como se fosse um circo, com McKisco como o palhaço trágico.

— A senhorita vai comigo? — ele perguntou, com o ar de quem oferece um ingresso. — Aluguei o carro do hotel.

— Eu não quero ir.

— Por que não? Eu acho que isso vai tirar anos da minha vida, mas não perderia por nada neste mundo. Nós podemos assistir a tudo bem de longe.

— Por que não pede ao Sr. Dumphry para ir junto com o senhor?

O monóculo dele caiu, sem suíças em que se esconder — ele ficou rígido.

— Eu nunca mais quero vê-lo de novo.

— Bem, eu receio que não possa ir. Minha mãe não aprovaria.

Quando Rosemary entrou no quarto, a Sra. Speers se mexeu, sonolenta, e lhe perguntou:

— Onde você esteve?

— Não conseguia pegar no sono. Volte a dormir, Mãe.

— Venha ao meu quarto. — Ouvindo-a sentar-se na cama, Rosemary foi até lá e lhe contou o que havia acontecido.

— Por que não vai ver? — sugeriu a Sra. Speers. — Você não precisa chegar perto, e pode ter condições de ajudar depois.

Rosemary não gostava da ideia de observar aquilo e objetou, mas a consciência da Sra. Speers ainda estava embotada por causa do sono e ela se lembrou de chamadas noturnas ligadas a mortes e calamidades quando ela era esposa de um médico.

— Eu gosto que você vá a lugares e faça coisas por iniciativa própria, sem mim... você fez coisas muito mais difíceis para as chamadas de publicidade do Rainy.

Rosemary ainda não via por que ela tinha de ir, mas obedeceu à voz firme e clara que a havia enviado à entrada do palco do Odeon em Paris quando ela tinha doze anos e a acolheu quando ela saiu.

Ela achou que havia ficado para trás quando, da escada, viu Abe e McKisco indo de carro — mas, depois de uns instantes, o carro de hotel apareceu na curva do prédio. Soltando gritinhos agudos de deleite, Luis Campion fez com que ela se sentasse ao seu lado.

— Me escondi lá porque eles poderiam não permitir que nós fôssemos. Eu estou com a minha filmadora, veja.

Ela deu risada, sem conseguir se controlar. Ele era tão medonho que não era mais medonho, apenas desumanizado.

— Fico me perguntando por que a Sra. McKisco não gostou dos Divers — disse ela. — Eles foram muito gentis com ela.

— Oh, não foi isso. Foi alguma coisa que ela viu. Nós nunca soubemos exatamente o que era por causa do Barban.

— Então não foi isso que fez o senhor ficar tão triste.

— Oh, não — disse ele, a voz falhando —, foi outra coisa que aconteceu quando nós voltamos para o hotel. Mas agora eu não me importo... lavei minhas mãos do assunto completamente.

Eles seguiram o outro carro rumo ao leste ao longo da costa passando além de Juan les Pins, onde o esqueleto do novo Casino estava se erguendo. Já havia passado das quatro horas, e sob um céu cinza-azulado os primeiros barcos de pesca entravam, rangendo, no mar verde pálido. Então eles saíram da estrada principal e entraram na província.

— É o campo de golfe — exclamou Campion. — Tenho certeza de que é onde tudo vai acontecer.

Ele tinha razão. Quando o carro de Abe estacionou na frente deles, o leste estava colorido de vermelho e amarelo, prometendo um dia abafadiço. Estacionando o carro do hotel entre alguns pinheiros, Rosemary e Campion se mantiveram à sombra de um bosque e margearam o *fairway* ressecado onde Abe e McKisco estavam caminhando para cima e para baixo, McKisco erguendo a cabeça de tempos em tempos como um coelho que farejasse. Logo em seguida, havia figuras se movendo perto de um *tee* mais distante, e os observadores perceberam Barban e seu padrinho francês — este carregava a caixa de pistolas sob o braço.

Um tanto intimidado, McKisco se esgueirou para trás de Abe e bebeu um grande gole de *brandy*. Ele avançou engasgando e teria ido diretamente até o outro grupo, mas Abe o deteve e seguiu adiante para falar com o francês. O sol estava acima do horizonte.

Campion agarrou o braço de Rosemary.

— Não consigo aguentar isso — ele guinchou, quase sem voz. — É demais. Isso vai me custar...

— Solte-me — disse Rosemary, peremptória. Ela murmurou uma oração frenética em francês.

Os duelistas se encararam, Barban com a manga da camisa arregaçada. Os olhos dele brilhavam inquietos sob o sol, mas seu movimento foi deliberado quando secou a palma na costura de suas calças. McKisco, temerário por causa do *brandy*, franziu os lábios e assobiou, e empinou seu longo nariz, despreocupado, até Abe dar um passo para frente com um lenço nas mãos. O padrinho francês ficou imóvel com o rosto voltado para o lado. Rosemary prendeu a respiração em uma piedade terrível e rangeu os dentes com ódio de Barban; então:

— Um... dois... três! — Abe contou com voz embargada.

Os dois atiraram ao mesmo tempo. McKisco perdeu o equilíbrio, mas logo se recobrou. Os dois tiros haviam falhado.

— Bom, já basta! — exclamou Abe.

Os duelistas se aproximaram, e todos olharam para Barban, inquisitivos.

— Eu me declaro insatisfeito.

— O quê? Com certeza está satisfeito — disse Abe, impaciente. — Só você não sabe disso.

— Seu homem se recusa a dar outro tiro?

— Com toda a certeza, Tommy. Você insistiu nisso e meu cliente foi até o fim.

Tommy riu, desdenhoso.

— A distância era ridícula — ele disse. — Não estou acostumado com tais farsas... seu homem tem de se lembrar de que ele não está nos Estados Unidos agora.

— Não adianta ficar falando dos Estados Unidos — disse Abe, um tanto ríspido. E então, em um tom mais conciliador. — Isso já foi longe demais, Tommy. — Eles conversaram acaloradamente por uns instantes, e então Barban assentiu e fez uma mesura rígida para seu antigo antagonista.

— Não vai apertar mão? — sugeriu o médico francês.

— Eles já se conhecem — disse Abe.

Ele se voltou para McKisco.

— Venha, vamos embora.

Enquanto eles se afastavam a passos largos, McKisco, exultante, agarrou o braço dele.

— Espere um minuto! — disse Abe. — Tommy quer a pistola de volta. Ele pode precisar dela de novo.

McKisco a entregou.

— Pro inferno com ele — ele disse com voz dura. — Diga pra ele que ele pode...

— Devo dizer para ele que você quer outro tiro?

— Bem, eu atirei — exclamou McKisco, enquanto eles se afastavam. — E eu me saí muito bem, não? Eu não fraquejei.

— Você estava muito bêbado.

— Não, eu não estava.

— Tudo bem, então não estava.

— E por que ia fazer diferença se eu bebi um drinque ou outro?

À medida que sua confiança aumentava, ele olhou ressentido para Abe.

— E que diferença faz? — ele repetiu.

— Não é capaz de ver, então não faz sentido continuar com o assunto.

— Você não sabe que todos estavam bêbados o tempo todo durante a guerra?

— Bom, vamos esquecer isso.

Mas a história ainda não havia acabado. Passos rápidos soaram na urze atrás deles, e o médico os alcançou.

— *Pardon, Messieurs* — disse ele, ofegante. — *Voulez-vous regler mes honoraires? Naturellment c'est pour soins médicaux seulement. M. Barban n'a qu'un billet de mille et ne peut pas les régler et l'autre a laissé son porte-monnaie chez lui.*[1]

— Confie em um francês para pensar nisso — disse Abe, e então para o médico. — *Combien?*[2]

— Deixe-me pagar isso — disse McKisco.

— Não, eu pago. Nós todos estávamos correndo mais ou menos o mesmo risco.

Abe pagou ao médico enquanto McKisco repentinamente se voltou para os arbustos e vomitou neles. Então, mais pálido

---

[1] Com licença, cavalheiros — disse ele, ofegante. — Os senhores poderiam pagar meus honorários? Naturalmente, apenas pelos cuidados médicos. M. Barban só tem uma nota de mil, e não pode acertar o pagamento, e o outro deixou sua carteira no hotel.

[2] Quanto?

do que antes, ele continuou a andar empertigado com Abe na direção do carro ao longo da manhã já rosada.

Campion estava deitado de costas, ofegante, em meio aos arbustos, a única vítima do duelo, enquanto Rosemary, repentinamente dando risadas histéricas, ficou chutando-o com sua *espadrille*. Ela agiu assim insistentemente, até fazê-lo se levantar — a única questão importante para ela agora era que em algumas horas iria ver a pessoa a quem ela ainda se referia em sua mente como "os Divers" na praia.

XII

Eles estavam no Restaurante Voisins aguardando Nicole, seis pessoas, Rosemary, os Norths, Dick Diver e dois jovens músicos franceses. Eles estavam analisando os demais clientes do restaurante para ver se eles agiam com naturalidade — Dick disse que nenhum homem norte-americano tinha um pingo de naturalidade, a não ser ele próprio, e eles estavam procurando um exemplo para confrontá-lo. As coisas pareciam complicadas para eles — nenhum homem havia entrado no restaurante por dez minutos sem levar a mão ao rosto.

— Jamais deveríamos ter abandonado os bigodes engomados — disse Abe. — Não obstante, Dick não é o único homem que age com naturalidade...

— Ah, sim, eu sou.

— ...mas ele pode ser o único homem sóbrio que age com naturalidade.

Um norte-americano bem vestido havia entrado com duas mulheres que estavam cheias de pose e se moviam despreocupadas ao redor de uma mesa. De repente, ele percebeu que estava sendo observado — e em consequência disso sua mão se ergueu de modo espasmódico e arrumou uma saliência imaginária em sua gravata. Em outro grupo que não estava sentado, um homem dava tapinhas em sua face barbeada com a palma da mão, sem parar, e seu companheiro mecanicamente erguia e abaixava a bituca de um cigarro apagado. Os sortudos ficavam mexendo nos óculos e nos bigodes; os desprovidos tocavam em bocas inexpressivas ou até mesmo puxavam desesperadamente os lóbulos de suas orelhas.

Um general muito conhecido entrou, e Abe, contando com o primeiro ano do homem em West Point — aquele ano durante o qual nenhum cadete pode pedir afastamento e do qual ninguém se recupera — fez uma aposta de cinco dólares com Dick.

Com as mãos pendendo naturalmente dos lados, o general esperou para ser levado até sua mesa. Uma vez seus braços se moveram repentinamente para trás como os de alguém que vai dar um salto, e Dick disse, "Ah!", supondo que ele houvesse perdido o controle, mas o general se recobrou e eles tornaram a respirar — a agonia estava quase acabada, o garçom estava puxando a cadeira dele...

Com um toque de fúria, o conquistador ergueu rapidamente a mão e coçou sua imaculada cabeça grisalha.

— Vejam vocês — disse Dick, complacente —, eu sou o único.

Rosemary tinha plena certeza disso e Dick, percebendo que jamais tivera uma audiência melhor, transformou o grupo em uma unidade tão vívida que Rosemary sentiu um impaciente desprezo por todos os que não estavam à mesa deles. Eles estavam em Paris fazia dois dias, mas na verdade ainda estavam sob o guarda-sol na praia. Quando, como no baile do Corps des Pages na noite anterior, o ambiente parecia impressionante para Rosemary, que ainda tinha de participar de uma festa em Mayfair em Hollywood, Dick colocava a situação em perspectiva cumprimentando algumas pessoas, um tipo de seleção — os Divers pareciam ter um grande grupo de conhecidos, mas era sempre como se a pessoa não os tivesse visto por um bom tempo, e estivesse completamente atônita, "Ora, mas onde é que vocês estão escondidos?" — e então recriava a unidade de seu próprio grupo destruindo os intrusos de modo suave, mas permanente, com um irônico *coup de grâce*.[1] Em pouco tempo,

---

[1] Golpe final.

Rosemary parecia ter conhecido pessoalmente aquelas pessoas em algum passado deplorável, e então entrava em contato com elas, rejeitava-as e as descartava.

O grupo deles era esmagadoramente norte-americano, e às vezes nem um pouco norte-americano. Eram eles próprios que Dick lhes devolvia, indefinidos devido às transigências de tantos anos.

Para dentro do restaurante escuro e enfumaçado, que cheirava aos suculentos alimentos crus no bufê, deslizou o vestido azul celeste de Nicole como um segmento disperso do tempo que fazia lá fora. Vendo nos olhos deles quão bela estava, ela agradeceu a todos com um sorriso de apreciação radiante. Eles todos foram pessoas muito agradáveis por certo tempo, muito corteses e tudo mais. Então, eles ficaram cansados disso, e eles foram engraçados e amargos, e finalmente fizeram uma porção de planos. Eles riram de coisas de que eles não se lembrariam com clareza posteriormente — riram muito, e então os homens beberam três garrafas de vinho. O trio de mulheres à mesa era representativo do imenso fluxo da vida norte-americana. Nicole era neta de um capitalista norte-americano self-made, e neta de um Conde da Casa de Lippe Weissenfeld. Mary North era filha de um trabalhador especializado em colocação de papel de parede e descendente do Presidente Tyler. Rosemary era oriunda do meio da classe média, catapultada às pouco familiares alturas de Hollywood por sua mãe. O ponto de semelhança entre cada uma e sua diferença em relação a tantas mulheres norte-americanas se encontrava no fato de que elas estavam todas felizes por existirem em um mundo masculino — elas preservavam a sua individualidade por meio dos homens e não em oposição a eles. Todas as três teriam sido ou boas cortesãs ou boas esposas, não por uma casualidade de nascimento, mas por causa da casualidade maior de descobrir o seu homem ou não descobri-lo.

Desse modo, Rosemary achou que aquele era um grupo agradável, o daquele almoço, mais agradável pelo fato de serem somente sete pessoas, mais ou menos o limite de um bom grupo. Talvez, também, o fato de ela ser nova no mundo deles agisse como um tipo de agente catalisador para acabar com todas as velhas reservas deles em relação uns aos outros. Depois de o grupo se separar, um garçom encaminhou Rosemary para o escuro interior de todos os restaurantes franceses, onde ela procurou um número de telefone à luz de uma fraca lâmpada cor de laranja, e chamou a Franco-American Films. Mas é claro que eles tinham uma cópia de *A Garotinha do Papai* — não estava lá no momento, mas eles a exibiriam em um dia posterior daquela semana para ela no número 341 da Rue des Saintes Anges — ela que pedisse para falar com o Sr. Crowder.

A quase cabine telefônica se voltava para o vestiário, e quando Rosemary desligou o telefone, ela ouviu duas vozes baixas a menos de um metro e meio de distância dela, do outro lado de uma fila de casacos.

— ...Então você me ama?
— Oh, e como não!

Era Nicole — Rosemary hesitou na porta da cabine — e então ouviu Dick dizer:

— Eu te desejo tanto... vamos para o hotel agora. — Nicole soltou um pequeno suspiro ofegante. Por um momento, as palavras nada significaram para Rosemary — mas o tom, sim. A imensa intimidade dele reverberava nela.

— Eu quero você.
— Estarei no hotel às quatro.

Rosemary ficou parada sem fôlego, enquanto as vozes se afastavam. Ela a princípio ficou atônita — ela os havia visto em seu relacionamento um com o outro como pessoas sem exigências pessoais — como algo menos emocional. Agora, uma forte corrente de emoções a percorreu, profunda e não identificada. Ela não sabia se sentia atração ou repulsa, mas apenas que estava profundamente comovida. Isso fez com que ela se sentisse muito sozinha enquanto voltava ao restaurante, mas era tocante ter uma visão rápida daquilo, e a apaixonada gratidão do "Oh, e como não!" ecoou em sua mente. O sentido particular da cena que ela havia testemunhado estava fora de seu alcance; mas por mais longe que ela estivesse dele, o seu estômago lhe disse que estava tudo certo — ela não tinha nem um pouco da aversão que havia sentido ao fazer algumas cenas de amor nos filmes.

Mesmo estando muito longe disso tudo, ela não obstante fazia parte do ocorrido agora, de modo irrevogável, e fazendo compras com Nicole ela estava muito mais consciente do encontro furtivo do que a própria Nicole. Ela olhava para Nicole de um jeito novo, avaliando os seus atrativos. Ela era certamente a pessoa mais atraente que Rosemary jamais encontrara — com sua dureza, suas devoções e lealdades, e certa imprecisão, que Rosemary, então pensando com a mente de classe média da mãe, associou à atitude dela em relação ao dinheiro. Rosemary gastava dinheiro que ela ganhara — ela estava na Europa devido ao fato de ter entrado na piscina seis vezes naquele dia de janeiro com a temperatura dela subindo de 37,2°C no começo da manhã a 39,4°C quando sua mãe havia interrompido tudo.

Com a ajuda de Nicole, Rosemary comprou dois vestidos e dois chapéus e quatro pares de sapatos com seu dinheiro. Nicole fez compras com base em uma grande lista que tinha duas páginas e, além disso, comprou as coisas nas vitrines. Tudo de que ela gostava e que provavelmente não poderia usar, ela comprava como presente para uma amiga. Comprou contas coloridas, almofadas para a praia, flores artificiais, mel, uma cama dobrável, sacolas, echarpes, periquitos-namorados, miniaturas para uma casa de bonecas, e três jardas de certo novo tecido da cor de camarão. Ela comprou uma dúzia de roupas de banho, um jacaré de borracha, um tabuleiro de xadrez portátil de ouro e marfim, grandes lenços de linho para Abe, duas jaquetas de couro de camurça de um azul celeste brilhante e vermelho vivo da Hermès — comprou todas essas coisas nem um pouquinho como uma cortesã de alta classe comprando roupas íntimas e joias, que seriam, afinal de contas, equipamento pessoal e uma garantia — mas com um ponto de vista completamente diferente. Nicole era o produto de muito engenho e de trabalho duro. Por causa dela, trens começaram a correr em Chicago e atravessaram o ventre redondo do continente até a Califórnia; fábricas produtoras de goma de mascar soltavam fumaça e correias de ligação aumentavam de elo em elo em fábricas; homens misturavam pasta de dentes em cubas e extraíam enxaguante bucal de tonéis de cobre; meninas enlatavam rapidamente tomates em agosto ou trabalhavam afanosamente em lojinhas de artigos baratos na véspera de Natal; índios mestiços labutavam no Brasil em plantações de café, e sonhadores eram expropriados de direitos de patente de novos tratores — essas eram algumas das pessoas que davam um dízimo para Nicole, e à medida que todo o sistema seguia adiante balançando e trovejando, emprestava um viço febril a tais atividades dela como fazer compras em atacado, como o rubor no rosto de um bombeiro que permanece em seu posto na frente de um fogo que se alastra. Ela ilustrava princípios muito simples, contendo em si própria o seu próprio destino, mas os ilustrava de modo tão preciso que havia graça no procedimento, e logo em seguida Rosemary tentaria imitá-la.

Eram quase quatro horas. Nicole estava parada em uma loja com um periquito-namorado em seu ombro, e teve um de seus infrequentes impulsos para conversar.

— Bem, e se você não tivesse entrado na piscina naquele dia... eu às vezes fico pensando em tais coisas. Pouco antes da guerra, nós estávamos em Berlim... eu tinha treze anos, foi pouco antes de Mamãe morrer. Minha irmã ia a um baile na corte, e ela tinha três dos príncipes reais em seu carnê de danças, tudo isso arranjado por um camareiro-mor e tudo mais. Meia hora antes de ela sair, ela sentiu uma dor no lado e teve febre alta. O médico falou que era apendicite e que ela tinha de ser operada. Mas, Mamãe tinha feito seus planos, de modo que Baby foi para o baile, e dançou até as duas da manhã com uma bolsa de gelo presa sob o seu vestido de noite. Ela foi operada às sete da manhã no dia seguinte.

Era bom ser duro, então; todas as pessoas boas eram duras consigo mesmas. Mas, eram quatro horas, e Rosemary ficou pensando em Dick esperando Nicole no hotel. Ela tinha de ir para lá, ela não poderia deixá-lo esperando por ela. Rosemary ficou pensando, "Por que você não vai?", e então, de repente, "Ou então me deixe ir, já que você não quer." Porém, Nicole foi a mais um lugar comprar *corsages*[2] para as duas e enviou um para Mary North. Só então ela pareceu se lembrar e, com um repentino alheamento, chamou um táxi.

— Até logo — disse Nicole. — Nós nos divertimos, não foi?

— E nos divertimos muito — disse Rosemary. Era mais difícil do que ela pensava, e todo o seu ser protestou enquanto Nicole se afastava.

---

[2] Buquê de flores usado por mulheres atado ao pulso em festas.

XIII

Dick contornou o ângulo da barricada e continuou ao longo da trincheira caminhando pela passarela de madeira. Ele chegou a um periscópio, olhou por ele por uns instantes; então subiu os degraus e olhou por cima do parapeito. Na frente dele, sob um céu desbotado, estava a comuna de Beaumont Hamel; à sua esquerda, a trágica colina de Thiepval. Dick olhou-as fixamente com seus binóculos, sua garganta se contraindo de tristeza.

Ele prosseguiu ao longo da trincheira, e se encontrou com os outros que o esperavam na barricada seguinte. Ele estava muito perturbado e queria comunicar isso para eles, fazer com que eles entendessem aquilo, embora, na verdade, Abe North tivesse participado do serviço ativo e ele não.

— Este terreno aqui custou mais de trezentas vidas por metro quadrado naquele verão — ele disse para Rosemary. Obediente, ela olhou para a planície verde bastante desolada com suas árvores baixas com seis anos de crescimento. Se Dick tivesse acrescentado que eles estavam então sendo bombardeados, ela teria acreditado nele naquela tarde. O amor dela havia chegado a um ponto em que finalmente ela estava começando a se sentir infeliz, a ficar desesperada. Ela não sabia o que fazer — ela queria conversar com a mãe.

— Há tantas pessoas que morreram desde aquela época, e todos nós estaremos mortos logo — disse Abe, em tom consolador.

Rosemary esperou, tensa, que Dick prosseguisse.

— Vejam aquele riacho... poderíamos ir andando até lá em dois minutos. Os britânicos levaram um mês para chegar até lá... todo um império caminhando muito devagar, morrendo na frente e empurrando para diante na retaguarda. E outro império caminhava muito devagar para trás, alguns centímetros por dia, deixando os mortos como um milhão de tapetes ensanguentados. Nenhum europeu jamais fará isso de novo nesta geração.

— Ora, eles acabaram de resolver tudo na Turquia — disse Abe. — E em Marrocos...

— Isso é diferente. Essa questão do *front* ocidental não poderia ser repetida uma vez mais, e por muito tempo. Os jovens pensam que eles poderiam fazê-lo, mas não podem. Eles poderiam combater a Primeira Batalha do Marne de novo, mas não isto. Para isto, foram necessários religião e anos de abundância e penhores impressionantes e a exata relação que existia entre as classes. Os russos e os italianos não serviram para nada neste *front*. Era preciso haver um sincero equipamento sentimental que remontasse a muito mais tempo do que você seria capaz de se lembrar. Você teria de se lembrar do Natal, e cartões postais do Príncipe Herdeiro e de sua noiva, e de pequenos cafés em Valence e *beer gardens*[1] em Unter den Linden e de casamentos na prefeitura, e de ir ao Derby, e das suíças de seu avô.

— O General Grant inventou esse tipo de batalha em Petersburg em sessenta e cinco.

— Não, ele não inventou... ele só inventou a carnificina em massa. Esse tipo de batalha foi inventado por Lewis Carroll e Júlio Verne e quem quer que tenha escrito *Undine*, e por diáconos do interior do país jogando boliche e *marraines*[2]

---

[1] Tradução inglesa do alemão Biergarten (literalmente 'jardim de cerveja'), locais ao ar livre comuns na Alemanha, em que cerveja e comidas típicas são consumidas.

[2] Mulheres que escreviam cartas para os soldados que estavam no front.

em Marselha e meninas seduzidas nas aleias de Wurtemburg e Westfália. Ora, esta foi uma batalha de amor... houve um século de amor de classe média gasto aqui. Esta foi a última batalha de amor.

— Você quer colocar essa batalha nas mãos de D. H. Lawrence — disse Abe.

— Todo o meu belo e seguro mundo explodiu aqui com uma grande golfada de amor conflituoso — Dick lamentou, persistente. — Não é verdade, Rosemary?

— Não sei — ela respondeu com uma fisionomia séria. — O senhor sabe tudo.

Eles ficaram para trás dos outros. De repente, um chuvisco de terra úmida e de seixos caiu sobre eles, e Abe gritou da barricada seguinte:

— O espírito de guerra está se apossando de mim de novo. Eu tenho cem anos de amor de Ohio por trás de mim, e eu vou bombardear esta trincheira. — A cabeça dele surgiu de repente por cima do talude. — Vocês estão mortos... não conhecem as regras? Aquela foi uma granada.

Rosemary deu risada e Dick pegou um punhado de pedras retaliatórias e então as jogou no chão de novo.

— Eu não conseguiria brincar aqui — disse ele, em tom de desculpas. — O cordão de prata foi rompido e a taça de ouro está quebrada e tudo mais, mas um velho romântico como eu não pode fazer nada a respeito disso.

— Também sou romântica.

Eles saíram da trincheira cuidadosamente reconstruída e se defrontaram com um memorial para os mortos da Terra Nova. Lendo a inscrição, Rosemary irrompeu subitamente em lágrimas. Assim como a maior parte das mulheres, ela gostava que lhe dissessem como ela deveria se sentir; e ela gostou de Dick lhe dizendo quais coisas eram risíveis e quais coisas eram tristes. Porém, acima de tudo ela queria que ele soubesse como ela o amava, agora que o fato estava perturbando tudo, agora que ela estava caminhando pelo campo de batalha em um sonho emocionante.

Depois disso eles entraram no carro e voltaram na direção de Amiens. Uma chuva fraca e morna estava caindo sobre os bosques recentes e raquíticos e o mato rasteiro, e eles passaram por grandes piras funerárias de heterogêneos farrapos, projéteis, bombas, granadas, e equipamentos, capacetes, baionetas, coronhas de armas e couro apodrecido, abandonados por seis anos no chão. E de repente, depois de uma curva, os topos brancos de um grande mar de túmulos. Dick pediu ao chofer que parasse.

— Olhem só aquela moça... e ela ainda está com a coroa de flores.

Eles ficaram olhando enquanto ele descia e se encaminhava até a moça, que estava parada, incerta, perto do portão com uma coroa de flores em suas mãos. O táxi dela estava à espera. Ela era uma moça ruiva do Tennessee com quem eles haviam encontrado no trem naquela manhã, vinda de Knoxville para levar flores ao túmulo de seu irmão. Havia lágrimas de raiva no rosto dela.

— O Departamento de Guerra deve de ter me dado o número errado — ela choramingou. — Tinha outro nome nele. Eu tô procurano por ele desde as duas hora, e tem tanto túmulo.

— Então, em seu lugar, eu simplesmente colocaria as flores em qualquer túmulo, sem olhar o nome — Dick a aconselhou.

— O senhor acha que é isso que eu tenho que fazer?

— Acho que é o que ele teria gostado que a senhorita fizesse. Estava escurecendo e a chuva estava caindo mais forte.

Ela deixou a coroa de flores no primeiro túmulo perto do portão, e aceitou a sugestão de Dick de que mandasse embora seu táxi e voltasse para Amiens com eles.

Rosemary chorou de novo ao ouvir sobre o contratempo — de modo geral, aquele fora um dia lacrimoso, mas ela sentia que tinha aprendido alguma coisa, embora não soubesse exatamente o que era. Mais tarde, ela se lembrou de todas as horas daquela tarde como horas felizes — um daqueles períodos tranquilos que parecem no momento ser apenas um elo entre o prazer do passado e o do futuro, mas que acabam se revelando ter sido o próprio prazer.

Amiens era uma cidadezinha melancólica cheia de ecos, ainda triste por causa da guerra, como algumas estações de estrada de ferro eram: a Gare du Nord e a estação de Waterloo em Londres. Durante o dia, a pessoa se sente desencorajada por tais cidadezinhas, com seus pequenos bondes de vinte anos atrás atravessando as grandes praças calçadas de pedras cinzentas na frente da catedral; e o próprio tempo parecia ter uma característica do passado, um tempo desbotado como aquele das velhas fotografias. Porém, depois do anoitecer, tudo o que é mais agradável na vida francesa volta à vida — as joviais cortesãs, os homens discutindo com centenas de *Voilàs* nos cafés, os casais vagueando, bem juntinhos, na direção da satisfatória modicidade do lugar nenhum. À espera do trem, eles se sentaram em uma grande galeria, alta o suficiente para liberar a fumaça, a tagarelice e a música para o alto, e amavelmente a orquestra iniciou um, *Yes, We Have No Bananas* — eles bateram palmas, porque o maestro parecia tão satisfeito com si próprio. A moça do Tennessee esqueceu seus pesares e se divertiu, até mesmo começando flertes de reviradas de olhos e apalpadelas tropicais com Dick e Abe. Eles a amolaram gentilmente.

Então, abandonando ínfimos grupos dos regimentos de Württembergers, Guardas Prussianos, Caçadores Alpinos, trabalhadores de fábricas de Manchester e velhos Etonianos para que continuassem sua eterna vida dissipada sob a chuva morna, eles pegaram o trem para Paris. Eles comeram sanduíches de mortadela e queijo *bel paese* feitos no restaurante da estação, e beberam Beaujolais. Nicole estava distraída, mordendo o lábio, desassossegada, e lendo os livros-guias do campo de batalha que Dick havia trazido — na verdade, ele havia feito um rápido estudo da questão toda, simplificando-a sempre até que ela assumisse uma ligeira semelhança com um de seus próprios grupos.

XIV

Quando eles chegaram a Paris, Nicole estava cansada demais para ir à grande festa de luzes na Exposição de Artes Decorativas como eles haviam planejado. Eles a deixaram no Hotel Roi George e, enquanto ela desaparecia entre a interseção de planos criados pelas luzes da entrada das portas de vidro, a opressão de Rosemary diminuiu. Nicole era uma força — não necessariamente bem humorada ou previsível, como sua mãe — uma força incalculável. Rosemary tinha um pouco de medo dela.

Às onze horas, ela se sentou com Dick e os Norths em um café que acabara de abrir dentro de um barco no Sena. O rio tremeluzia com luzes vindas das pontes e abrigava muitas luas frias. Aos domingos, às vezes, quando Rosemary e sua mãe haviam vivido em Paris, elas haviam tomado o pequeno barco a vapor até Suresnes e falado a respeito de planos para o futuro. Elas tinham pouco dinheiro, mas a Sra. Speers estava tão segura da beleza de Rosemary e havia implantado nela tanta ambição, que ela estava disposta a apostar o dinheiro em "vantagens"; Rosemary, por sua vez, iria pagar sua mãe quando tivesse deslanchado...

Desde que havia chegado a Paris, Abe North tinha uma pele fina e vinosa; seus olhos estavam injetados de sangue por causa do sol e do vinho. Rosemary percebeu pela primeira vez que ele estava sempre parando em locais para tomar um drinque, e ela ficou se perguntando o que Mary North achava disso. Mary era quieta, tão quieta a não ser por sua risada frequente, que Rosemary pouco havia aprendido sobre ela. Ela gostava dos cabelos penteados para trás, lisos, até que se transformavam em um tipo de cascata natural que os dominava de tempos em tempos, eles caíam com uma jovial ondulação sobre o canto da testa dela, até quase chegar ao olho, e então ela meneava a cabeça e fazia com que eles voltassem, macios, para o lugar uma vez mais.

— Nós vamos voltar cedo esta noite, Abe, depois desse drinque — a voz de Mary era despreocupada, mas ela continha um ligeiro tremor de ansiedade. — Você não vai querer ser jogado no barco.

— Já é bem tarde, agora — disse Dick. — É melhor nós todos irmos.

A nobre dignidade do rosto de Abe assumiu certa teimosia, e ele observou, determinado:

— Oh, não. — Ele fez uma pausa, sério. — Oh, não, ainda não. Vamos tomar outra garrafa de champanhe.

— Nada mais para mim — disse Dick.

— É na Rosemary que estou pensando. Ela é uma alcoólatra natural... guarda uma garrafa de gim no banheiro e tudo mais... a mãe dela me contou.

Ele encheu o copo de Rosemary com o que restava da primeira garrafa. Ela havia ficado muito enjoada no primeiro dia em Paris com limonada forte; depois disso, ela não havia bebido nada com eles, mas agora ela ergueu o champanhe e o bebeu.

— Mas o que é isso? — exclamou Dick. — A senhorita me disse que não bebia.

— Eu não disse que nunca iria beber.

— E a sua mãe?

— Eu só beberei este copo. — Ela sentia certa necessidade de fazer isso. Dick bebeu, não muito, mas ele bebeu, e talvez isso fosse fazer com que ela ficasse mais próxima dele, fosse uma parte do aparato para o que ela tinha a fazer. Ela bebeu rapidamente, engasgou, e disse. — Além do mais, ontem foi meu aniversário... fiz dezoito anos.

— Por que não nos contou? — disseram eles, indignados.

— Eu sabia que vocês iriam fazer um rebuliço por causa do aniversário, e iriam ter muito trabalho. — Ela acabou o champanhe. — Então, isto é a celebração.

— Com toda a certeza não é — Dick lhe garantiu. — O jantar de amanhã à noite é a sua festa de aniversário, e não se esqueça disso. Dezoito... ora, é uma idade terrivelmente importante.

— Eu costumava pensar que, até você ter dezoito anos, nada importa — disse Mary.

— Muito certo — concordou Abe. — E depois, é a mesma coisa.

— Abe acha que nada importa até ele embarcar no navio — disse Mary. — Desta vez, ele está mesmo com tudo planejado para quando chegar a Nova Iorque. — Ela falou como se estivesse cansada de dizer coisas que não tinham mais sentido para ela, como se na verdade o rumo que ela e seu marido seguiam, ou não conseguiam seguir, tivesse se transformado meramente em uma intenção.

— Ele vai compor música nos Estados Unidos, e eu estarei cantando em Munique, então, quando nós nos encontrarmos de novo, não vai haver nada que não possamos fazer.

— Isso é uma maravilha — concordou Rosemary, sentindo o champanhe.

— Enquanto isso, outro gole de champanhe para Rosemary. Então, ela vai ter mais condições de dar uma razão para os atos de suas glândulas linfáticas. Elas somente começam a funcionar aos dezoito anos.

Dick riu, com indulgência, de Abe, de quem ele gostava, e em quem ele perdera as esperanças fazia muito tempo.

— Isso é incorreto em termos médicos e nós estamos indo embora. — Percebendo o ligeiro tom condescendente, Abe disse, descuidado:

— Alguma coisa me diz que terei um novo sucesso na Broadway muito antes de você ter terminado o seu tratado científico.

— Espero que sim — disse Dick, impassível. — Espero que sim. Eu posso até abandonar o que você chama de meu "tratado científico".

— Oh, Dick! — a voz de Mary estava sobressaltada, estava chocada. Rosemary jamais havia visto antes o rosto de Dick tão absolutamente inexpressivo; ela sentiu que esse anúncio era algo importante e ficou inclinada a exclamar junto com Mary, "Oh, Dick!"

Porém, de repente Dick riu de novo, acrescentou à sua observação "...abandoná-lo por outro", e se levantou da mesa.

— Mas, Dick, sente-se. Eu queria saber...

— Qualquer hora eu conto. Boa noite, Abe. Boa noite, Mary.

— Boa noite, caro Dick. — Mary sorriu como se fosse ficar perfeitamente feliz sentada ali no barco quase deserto. Ela era uma mulher corajosa e cheia de esperanças, e estava seguindo o marido para algum lugar, se transformando em um tipo de pessoa ou outra, sem ser capaz de afastá-lo um passo do caminho dele, e às vezes percebendo, desencorajada, quão profundamente estava impregnado nele o segredo protegido do controle dela. E, no entanto, um ar de sorte pairava sobre ela, como se ela fosse um tipo de símbolo...

XV

— De que é que o senhor está abrindo mão? — perguntou Rosemary, cheia de zelo, encarando Dick no táxi.

— Nada importante.

— O senhor é um cientista?

— Eu sou médico.

— Oh-h! — Ela sorriu, deliciada. — Meu pai era médico também. Então, por que... — ela se interrompeu.

— Não tem nenhum mistério. Eu não me desencaminhei no auge da minha carreira, e me escondi na Riviera. Eu só não estou exercendo. Não dá para saber, talvez algum dia eu volte a exercer.

Silenciosa, Rosemary ergueu o rosto para ser beijada. Ele olhou para ela por um momento, como se não entendesse. Então, passando o braço nas costas dela, esfregou o rosto contra a maciez do rosto dela, e então a olhou por mais um longo momento.

— Uma criança tão adorável — ele disse, sério.

Ela sorriu para ele; as mãos dela brincando convencionalmente com as lapelas do casaco dele.

— Estou apaixonada por você e por Nicole. Na verdade, esse é o meu segredo... nem posso falar a respeito de vocês para ninguém, porque não quero que mais pessoas saibam como vocês são maravilhosos. Sinceramente... eu os amo... eu amo.

...Tantas vezes ele havia ouvido isso — até a fórmula era a mesma.

De repente, ela se aproximou dele, sua juventude desaparecendo enquanto ela era absorvida pelos olhos dele e ele a havia beijado sem fôlego, como se ela não tivesse qualquer idade. Então, ela se recostou no braço dele e suspirou.

— Eu resolvi desistir de você — ela disse.

Dick se sobressaltou — ele havia dito qualquer coisa que desse a entender que ela possuía uma parte dele?

— Mas é muita maldade — ele deu um jeito de dizer, em tom brincalhão —, bem quando eu estava começando a me interessar.

— Eu o amei tanto... Como se tivesse sido por anos. — Ela estava chorando um pouquinho, então. — Eu o amei tanto--oo-o.

Ele deveria ter dado risada, mas se ouviu dizendo:

— Você não é só bonita, de algum modo está em uma dimensão maior. Tudo o que faz, como fingir que está apaixonada, ou fingir que é tímida, é convincente.

Na caverna escura que era o táxi, fragrante com o perfume que Rosemary havia comprado com Nicole, ela se aproximou de novo, se apoiando nele. Ele a beijou sem desfrutar disso. Ele sabia que havia paixão ali, mas não havia nem sombra disso na boca ou nos olhos dela; havia um ligeiro odor de champanhe no hálito dela. Ela se aconchegou nele ainda mais, desesperada, e uma vez mais ele a beijou e ficou arrefecido pela inocência do beijo dela, pelo olhar que, no momento de contato, ia além dele até a escuridão da noite, a escuridão do mundo. Ela ainda não sabia que o esplendor é alguma coisa no coração; no momento em que ela percebesse isso e se mesclasse à paixão do universo, ele poderia tê-la sem questionamentos ou remorsos.

O quarto dela no hotel ficava na diagonal do quarto deles e mais perto do elevador. Quando eles se aproximaram da porta, ela disse, de repente:

— Sei que não me ama... não espero isso. Mas, você disse que eu deveria ter contado a respeito do meu aniversário. Bem, eu contei, e quanto ao meu presente de aniversário, eu quero que venha ao meu quarto por um minuto enquanto eu digo uma coisa para você. Só um minuto.

Eles entraram e ele fechou a porta, e Rosemary ficou parada perto dele, sem tocá-lo. A noite havia tirado as cores do rosto dela — ela estava muito pálida então, ela era um cravo branco abandonado depois de uma dança.

— Quando você sorri... — Ele havia recobrado sua atitude paternal, talvez por causa da proximidade silenciosa de Nicole — eu sempre penso que verei uma janelinha, onde você perdeu algum dente de leite.

Mas, ele se manifestara tarde demais — ela chegou bem perto dele com um sussurro desesperançado.

— Faça comigo.

— Fazer o quê?

O espanto deixou-o imobilizado.

— Vá em frente — ela sussurrou. — Oh, por favor, vá em frente, o que quer que eles façam. Não me importa se eu não gostar... nunca esperei gostar... eu sempre odiei pensar nisso, mas agora não odeio. Eu quero que você faça.

Ela estava espantada consigo mesma — ela jamais havia imaginado que conseguiria falar daquele jeito. Estava falando de coisas que havia visto, lido, com as quais havia sonhado por uma década de horas de convento. De repente, ela percebeu também que esse era um de seus maiores *rôles*,[1] e ela se lançou nele com uma intensidade ainda maior.

— Não é assim que deveria ser — Dick ponderou. — Isso não é só o champanhe? É melhor nós não ficarmos pensando muito nisso.

— Oh, não, *agora*. Eu quero que você faça agora, faça comigo, me mostre, eu sou completamente sua e quero ser.

---

[1] Papel (no cinema, teatro).

— Para começar, você pensou quanto isso magoaria Nicole?
— Ela não saberá... isso não terá nada que ver com ela.
Ele prosseguiu, gentilmente.
— E, além disso, temos o fato de que eu amo Nicole...
— Mas você pode amar mais de uma pessoa, não pode? Assim como eu amo Mamãe e eu amo você... mais. Agora, eu o amo mais.
— ...e em quarto lugar, você não está apaixonada por mim, mas pode se apaixonar depois, e isso faria a sua vida começar com uma confusão horrorosa.
— Não, eu prometo que jamais o verei de novo. Eu vou buscar Mamãe e vou para os Estados Unidos imediatamente.
Ele deixou isso de lado. Ele estava se lembrando nitidamente da juventude e do frescor dos lábios dela. Ele assumiu outro tom de voz.
— Você só está naqueles dias.
— Oh, por favor, eu não me importo nem que eu tenha um bebê. Eu poderia ir para o México, como uma menina lá do estúdio. Oh, isso é tão diferente de tudo que eu jamais pensei... eu costumava odiar quando eles me beijavam a sério. — Ele percebeu que ela estava sob a impressão de que aquilo tinha de acontecer. — Alguns deles tinham dentes imensos, mas você é todo diferente e bonito. Eu quero que você faça isso.
— Eu acho que você pensa que as pessoas só beijam daquele jeito e quer que eu a beije.
— Oh, não brinque comigo... não sou um bebê. Eu sei que você não está apaixonado por mim. — De repente, ela estava humilde e tranquila. — Eu não espero tudo isso. Eu sei que não devo significar nada para você.
— Bobagem. Mas, para mim, você parece jovem. — Os pensamentos dele acrescentaram... — e teria tanta coisa para lhe ensinar.
Rosemary esperou, respirando ansiosa, até Dick dizer:

— E, finalmente, as coisas não são organizadas de modo que isso possa ser do jeito que você quer.

O rosto dela ficou murcho por causa do desalento e da decepção, e Dick disse, automaticamente, "Nós temos simplesmente de..." Ele se interrompeu, seguiu-a até a cama, sentou-se ao lado dela enquanto ela chorava. De repente, ele se sentia confuso, não a respeito da ética da questão, pois a impossibilidade estava claramente indicada de todos os ângulos, mas simplesmente confuso, e por uns instantes a habitual graça dele e a força flexível de seu equilíbrio estavam ausentes.

— Sabia que você não ia querer — ela soluçava. — Era só uma esperança vã.

Ele se levantou.

— Boa noite, menina. Essa é uma confusão das grandes. Vamos deixar tudo isso de lado. — Ele lhe ministrou uma dose de conversinha de médico para a hora de dormir. — Tantas pessoas vão te amar, e seria bom encontrar o seu primeiro amor toda intacta, emocionalmente também. Esta é uma ideia antiquada, não é? — Ela olhou para Dick enquanto ele dava um passo em direção a porta; ela o observou sem a menor ideia do que se passava em sua cabeça; ela o viu dar outro passo lentamente, se voltar e olhar para ela de novo, e então ela desejou por uns instantes segurá-lo e devorá-lo, desejava sua boca, suas orelhas, a gola do seu casaco, desejava rodeá-lo e submergi-lo; ela viu a mão dele pousar na maçaneta da porta. Então ela desistiu e se deixou cair na cama. Quando a porta se fechou, ela se levantou e foi até o espelho, e começou a pentear os cabelos, fungando um pouquinho. Cento e cinquenta escovadelas Rosemary deu nos cabelos, então mais cento e cinquenta. Ela o penteou até o braço doer, então ela trocou de braço e continuou a pentear...

XVI

Ela se levantou envergonhada e com a cabeça desanuviada. A visão de sua beleza no espelho não a deixou segura, mas simplesmente despertou a dor de ontem, e uma carta, encaminhada por sua mãe, do moço que a havia levado ao baile de formatura de Yale no outono passado e que anunciava a sua presença em Paris, não ajudou em nada — tudo isso parecia tão distante. Ela saiu de seu quarto para o martírio de se encontrar com os Divers oprimida por um duplo problema. Porém, ele estava escondido por um revestimento tão impermeável quanto o de Nicole quando elas se encontraram e foram a uma série de provas de roupas. Foi um consolo, entretanto, quando Nicole observou, a propósito de uma vendedora perturbada:

— A maior parte das pessoas pensa que todos se sentem em relação a elas com muito mais intensidade do que elas realmente se sentem... elas pensam que as opiniões das outras pessoas a respeito delas oscilam entre grandes ondas de aprovação ou desaprovação. — No dia anterior, em sua expansividade, Rosemary teria se ressentido dessa observação; agora, em seu desejo de minimizar o que havia acontecido, ela a acolheu calorosamente. Ela admirou Nicole por sua beleza e sabedoria; e também pela primeira vez em sua vida ela sentiu ciúmes. Pouco antes da partida do Hotel de Gausse, sua mãe havia dito, com aquele tom casual, que Rosemary sabia ocultar as suas opiniões mais significativas, que Nicole era uma beldade, com a franca implicação de que Rosemary não era. Isso não incomodou Rosemary, que até recentemente não tinha tido a permissão de saber que era sequer simpática; de modo que sua beleza nunca parecia exatamente a sua própria, mas, pelo contrário, algo adquirido, como o seu francês. Não obstante, no táxi ela olhou para Nicole, comparando-se com ela. Havia todo o potencial para o amor romântico naquele corpo adorável e na boca delicada, às vezes com os lábios muito fechados, ou às vezes ansiosamente entreabertos para o mundo. Nicole havia sido muito bonita quando era uma menininha, e seria uma beldade mais tarde, quando sua pele se esticasse sobre os altos ossos malares — a estrutura essencial estava lá. Ela havia tido os cabelos loiros claros de uma anglo-saxã, mas era mais bonita agora que seus cabelos haviam escurecido um pouco do que quando eles haviam sido semelhantes a uma nuvem e mais bonitos do que ela.

— Morávamos aqui — Rosemary apontou repentinamente para um prédio na Rue des Saints-Pères.

— Mas que estranho. Porque quando eu tinha doze anos, Mamãe e Baby e eu certa vez passamos um inverno ali — e ela apontou para um hotel bem do outro lado da rua. As duas fachadas esquálidas as encararam, ecos cinzentos da infância.

— Nós tínhamos acabado de construir nossa casa em Lake Forest e estávamos economizando — prosseguiu Nicole. — Pelo menos, Baby e eu e a governanta economizávamos, e Mamãe viajava.

— Estávamos economizando também — disse Rosemary, percebendo que a palavra significava coisas diferentes para elas.

— Mamãe sempre falou dele com muita cautela como um hotel pequeno — Nicole soltou sua risadinha breve e magnética. — Eu quero dizer, em vez de falar um hotel "barato". Se quaisquer amigos endinheirados nos perguntassem o nosso endereço, nós nunca iríamos dizer, "Nós estamos em um lugarzinho esquálido lá no bairro apache, onde nos sentimos felizes com a água corrente"; nós diríamos, "Estamos em um hotel pequeno". Como se todos os grandes fossem muito barulhentos e vulgares para nós. É claro que os amigos sempre percebiam o que queríamos dizer e contavam para todos a respeito disso, mas Mamãe sempre disse que isso mostrava que nós tínhamos familiaridade com a Europa. Ela tinha, é claro: ela nasceu cidadã alemã. Mas a mãe dela era norte-americana; e ela foi criada em Chicago, e ela era mais norte-americana do que europeia.

Elas iriam encontrar os outros em dois minutos, e Rosemary se recompôs uma vez mais quando elas desceram do táxi na Rue Guynemer, na frente dos Jardins do Luxemburgo. Elas iriam almoçar no apartamento já desmontado dos Norths, que ficava bem acima da grande massa de folhas verdejantes. O dia parecia, para Rosemary, diferente do dia anterior... Quando ela viu Dick face a face, os seus olhos se encontraram e se tocaram com leveza, como asas de pássaros. Depois daquilo, tudo ficou bem, tudo era maravilhoso, ela sabia que ele estava começando a se apaixonar por ela. Ela se sentia loucamente feliz, sentia a cálida seiva de emoção sendo bombeada por seu corpo. Uma confiança racional e clara se aprofundava e cantava nela. Ela mal olhou para Dick, mas sabia que tudo estava bem.

Depois do almoço, os Divers e os Norths e Rosemary foram à Franco-American Films, onde Collis Clay, o jovem de New Haven, a quem ela havia telefonado, se juntaria a eles. Ele era da Geórgia, com as ideias peculiarmente regulares, até mesmo padronizadas, dos sulistas que são educados no norte. No último inverno, ela o considerara atraente — certa vez eles haviam se dado as mãos em um automóvel que ia de New Haven para Nova Iorque; agora ele não mais existia para ela.

Na sala de projeção, ela se sentou entre Collis Clay e Dick enquanto o mecânico montava as bobinas de *A Garotinha do Papai* e um executivo francês rodopiava ao redor dela tentando usar gírias norte-americanas. "Sim, amigo", ele dizia, quando havia um problema com o projetor, "eu não tenho nenhum bananas." Então as luzes se apagaram, houve um clique súbito e um ruído passageiro e ela finalmente estava a sós com Dick. Eles olharam um para o outro na penumbra.

— Cara Rosemary — ele murmurou. Os ombros dele se tocaram. Nicole se mexeu, inquieta, no fim da fila e Abe tossiu convulsivamente e assoou o nariz; então todos eles se acomodaram e o filme começou.

E lá estava ela — a menina de escola de um ano atrás, os cabelos caindo pelas costas e com ondas rígidas como o sólido cabelo de uma estatueta de Tânagra; e lá estava ela — *tão jovem e inocente* — o produto dos cuidados amorosos de sua mãe; e lá estava ela — corporificando toda a imaturidade da raça, cortando uma nova boneca de papel para passar à frente de sua mente vazia de cortesã. Ela lembrava como havia se sentido naquele vestido, especialmente luminosa e nova sob aquela seda cintilante e juvenil.

A garotinha do papai. E não era uma 'coisinha tão corajosinha, e ela sofreu? Ooo-ooo-amorjinho, a coijinha maiji linda, ela num era memo um amorjinho?' Perante seu minúsculo punho, as forças da luxúria e da corrupção se afastavam; não, a própria marcha do destino se detinha; o inevitável passou a ser evitável; silogismo, dialética; toda racionalidade ficou cada vez mais insignificante. As mulheres se esqueceriam dos pratos sujos em casa e chorariam; mesmo no filme uma mulher chorou por tanto tempo que ela quase roubou o filme de Rosemary. Ela chorou por todo um *set* que custava uma fortuna; em uma sala de jantar Duncan Phyfe, em um aeroporto, e durante uma corrida de iates que foi usada somente em dois *flashes*, em um metrô e finalmente em um banheiro. Mas, Rosemary triunfou. Sua delicadeza de caráter, sua coragem e firmeza se intrometiam na vulgaridade do mundo, e Rosemary mostrando o que era preciso com um rosto que ainda não havia se tornado semelhante a uma máscara — no entanto, ele era na verdade tão comovente que as emoções de todas as pessoas se dirigiam a ela de tempos em tempos durante o filme. Houve uma pausa uma vez, e as luzes se acenderam e depois do trepidar dos aplausos Dick lhe disse, com sinceridade:

— Estou simplesmente atônito. Você será uma das melhores atrizes no cinema.

Então de volta para *A Garotinha do Papai*: dias mais felizes agora, e uma adorável cena de Rosemary e seu genitor unidos finalmente em um complexo paterno tão aparente que Dick estremeceu, nervoso, em nome de todos os psicólogos, por causa do sentimentalismo perverso. A tela desapareceu, as luzes se acenderam, o momento chegara.

— Eu arranjei mais uma coisa — anunciou Rosemary para o grupo em geral. — Eu arranjei um teste para Dick.

— O quê?

— Um teste de cena, eles vão fazer um agora.

Houve um silêncio pavoroso — e então uma risadinha irreprimível por parte dos Norths. Rosemary observou enquanto Dick compreendia o que ela tinha em mente, o rosto dele se movendo a princípio de um modo irlandês; ao mesmo tempo, ela percebeu que havia cometido algum erro ao dar as suas cartadas, e ainda assim ela não desconfiava que a carta estivesse errada.

— Eu não quero um teste — disse Dick, com firmeza; então, vendo a situação de modo geral, ele prosseguiu, com tom ligeiro. — Rosemary, estou decepcionado. O cinema oferece uma boa carreira para uma mulher... mas, por Deus, eles não podem me fotografar. Sou um velho cientista completamente envolto em sua vida particular.

Nicole e Mary insistiram ironicamente para que ele aproveitasse a oportunidade; elas o amolaram, ambas ligeiramente aborrecidas por não terem sido convidadas para o teste. Mas, Dick encerrou o assunto com um comentário um tanto amargo sobre os atores:

— A proteção mais forte é colocada no portão que leva a lugar nenhum — ele disse. — Talvez porque a condição de vacuidade seja vergonhosa demais para ser divulgada.

No táxi com Dick e Collis Clay — eles iriam dar carona para Collis, e Dick ia levar Rosemary para tomar chá, do qual Nicole e os Norths haviam desistido com o intuito de fazer as coisas que Abe deixara sem fazer até o último minuto — no táxi Rosemary o repreendeu.

— Eu achei que se o teste ficasse bom, eu poderia levá-lo para a Califórnia comigo. E então, talvez, se eles gostassem dele, você iria atuar e ser meu galã em um filme.

Ele estava totalmente confuso:

— Foi uma ideia muito gentil, mas eu prefiro olhar para *você*. Você era uma das coisas mais lindas que já vi.

— É um belo filme — disse Collis. — Eu o assisti quatro vezes. Conheço um moço em New Haven que o assistiu doze vezes... ele foi até Hartford para assisti-lo uma vez. E quando eu levei Rosemary a New Haven ele ficou tão tímido que não quis se encontrar com ela. Dá para ser mais estranho que isso? Esta mocinha faz todos eles suarem frio.

Dick e Rosemary se entreolharam, desejando estar sozinhos, mas Colllis não conseguia entender.

— Vou deixá-los onde estão indo — ele sugeriu. — Estou no Hotel Lutetia.

— Deixamos você — disse Dick.

— Vai ser mais fácil eu deixá-los. Não é nenhum trabalho.

— Acho que vai ser melhor se deixarmos você.

— Mas... — começou Collis; ele finalmente entendeu a situação e começou a discutir com Rosemary quando ele a veria novamente.

Finalmente ele foi embora, com a tênue falta de importância, mas a presença ofensiva de quem fica segurando a vela. O carro parou inesperadamente, insatisfatoriamente, no endereço que Dick havia dado. Ele inspirou profundamente.

— Devemos entrar?

— Não me importo — disse Rosemary. — Faço qualquer coisa que você quiser.

Ele refletiu.

— Eu quase tenho de ir... ela quer comprar algumas gravuras de um amigo meu que precisa do dinheiro.

Rosemary ajeitou o breve e expressivo despenteado dos seus cabelos.

— Nós vamos ficar só cinco minutos — ele decidiu. — Você não vai gostar dessas pessoas.

Ela supôs que elas eram pessoas maçantes e estereotipadas, ou pessoas grosseiras e bêbadas, ou pessoas enfadonhas e insistentes, ou qualquer dos tipos de pessoas que os Divers evitavam. Ela estava totalmente despreparada para a impressão que a cena causou nela.

XVII

Era uma casa talhada do esqueleto do palácio do Cardeal de Retz na Rue Monsieur, mas, uma vez ultrapassadas as portas, não havia nada do passado, tampouco nada do presente que Rosemary conhecia. A parte exterior, feita de pedras, mais parecia encapsular o futuro; de modo que se parecia com um choque elétrico, uma experiência nervosa definida, pervertida como um café da manhã de mingau de aveia com haxixe, ultrapassar aquela soleira, se ela pudesse ser assim chamada, e entrar no longo *hall* de aço azulado, coberto de prata, e as incontáveis facetas de muitos espelhos estranhamente biselados. O efeito não era parecido com o de qualquer parte da Exposição de Artes Decorativas — pois havia pessoas *lá dentro*, e não apenas na frente. Rosemary tinha uma distanciada, falsa e exaltada sensação de estar em um *set*, e ela imaginou que todas as outras pessoas presentes tinham aquela sensação também.

Havia cerca de trinta pessoas, na maior parte mulheres, e todas moldadas por Louisa May Alcott ou Madame de Ségur; e elas agiam nesse *set* com tanta cautela, tanta precisão, como faz uma mão humana pegando cacos pontudos de vidro. Nem individualmente, e nem como grupo, se poderia dizer que elas dominassem o ambiente, assim como alguém passa a dominar o objeto de arte que possa possuir, não importa quão esotérico; ninguém sabia o que aquele cômodo significava porque ele estava se transformando em alguma coisa diferente, passando a ser tudo o que um cômodo não era; existir nele era tão difícil quanto caminhar em uma escada móvel extremamente encerada, e ninguém poderia ter o menor sucesso a não ser com as já mencionadas características de uma mão que se movesse entre cacos de vidro — e tais características limitavam e definiam a maior parte das pessoas presentes.

Elas se dividiam em dois grupos. Havia os norte-americanos e os ingleses que haviam vivido na devassidão toda a primavera e verão, de modo que agora tudo o que eles faziam tinha uma inspiração puramente nervosa. Eles ficavam muito quietos e letárgicos em certas horas e então explodiam em brigas súbitas e colapsos e seduções. O outro tipo, que poderia ser chamado de os exploradores, era formado pelos parasitas, que eram pessoas sóbrias e sérias em comparação, com um propósito na vida e nenhum tempo para fazer bobagens. Elas mantinham melhor seu equilíbrio naquele ambiente, e qualquer tom que houvesse, além da recente organização de valores superficiais do apartamento, provinha delas.

O Frankenstein derrotou Dick e Rosemary em um piscar de olhos — ele os separou imediatamente, e Rosemary subitamente descobriu ser uma pessoinha insincera, falando com os registros mais agudos de sua voz e desejando que o diretor chegasse. Havia, entretanto, tamanho ruflar insano de asas no cômodo que ela não sentia que sua posição fosse mais incongruente do que a de qualquer outra pessoa. Além do mais, seu treinamento surtiu efeito e, depois de uma série de voltas e deslocações e marchas semimilitares, ela se flagrou supostamente conversando com uma mocinha arrumada e lisonjeira que tinha um adorável rosto de menino, mas na verdade absorvida por uma conversa que acontecia em um tipo de escada de bronze vermelho diagonalmente oposta a ela e a pouco mais de um metro de distância.

Havia um trio de moças sentadas no banco. Elas todas eram altas e esguias, com cabeças pequenas com cabelos penteados como cabeças de manequins, e enquanto elas conversavam, as cabeças se balançavam graciosamente acima das roupas escuras feitas por alfaiates, se parecendo até certo ponto com flores com longos caules e até certo ponto com capelos de cobras.

— Oh, eles fazem um bom *show* — disse uma delas, com uma voz profunda e sonora. — Praticamente o melhor *show* de Paris... eu seria a última pessoa a negar isso. Mas, afinal de contas... — ela suspirou. — Essas frases que ele usa uma vez depois da outra... "O morador mais velho roído por roedores." Você dá risada uma vez só.

— Prefiro pessoas cujas vidas têm superfícies mais onduladas — disse a segunda —, e eu não gosto dela.

— Eu realmente nunca consegui me empolgar muito com eles, ou com o grupo deles também. Por que, por exemplo, o completamente embriagado Sr. North?

— Ele não significa nada — disse a primeira menina. — Mas tem de concordar que a pessoa em questão pode ser uma das criaturas mais charmosas que você jamais conheceu.

Essa foi a primeira sugestão que Rosemary teve de que elas estavam falando sobre os Divers, e o corpo dela ficou tenso de indignação. Mas a menina que conversava com ela, com a saia azul engomada e com os luminosos olhos azuis e as bochechas coradas e o casaco de um tom cinza profundo, uma menina que era um cromo, havia começado a causar problemas. Desesperada, ela continuou afastando as coisas que estavam entre elas, com medo de que Rosemary pudesse não vê-la, afastando-as até em pouco tempo não haver nada mais que um véu de humor frágil ocultando a menina, e com desgosto Rosemary a viu claramente.

— Você não poderia almoçar, ou talvez jantar, ou almoçar no dia seguinte? — suplicou a menina. Rosemary olhou ao redor procurando Dick, descobrindo-o com a anfitriã, com quem ele estivera conversando desde que eles haviam entrado. Seus olhos se encontraram, e ele fez um ligeiro aceno com a cabeça, e simultaneamente as três mulheres cobra perceberam-na; seus pescoços longos se esticaram na direção dela, e elas fixaram olhares extremamente críticos sobre ela. Ela correspondeu ao olhar, desafiadora, reconhecendo que ela havia ouvido o que elas diziam. Então ela se livrou de sua exigente *vis-à-vis*[1] com uma despedida educada, porém seca, que ela havia acabado de aprender com Dick, e foi se juntar a ele. A anfitriã — ela era outra moça norte-americana rica e alta, que desfilava despreocupadamente pela prosperidade nacional — estava fazendo inúmeras perguntas a Dick a respeito do Hôtel de Gausse, para onde ela evidentemente desejava ir, e insistindo, persistente, frente à relutância dele. A presença de Rosemary a fez lembrar que tinha sido recalcitrante como anfitriã e, dando uma olhada ao redor, ela disse:

— A senhorita encontrou alguém divertido, a senhorita conheceu o Sr... — Os olhos dela procuraram um homem que pudesse interessar Rosemary, mas Dick disse que eles tinham de ir. Eles partiram na mesma hora, passando pela fugaz soleira do futuro para o súbito passado da fachada de pedras lá fora.

— Não foi muito ruim? — disse ele.
— Muito ruim — ela ecoou, obediente.
— Rosemary?

Ela murmurou, "O quê?", com uma voz intimidada.

— Eu me sinto muito mal a respeito disso.

Ela foi sacudida por soluços audíveis e dolorosos.

— Tem um lenço? — ela disse, hesitante. Porém, havia pouco tempo para chorar, e então eles agiram como apaixonados impetuosos nos rápidos segundos enquanto do lado de fora das janelas do táxi o crepúsculo verde e cor de creme se desvanecia, e os semáforos vermelhos como fogo, azulados como gás e de um verde fantasmagórico começaram a luzir enfumaçados em meio à chuva tranquila. Eram quase seis horas, as ruas estavam movimentadas, os bistrôs reluziam, a Place de la Concorde passava em uma majestade rosada quando o táxi tomou o rumo norte.

---

[1] Companheira de conversa entre duas pessoas.

Eles finalmente se olharam, murmurando nomes que eram um sortilégio. Docemente, dois nomes pairaram no ar, feneceram mais lentamente do que outras palavras, outros nomes, mais lentamente do que a música na mente.

— Eu não sei o que aconteceu comigo a noite passada — disse Rosemary. — Aquela taça de champanhe? Eu nunca fiz nada parecido antes.

— Você simplesmente disse que me amava.

— Eu o amo, mesmo... não consigo alterar isso. — Era hora de Rosemary chorar, então ela chorou um pouquinho no lenço dela.

— Eu receio estar apaixonado por você — disse Dick —, e essa não é a melhor coisa que poderia acontecer.

De novo os nomes — então eles se desequilibraram ao mesmo tempo, como se o táxi os tivesse balançado. Os seios dela se esmagaram contra ele, a sua boca era toda fresca e cálida, possuída por ambos. Eles pararam de pensar com um alívio quase doloroso, pararam de ver; apenas respiravam e procuravam um ao outro. Os dois estavam no cinzento e gentil mundo de uma ligeira ressaca de fadiga quando os nervos relaxam em feixes como as cordas de um piano, e rangem de repente como cadeiras de vime. Nervos em estado tão bruto e tenro com certeza deveriam se unir a outros nervos, lábios com lábios, peito com peito...

Eles ainda estavam no estágio mais feliz do amor. Eles estavam repletos de corajosas ilusões a respeito um do outro, tremendas ilusões, de modo que a comunhão do ser com o ser parecia se dar em um plano onde nenhum outro relacionamento humano importava. Os dois pareciam ter chegado lá com uma inocência extraordinária, como se uma série de simples acidentes os tivessem aproximado; tantos acidentes que, finalmente, eles foram forçados a concluir que haviam sido feitos um para o outro. Eles haviam chegado com as mãos limpas, ou assim parecia, depois de nenhum contato com o que era simplesmente curioso e clandestino.

Porém, para Dick aquele trecho do caminho era curto; a reviravolta aconteceu antes que eles chegassem ao hotel.

— Não há nada que se possa fazer a respeito — disse ele, com um sentimento de pânico. — Estou apaixonado por você, mas isso não altera o que eu disse a noite passada.

— Isso não faz diferença agora. Eu só queria fazer com que você me amasse... se você me ama, tudo está bem.

— Infelizmente, eu amo. Mas Nicole não pode saber... ela não pode ter nem mesmo a mais ligeira suspeita. Nicole e eu temos de continuar juntos. De certo modo, isso é mais importante do que simplesmente querer continuar.

— Oh, me beije de novo.

Ele a beijou, mas momentaneamente a havia abandonado.

— Nicole não pode sofrer... ela me ama, e eu a amo... você compreende isso.

Ela compreendia — era o tipo de coisa que ela compreendia muito bem, não magoar as pessoas. Ela sabia que os Divers se amavam porque isso havia sido a sua suposição básica. Ela havia pensado, entretanto, que era uma relação um tanto distante, e na verdade muito mais parecida com o amor entre ela e sua mãe. Quando as pessoas têm tanto para dar aos estranhos, isso não indica uma falta de intensidade interior?

— E eu quero dizer amor — ele disse, adivinhando os pensamentos dela. — Amor ativo... é mais complicado do que eu possa lhe explicar. Esse amor foi o responsável por aquele duelo insano.

— Como sabia a respeito do duelo? Eu pensei que era para nós mantermos segredo de você.

— Acha que Abe consegue guardar um segredo? — Ele falou com uma ironia incisiva. — Diga um segredo no rádio, publique-o em um jornal de notícias escandalosas, mas nunca o conte a um homem que bebe mais de três ou quatro drinques por dia.

Ela riu, anuindo, e se manteve pertinho dele.

— Então você compreende que meu relacionamento com Nicole é complicado. Ela não é muito forte... ela aparenta ser forte, mas não é. E isso transforma tudo em uma confusão.

— Oh, diga isso mais tarde! Mas, me beije agora... me ame agora. Eu o amo, e nunca deixarei Nicole ver.

— Minha querida.

Eles chegaram ao hotel, e Rosemary caminhou um pouquinho atrás dele, para admirá-lo, para adorá-lo. Os passos dele eram atentos como se ele tivesse acabado de chegar de grandes feitos e estivesse indo correndo na direção de outros. Organizador de alegria particular, curador de uma felicidade ricamente incrustada. O seu chapéu era perfeito e ele trazia uma bengala pesada e luvas amarelas. Ela ficou pensando como eles todos se divertiriam ficando com ele naquela noite.

Eles subiram a pé — cinco andares. No primeiro patamar, eles pararam e se beijaram; ela foi cuidadosa no patamar seguinte, no terceiro ainda mais. No seguinte — havia mais dois — ela parou na metade do caminho e lhe deu um efêmero beijo de despedida. Por ele insistir, ela caminhou com ele até o andar de baixo por uns instantes — e então para cima e para cima. Finalmente, foi um até logo com suas mãos se estendendo para que se tocassem sobre a diagonal do corrimão, e então os dedos se afastando. Dick desceu para fazer alguns preparativos para a noite — Rosemary correu para o seu quarto e escreveu uma carta para sua mãe; ela estava com dor na consciência porque não sentia nem um pingo de falta da mãe.

XVIII

Embora os Divers se mostrassem sinceramente apáticos em relação à moda organizada, eles eram não obstante perspicazes demais para abandonar seu ritmo e compasso contemporâneos — as festas de Dick estavam todas ligadas à excitação, e uma lufada casual de ar fresco noturno era ainda mais preciosa por ser experimentada nos intervalos da excitação.

A festa daquela noite passou com a velocidade de uma comédia pastelão. Eles eram doze, eles eram dezesseis, eles eram quartetos em veículos separados com destino a uma rápida Odisseia em Paris. Tudo havia sido previsto. As pessoas se juntavam a eles como em um passe de mágica, acompanhavam-nos como especialistas, quase guias, durante uma parte da noite, abandonavam-nos e eram sucedidas por outras pessoas, de modo que parecia que o frescor de cada um tinha sido cultivado para eles o dia todo. Rosemary apreciava quão diferente isso era de qualquer festa em Hollywood, não importava quão esplêndida fosse proporcionalmente. Houve, entre muitas outras diversões, o carro do Xá da Pérsia. Onde Dick havia requisitado esse veículo, que suborno fora empregado, esses eram fatos irrelevantes. Rosemary aceitava tudo simplesmente como uma nova faceta do fabuloso que por dois anos ocupara a vida dela. O carro havia sido construído em um chassi especial nos Estados Unidos. Suas rodas eram de prata, assim como o radiador. A parte interna era incrustada com incontáveis cristais lapidados que seriam substituídos por legítimas pedras preciosas pelo joalheiro da corte quando o carro chegasse a Teerã na semana seguinte. Havia apenas um banco de verdade na parte de trás, porque o Xá deveria viajar sozinho, então eles se revezaram sentando-se no banco e na pele de marta que cobria o piso.

Mas sempre havia Dick. Rosemary garantiu à imagem de sua mãe, que sempre a acompanhava, que ela nunca, nunca havia conhecido alguém tão agradável, tão completamente agradável quanto Dick estava naquela noite. Ela o comparou aos dois ingleses, a quem Abe se dirigia conscienciosamente como "Major Hengest e Sr. Horsa", e ao herdeiro de um trono na Escandinávia e ao romancista que acabara de chegar da Rússia, e a Abe, que estava desesperado e espirituoso, e a Collis Clay, que se juntara a eles em algum lugar e ficou por muito tempo — e sentiu que não havia comparação. O entusiasmo e a abnegação por trás de toda a *performance* arrebatavam-na, a técnica de mover muitos tipos variados, cada um tão imóvel, tão dependente de suprimentos de atenção quanto um batalhão de infantaria depende de rações, parecia tão natural que ele ainda tinha porções de seu mais verdadeiro eu para cada pessoa.

... Mais tarde ela se lembrou das vezes em que havia se sentido mais feliz. A primeira vez foi quando ela e Dick dançaram juntos, e ela sentiu a sua beleza refulgindo luminosa em contraste com a figura alta e forte dele enquanto eles flutuavam, pairando como pessoas em um sonho divertido — ele a conduzia ali e acolá com tanta delicadeza de sugestão que ela era como um colorido buquê, uma peça de um tecido precioso sendo exibido perante cinquenta olhos. Houve um momento em que eles não estavam dançando mesmo, somente ficando juntos, bem pertinho. Em algum momento no começo da madrugada, eles estavam sozinhos, e o jovem corpo úmido e empoado dela se aproximou dele em um esmagar de tecidos cansados, e ficou lá, esmagado contra um pano de fundo de chapéus e de agasalhos de outras pessoas...

A vez em que ela mais deu risada foi mais tarde, quando seis deles, os melhores, as mais nobres relíquias da noite, ficaram na penumbrosa entrada principal do Ritz dizendo para o porteiro da noite que o General Pershing estava lá fora e queria caviar e champanhe. "Ele não admite nenhum atraso. Cada homem e cada arma estão ao serviço dele." Garçons frenéticos surgiram do nada, uma mesa foi colocada na entrada, e Abe apareceu fazendo o papel do General Pershing enquanto eles ficavam em pé e resmungavam fragmentos recordados de canções de guerra para ele. E com a reação magoada dos garçons a esse anticlímax eles perceberam que estavam sendo negligenciados, então construíram uma armadilha para garçons — uma engenhoca imensa e fantástica produzida com toda a mobília da entrada e que funcionava como uma das bizarras máquinas de um desenho do Goldberg. Abe balançou a cabeça, duvidoso, perante ela.

— Talvez fosse melhor roubar uma serra musical e...

— Já chega — interrompeu Mary North. — Quando Abe começa a mencionar isso, é hora de ir para casa. — Ansiosa, ela confidenciou com Rosemary. — Tenho de levar Abe para casa. O trem que tem conexão com o navio parte às onze. É tão importante... Eu sinto que todo o futuro depende de ele pegá-lo, mas sempre que eu argumento com ele, ele faz exatamente o oposto.

— Eu tentarei persuadi-lo — ofereceu Rosemary.

— Você faria isso? — disse Mary, duvidosa. — Talvez consiga.

Então Dick se aproximou de Rosemary:

— Nicole e eu estamos indo para casa e pensamos que você gostaria de ir conosco.

O rosto dela estava pálido de cansaço no alvorecer falso. Duas manchas descoradas em suas faces assinalavam onde a cor estava durante o dia.

— Não posso — disse ela. — Prometi para Mary North ficar com eles... ou então Abe nunca irá dormir. Talvez você pudesse fazer algo.

— Você não sabe que não pode fazer nada em relação às pessoas? — ele a aconselhou. — Se Abe fosse meu colega de quarto na faculdade, embriagado pela primeira vez, seria diferente. Agora não há nada a fazer.

— Bem, tenho de ficar. Ele disse que só irá dormir se nós formos ao Halles com ele — ela disse, quase desafiadora.

Ele beijou a curva do braço dela rapidamente.

— Não deixe que Rosemary vá sozinha para casa — Nicole falou para Mary enquanto eles iam embora. — Nós nos sentimos responsáveis perante a mãe dela.

...Mais tarde, Rosemary e os Norths e um fabricante de vozes de boneca de Newark e o onipresente Collis e um grande e esplendidamente vestido índio chamado George T. Proteçãoparacavalos estavam sendo transportados em cima de milhares de cenouras em uma carroça que ia para o mercado. A terra nas ramas das cenouras era fragrante e doce na escuridão, e Rosemary estava tão lá no alto do carregamento que mal conseguia ver os outros na longa sombra entre as pouco frequentes luzes da rua. As vozes deles vinham lá de longe, como se eles estivessem tendo experiências diferentes das dela, diferentes e tão distantes, pois em seu coração ela estava com Dick, triste por ter vindo com os Norths, querendo estar no hotel, e ele adormecido do outro lado do corredor, ou que ele estivesse aqui ao lado dela com a escuridão morna circundante.

— Não suba — ela disse para Collis. — As cenouras vão todas cair. — Ela jogou uma em Abe, que estava sentado ao lado do condutor, rígido como um homem velho...

Mais tarde, ela estava voltando para casa, finalmente, em plena luz do dia, com os pombos já surgindo sobre a igreja de Saint-Sulpice. Todos começaram a rir de modo espontâneo, porque eles sabiam que ainda era a noite de ontem, enquanto as pessoas nas ruas tinham a ilusão de que era uma manhã luminosa e quente.

"Finalmente eu estive em uma festa insana", pensou Rosemary, "mas não é divertido quando Dick não está aqui."

Ela se sentia um pouquinho traída e triste, mas logo em seguida conseguiu ver um objeto que se movia. Era um imenso castanheiro-da-índia em plena florescência indo em direção aos Champs Élysées, atado a um grande caminhão e simplesmente se sacudindo de tanto dar risada — assim como uma pessoa adorável em uma posição indigna, e mesmo assim tendo a confiança de ser adorável. Olhando-o fascinada, Rosemary se identificou com a árvore, e riu cheia de alegria com ela, e tudo na mesma hora pareceu esplêndido.

XIX

Abe partiria da Gare Saint Lazare às onze horas — ele ficou sozinho sob a suja cúpula de vidro, relíquia da década de setenta, era do Palácio de Cristal; suas mãos, daquela vaga coloração cinzenta que somente ficar acordado vinte e quatro horas pode produzir, estavam nos bolsos de seu casaco para ocultar os dedos trêmulos. Tendo tirado o chapéu, ficava claro que somente a parte de cima de seu cabelo estava penteada para trás — os fios mais baixos estavam virados resolutamente para os lados. Ele mal era reconhecível como o homem que havia nadado na Praia de Gausse uma quinzena atrás.

Ele havia chegado cedo; ele olhou da esquerda para a direita somente com os seus olhos; teriam sido necessárias forças nervosas fora de seu controle para usar qualquer outra parte de seu corpo. Bagagem com aparência de nova passou por ele; logo em seguida, futuros passageiros, com corpos pequenos e escuros, estavam gritando: "Juu-les-*Hoo-hoo*!", com vozes soturnas e lancinantes.

No instante em que ele se perguntou se tinha ou não tempo para um drinque no bufê e começou a segurar com força o maço úmido de notas de mil francos em seu bolso, seu olhar oscilante se fixou na aparição de Nicole no patamar da escada. Ele a observou — ela se autorrevelava em suas pequenas expressões, como acontece quando avistamos alguém que estamos esperando, mas que ainda não nos viu. Ela estava com a testa franzida, pensando nos seus filhos, menos se regozijando por causa deles do que simplesmente contando-os de uma maneira animalesca — uma gata conferindo seus filhotes com uma pata.

Quando ela viu Abe, esse estado de espírito sumiu de seu rosto; a luminosidade do céu matutino era triste, e Abe era uma figura soturna com os círculos escuros que apareciam sob o bronzeado avermelhado sob seus olhos. Eles se sentaram em um banco.

— Eu vim porque você me pediu — disse Nicole, na defensiva. Abe parecia ter esquecido por que ele lhe pedira, e Nicole estava muito contente em olhar os viajantes que passavam.

— Aquela vai ser a *belle*[1] do seu navio... aquela com todos os homens para dizer adeus... compreende por que ela comprou aquele vestido? — Nicole falava cada vez mais rápido. — Compreende por que ninguém mais iria comprá-lo, a não ser a *belle* do cruzeiro ao redor do mundo? Compreende? Não? Acorde! Esse é um vestido que tem uma história... esse material extra conta uma história, e alguém em um cruzeiro ao redor do mundo se sentiria solitário o suficiente para querer escutá-la.

Ela se calou abruptamente depois de suas últimas palavras; havia falado demais para seu estilo; e, a julgar por seu rosto rígido e sério, Abe achou difícil chegar à conclusão de que ela havia mesmo se manifestado. Com um esforço, ele endireitou o corpo em uma postura que desse a impressão de que ele estivesse em pé quando estava sentado.

— A tarde em que me levou para aquele baile divertido... você sabe, o de St. Geneviève... — ele começou.

— Eu lembro. Foi divertido, não foi?

— Não foi divertido para mim. Eu não me diverti vendo você dessa vez. Estou cansado de vocês dois, mas não transparece porque vocês estão ainda mais cansados de mim... você sabe o que quero dizer. Se eu tivesse qualquer entusiasmo, eu iria procurar outras pessoas.

---

[1] Beldade.

As luvas de veludo de Nicole tinham uma textura meio áspera enquanto ela lhe dava uma bela cutucada:

— É uma tolice ser desagradável, Abe. De qualquer modo, você não quis dizer isso. Não consigo entender por que você abriu mão de tudo.

Abe ficou pensando, tentando com todas as forças não tossir ou assoar o nariz.

— Suponho que eu tenha ficado entediado; e era preciso tanto esforço para voltar atrás e poder ir para qualquer lugar.

Com frequência um homem pode bancar a criança indefesa na frente de uma mulher, mas ele quase nunca consegue ser bem sucedido quando ele se sente como uma criança indefesa.

— Não tem desculpa para isso — disse Nicole, com voz seca.

Abe estava se sentindo pior a cada minuto — ele não conseguia pensar em nada além de observações desagradáveis e muito nervosas. Nicole achava que a atitude correta para ela era ficar sentada olhando fixamente à sua frente, as mãos no regaço. Por algum tempo, não houve conversa entre eles — cada um estava fugindo do outro, respirando somente na medida em que houvesse um espaço azul à frente, um céu que não era visto pelo outro. Ao contrário de amantes, eles não tinham passado; ao contrário de marido e esposa, eles não tinham futuro; no entanto, até aquela manhã, Nicole havia gostado de Abe mais do que de qualquer outra pessoa a não ser Dick — e ele a havia amado, de modo intenso e assustador, durante anos.

— Cansado dos mundos femininos — ele falou em voz alta, de repente.

— Então, por que não cria um mundo seu?

— Cansado dos amigos. O negócio é ter sicofantas.

Nicole tentou forçar o ponteiro pequeno para frente no relógio da estação, mas, "Você concorda?", ele perguntou.

— Sou uma mulher, e minha tarefa é manter as coisas íntegras.

— Minha tarefa é desintegrá-las.

— Quando você fica bêbado, não destrói nada a não ser você mesmo — ela disse, fria então, e assustada e sem confiança. A estação estava ficando cheia, mas ninguém que ela conhecesse chegou. Depois de uns instantes, os olhos dela pousaram, gratos, em uma menina alta com cabelos cor de palha cortados como um capacete, que estava colocando cartas na caixa do correio.

— Uma menina com quem tenho de falar, Abe. Abe, acorde! Seu tolo!

Paciente, Abe seguiu-a com o olhar. A mulher se voltou sobressaltada para cumprimentar Nicole, e Abe reconheceu-a como alguém que ele havia visto em Paris. Ele se aproveitou da ausência de Nicole para tossir com força e escarrar em seu lenço, e para assoar o nariz com ruído. A manhã estava mais quente, e a roupa de baixo dele estava encharcada de suor. Seus dedos tremiam com tanta força que foram precisos quatro palitos de fósforo para acender um cigarro; parecia absolutamente necessário abrir caminho até o bufê para um drinque, mas na mesma hora Nicole voltou.

— Foi um engano — disse ela, com um humor frio. — Depois de me pedir para vir vê-la, ela me deu uma boa esnobada. Ela me olhou como se eu estivesse podre. — Excitada, ela soltou uma risadinha, como se fosse com dois dedos nas notas mais altas. — Deixe que as pessoas o procurem.

Abe se recuperou de uma tosse causada pelo cigarro e observou:

— O problema é que quando você está sóbrio não quer ver ninguém, e quando está embriagado ninguém quer vê-lo.

— Quem, eu? — Nicole riu de novo; por algum motivo, o encontro recente a havia alegrado.

— Não... eu.

— Fale por você. Eu gosto de pessoas, de muitas pessoas... eu gosto...

Rosemary e Mary North apareceram, andando lentamente e procurando Abe, e Nicole exclamou de modo grosseiro, "Ei! Oi! Ei!", e deu risada e sacudiu o pacote de lenços que havia comprado para Abe.

Elas ficaram paradas em um grupinho desconfortável oprimido pela presença gigantesca de Abe: ele se encontrava entre elas como as ruínas de um galeão, dominando com sua presença a sua própria fraqueza e autoindulgência, sua pequenez e aspereza. Todas estavam conscientes da solene dignidade que fluía dele, de sua conquista, fragmentada, sugestiva e ultrapassada. Porém, elas estavam assustadas com o seu desejo sobrevivente, outrora um desejo de viver, e que agora se transformara em um desejo de morrer.

Dick Diver chegou e trouxe consigo uma superfície bela e luminosa sobre a qual as três mulheres pularam como macacos com gritos de alívio, se pendurando em seus ombros, na bela coroa do seu chapéu, ou no castão de ouro da sua bengala. Então, por um momento, elas tiveram condições de ignorar o espetáculo da gigantesca obscenidade de Abe. Dick viu a situação rapidamente e a compreendeu em silêncio. Ele fez com que elas se esquecessem de tudo levando-as para a estação, tornando óbvios os encantos dela. Ali por perto, alguns norte-americanos estavam dizendo adeus com vozes que imitavam a cadência da água correndo em uma velha e grande banheira. Parados na estação, com Paris às suas costas, era como se eles estivessem indiretamente se inclinando um pouquinho sobre o oceano, já passando por uma transformação marítima, uma mudança de átomos para formar a molécula essencial de um novo povo.

E assim os norte-americanos bem de vida fluíram pela estação até as plataformas com rostos novos e francos, inteligentes, cheios de consideração, descuidados, bem cuidados. Um ocasional rosto inglês entre eles parecia nítido e emergente. Quando havia bastantes norte-americanos na plataforma, a primeira impressão da imaculabilidade deles e de seu dinheiro começou a se desvanecer em uma vaga penumbra racial que obstruiu e cegou tanto a eles quanto a quem os observava.

Nicole agarrou o braço de Dick exclamando, "Olhe!" Dick se voltou a tempo de ver o que aconteceu em trinta segundos. Na entrada de um Pullman, dois vagões adiante, uma cena vívida se destacou do cenário geral das muitas despedidas. A moça com cabelos cor de palha cortados em forma de capacete com quem Nicole havia conversado deu uma corridinha desajeitada na direção oposta à do homem com quem ela estava conversando e enfiou uma mão frenética em sua bolsa; então o som de dois tiros de revólver estilhaçou o ar restrito da plataforma. Simultaneamente, a locomotiva apitou estridente, e o trem começou a se mover, momentaneamente tornando insignificantes os tiros. Abe acenou uma vez mais de sua janela, sem se dar conta do que havia acontecido. Mas, antes que a multidão se apinhasse ao redor, os outros haviam visto que os tiros haviam surtido efeito, visto o alvo sentar-se na plataforma.

Somente depois de cem anos o trem parou; Nicole, Mary e Rosemary esperaram mais afastadas, enquanto Dick lutava para abrir caminho. Cinco minutos se passaram antes que ele as encontrasse de novo — nesse momento, a multidão havia se dividido em duas seções, seguindo, respectivamente, o homem em uma padiola e a moça caminhando pálida e firme entre *gendarmes*[2] perturbados.

— Era Maria Wallis — disse Dick, apressado. — O homem em quem ela atirou era um inglês... eles tiveram muito trabalho para descobrir quem era, porque ela atirou bem no meio do documento de identificação dele. — Eles estavam se afastando rapidamente do trem, oscilando junto com a multidão. — Eu descobri para qual *poste de police*[3] eles a estão levando, então eu irei até lá...

---

[2] Policial.
[3] Delegacia de polícia.

— Mas a irmã dela mora em Paris — objetou Nicole. — Por que não telefonar para ela? Parece muito estranho que ninguém tenha pensado nisso. Ela é casada com um francês, e ele pode fazer mais do que nós podemos.

Dick hesitou, balançou a cabeça e se afastou.

— Espere! — Nicole gritou na direção dele. — Isso é tolice... como você pode ajudar em alguma coisa... com seu francês?

— Pelo menos eu vou garantir que eles não façam nada afrontoso com ela.

— Eles com certeza irão detê-la — Nicole lhe garantiu, enérgica. — Ela atirou *mesmo* no homem. O melhor a fazer é ligar agora mesmo para Laura... ela pode fazer mais do que nós podemos.

Dick não estava convencido — e ele também estava se exibindo para Rosemary.

— Fique esperando — disse Nicole, com firmeza, e correu até uma cabine telefônica.

— Quando Nicole assume o comando da situação — disse ele, com uma ironia afetuosa —, não há nada mais que se possa fazer.

Ele viu Rosemary pela primeira vez naquela manhã. Eles trocaram olhares, tentando reconhecer as emoções do dia anterior. Por um momento, um pareceu irreal para o outro — então o lento e cálido sussurro do amor começou de novo.

— Gosta de ajudar todo mundo, não gosta? — disse Rosemary.

— Apenas finjo gostar.

— Mamãe gosta de ajudar todo mundo... mas é claro que ela não pode ajudar tantas pessoas quanto você. — Ela suspirou. — Às vezes, penso que sou a criatura mais egoísta deste mundo.

Pela primeira vez a menção à mãe dela aborreceu Dick, ao invés de diverti-lo. Ele queria remover a mãe dela, afastar todo o caso daquele nível infantil no qual Rosemary persistentemente o estabelecia. Porém, ele percebeu que esse impulso era uma perda de controle — em que se transformaria o impulso de Rosemary na direção dele se, até mesmo por um instante, ele relaxasse? Ele percebeu, não sem pânico, que o caso estava lentamente esmorecendo; o caso não poderia ficar estático, tinha de ir para frente ou retroceder; pela primeira vez, lhe ocorreu que Rosemary tinha maior controle sobre a situação do que ele.

Antes que ele tivesse pensado em um curso de ação, Nicole retornou.

— Encontrei Laura. Era a primeira notícia que ela recebera, e a voz dela ficava mais fraca e então alta de novo... como se ela estivesse desmaiando e então se controlando. Ela disse que sabia que alguma coisa iria acontecer hoje de manhã.

— Maria tinha de estar com Diaghilev — disse Dick, com um tom de voz gentil, com o intuito de fazer com que elas se tranquilizassem. — Ela tem uma bela noção de estilo... para não dizer de ritmo. Será que depois disso alguém poderá ouvir um trem partindo sem ouvir tiros?

Eles desceram os amplos degraus de aço aos solavancos.

— Sinto pelo pobre homem — disse Nicole. — Claro que é por isso que ela falava de modo tão estranho comigo... ela estava prestes a atirar.

Ela riu. Rosemary riu também, mas ambas estavam horrorizadas, e ambas desejavam profundamente que Dick fizesse um comentário moral sobre o problema e não deixasse isso nas mãos delas. Esse desejo não era totalmente consciente, sobretudo da parte de Rosemary, que estava acostumada a ter fragmentos de tais acontecimentos passando zunindo sobre sua cabeça. Porém, uma totalidade do choque havia se acumulado nela também. Por enquanto, Dick estava abalado demais pelo ímpeto dessa emoção recém-conhecida para acomodar as coisas no padrão das férias, então as mulheres, sentindo falta de algo, mergulharam em uma vaga infelicidade.

Então, como se nada tivesse acontecido, as vidas dos Divers e de seus amigos fluíram para a rua.

Entretanto, tudo havia acontecido — a partida de Abe e a iminente partida de Mary para Salzburg naquela tarde haviam encerrado o período em Paris. Ou talvez os tiros, a agitação que havia acabado com Deus sabe qual questão obscura, haviam-no encerrado. Os tiros haviam entrado nas vidas de todos eles: ecos da violência seguiam-nos para a calçada onde dois carregadores discutiam o acontecimento ao lado deles enquanto eles esperavam por um táxi.

— *Tu as vu le revolver? Il était três petit, vraie perle... un jouet.*[4]

— *Mais, assez pouissant!* — disse o outro carregador, com ar de sabedoria. — *Tu as vu sa chemise? Assez de sang pour se croire à la guerre.*[5]

---

[4] Você viu o revólver? Ele era bem pequeno, uma verdadeira joia... um brinquedinho.
[5] Mas, muito potente! [...] Você viu a camisa dele? Tinha tanto sangue que dava para pensar na guerra.

XX

Na praça, quando eles saíram, uma massa em suspensão de escape de gasolina cozinhava lentamente sob o sol de julho. Era uma coisa horrível — ao contrário do calor puro, ela não continha a promessa de uma fuga para o campo, mas sugeria tão somente ruas sufocadas com uma idêntica asma sórdida. Durante o almoço ao ar livre, na frente dos Jardins do Luxemburgo, Rosemary teve cólicas e se sentiu irritadiça e cheia de uma lassitude impaciente — o fato de antecipar isso havia inspirado sua autoacusação de egoísmo na estação.

Dick não suspeitava da intensidade da mudança; ele se sentia profundamente infeliz e o subsequente aumento de egoísmo tendia momentaneamente a deixá-lo cego para o que estava acontecendo ao seu redor, e a privá-lo das grandes vagas de imaginação de que ele dependia para os seus julgamentos.

Depois de Mary North deixá-los, acompanhada pelo professor italiano de canto que havia se juntado a eles para o café e a estava acompanhando até o trem dela, Rosemary também se levantou, tendo um compromisso no estúdio dela: "me encontrar com algumas pessoas."

— E, ah... — ela propôs — se Collis Clay, aquele moço do sul... se ele vier enquanto ainda estiverem por aqui, só digam para ele que não pude esperá-lo; digam-lhe para vir me ver amanhã.

Bastante despreocupada, como reação à recente confusão, ela havia assumido os privilégios de uma criança — o resultado tendo sido o de fazer com que os Divers se lembrassem do amor exclusivo por seus próprios filhos; Rosemary foi bruscamente repreendida em um breve diálogo entre as duas mulheres:

— Seria melhor que deixasse o recado com um garçom. — A voz de Nicole era seca e sem modulação. — Estamos partindo agora mesmo.

Rosemary ouviu e aceitou sem ressentimento.

— Deixarei por isso mesmo, então. Até mais, meus queridos.

Dick pediu a conta; os Divers relaxaram, mordiscando, indecisos, palitos de dentes.

— Bem... — eles disseram ao mesmo tempo.

Ele percebeu um lampejo de infelicidade nos lábios dela, tão fugaz que somente ele teria condição de ter percebido, e ele poderia fingir não ter visto. O que Nicole pensava? Rosemary era uma de uma dúzia de pessoas que ele havia "tratado" nos últimos anos: elas haviam incluído um palhaço de circo francês, Abe e Mary North, um casal de dançarinos, um escritor, um pintor, uma *comedienne*[1] do Grand Guignol, um pederasta meio ensandecido do Balé Russo, um promissor tenor que eles haviam sustentado durante um ano em Milão. Nicole sabia muito bem com quanta seriedade essas pessoas interpretavam o interesse e o entusiasmo dele; porém, ela sabia também que, a não ser quando os filhos deles haviam nascido, Dick não havia passado uma noite longe dela desde o casamento deles. Por outro lado, havia uma aura de afabilidade nele que simplesmente tinha de ser usada — e quem possuía essa afabilidade tinha de tomar parte ativa em tudo, e ir atraindo pessoas que não tinham a menor utilidade para eles.

Então Dick se endureceu e deixou que alguns minutos passassem sem fazer qualquer gesto de confiança, qualquer representação de uma surpresa constantemente renovada de que juntos eles eram uma pessoa só.

---

[1] Atriz de teatro.

Collis Clay lá do sul abriu caminho entre as mesas muito lotadas e cumprimentou os Divers sem muita cortesia. Tais cumprimentos sempre espantavam Dick — conhecidos dizendo "Oi!" para eles, ou falando apenas com um dos dois. Ele tinha sentimentos tão intensos a respeito das pessoas que, em momentos de apatia, optava por ficar isolado; que alguém fosse capaz de demonstrar informalidade na presença dele era um desafio para o seu estilo de viver.

Collis, sem perceber que não estava se portando de modo adequado, anunciou sua chegada com um:

— Acho que estou atrasado... o passarinho já avoou.

Dick teve de extirpar algo de seu íntimo antes que pudesse perdoar Clay por não ter cumprimentado Nicole em primeiro lugar.

Ela foi embora quase na mesma hora, e ele ficou sentado com Collis, terminando o seu vinho. Ele até que gostava de Collis — ele era "pós-guerra"; menos complicado que a maior parte dos sulistas que ele havia conhecido em New Haven na década anterior. Dick ouviu, divertido, a conversa que acompanhava o lento e profundo encher de um cachimbo. No começo da tarde, crianças e babás estavam caminhando nos Jardins do Luxemburgo; era a primeira vez em meses que Dick havia deixado que essa parte do dia escapasse de seu controle.

De repente, seu sangue se enregelou quando ele se deu conta do conteúdo do monólogo confidencial de Collis.

— ...Ela não é tão fria quanto vocês provavelmente pensariam. Eu admito ter pensado que ela fosse fria por muito tempo. Porém, ela se meteu em uma encrenca com um amigo meu indo de Nova Iorque para Chicago na Páscoa... um moço chamado Hillis que ela achou que era bem maluquinho em New Haven... ela tinha uma cabine com uma das minhas primas, mas ela e Hillis queriam ficar a sós, então à tarde minha prima veio e jogou cartas em nossa cabine. Bem, depois de umas duas horas, nós voltamos e lá estavam Rosemary e Bill Hillis parados no vestíbulo discutindo com o condutor... Rosemary branca como um fantasma. Parece que eles fecharam a porta, e desceram as cortinas, e eu acho que tinha alguma coisa muito séria acontecendo quando o condutor foi conferir as passagens e bateu à porta. Eles acharam que éramos nós nos divertindo à custa deles e a princípio não o deixaram entrar, e quando eles deixaram, o condutor estava muito ressentido. Ele perguntou para o Hillis se aquela era a cabine dele, e se ele e Rosemary eram casados e por isso tinham fechado a porta, e Hillis perdeu a paciência tentando explicar que não tinha nada de errado. Ele disse que o condutor tinha insultado Rosemary e queria que ele lutasse, mas que o condutor poderia ter causado problemas... e, creia em mim, eu passei aperto ajeitando a situação.

Com todos os detalhes imaginados, com até mesmo inveja da comunhão de infortúnios do casal no vestíbulo, Dick sentiu uma mudança acontecendo dentro de si. Apenas a imagem de uma terceira pessoa, até mesmo de uma que havia desaparecido, invadindo seu relacionamento com Rosemary, bastava para deixá-lo desequilibrado e fazer com que ondas de dor, infelicidade, desejo e desespero o percorressem. A mão no rosto de Rosemary, nitidamente imaginada, a respiração apressada, toda a excitação do acontecimento vista externamente, a excitação secreta e inviolável lá dentro.

...Se importa se eu fechar a cortina?
...Por favor, feche. Está muito claro aqui.

Collis Clay estava então falando sobre a política das fraternidades em New Haven, com o mesmo tom de voz, com a mesma ênfase. Dick havia intuído que Collis estava apaixonado por Rosemary de um modo curioso que Dick não poderia ter entendido. O caso com Hillis parecia não ter causado uma impressão emocional em Collis, a não ser para lhe dar a entusiasmada convicção de que Rosemary era "humana".

— A fraternidade Bones conseguiu uma quantidade incrível de gente — ele disse. — Nós todos, na verdade. New Haven está tão grande agora, os homens que tivemos de deixar de fora são a parte triste.

...Se importa se eu fechar a cortina?

...Por favor, feche. Está muito claro aqui.

...Dick atravessou Paris indo até seu banco — ao preencher um cheque, ele olhou a fila de homens nos balcões decidindo a qual deles iria apresentar o cheque para um ok. Enquanto ele preenchia, se dedicou ao ato físico, examinando meticulosamente a caneta, escrevendo com empenho na mesa alta com tampo de vidro. Uma vez ele ergueu os olhos aborrecidos para olhar na direção do departamento de correspondência, então se aborreceu de novo se concentrando nos objetos com os quais ele lidava.

Mesmo assim, ele não conseguiu decidir a quem o cheque deveria ser apresentado, qual homem na fila iria intuir menos a situação infeliz em que ele se encontrava e, também, qual deles teria menos probabilidade de falar. Havia Perrin, o suave nova-iorquino, que o havia convidado para almoços no American Club, havia Casasus, o espanhol, com o qual ele conversava a respeito de um amigo em comum, apesar do fato de o amigo ter sumido de sua vida uns doze anos antes; havia Muchhause, que sempre lhe perguntava se ele queria fazer a retirada do dinheiro de sua esposa ou do dele próprio.

Enquanto escrevia a quantia no canhoto, e riscava duas linhas abaixo, ele decidiu ir com Pierce, que era jovem e para quem ele teria de fazer apenas uma pequena encenação. Com frequência era mais fácil fazer uma encenação do que assistir a uma.

Ele foi ao setor de correspondência em primeiro lugar — enquanto a mulher que o atendia empurrava com os seios um pedaço de papel que quase havia caído da mesa, ele pensou como as mulheres usam seu corpo de um modo diferente dos homens. Ele pegou suas cartas e se afastou para abri-las: Havia uma conta de dezessete livros psiquiátricos de um fornecedor alemão; uma conta do Brentano, uma carta de Buffalo de seu pai, em uma caligrafia que, ano após ano, ficava mais indecifrável; havia um cartão de Tommy Barban com carimbo de Fez e que trazia uma mensagem irreverente; havia cartas de médicos em Zurique, ambas em alemão; uma conta controversa de um estucador em Cannes; uma conta de um marceneiro; uma carta do editor de uma revista médica em Baltimore; anúncios variados e um convite para uma mostra de quadros de um artista novato; também havia três cartas para Nicole e uma para Rosemary enviada a seus cuidados.

...Se importa se eu fechar a cortina?

Ele se dirigiu a Pierce, mas ele estava ocupado com uma mulher, e Dick viu com os cantos dos olhos que teria de apresentar seu cheque para Casasus na mesa ao lado, que estava livre.

— Como o senhor está, Diver? — Casasus era afável. Ele se levantou, o bigode se espalhando com seu sorriso. — Nós estávamos falando sobre Featherstone no outro dia, e eu pensei no senhor... ele está na Califórnia, agora.

Dick arregalou os olhos e se inclinou um pouquinho para frente.

— Na Cali-fór-nia?

— Foi o que eu ouvi dizer.

Dick apresentou o cheque com firmeza; para concentrar a atenção de Casasus nele, olhou na direção da mesa de Pierce, mantendo este por uns instantes em um jogo de olhares amistoso condicionado por uma velha piada de três anos antes, quando Pierce estivera envolvido com uma condessa da Lituânia. Pierce respondeu com um sorriso divertido até Casasus ter autorizado o cheque e não ter mais recursos para deter Dick, de quem ele gostava, do que se levantar segurando o *pince-nez* e repetir:

— Sim, ele está na Califórnia.

Entrementes, Dick havia visto que Perrin, na ponta da fileira de guichês, estava conversando com o campeão mundial de pesos pesados; de um olhar de esguelha de Perrin, Dick percebeu que ele estava pensando em chamá-lo e apresentá-lo, mas que ele finalmente havia resolvido o contrário.

Desencorajando a disposição sociável de Casasus com a intensidade que havia acumulado na mesa de vidro — e isso significa que ele olhou fixamente para o cheque, analisando-o, e então concentrou o olhar nos graves problemas além da primeira pilastra de mármore à direita da cabeça do banqueiro, fazendo pose ao trocar de mãos a bengala, o chapéu e as cartas que ele segurava — Dick se despediu e saiu. Muito tempo atrás, ele havia aliciado o porteiro; seu táxi se aproximou da sarjeta na mesma hora

— Eu quero ir ao Estúdio Films Par Excellence... fica em uma ruazinha em Passy. Vá até a Porta de Muette. Eu lhe dou as instruções a partir de lá.

Ele havia ficado tão confuso com os acontecimentos das últimas quarenta e oito horas que não tinha nem mesmo certeza do que queria fazer; pagou o táxi na Muette e caminhou na direção do estúdio, atravessando para o lado oposto da rua antes de se aproximar do prédio. Dignificado em suas roupas finas, com seus acessórios finos, ele não obstante era influenciado e conduzido como um animal. A dignidade só surgiria se ele descartasse seu passado, seu esforço dos últimos seis anos. Ele caminhou cheio de vivacidade pelo quarteirão com a presunção de um dos adolescentes de Tarkington, indo apressado pelos locais pouco visíveis, com receio de deixar de ver Rosemary saindo do estúdio. Era um bairro melancólico. Na porta ao lado ele viu uma placa: "1000 chemises." As camisas lotavam a vitrine, amontoadas, engravatadas, estufadas, ou dispostas com uma falsa elegância no piso do mostruário: "1000 chemises" — conte-as! De cada lado, ele leu: "Papeterie", "Pâtisserie", "Solde", "Réclame"[2] — e Constance Talmadge

---

[2] Papelaria, doceria, lojas em liquidação, anúncios.

em "Déjeuner de Soleil", e mais adiante havia mais reclames melancólicos: "Vêtements Ecclésiastiques", "Déclaration de Décès" e "Pompes Funèbres".[3] Vida e morte.

Dick sabia que aquele seu gesto representava uma virada em sua vida — não estava em acordo com tudo que o havia antecedido — até mesmo não estava em acordo com qual efeito ele poderia esperar que o gesto surtisse em Rosemary. Rosemary sempre o via como um modelo de correção — a presença dele caminhando por aquela quadra era uma intrusão. Porém, a necessidade que Dick sentia de se comportar daquele modo era uma projeção de certa realidade submersa: ele havia sido forçado a caminhar até lá, ou a ficar lá, a manga de sua camisa se ajustando ao seu pulso, e a manga de seu casaco envolvendo a manga de sua camisa como uma válvula de camisa, seu colarinho moldado plasticamente ao seu pescoço, seu cabelo ruivo cortado à perfeição, sua mão segurando sua pequena pasta como um dândi — assim como qualquer outro homem certa vez considerou necessário ficar em frente a uma igreja em Ferrara, com roupas de aniagem e cinzas. Dick estava prestando certo tributo às coisas não esquecidas, não confessadas, não expurgadas.

---

[3] "Vestimentas eclesiásticas", "Declaração de Óbito" e "Pompas Fúnebres".

XXI

Depois de ficar três quartos de hora por ali, Dick subitamente se viu envolvido em um contato humano. Era exatamente o tipo de coisa que tinha probabilidade de acontecer com ele quando estava se sentindo com vontade de não ver ninguém. Ele às vezes protegia com tanta firmeza sua autoconsciência exposta que frequentemente derrotava seus próprios propósitos; assim como um ator que desempenha mal um papel leva o público a se inclinar para a frente em suas cadeiras, desenvolvendo uma atenção emocional estimulada na plateia, parecendo criar nos demais uma capacidade de transpor a brecha que ele deixou aberta. Do mesmo modo, nós raramente nos sentimos pesarosos por causa de quem precisa de nossa piedade e anseia por ela — nós reservamos isso para aqueles que, de outros modos, nos fazem exercitar a abstrata função da piedade.

Então Dick poderia, ele próprio, ter analisado o incidente que se seguiu. Enquanto ele andava de um lado para outro pela Rue des Saintes-Anges, um norte-americano de rosto fino, com talvez uns trinta anos, com um ar ansioso e um sorrisinho fraco, porém sinistro, falou com ele. Enquanto lhe dava o fósforo que ele pedira, Dick o categorizou como um tipo do qual ele tinha tido ciência desde a juventude — um tipo que ficava vagabundeando pelas tabacarias com um cotovelo no balcão e observando, através de sabe Deus qual cantinho da mente, as pessoas que entravam e saíam. Íntimo de oficinas mecânicas nas quais ele tinha negócios imprecisos realizados em sussurros, de barbearias, dos saguões dos teatros — em tais lugares, de qualquer modo, Dick o colocava. Às vezes, o rosto surgia de repente em um dos *cartoons* mais sarcásticos de Tad — na juventude, Dick havia com frequência lançado um olhar desconfortável à imprecisa área fronteiriça de crime na qual esse tipo se encontrava.

— O que é que cê acha de Paris, Amigão?

Sem esperar por uma resposta, o homem tentou acompanhar os passos de Dick:

— Donde você é? — ele perguntou, em tom encorajador.

— De Buffalo.

— Eu sou de San Antone... mas tô por aqui desde a guerra.

— Estava no exército?

— *Eu diria* que sim. Octogésima quarta Divisão; j'ouviu falar dela?

O homem caminhava um pouquinho à frente dele, e o encarava com olhos que eram praticamente ameaçadores.

— Ficando um pouco aqui em Paris, Amigão? Ou só dando uma passada?

— Dando uma passada.

— Em qual hotel que cê está?

Dick havia começado a rir com seus botões — a criatura tinha a intenção de roubar seu quarto naquela noite. Os pensamentos dele foram lidos aparentemente sem desconforto.

— Com um corpo como o seu, cê não deve ter medo de mim, Amigão. Tem um monte de vadios por aí só à espera de turistas norte-americanos, mas cê não precisa de ter medo de mim.

Começando a se entediar, Dick parou de andar.

— Só fico pensando como você tem tanto tempo a perder.

— Estou em Paris a negócios.

— De que tipo?

— Vendendo jornais.

O contraste entre os modos imponentes e a profissão simples era absurdo — mas o homem consertou tudo com:

— Não se preocupa; ganhei um bom dinheiro ano passado... dez ou vinte francos por um *Sunny Times* que custava seis.

Ele tirou um recorte de jornal de uma carteira desbotada e o entregou para aquele que havia se transformado em um companheiro de caminhada — o *cartoon* mostrava uma fila de norte-americanos fluindo da prancha de desembarque de um transatlântico carregado com ouro.

— Duzentos mil... gastando dez milhões por verão.

— O que cê está fazendo aqui em Passy?

Seu companheiro olhou ao redor, cauteloso.

— Filmes — disse ele, sombrio. — Tem um estúdio norte-americano ali. E eles precisam de gente que fala inglês. Estou esperando uma oportunidade.

Dick se afastou dele rápida e decididamente.

Havia ficado evidente que Rosemary ou tinha escapado em uma das primeiras voltas que ele havia dado no quarteirão, ou então havia partido antes de ele chegar à vizinhança; ele foi ao bistrô na esquina, comprou uma ficha e, espremido em uma alcova entre a cozinha e o banheiro fedido, chamou o *Roi George*. Ele reconheceu as características de Cheyne-Stokes em sua respiração — porém, como tudo mais, o sintoma servia apenas para deixá-lo consciente de sua emoção. Ele deu o número do hotel; então ficou segurando o telefone e olhando fixamente o café; depois de muito tempo uma vozinha estranha disse alô.

— Sou eu, Dick... eu tinha de telefonar para você.

Uma pausa da parte dela — então, com coragem, e no mesmo tom da emoção dele:

— Estou feliz por ter ligado.

— Eu vim encontrá-la em seu estúdio... estou aqui em Passy na frente dele. Achei que talvez nós pudéssemos dar uma volta pelo Bois.

— Oh, eu fiquei lá só um minutinho! Eu sinto tanto. — Silêncio.

— Rosemary.

— Sim, Dick.

— Olhe, eu estou sentindo algo extraordinário em relação a você. Quando uma criança consegue perturbar um homem de meia-idade... as coisas ficam difíceis.

— Você não está na meia-idade, Dick... é a pessoa mais jovem no mundo.

— Rosemary? — Silêncio, enquanto ele ficava encarando uma prateleira que continha os venenos mais modestos da França: garrafas de Otard, Rhum St. James, Marie Brizzard, Punch Orangeade, André Fernet Blanco, Cherry Rochet e Armagnac.

— Está sozinha?

...*Se importa se eu fechar a cortina?*

— E com quem você acha que eu estaria?

— É nesse estado que me encontro. Eu gostaria de estar com você, agora.

Silêncio, e então um suspiro e uma resposta:

— Eu gostaria que estivesse comigo, agora.

Havia o quarto de hotel, onde ela se encontrava atrás de um número de telefone, e rajadinhas de música se lamuriavam ao redor dela...

And two — for tea
And me for you,
And you for me
Alow-own.[1]

Lá estava a relembrada camadinha de pó de arroz sobre o bronzeado de Rosemary — ao beijar o rosto dela, ele estava úmido perto dos cantinhos dos seus cabelos; lá estava o lampejo de um rosto branco sob o dele, a curvatura de uns ombros.

---

[1] E dois... para o chá / E eu para você / E você para mim / Sooo-zinhos.

— É impossível — disse ele com seus botões. Em um minuto, ele estava na rua, indo a passos rápidos na direção de Muette, ou para longe dela, sua pequena pasta ainda em sua mão, sua bengala com castão de ouro segurada em um ângulo parecido com o de uma espada.

Rosemary voltou para sua mesa e terminou uma carta para sua mãe.

"...Eu o vi apenas por uns minutos, mas achei que ele estava com uma aparência maravilhosa. Eu me apaixonei por ele (É claro que Eu Amo Mais o Dick, mas você sabe o que eu quero dizer). Ele realmente vai dirigir o filme, e está de partida imediata para Hollywood, e acho que nós deveríamos ir também. Collis Clay tem estado por aqui. Eu gosto dele, mas não o tenho visto muito por causa dos Divers, que são realmente divinos, praticamente As Pessoas Mais Simpáticas que Eu jamais Conheci. Não estou me sentindo muito bem hoje, e estou tomando o Remédio, embora Não veja a necessidade dele. Eu nem Vou Tentar lhe dizer Tudo que tem Acontecido até eu vê-la!!! Então, quando você receber esta carta, *telegrafe, telegrafe, telegrafe*! Você virá para o norte ou devo ir para o sul com os Divers?

Às seis horas, Dick telefonou para Nicole.

— Tem algum plano especial? — ele perguntou. — Gostaria de fazer alguma coisa tranquila... jantar no hotel, e então uma peça de teatro?

— Gostaria? Eu faço o que você quiser. Telefonei para Rosemary não faz muito tempo, e ela vai jantar no quarto. Eu acho que isso chateia todos nós, não?

— Não me chateou — objetou ele. — Querida, a não ser que você esteja fisicamente cansada, vamos fazer alguma coisa. Caso contrário, nós vamos para o sul e ficamos uma semana imaginando por que não vimos Boucher. É melhor do que ficar pensando...

Isso foi um erro, e Nicole o questionou na mesma hora.

— Ficar pensando a respeito de quê?

— A respeito de Maria Wallis.

Ela concordou em ir ao teatro. Era uma tradição entre eles que jamais deveriam estar cansados demais para qualquer coisa, e eles achavam que isso deixava os dias melhores de modo geral, e deixava as noites mais organizadas. Quando inevitavelmente se sentiam em um estado de espírito desanimado, eles colocavam a culpa no cansaço e na fadiga das outras pessoas. Antes de saírem, um casal com tão boa aparência quanto poderia se encontrar em Paris, bateram suavemente à porta de Rosemary. Não houve resposta; julgando que ela havia adormecido, eles saíram para uma noite estridente e morna da capital francesa, bebericando um vermute com licor de ervas amargas na sombra do bar do Fouquet.

XII

Nicole acordou tarde, murmurando alguma coisa em seus sonhos antes de entreabrir seus longos cílios pesados de sono. A cama de Dick estava vazia — somente depois de um minuto ela percebeu que havia sido acordada por uma batida à porta do *salon*[1] deles.

— *Entrez!*[2] — ela disse, mas não houve resposta, e depois de um instante ela vestiu um penhoar e foi abrir a porta. Um *sergent-de-ville*[3] confrontou-a com cortesia e entrou.

— O Sr. Afghan North... ele está aqui?
— O quê? Não... ele partiu para os Estados Unidos.
— Quando ele partiu, Madame?
— Ontem de manhã.

Ele balançou a cabeça e balançou o dedo na direção dela com um ritmo mais rápido.

— Ele estava em Paris ontem à noite. Ele está registrado aqui, mas o quarto dele não está ocupado. Eles me disseram que seria melhor fazer perguntas neste quarto.

— Isso soa muito estranho para mim... nós nos despedimos dele ontem de manhã no trem que o levava para o navio.

— Seja como for, ele foi visto aqui esta manhã. Até mesmo a *carte d'identité*[4] dele foi vista. E é isso.

— Nós não sabemos nada a respeito disso — ela afirmou, espantada.

---

[1] Salão.
[2] Entrem!
[3] Agente de polícia.
[4] Documento de identificação.

Ele ficou pensando. Ele era um homem bonito que cheirava mal.

— A senhora não esteve com ele de jeito nenhum a noite passada?

— Claro que não.

— Nós prendemos um negro. Estamos convencidos de que finalmente prendemos o negro certo.

— Eu lhe garanto que não tenho ideia do que o senhor está falando. Se é o Sr. Abraham North, o que nós conhecemos, ora, se ele estava em Paris a noite passada, nós não sabíamos disso.

O homem balançou a cabeça e sugou o lábio superior, convencido, mas desapontado.

— O que aconteceu? — perguntou Nicole.

Ele fez um gesto com as mãos, enchendo as bochechas de ar. Ele havia começado a achá-la atraente, e seus olhos brilharam em sua direção.

— O que a senhora quer, Madame? Coisas de verão. O Sr. Afghan North foi roubado e fez uma queixa. Nós prendemos o delinquente. O Sr. Afghan deveria vir identificá-lo e fazer as acusações adequadas.

Nicole envolveu ainda mais seu corpo com o penhoar e mandou o agente de polícia embora energicamente. Atônita, ela tomou um banho e se vestiu. Já havia passado das dez horas então, e ela chamou Rosemary, mas não teve resposta — então ela telefonou para a gerência do hotel e descobriu que Abe havia mesmo se registrado, às seis e meia da manhã. O quarto dele, entretanto, ainda estava desocupado. Esperando que Dick lhe dissesse alguma coisa, ela aguardou na saleta da suíte; bem na hora em que ela havia desistido e decidido sair, a gerência telefonou e anunciou:

— *Meestaire Crawshow, un nègre.*[5]

---

[5] O Senhorrr Crawshow, um negro.

— E o que ele deseja? — ela perguntou.

— Ele diz que ele conhece a senhora e o dotorr. Ele diz que tem um Senhorrr Freeman na prrison que é amigo de todo mundo. Ele diz que tem injustiça e ele quer ver o Senhorrr North antes de ele mesmo ser prrreso.

— Nós não sabemos de nada disso. — Nicole deixou a história toda de lado desligando o telefone com veemência. A estranha reaparição de Abe deixou claro para ela quão cansada ela estava da devassidão dele. Afastando-o de seus pensamentos ela saiu; se deparou com Rosemary na modista e foi com ela comprar flores artificiais e colares de contas coloridas na Rue de Rivoli. Ela ajudou Rosemary a escolher um diamante para a mãe, e algumas estolas e os últimos modelos de cigarreiras para levar para casa para pessoas do cinema na Califórnia. Para o seu filho, ela comprou soldadinhos gregos e romanos, um exército inteiro deles, custando mais de mil francos. Uma vez mais, elas gastaram o dinheiro delas de modos diferentes, e uma vez mais Rosemary admirou o modo de Nicole gastar. Nicole tinha certeza de que era dela o dinheiro que gastava — Rosemary ainda achava que o seu dinheiro havia lhe sido milagrosamente emprestado e, consequentemente, ela tinha de ser muito cuidadosa em relação a ele.

Era divertido gastar dinheiro à luz do sol da cidade estrangeira com corpos saudáveis que enviavam ondas de cor aos rostos delas; com braços e mãos, pernas e tornozelos que elas estiravam confiantes, se estendendo ou andando com a firmeza de mulheres que são encantadoras para os homens.

Quando elas voltaram para o hotel e encontraram Dick, todo resplandecente e revigorado de manhã, as duas tiveram um momento de felicidade completamente infantil.

Ele havia acabado de receber um telefonema confuso de Abe; este, ao que parecia, havia passado a manhã escondido.

— Foi uma das conversas telefônicas mais extraordinárias que já tive.

Dick havia conversado não apenas com Abe, mas com uma dúzia de outras pessoas. Pelo telefone, esses excedentes haviam sido tipicamente introduzidos como: "...homem quer falar com você, tá envolvido no teput dome,[6] bom, ele diz que ele tava... o que que é isso?"

"Ei, alguém aí, cala a boca... então, ele se envolveu em alguma cilada e ele num pode de jei-to nenhum ir pra casa. Minha ideia pes-soal é que... minha pessoal é que ele teve um..." Sons de respiração apressada foram ouvidos e, depois disso, o que a criatura tinha só o desconhecido sabia.

O telefone forneceu uma oferta suplementar:

"Eu achei que ia interessar para você de qualquer jeito, como psicólogo." A vaga personalidade que correspondia a essa afirmação acabou não largando o telefone; em seguida, ele não conseguiu chamar a atenção de Dick como psicólogo, ou, na verdade, como qualquer outra coisa. A conversa de Abe fluía como se segue:

— Alô.
— Bom?
— Bom, alô.
— Quem é você?
— Bem. — Gargalhadas resfolegantes foram intercaladas.
— Bem, eu vou colocar outra pessoa na linha.

Às vezes, Dick conseguia ouvir a voz de Abe, acompanhada por brigas, pelo telefone sendo derrubado; fragmentos longínquos do tipo, "Não, eu não, Sr. North..." Então uma voz insolente e decidida tinha dito:

— Se o senhor é amigo do Sr. North, o senhor faz o favor vir até aqui e levar ele embora.

Abe interrompeu, solene e desajeitado, ignorando tudo isso com um tom de profunda determinação.

---

[6] Teapot Dome — escândalo de suborno nos Estados Unidos na década de 1920.

— Dick, eu desencadeei um protesto racial em Montmartre. Eu tirarei o Freeman da cadeia. Se um negro de Copenhague que faz cera para sapatos... alô, dá pra me escutar...? Bem, veja, se alguém chegar aí... — De novo, o receptor era um coro de inúmeras melodias.

— Por que cê tá de volta em Paris? — perguntou Dick.

— Eu fui até Evreux, e decidi pegar um avião de volta, para eu poder comparar com St. Sulpice. Quer dizer, eu não pretendo trazer St. Sulpice de volta para Paris. Eu nem quero dizer Barroco! Eu queria dizer St. Germain. Pelo amor de Deus, espere um instante e eu vou colocar o *chasseur* na linha.

— Pelo amor de Deus, não.

— Ouça... a Mary foi embora direitinho?

— Sim.

— Dick, eu quero que fale com um homem que conheci hoje de manhã, o filho de um oficial da marinha que foi a todos os médicos da Europa. Deixe-me falar dele...

Dick havia desligado a essa altura — talvez isso fosse um pouco de ingratidão, porque ele precisava de material para a atividade esmiuçadora de sua mente.

— Abe costumava ser tão agradável — Nicole disse para Rosemary. — Tão agradável. Há muito tempo... quando Dick e eu éramos recém-casados. Se você o tivesse conhecido então. Ele vinha ficar conosco por semanas e mais semanas, e nós mal sabíamos que ele estava em casa. Às vezes, ele tocava... às vezes, ele ficava na biblioteca com um piano em surdina, em uma relação amorosa horas a fio... Dick, você se lembra da empregada? Ela achava que ele era um fantasma, e às vezes o Abe costumava encontrá-la no *hall* e fazer buuuu para ela, e certa vez isso nos custou um serviço completo de chá... mas nós não nos importamos.

Tão divertido — muito tempo atrás. Rosemary invejou a diversão deles, imaginando uma vida de lazer diferente da sua. Ela sabia muito pouco a respeito do lazer, mas tinha por ele o respeito dos que nunca o tiveram. Ela pensava nisso como um descanso, sem perceber que os Divers estavam tão longe de descansar quanto ela própria.

— O que fez Abe ficar assim? — ela perguntou. — Por que ele tem de beber?

Nicole balançou a cabeça de um lado para outro, negando responsabilidade pela questão.

— Tantos homens inteligentes se arruínam hoje em dia.

— E quando é que eles não se arruinaram? — perguntou Dick. — Homens inteligentes se arriscam mais porque eles têm necessidade... alguns deles não conseguem suportar isso, então, eles desistem.

— Deve ter algo mais além disso. — Nicole se apegou à sua conversa; ela também estava irritada com o fato de Dick contradizê-la na frente de Rosemary. — Artistas como... bem, como Fernand não parecem ter de mergulhar no álcool. Por que é que só os norte-americanos jogam a vida fora?

Havia tantas respostas para essa pergunta que Dick decidiu deixá-la pairando no ar, para soar vitoriosa aos ouvidos de Nicole. Ele havia passado a ter um olhar intensamente crítico em relação a ela. Embora achasse que ela era o ser humano mais atraente que ele jamais havia visto, embora ele obtivesse dela tudo de que precisasse, ele pressentia uma batalha à distância, e de modo subconsciente tinha estado se endurecendo e se armando a cada hora. Ele não era dado à autoindulgência, e se sentia comparativamente destituído de graça nesse momento de se dar a esse luxo, fechando os olhos com a esperança de que Nicole intuísse somente uma excitação emocional a respeito de Rosemary. Ele não tinha certeza — a noite passada, no teatro, ela havia se referido com firmeza a Rosemary como uma criança.

Os três comeram no andar de baixo em uma atmosfera de carpetes e de garçons que andavam a passos surdos, que não marchavam com os passos rápidos e sonoros daqueles homens que levavam boa comida para as mesas nas quais eles haviam comido recentemente. Aqui estavam as famílias de norte-americanos olhando fixamente para famílias de norte-americanos, e tentando conversar umas com as outras.

Havia um grupo sentado à outra mesa que eles não conseguiam explicar. Era formado por jovem expansivo, que parecia ser um secretário, um tanto formal, do tipo que diz "você se importa em repetir", e várias mulheres. As mulheres não eram nem jovens e nem velhas e nem de qualquer classe social específica; no entanto, o grupo dava a impressão de uma unidade, que se mantinha ainda mais coesa, por exemplo, do que um grupo de esposas confinadas em um encontro profissional de seus maridos. Certamente, era mais coeso do que qualquer grupo de turistas imaginável.

Um instinto levou Dick a engolir o escárnio pesado que se formou em sua língua; ele pediu ao garçom que descobrisse quem eles eram.

— Aquelas lá são as mães das estrrelas dourradas — explicou o garçom.

Eles exclamaram de modo audível, e em voz baixa. Os olhos de Rosemary se encheram de lágrimas.

— Provavelmente, as jovens são as esposas — disse Nicole.

Bebericando seu vinho, Dick olhou para elas de novo; em seus rostos alegres, na dignidade que rodeava e permeava o grupo, ele percebia toda a maturidade de uns Estados Unidos mais velhos. Durante certo tempo, as mulheres sérias que haviam vindo prantear os seus mortos, prantear por algo que elas não conseguiam reparar, deixou o cômodo belo. Por uma fração de segundo, Dick se sentou novamente nos joelhos de seu pai, cavalgando com Mosby enquanto as antigas lealdades e devoções combatiam ao redor dele. Quase com esforço, ele se voltou para as suas duas mulheres à mesa e encarou o mundo novo no qual ele acreditava.

...Se importa se eu fechar a cortina?

XXIII

Abe North ainda estava no bar do Ritz, onde estivera desde as nove horas da manhã. Quando ele chegou, procurando refúgio, as janelas estavam abertas, e grandes raios de luz estavam ocupados em sacudir o pó dos carpetes e almofadas enfumaçados. *Chasseurs* corriam ao longo dos corredores, liberados e leves, se movendo, naqueles instantes, em puro espaço. O bar com mesas e cadeiras para as mulheres, na frente do bar propriamente dito, parecia muito pequeno — era difícil imaginar quais multidões ele poderia acomodar durante a tarde.

O famoso Paul, o *concessionaire*,[1] não havia chegado, mas Claude, que estava checando o estoque, interrompeu sua ocupação sem uma surpresa imprópria para fazer a Abe uma bebida estimulante. Abe sentou-se em um banco encostado à parede. Depois de dois drinques, ele começou a se sentir melhor — tão melhor que subiu para a barbearia e lhe fizeram a barba. Quando ele voltou para o bar, Paul havia chegado — em seu veículo personalizado, do qual ele desembarcara corretamente no Boulevard des Capucines. Paul gostava de Abe, e deu uma passada para conversar.

— Eu deveria ter ido para casa esta manhã — disse Abe.
— Quero dizer, ontem de manhã, ou o que quer que seja.
— E por que não foi? — perguntou Paul.
Abe refletiu e finalmente chegou a um motivo:

---

[1] Revendedor.

— Eu estava lendo uma história seriada no *Liberty* e o próximo número iria sair aqui em Paris... então, se tivesse embarcado, eu o teria perdido... e aí eu jamais iria lê-la.

— Deve ser uma história muito boa.

— É uma história horr-r-rorosa.

Paul se levantou dando uma risadinha e fez uma pausa, se apoiando nas costas de uma cadeira:

— Se o senhor realmente quiser ir embora, Sr. North, há amigos seus partindo amanhã no France... o Senhor como é que ele se chama... e Slim Pearson. O Senhor... vou pensar nisso... alto, com uma barba recente.

— Yardly — informou North.

— O Sr. Yardly. Os dois estão indo no *France*.

Ele estava indo para o trabalho, mas Abe tentou detê-lo:

— Se eu não tivesse de ir por Cherbourg. A bagagem foi por lá.

— Pegue sua bagagem em Nova Iorque — disse Paul, se afastando.

A lógica da sugestão se ajustou gradualmente no bestunto de Abe — ele ficou bastante empolgado com a ideia de alguém cuidando dele, ou melhor, de prolongar o seu estado de irresponsabilidade.

Enquanto isso, outros clientes haviam entrado no bar: em primeiro lugar veio um dinamarquês grandão, que Abe havia encontrado em algum lugar. O dinamarquês sentou-se do outro lado do bar, e Abe supôs que ele ficaria ali o dia inteiro, bebendo, almoçando, conversando ou lendo jornais. Ele sentiu um desejo de ficar ali mais do que o dinamarquês. Às onze horas, os estudantes começaram a entrar, entrando desajeitados, receosos de derrubarem as mochilas um do outro. Foi mais ou menos nesse instante que Abe fez com que o *chasseur* telefonasse para os Divers; no momento em que ele estava em contato com eles, ele também estava em contato com outros amigos — e a ideia dele era a de colocá-los todos em diferentes telefones ao mesmo tempo — o resultado não foi muito preciso. De tempos em tempos, os pensamentos dele revertiam para o fato de que ele tinha de ir tirar Freeman da cadeia, mas ele deixava todos os fatos de lado como partes do pesadelo.

Perto da uma hora da tarde, o bar estava lotado; em meio à subsequente mistura de vozes, a equipe de garçons trabalhava, controlando os seus clientes nas questões de bebida e dinheiro.

— Esse perfaz dois whiskeys com soda... e mais um... dois martínis e um... nada para o senhor, Sr. Quarterly... esse perfaz três rodadas. O total dá setenta e dois francos, Sr. Quarterly. O Sr. Schaeffer disse que ele pagava este... o senhor pagou o último... Eu só posso fazer o que o senhor diz... muito obrigado.

Na confusão, Abe havia perdido o seu assento; agora ele estava em pé, balançando gentilmente e conversando com algumas das pessoas com quem ele se envolvera. Um *terrier* correu enrolando a coleira ao redor das pernas dele, mas Abe deu um jeito de se desenredar sem causar problemas e se transformou no alvo de abundantes pedidos de desculpas. Em seguida, ele foi convidado para almoçar, mas recusou. Estava quase Amanhecente, ele explicou, e tinha alguma coisa que ele tinha de fazer no Amanhecente. Um pouquinho mais tarde, com os modos refinados do alcoólatra que se parecem com os modos de um prisioneiro ou de um empregado de família, ele se despediu de um conhecido e, voltando-se, descobriu que o grande momento do bar havia se acabado de modo tão repentino quanto havia começado.

Do outro lado do bar, o dinamarquês e seus companheiros haviam pedido o almoço. Abe também pediu, mas mal tocou nele. Em seguida, ele só ficou sentado, feliz por viver no passado. A bebida tornava as coisas passadas contemporâneas do presente, como se elas ainda estivessem acontecendo, contemporâneas mesmo do futuro, como se elas estivessem prestes a acontecer de novo.

Às quatro horas, o *chasseur* se aproximou dele:

— O senhor quer ver um homem de cor que se chama Jules Peterson?

— Deus do céu! Como é que ele me encontrou?

— Eu não disse para ele que o senhor estava aqui.

— Quem disse? — Abe bateu as mãos nos seus copos, mas se recompôs.

— Ele diz que já andou por todos os bares e hotéis frequentados pelos norte-americanos.

— Diga para ele que não estou aqui... — Enquanto o *chasseur* dava meia-volta, Abe perguntou. — Ele pode vir aqui?

— Vou descobrir.

Ao ser perguntado, Paul olhou rapidamente para trás; balançou a cabeça, então, ao ver Abe, ele se aproximou.

— Sinto muito, não posso permitir.

Abe se levantou com esforço e foi até a Rue Cambon.

XXIV

Com sua pequena pasta de couro na mão, Richard Diver caminhou do sétimo *arrondissement*[1] — onde deixou um bilhete para Maria Wallis assinado "Dicole", a palavra com que ele e Nicole haviam assinado mensagens nos primeiros dias de paixão — até seu alfaiate, onde os funcionários fizeram por causa dele um alvoroço desproporcional ao dinheiro que ele gastou. Envergonhado por prometer tanto para aqueles pobres ingleses, com seus bons modos, seu ar de ter a chave para a segurança, envergonhado por fazer um alfaiate mudar uma polegada de seda em seu braço. Em seguida, ele foi ao bar do Crillon e bebeu um cafezinho e uma dose de gim.

Quando ele entrou no hotel, os saguões pareciam ter uma luminosidade pouco natural; quando ele saiu, percebeu que era pelo fato de já ter ficado escuro lá fora. Era uma noite cheia de vento às quatro horas da tarde, com as folhas nos Champs Élysées rumorejando e caindo, finas e enlouquecidas. Dick virou na Rue de Rivoli, caminhando dois quarteirões sob as arcadas até seu banco, onde havia correspondência. Então ele pegou um táxi e atravessou os Champs Élysées através do primeiro tamborilar da chuva, sentado sozinho com seu amor.

Às duas horas no corredor do Roi George, a beleza de Nicole havia sido para a beleza de Rosemary o que a beleza da moça de Leonardo era para a da moça de um ilustrador. Dick se movia através da chuva, atormentado e assustado, as

---

[1] Divisão da cidade de Paris.

paixões de muitos homens dentro dele e nada simples que ele pudesse ver.

Rosemary abriu a porta cheia de emoções, das quais ninguém mais tinha conhecimento. Ela era então o que às vezes é chamado de "uma coisinha selvagem" — durante vinte e quatro horas seguidas ela estava dispersa e estava absorta em brincar com o caos, como se o seu destino fosse um quebra-cabeça — calculando benefícios, calculando esperanças, contando Dick, Nicole, sua mãe, o diretor que ela havia encontrado ontem, como falhas em um colar de contas.

Quando Dick bateu à porta, ela havia acabado de se vestir e estava olhando a chuva, pensando em algum poema, e em sarjetas cheias em Beverly Hills. Quando abriu a porta, ela o viu como algo fixo e semelhante a Deus como ele sempre havia sido, como as pessoas mais velhas são para as mais jovens, rígidas e não maleáveis. Dick a viu com um inevitável sentimento de decepção. Custou-lhe um momento reagir à desamparada doçura do sorriso dela, seu corpo, milimetricamente calculado para sugerir um botão e, no entanto, garantir a flor. Ele tinha consciência da marca de um pé molhado dela no tapete através da porta do banheiro.

— Senhorita Televisão — ele disse, com uma despreocupação que não sentia. Ele colocou suas luvas e sua pasta na penteadeira dela, a bengala apoiada na parede. O queixo dele dominava as linhas de dor ao redor de sua boca, forçando-as para sua testa e o canto dos olhos, como o temor que não pode ser exibido em público.

— Venha e sente-se no meu colo, perto de mim — ele disse, com doçura — e deixe-me investigar a sua boca adorável.

Ela se aproximou e sentou-se, e enquanto o gotejar ficava mais lento lá fora — drip... dri-i-ip... ela ofereceu os lábios para a bela e fria imagem que havia criado.

Em seguida, ela o beijou diversas vezes na boca, seu rosto ficando grande quando se aproximava dele; ele nunca havia visto nada tão deslumbrante quanto o toque da pele dela, e já que às vezes a beleza devolve as imagens dos melhores pensamentos de uma pessoa, ele pensou em sua responsabilidade em relação a Nicole, e na responsabilidade de ela estar a duas portas do outro lado do corredor.

— A chuva parou — disse ele. — Está vendo o sol nas ardósias?

Rosemary se levantou e se inclinou e disse suas palavras mais sinceras para ele:

— Oh, mas que *atores* que nós somos... você e eu.

Ela se dirigiu à sua penteadeira e no momento em que ela encostou o pente em seus cabelos soou uma batida lenta e persistente à porta.

Eles ficaram chocados e imóveis; a batida se repetiu insistente e, ao perceber subitamente que a porta não estava trancada, Rosemary terminou de pentear os cabelos com um gesto seco, acenou para Dick, que havia rapidamente dado um jeito nas rugas da cama onde eles haviam se sentado, e se dirigido à porta. Dick disse em uma voz bastante natural, não alta demais:

— ...Então, se não está com vontade de sair, falarei para Nicole e nós passaremos uma noite bem tranquila.

As precauções foram inúteis, pois a situação das pessoas para fora da porta era incômoda a ponto de fazê-las deixar de lado quaisquer julgamentos a não ser os mais transitórios quanto a questões não relacionadas a elas próprias. Parado lá estava Abe, que envelhecera muitos meses nas últimas vinte e quatro horas, e um homem de cor muito assustado e nervoso, a quem Abe apresentou como o Sr. Peterson de Estocolmo.

— Ele está em uma situação horrível, e é minha culpa — disse Abe. — Nós precisamos de uns bons conselhos.

— Venham até nossos aposentos — disse Dick.

Abe insistiu que Rosemary fosse também, e eles atravessaram o *hall* para a suíte dos Divers. Jules Peterson, um negro pequeninho e respeitável, no modelo melífluo que segue o partido Republicano nos estados fronteiriços, foi atrás deles.

Parecia que ele havia sido uma testemunha da briga do começo da manhã em Montparnasse;[2] ele havia acompanhado Abe à delegacia de polícia e apoiado a afirmativa dele de que uma nota de cem francos havia sido arrancada de sua mão por um negro, cuja identificação era um dos pontos do caso. Abe e Jules Peterson, acompanhados por um agente de polícia, voltaram ao bistrô e com muita pressa identificaram como criminoso um negro, que, conforme foi estabelecido depois de uma hora, havia entrado no lugar somente depois de Abe ter entrado. A polícia havia complicado ainda mais a situação prendendo o destacado *restaurateur*[3] negro, Freeman, que havia mergulhado nas brumas alcoólicas logo que tudo começara, e depois havia desaparecido. O verdadeiro culpado, cuja culpa, conforme relatado por seus amigos, era a de ele ter somente apresentado uma nota de cinquenta francos para pagar pelos drinques pedidos por Abe, havia apenas recentemente e, em um *rôle* um tanto sinistro, reaparecido no local.

Resumindo, Abe havia conseguido, no espaço de uma hora, se enredar nas vidas pessoais, nas consciências e nas emoções de um afro-europeu e de três afro-americanos que moravam no Quartier Latin francês. O desenredamento não estava nem ao menos previsto e o dia havia passado em uma atmosfera de rostos negros desconhecidos surgindo em locais inesperados, e em cantos inesperados, e vozes negras insistentes ao telefone.

---

[2] A primeira menção à briga, feita por Abe ao telefone, indica que ela aconteceu em Montmartre. Deve ter havido uma confusão por parte de Fitzgerald, e o erro persistiu nas três edições em inglês consultadas durante o processo de tradução da obra. (N.T.)

[3] Proprietário de restaurante.

Pessoalmente, Abe havia conseguido fugir de todos eles, a não ser de Jules Peterson. Peterson se encontrava mais na posição do índio amistoso que havia ajudado um branco. Os negros que sofriam com a traição não estavam tanto em busca de Abe, mas sim de Peterson, e Peterson estava muito em busca de qualquer proteção que ele conseguisse obter de Abe.

Em Estocolmo, Peterson havia fracassado como um pequeno fabricante de graxa para sapatos, e agora possuía somente sua fórmula e instrumentos de seu ofício em quantia suficiente para encher uma caixa pequena; entretanto, seu novo protetor havia prometido no início da madrugada ajudá-lo a montar um negócio em Versalhes. O antigo chofer de Abe era sapateiro lá, e Abe havia dado a Peterson duzentos francos como adiantamento.

Rosemary ouvia com desgosto essa história enrolada; para apreciar seu lado grotesco era necessário um senso de humor mais robusto que o dela. O homenzinho com sua fábrica portátil, seus olhos insinceros que, de tempos em tempos, expunham brancos semicírculos apavorados; a figura de Abe, seu rosto tão indefinido quanto as suas descarnadas linhas finas permitiriam — tudo isso era tão distante dela quanto uma doença.

— Só peço uma oportunidade na vida — disse Peterson, com o tipo de entonação precisa, no entanto distorcida, característica dos países coloniais. — Meus métodos são simples, minha fórmula é tão boa que eu fui mandado embora de Estocolmo, arruinado, porque eu não queria dispor dela.

Dick o olhava, educado — interesse criado, dispersado, ele se voltou para Abe:

— Você tem de ir para um hotel e dormir. Depois que estiver bem, o Sr. Peterson irá vê-lo.

— Mas você não entende a confusão em que Peterson se encontra? — protestou Abe.

— Eu vou esperar no saguão — disse Peterson, com delicadeza. — Talvez seja difícil discutir meus problemas na minha frente.

Ele se retirou depois de uma pequena paródia de uma mesura francesa; Abe ficou em pé com a deliberação de uma locomotiva.

— Não pareço estar muito popular hoje.

— Popular, mas não provável — Dick o aconselhou. — Meu conselho é que vá embora deste hotel... através do bar, se quiser. Vá ao Chambord, ou se precisar de muito serviço, vá ao Majestic.

— Eu poderia amolá-lo e pedir um drinque?

— Não tem nada para beber aqui — Dick mentiu.

Resignado, Abe trocou um aperto de mãos com Rosemary; ele compôs suas expressões faciais lentamente, segurando a mão dela por muito tempo, e tentando formar frases que não eram pronunciadas.

— A senhorita é a mais... uma das mais...

Ela ficou com pena, e bastante revoltada por causa das mãos sujas dele, mas deu risada de um modo educado, como se não fosse nada incomum para ela observar um homem caminhando em um sonho lento. Com frequência, as pessoas mostram um curioso respeito por um homem bêbado, semelhante ao das raças simples pelos insanos. Respeito, em vez de temor. Há algo que inspira assombro em alguém que perdeu todas as suas inibições, que está disposto a fazer qualquer coisa. Naturalmente, nós fazemos essa pessoa pagar posteriormente por seu momento de superioridade, seu momento de magnificência. Abe se voltou para Dick com um apelo derradeiro:

— Se eu for para um hotel e tomar um banho e ficar todo arrumado, e dormir um pouco, e lutar contra esses senegaleses... eu poderia vir e passar a noite ao pé da lareira?

Dick assentiu, menos em concordância do que em caçoada, e disse:

— Você tem uma opinião elevada a respeito de suas atuais capacidades.

— Aposto que se Nicole estivesse aqui ela iria me deixar voltar.

— Tudo bem. — Dick se dirigiu a uma mala e trouxe uma caixa para a mesa central; dentro estavam diversas letras de papelão.

— Você pode vir se quiser jogar anagramas.

Abe olhou o conteúdo da caixa com repulsa física, como se lhe tivessem pedido para comê-lo como se fosse cereal.

— O que é anagrama? Eu já não tive esquisitice...

— É um jogo tranquilo. Você soletra palavras com elas... qualquer palavra com exceção de álcool.

— Aposto que dá para soletrar álcool — Abe mergulhou a mão no meio das peças. — Posso voltar se eu conseguir soletrar álcool?

— Pode voltar se quiser jogar anagramas.

Abe balançou a cabeça, resignado.

— Se você se encontra nesse estado de espírito, não faz diferença... eu só iria ficar no caminho. — Ele balançou um dedo, reprovador, na direção de Dick. — Mas, lembre-se do que George Terceiro disse, que se Grant estivesse bêbado, ele queria que ele fosse atacar os outros generais.

Com um último olhar desesperado para Rosemary com os cantos dourados de seus olhos, ele saiu. Para seu alívio, Peterson não estava mais no corredor. Sentindo-se perdido e desamparado, ele voltou para perguntar a Paul o nome daquele navio.

XXV

Depois de Abe ter saído cambaleando, Dick e Rosemary se abraçaram rapidamente. Havia a poeira de Paris sobre os dois, através da qual eles sentiam o cheiro um do outro: o protetor na caneta-tinteiro de Dick; o ligeiro odor morno do pescoço e dos ombros de Rosemary. Por mais trinta segundos, Dick se apegou à ocasião; Rosemary foi a primeira a voltar à realidade.

— Tenho de ir, garotão — disse ela.

Eles piscaram um para o outro através de um espaço que ficava cada vez maior, e Rosemary saiu de um modo que ela havia aprendido quando pequena, e que nenhum diretor jamais havia tentado melhorar.

Ela abriu a porta de seu quarto e foi diretamente à mesa, onde repentinamente havia se lembrado de ter deixado o seu relógio de pulso. Ele estava lá; colocando-o, ela olhou de relance para a carta quotidiana para sua mãe, terminando a última frase em sua mente. Então, de modo bastante gradual, ela percebeu sem se virar que não estava sozinha no quarto.

Em um quarto habitado, há objetos refratários apenas parcialmente percebidos: madeira envernizada, metal mais ou menos polido, prata e marfim, e além deles, milhares de condutores de luz e de sombra tão discretos que a pessoa mal pensa neles desse modo, os topos dos porta-retratos, as pontas dos lápis ou os cinzeiros, dos ornamentos de cristal e de porcelana; a totalidade dessa refração — recorrendo a reflexos igualmente sutis da visão bem como a aqueles fragmentos associativos no subconsciente aos quais nós parecemos nos apegar, assim como um vidraceiro conserva as peças de formas irregulares que poderão ser úteis qualquer hora — esse fato poderia ser responsável por aquilo que Rosemary posteriormente descreveu de modo místico como "perceber" que havia mais alguém no quarto, antes de ter condição de se certificar disso. Porém, ao perceber, ela se voltou ligeira em um tipo de passo de balé, e viu que um negro morto estava esticado sobre a sua cama.

Enquanto ela gritava "aahhhh!", e seu relógio de pulso ainda por apertar bateu contra a mesa, ela teve a absurda ideia de que era Abe North. Então, ela foi correndo para a porta e passou pelo saguão.

Dick estava se arrumando; ele havia examinado as luvas usadas naquele dia e as jogado em uma pilha de luvas sujas em um canto de uma mala. Ele havia pendurado casaco e colete e colocado a camisa em outro cabide — um de seus truques. "Você vai usar uma camisa que está meio sujinha, mas não uma camisa amarfanhada." Nicole havia entrado e estava esvaziando um dos extraordinários cinzeiros de Abe na cesta de lixo quando Rosemary irrompeu no quarto.

— *Dick! Dick!* Venha ver!

Dick foi rapidamente pelo saguão até o quarto dela. Ele se ajoelhou para ouvir o coração de Peterson, e sentiu o pulso — o corpo estava quente; o rosto, perturbado e oblíquo em vida, era vulgar e amargo na morte; a caixa de materiais estava ainda sob um dos braços, mas o sapato que pendia ao lado da cama precisava de lustro e sua sola estava gasta. Pela lei francesa, Dick não tinha direito de tocar o corpo, mas ele mexeu o braço um pouquinho para ver alguma coisa — havia uma mancha na colcha verde, haveria marcas tênues de sangue no cobertor por baixo.

Dick fechou a porta e ficou pensando; ele ouviu passos cautelosos no corredor, e então Nicole o chamou pelo nome. Abrindo a porta, ele sussurrou:

— Traga a colcha e o cobertor de uma de nossas camas... não deixe que ninguém a veja. — Então, percebendo o olhar tenso no rosto dela, ele acrescentou, rapidamente. — Olhe, não precisa ficar perturbada com isso... é somente uma briguinha de negros.

— Quero que isso tudo termine.

O corpo, quando Dick o carregou, era leve e mal alimentado. Ele o segurou de modo que se mais sangue escorresse da ferida, cairia nas roupas do homem. Colocando-o ao lado da cama, ele arrancou a colcha e o cobertor e então, abrindo a porta uns centímetros, ficou à escuta — houve um retinir de pratos para lá do saguão, seguido por um alto e condescendente "Mer-*ci*, Madame",[1] porém o garçom foi em outra direção, rumo à escada de serviço. Rapidamente, Dick e Nicole trocaram fardos ao longo do corredor; depois de esticar o cobertor e a colcha na cama de Rosemary, Dick ficou suando no crepúsculo morno, refletindo. Certos pontos haviam ficado aparentes para ele naquele momento, depois de ter examinado o corpo; em primeiro lugar, que o primeiro índio hostil de Abe havia seguido o índio amistoso e o descoberto no corredor, e quando este, desesperado, se havia refugiado no quarto de Rosemary, o índio hostil o havia perseguido e assassinado; em segundo lugar, que se a situação se desenrolasse naturalmente, nenhum poder sobre a face da terra conseguiria manter essa mácula longe de Rosemary — a tinta mal estava seca no caso de Arbuckle. O contrato dela dependia de uma obrigação de continuar rígida e irrepreensivelmente como *A Garotinha do Papai*.

Automaticamente, Dick fez o velho gesto de arregaçar as mangas da camisa, embora ele usasse uma camiseta sem mangas, e se curvou sobre o corpo. Segurando com firmeza os ombros do casaco, ele abriu a porta com o calcanhar e arrastou o corpo rapidamente para uma posição plausível no corredor. Ele voltou para o quarto de Rosemary e alisou a trama do

---

[1] Obri-*gado*, Senhora.

tapete felpudo. Então ele foi até sua suíte, pegou o telefone e chamou o gerente do hotel.

— McBeth? É o Doutor Diver falando... uma coisa muito importante. Nós estamos em uma linha mais ou menos particular?

Ainda bem que ele havia feito o esforço extra que suscitara uma opinião tão boa da parte do Sr. McBeth. Eis um dos usos para toda a amabilidade que Dick havia despendido sobre uma grande área que ele jamais iria recuperar...

— Saindo da suíte, nós nos deparamos com um negro morto... no saguão... não, não, ele é um civil. Espere um instantinho... eu sei que o senhor não gostaria que nenhum hóspede se deparasse com o corpo, por isso telefonei para o senhor. Mas é claro que tenho de pedir para o senhor deixar meu nome fora disso. Não quero nenhuma burocracia francesa só porque descobri o homem.

Mas que delicada consideração para com o hotel! Somente porque o Sr. McBeth, com seus próprios olhos, havia visto essas características no Doutor Diver duas noites antes, ele conseguiria acreditar na história sem fazer perguntas.

Em um minuto, o Sr. McBeth chegou, e em mais um minuto a ele se juntou um *gendarme*. Nesse ínterim, ele arrumou tempo para sussurrar para Dick:

— O senhor pode ter certeza de que o nome de qualquer hóspede será protegido. Eu estou grato demais ao senhor por seus esforços.

O Sr. McBeth tomou uma medida imediata que só pode ser imaginada, mas que influenciou o *gendarme* de modo a fazer com que ele puxasse os bigodes em um frenesi de desconforto e de ganância. Ele tomou notas brevíssimas e telefonou para sua delegacia. Enquanto isso, com uma rapidez que Jules Peterson, como homem de negócios, teria entendido muito bem, os restos mortais foram carregados para outro quarto de um dos mais elegantes hotéis no mundo.

Dick voltou para seu *salon*.

— O que acon-te-ceu? — exclamou Rosemary. — Todos os norte-americanos em Paris ficam atirando uns nos outros o tempo todo?

— Parece que começou a temporada — ele respondeu. — Onde está Nicole?

— Acho que ela está no banheiro.

Ela o adorava porque ele a salvara — desastres que poderiam ter sido consequências do ocorrido haviam passado de modo profético pela cabeça dela; e ela ouvira em uma adoração insana a voz forte, confiante e educada dele colocando tudo nos eixos. Porém, antes que ela se aproximasse dele em um movimento de corpo e alma, a atenção dele se voltou para outra coisa: ele entrou no quarto e se dirigiu ao banheiro. E então Rosemary também pôde ouvir, cada vez mais alto, uma manifestação que não era humana e penetrava pelos buracos das fechaduras e pelos vãos das portas, se propagava pela suíte e, sob a forma do horror, se materializava de novo.

Pensando que Nicole havia caído no banheiro e se machucado, Rosemary seguiu Dick. Não era essa a situação para a qual ela ficou olhando fixamente antes que Dick se pusesse à sua frente, bruscamente impedindo a visão dela.

Nicole estava ajoelhada ao lado da banheira, balançando de um lado para o outro.

— É você! — ela gritava. — É você que vem se intrometer na única privacidade que tenho no mundo... com sua colcha com sangue vermelho. Eu vou usá-la por você... não tenho vergonha, embora fosse uma pena. No Dia 1º de Abril nós fizemos uma festa no Lago de Zurique e todos os tolos estavam lá, e eu queria ir vestida com um cobertor, mas não me deixaram...

— Controle-se!

— ...e então eu me sentei no banheiro e eles me levaram um vestido dominó, e me disseram para usá-lo. Eu usei. O que mais eu poderia fazer?

— Controle-se, Nicole!

— Eu nunca esperei que me amasse... era tarde demais... só não venha ao banheiro, o único lugar em que eu posso ir para ficar sozinha, arrastando cobertores com sangue vermelho e me pedindo para dar um jeito neles.

— Controle-se. Levante-se...

Rosemary, de volta ao *salon*, ouviu a porta do banheiro bater, e ficou tremendo: agora ela sabia o que Violet McKisco havia visto no banheiro na Villa Diana. Ela respondeu ao telefone que tocava, e quase chorou de alívio quando descobriu que era Collis Clay, que a havia encontrado no quarto dos Divers. Ela lhe pediu para subir enquanto pegava o chapéu, porque estava com medo de ir sozinha ao seu quarto.

LIVRO 2

2

Na primavera de 1917, quando havia acabado de chegar a Zurique, o Doutor Richard Diver tinha vinte e seis anos de idade, uma bela idade para um homem, na verdade, o ponto culminante da vida de solteiro. Até mesmo nos dias de guerra, era uma bela idade para Dick, que já era muito valioso, um investimento de capital muito grande para ser usado como bucha de canhão. Anos mais tarde, parecia para ele que até mesmo nesse santuário ele não havia escapado incólume, mas a respeito disso nunca conseguiu realmente se decidir — em 1917, ele dava risada da ideia, dizendo em tom de desculpas que a guerra não o afetava em nada. As instruções de sua seção de alistamento eram de que ele deveria completar os seus estudos em Zurique e obter sua titulação conforme havia planejado.

A Suíça era uma ilha, sacudida de um lado pelas trovoadas ao redor de Gorizia, e do outro pelas cataratas ao longo do Somme e do Aisne. Pelo menos naquela época, parecia haver mais estrangeiros intrigantes pelos cantões do que doentes, mas isso era uma suposição — os homens que sussurravam nos pequenos cafés de Berna e de Genebra tinham a mesma probabilidade de serem vendedores de diamantes ou viajantes comerciais. Entretanto, ninguém havia deixado de ver os longos trens de homens cegos ou com uma perna só, ou corpos moribundos, que cruzavam uns com os outros entre os luminosos lagos de Constança e de Neuchâtel. Nas cervejarias e nas janelas das lojas havia pôsteres coloridos que retratava os suíços defendendo as suas fronteiras em 1914 — com uma ferocidade inspiradora homens jovens e velhos lançavam olhares irados do alto das montanhas para fantasmagóricos franceses e alemães; o propósito era de garantir ao coração suíço que ele havia compartilhado a glória contagiosa daqueles dias. Enquanto o massacre prosseguia, os pôsteres se faziam em frangalhos, e nenhum país ficou mais surpreso que sua república irmã quando os Estados Unidos entraram, canhestros, na guerra.

O Doutor Diver havia tido notícias distantes da guerra por aqueles tempos: em 1914, ele era um bolsista de Oxford Rhodes Connecticut. Ele voltou para casa para o último ano na Johns Hopkins, e se formou. Em 1916, ele deu um jeito de ir para Viena com a impressão de que, se não se apressasse, o grande Freud acabaria sucumbindo a uma bomba lançada de um aeroplano. Mesmo nessa época, Viena era uma cidade decadente, mas Dick deu um jeito de conseguir carvão e óleo suficientes para se sentar em seu quarto na Damenstiff Strasse e escrever as brochuras que posteriormente iria destruir, mas que, reescritas, eram a espinha dorsal do livro que ele publicou em Zurique em 1920.

A maior parte de nós tem um período heroico e favorito em nossas vidas, e esse foi o de Dick Diver. Por um motivo, ele não tinha ideia de que era charmoso, que a afeição que oferecia e inspirava era algo pouco comum entre pessoas saudáveis. Em seu último ano em New Haven, alguém se referira a ele como "Dick felizardo" — o nome ficou pairando em sua mente.

"Dick felizardo, meu amigão", ele dizia com seus botões, caminhando à luz dos últimos lampejos das chamas em seu quarto. "Você chegou lá, meu rapaz. Ninguém sabia que isso era possível antes de você aparecer."

No começo de 1917, quando estava ficando difícil encontrar carvão, Dick usou como combustível quase cem livros didáticos que havia acumulado; mas, enquanto colocava cada um deles no fogo, o fazia com um risinho confiante em seu íntimo de ele próprio ser um compêndio do que estava dentro do livro, que ele poderia resumi-lo dali a cinco anos, se o livro merecesse ser resumido. Isso acontecia a qualquer hora, com um tapete sobre seus ombros e com a tranquilidade do estudioso que está mais próximo da paz celestial que de qualquer outra coisa — mas a qual, como será contado em seguida, tinha de terminar.

Pelo fato de estar conseguindo se manter, ele agradecia ao seu corpo, que havia feito exercícios de ginástica nas argolas em New Haven, e agora nadava no Danúbio no inverno. Com Elkins, segundo secretário na Embaixada, ele compartilhava um apartamento, e havia duas simpáticas moças visitantes — e isso era tudo e não muito mais que isso, tampouco era da conta da Embaixada. Seu contato com Ed Elkins despertou nele uma primeira e ligeira dúvida em relação à qualidade de seus processos mentais; ele não podia deixar de sentir que eles eram profundamente diferentes do pensamento de Elkins — Elkins, que lhe diria os nomes de todos os quarterbacks em New Haven por trinta anos.

"...E o Dick Felizardo não pode ser um desses homens espertos; ele tem de ficar menos intacto, até mesmo ligeiramente destruído. Se a vida não fizer isso por ele, ter uma doença, ou um coração partido, ou um complexo de inferioridade, não são substitutos, embora fosse agradável tornar a edificar algum lado partido até que ele ficasse melhor que a estrutura original."

Ele caçoou de seu raciocínio, chamando-o de enganador e "norte-americano" — seus critérios de retórica acéfala eram dizer que isso era norte-americano. Ele sabia, contudo, que o preço de sua incolumidade era a incompletude.

"O melhor que eu posso lhe desejar, meu filho", assim dissera a Fada Blackstick em *O Anel e a Rosa*, de Thackeray, "é um pouquinho de infelicidade."

Em certos estados de espírito, ele reclamava de seu próprio raciocínio: Poderia eu ter evitado que Pete Livingstone permanecesse no vestiário no dia da eleição dos membros da fraternidade quando todos estavam revirando céu e terra procurando por ele? E eu fui eleito, quando, caso contrário, não teria conseguido a Elihu, conhecendo tão poucos homens. Ele era bom e correto, e eu é que deveria ter ficado no vestiário. Talvez eu tivesse feito isso, se tivesse pensado que teria uma chance em uma eleição. Mas, Mercer ficava indo ao meu quarto, todas aquelas semanas. Acho que eu sabia que tinha uma chance, tudo bem, tudo bem. Mas, teria sido bem feito para mim se eu tivesse engolido meu distintivo no banho e criado um conflito.

Depois das palestras na universidade, ele costumava discutir esse ponto com um jovem intelectual romeno que lhe garantia: "Não há provas de que Goethe jamais tenha tido um 'conflito' no sentido moderno, ou um homem como Jung, por exemplo. Você não é um filósofo romântico... é um cientista. Memória, força, personalidade... e, sobretudo, bom senso. Esse vai ser seu problema... o julgamento ao seu respeito... certa vez, conheci um homem que trabalhou por dois anos com o cérebro de um tatu, com a ideia de que mais cedo ou mais tarde iria saber mais a respeito do cérebro de um tatu do que qualquer outra pessoa. Eu ficava discutindo com ele que ele realmente não estava ampliando a extensão do conhecimento humano... era arbitrário demais. E, com certeza, quando ele enviou o trabalho dele para uma revista médica, eles o recusaram... eles tinham acabado de aceitar uma tese feita por outro homem sobre o mesmo tema."

Dick chegou a Zurique com menos calcanhares de Aquiles do que seria necessário para equipar uma centopeia, mas com vários — as ilusões da força e da saúde eternas, e da bondade essencial das pessoas; ilusões de uma nação, as mentiras de gerações de mães da fronteira que tinham de dizer com voz doce e falsa que não havia lobos fora da porta da cabana. Depois de se formar, ele recebeu ordens para se juntar a uma unidade de neurologia que estava sendo organizada em Bar--sur-Aube.

Na França, para seu desgosto, o trabalho era executivo, ao invés de prático. Em compensação, ele encontrou tempo para completar o pequeno livro e reunir o material para sua próxima empreitada. Ele voltou a Zurique na primavera de 1919, dispensado do exército.

O acima exposto tem as características de uma biografia, sem a satisfação de saber que o herói, assim como Grant, tranquilo em seu armazém em Galena, está pronto para ser convocado a um destino intrincado. Além do mais, é complicado se deparar com uma fotografia juvenil de alguma pessoa que se conhece em uma maturidade plenamente desenvolvida e ficar olhando com espanto para um desconhecido impetuoso, com olhos penetrantes. É melhor ser tranquilizante — o momento de Dick Diver começava então.

II

Era um dia úmido de abril, com longas nuvens em diagonal sobre o Albishorn e água parada nos locais baixos. Zurique não é diferente de uma cidade norte-americana. Sentindo falta de alguma coisa desde sua chegada dois dias antes, Dick percebeu que era a sensação que ele tinha tido nas limitadas estradas campestres francesas de que além delas não havia nada. Em Zurique, havia tanta coisa além de Zurique — os tetos conduziam os olhos para o alto, para rumorejantes pastagens, que, por sua vez, modificavam os topos das colinas mais adiante — então a vida era um início perpendicular para um céu de cartão postal. As terras alpinas, lar dos brinquedos e do funicular, do carrossel e dos pequenos carrilhões, não davam a sensação de estar *aqui*, como na França com os vinhedos franceses crescendo sobre os pés da gente.

Em Salzburg, Dick certa vez havia sentido a característica superposta de um século de música comprada e tomada de empréstimo; certa vez, nos laboratórios da universidade de Zurique, delicadamente tocando o córtex de um cérebro, ele havia se sentido como um fabricante de brinquedos, muito diferente do jovem impetuoso que havia se apressado pelos velhos edifícios vermelhos da Universidade Hopkins, dois anos antes, sem ser detido pela ironia do gigantesco Cristo no saguão de entrada.

No entanto, ele havia resolvido ficar mais dois anos em Zurique, pois não subestimava o valor da fabricação de brinquedos, com sua precisão e paciência infinitas.

Hoje ele saiu para visitar Franz Gregorovius na clínica de Dohmler no Lago de Zurique. Franz, patologista residente na clínica, nascido no cantão de Vaud, alguns anos mais velho que Dick, o encontrou na parada do bonde. Ele tinha um aspecto moreno e imponente de Cagliostro, contrastando com olhos piedosos; ele era o terceiro dos Gregorovius — seu avô havia ensinado Krapaelin quando a psiquiatria estava acabando de emergir da escuridão dos tempos. Quanto à personalidade, ele era orgulhoso, impetuoso e dócil — ele acreditava ser um hipnotizador. Se o gênio original da família tivesse ficado um pouquinho fatigado, Franz sem dúvida teria se tornado um excelente clínico.

A caminho da clínica, ele disse:

— Conte-me de suas experiências na guerra. Está mudado, como os outros? Você tem o mesmo rosto norte-americano, estúpido e sem idade, embora eu saiba que não é estúpido, Dick.

— Não tive o menor contato com a guerra... você deve ter compreendido isso nas minhas cartas, Franz.

— Isso não importa... nós temos alguns traumatizados pela guerra que simplesmente ouviram um bombardeio aéreo à distância. Nós temos alguns que simplesmente leram os jornais.

— Isso tudo me soa como tolice.

—Talvez seja, Dick. Mas, nós somos uma clínica de pessoas ricas... nós não usamos a palavra tolice. Sinceramente, você veio para me ver ou para ver aquela garota?

Os dois olharam de esguelha um para o outro; Franz sorriu de modo enigmático.

— Naturalmente eu vi todas as primeiras cartas — ele disse, em seu tom oficial de baixo. — Quando a mudança começou, a delicadeza me impediu de abrir outras. Realmente, tinha se transformado em seu caso.

— Então ela está bem? — perguntou Dick.

— Perfeitamente bem, estou encarregado dela; na verdade, eu estou encarregado da maioria dos pacientes ingleses e norte-americanos. Eles me chamam de Doutor Gregory.
— Deixe-me explicar a respeito dessa garota — disse Dick. — Eu a vi apenas uma vez, isso é um fato. Quando eu vim para me despedir de você antes de ir para a França. Era a primeira vez que eu vestia meu uniforme e eu me sentia um completo impostor com ele... andando por aí cumprimentando soldados rasos e tudo mais.
— Por que não o está usando hoje?
— Ei! Eu fui reformado há três semanas. Eis o modo como eu casualmente vi essa garota. Quando me despedi de você, eu caminhei na direção daquele prédio de vocês às margens do lago para pegar minha bicicleta...
— Na direção dos "Cedros"?
— ...uma noite maravilhosa, sabe... a lua acima daquela montanha...
— A Krenzegg.
— ...eu alcancei uma enfermeira e uma menina. Eu não pensei que a menina fosse uma paciente; perguntei para a enfermeira a respeito do horário do bonde e nós caminhamos juntos. A menina era uma das coisas mais lindas que eu já tinha visto.
— Ela ainda é.
— Ela nunca tinha visto um soldado norte-americano, e nós conversamos, e eu não pensei nada a respeito do assunto. — Ele se interrompeu, reconhecendo uma perspectiva familiar, e então retomou. — A não ser, Franz, que eu ainda não sou tão durão quanto você; quando vejo um invólucro lindo como aquele, não posso deixar de lamentar o que está dentro dele. Isso foi tudo mesmo... até as cartas começarem a chegar.
— Foi a melhor coisa que poderia ter acontecido com ela — disse Franz, dramático —, uma transferência do tipo mais fortuito. É por isso que eu vim encontrá-lo em um dia

muito atarefado. Eu quero que você venha até meu escritório e converse por um bom tempo antes de vê-la. Na verdade, eu a mandei a Zurique para fazer uns servicinhos. — A voz dele estava tensa por causa do entusiasmo. — Na verdade, eu a mandei sem uma enfermeira, com uma paciente menos estável. Estou muito orgulhoso desse caso, de que eu dei conta, com sua assistência acidental.

O carro havia seguido pela margem do Lago de Zurique entrando em uma região fértil de pastagens e colinas baixas, pontilhada de *châlets*.[1] O sol mergulhou em um mar azul do céu, e de repente era um vale suíço no que ele tem de melhor — sons agradáveis e murmúrios e um cheiro bom e fresco de saúde e de alegria.

A clínica do professor Dohmler consistia em três antigos prédios e uns dois novos, entre uma ligeira elevação e a margem do lago. Na época de sua fundação, dez anos antes, tinha sido a primeira clínica moderna para doenças mentais; em um olhar casual, nenhum leigo a identificaria como o refúgio para os fracos, os incompletos e os ameaçadores deste mundo, embora dois prédios fossem rodeados por muros de uma altura enganosa amenizados por videiras. Alguns homens juntavam palha à luz do sol com um ancinho; aqui e acolá, enquanto eles avançavam pelo terreno, o carro passava pelo estandarte branco de uma enfermeira tremulando ao lado de um paciente em uma trilha.

Depois de conduzir Dick ao seu escritório, Franz se ausentou por meia hora. Deixado sozinho, Dick perambulou pelo cômodo e tentou reconstruir Franz a partir da bagunça em sua mesa, dos seus livros e os livros do pai e do avô dele e escritos por eles; da piedade suíça de uma imensa foto do pai, com a coloração do claret, pendurada na parede. Havia fumaça no escritório; abrindo uma porta-francesa, Dick permitiu que

---

[1] Chalés.

um cone de luz do sol entrasse. De repente, seus pensamentos se voltaram para a paciente, a menina.

Ele havia recebido umas cinquenta cartas dela, escritas em um período de oito meses. A primeira era em tom de desculpas, explicando que ela havia recebido notícias dos Estados Unidos de que as meninas escreviam para soldados a quem elas não conheciam. Ela tinha conseguido o nome e o endereço com o Doutor Gregory, e esperava que ele não se importasse se às vezes ela lhe escrevesse para lhe desejar tudo de bom, etc., etc.

Até então, era fácil reconhecer o tom — do *Papai Pernilongo* e *Molly-Make-Believe*, coletâneas epistolares vivazes e sentimentais que estavam na moda nos Estados Unidos. Porém, neste ponto a semelhança acabava.

As cartas se dividiam em dois tipos, dos quais o primeiro, que ia até mais ou menos a época do armistício, era de um acentuado tom patológico; e o segundo tipo, que ia dessa época até o momento presente, era completamente normal, e mostrava uma natureza fértil em amadurecimento. Por essas cartas, Dick havia passado a esperar ansioso nos últimos e tediosos meses em Bar-sur-Aube — no entanto, até mesmo nas primeiras cartas ele havia inferido mais do que Franz teria suposto a respeito da história.

> MON CAPITAINE:[2]
> Eu achei quando vi o senhor em seu uniforme que o senhor era tão bonito. Então eu pensei *Je m'en fiche*[3] francês também e alemão. O senhor achou que eu era bonita também mas eu passei por isso antes, e por muito tempo eu aguentei isso. Se o senhor vier aqui de novo com essa atitude baixa e criminosa e nem um pouquinho com o que me ensinaram a associar com o papel de um cavalheiro então deus o proteja. No entanto o senhor parece mais tranquilo do que os outros,

---

[2] Meu capitão.
[3] Estou pouco me importando.

(2)

todo macio como um gato grande. Só me aconteceu de gostar de meninos que são mais uns maricas. O senhor é um maricas? Tinha uns por aí.

Me desculpe isso tudo, é a terceira carta que eu escrevo para o senhor e vou mandar agora mesmo ou nunca vou mandar. Eu pensei muito sobre a luz da lua também, e tem tantas testemunhas que eu poderia encontrar se eu pudesse estar longe daqui.

(3)

Eles disseram que o senhor é um médico, mas enquanto o senhor for um gato é diferente. Minha cabeça dói tanto, então me desculpe isso sair andando por aí como um soldado com um gato branco vai explicar, eu acho. Eu sei falar três línguas, quatro com inglês, e tenho certeza que eu poderia ser útil interpretando se o senhor arrumasse uma coisa dessas na França eu tenho certeza que eu conseguia controlar tudo com os cinturões todos atados ao redor de todo mundo como se fosse quarta-feira. Agora é sábado e

(4)

o senhor está muito longe, talvez morto.

Volte para mim um dia, porque eu vou estar aqui sempre nesta colina verde. A não ser que eles me deixem escrever para meu pai, que eu amava demais. Me desculpe isso. Não sou eu mesma hoje. Vou escrever quando estiver melhor.

       Tchauzinho

                NICOLE WARREN.

Me desculpe tudo isso.

Capitão Diver:
Eu sei que introspecção não é uma coisa boa para uma condição extremamente nervosa como a minha, mas eu gostaria que o senhor soubesse em que ponto eu estou. Ano passado, ou quando quer que fosse lá em Chicago quando eu fiquei assim eu não conseguia falar com os empregados ou andar na rua eu fiquei esperando que alguém me dissesse. Era obrigação de alguém que entendesse. Os cegos têm de ser conduzidos. Só que ninguém me dizia tudo — eles só me diziam uma parte e eu já estava confusa demais para somar dois mais dois. Um homem era simpático — ele era um oficial francês e ele entendia. Ele me deu uma flor e disse que ela era "*plus petite et*

(2)

moins entendue."[4] Nós éramos amigos. Então ele a levou embora. Eu fiquei ainda mais doente e não tinha ninguém pra me explicar. Eles tinham uma música sobre a Joana d'Arc que eles costumavam cantar pra mim mas isso era muita maldade — ela só me fazia chorar, porque não tinha nada de errado com a minha cabeça então. Eles ficavam fazendo referências a esportes também, mas eu não me importava nessa época. Então teve um dia que eu fui andando pelo Michigan Boulevard por quilômetros e finalmente eles me seguiram em um automóvel, mas eu

(3)

não queria entrar. Finalmente eles me empurraram para dentro e tinha enfermeiras. Depois dessa época eu comecei a perceber tudo, porque eu podia sentir o que estava acontecendo com os outros. Então o senhor vê em que situação eu estou. E pra mim o que pode ser de bom ficar aqui com os médicos que não param

---

[4] Menorzinha e menos significativa.

de falar o tempo todo nas coisas que eu estou aqui para superar. Então hoje eu escrevi para o meu pai vir e me levar embora. Eu estou feliz

(4)

porque o senhor está interessado em examinar as pessoas e mandá-las de volta. Isso deve ser muito divertido.

E de novo, de outra carta:

O senhor poderia deixar de lado os seus próximos exames e me escrever uma carta. Eles acabaram de me mandar uns discos caso eu esquecesse a minha lição e eu quebrei todos eles então a enfermeira não conversa comigo. Eles estavam em inglês, para que as enfermeiras não entendessem. Um médico em Chicago disse que eu estava fingindo, mas o que ele queria mesmo dizer era que eu era um motor de carro de doze cilindros e que ele nunca tinha visto um antes. Mas eu estava muito ocupada ficando louca então, e por isso eu não me importei com o que ele disse, quando eu estou muito ocupada ficando louca eu geralmente não me importo com o que eles dizem, nem que eu fosse um milhão de meninas.

O senhor me disse aquela noite que ia me ensinar a jogar. Bom, eu acho que o amor é tudo

(2)

que existe ou deveria existir. De qualquer jeito eu estou feliz que seu interesse pelos exames mantenha o senhor ocupado.
                    Tout à vous,[5]
                                NICOLE WARREN.

---

[5] Sempre sua.

Havia outras cartas, em meio a cujas cesuras desamparadas espreitavam ritmos mais sombrios.

> Caro Capitão Diver:
> Estou escrevendo para o senhor porque não tem ninguém mais a quem eu possa recorrer e me parece que se essa situação redícola é clara para alguém tão doente quanto eu ela devia ser clara para o senhor. O problema mental já passou e além disso eu estou completamente destruída e humilhada, se era isso que eles queriam. Minha família me abandonou de modo vergonhoso, não vale a pena falar com eles pra me ajudarem ou terem dó. Eu já não aguento mais e isso está simplesmente acabando com minha saúde e estou perdendo meu tempo fingindo que o problema que tem na minha

(2)

cabeça dá pra curar.
> E estou aqui no que parece ser um asilo para semi-insanos tudo porque ninguém achou melhor me dizer a verdade a respeito de qualquer coisa. Se eu tivesse sabido o que estava acontecendo como eu sei agora eu poderia ter suportado eu acho porque sou bem forte, mas quem poderia ter me esclarecido não achou bom fazer isso. E agora, quando eu sei e

(3)

paguei um preço tão alto por saber, eles ficam sentados aqui com suas vidas miseráveis e dizem que eu deveria acreditar no que eu acreditei mesmo. Uma pessoa especialmente mas agora eu sei.
> Estou sozinha o tempo todo longe de amigos e da família do outro lado do Atlântico eu fico andando por todo o lugar em um semitorpor. Se o senhor pudesse me arrumar um emprego como intérprete (eu sei francês e alemão como uma

(4)

falante nativa, italiano bastante bem e um pouquinho de espanhol) ou na Ambulância da Cruz Vermelha ou como uma enfermeira treinada, embora eu tivesse de treinar o senhor ia mostrar que era uma grande benção.

E de novo:

Já que o senhor não vai aceitar minha explicação sobre o que está acontecendo o senhor poderia pelo menos me explicar o que o senhor pensa, porque o senhor tem um rosto gentil de gato, e não aquele olhar esquisito que parece estar tão na moda aqui. O Dr. Gregory me deu uma foto do senhor, não tão bonito quanto o senhor está em seu uniforme, mas parece ser mais jovem.

MON CAPITAINE:
Foi muito bom receber seu cartão postal. Estou feliz por o senhor se interessar tanto em desqualificar enfermeiras — oh, eu entendo sua observação muito bem mesmo. Só eu pensei desde o instante que o vi que o senhor era diferente.

CARO CAPITAINE:
Eu penso uma coisa hoje e outra amanhã. É esse que é todo o problema comigo, a não ser por uma provocação louca e falta de proporção. Eu receberia muito bem qualquer alienista que o senhor pudesse recomendar. Aqui eles ficam nas banheiras deles e cantam *Play in Your Own Backyard*[6] como se eu tivesse meu

(2)

---

[6] Brinque no Seu Jardim.

quintal pra brincar nele ou qualquer esperança que eu possa encontrar olhando ou pra trás ou para frente. Eles tentaram de novo na loja de doces e eu quase bati no homem com o peso, mas eles me seguraram.

Eu não vou mais escrever para o senhor. Estou muito instável.

E então um mês sem nenhuma carta. E então, de repente, a mudança.

...Estou lentamente voltando a viver...
...Hoje as flores e as nuvens...
...A guerra acabou e eu mal soube que havia uma guerra...
...Como o senhor tem sido gentil! O senhor deve ser muito sábio por trás desse seu rosto como o de um gato branco, exceto que o senhor não tem essa aparência na foto que o Dr. Gregory me deu...
...Hoje fui a Zurique, que sentimento estranho o de ver uma cidade de novo.
...Hoje nós fomos a Berna, foi tão gostoso com os relógios.
...Hoje nós subimos alto o suficiente para encontrar margaridas-das-montanhas e edelweiss...

Depois disso, as cartas escassearam, mas ele as respondeu todas. Havia uma:

Eu queria que alguém estivesse apaixonado por mim como os meninos estavam tantos anos atrás antes de eu ficar doente. Acho que levará anos, no entanto, antes que eu consiga pensar em alguma coisa parecida com isso.

Porém, quando a resposta de Dick atrasou por um motivo qualquer, houve um agitado assomo de preocupação — como a preocupação de uma namorada: "Talvez eu tenha aborrecido o senhor", e: "Tenho medo de ter sido ousada", e: "À noite, fico pensando que o senhor tem estado doente."

Na verdade, Dick estava doente com a influenza. Quando ele se recuperou, tudo a não ser a parte formal de sua correspondência foi sacrificado à subsequente fadiga, e logo em seguida a lembrança de Nicole foi sobreposta pela vívida presença de uma telefonista de Wisconsin no quartel-general em Bar-sur-Aube. Ela tinha lábios vermelhos como um pôster, e era obscenamente conhecida nas messes como "Quadro de Distribuição."

Franz voltou para seu escritório se sentindo importante. Dick achou que ele provavelmente seria um bom médico, pois as cadências sonoras ou em *staccato*[7] com as quais ele disciplinava enfermeira ou paciente não provinham de seu sistema nervoso, mas de uma tremenda e inócua vaidade. Suas verdadeiras emoções eram mais ordenadas e ele as mantinha dentro de si.

— E então, a respeito da menina, Dick — ele disse. — É claro, eu quero saber tudo a seu respeito e lhe contar a meu respeito, mas em primeiro lugar sobre a menina, porque estive esperando para lhe contar a respeito disso por tanto tempo.

Ele procurou um maço de papéis e o descobriu em um fichário, mas depois de folheá-los, percebeu que eles o estavam atrapalhando e os colocou em sua mesa. E em vez disso, ele contou a história para Dick.

---

[7] Notas musicais muito breves.

III

Cerca de um ano e meio antes, o Doutor Dohmler havia mantido uma vaga correspondência com um cavalheiro norte-americano que vivia em Lausanne, um Sr. Devereux Warren, da família Warren de Chicago. Um encontro foi combinado, e um dia o Sr. Warren chegou à clínica com sua filha Nicole, uma menina de dezesseis anos. Era claro que ela não estava bem, e a enfermeira que estava com ela levou-a para passear pela propriedade enquanto o Sr. Warren fazia sua consulta.

Warren era um homem muito bonito que aparentava ter menos de quarenta anos. Ele era um belo espécime norte-americano em todos os aspectos, alto, encorpado, com um corpo bem proporcional — "*un homme très chic*",[1] como o Doutor Dohmler o descreveu para Franz. Seus grandes olhos acinzentados eram injetados de sangue por remar no Lago Geneva, e ele tinha aquela aparência especial de ter conhecido o que há de melhor neste mundo. A conversa ocorreu em alemão, pois foi informado que ele havia sido educado em Göttingen. Ele estava nervoso, e evidentemente muito alterado por causa de sua incumbência.

— Doutor Dohmler, minha filha não está bem da cabeça. Já arrumei uma porção de especialistas e de médicos para ela, e ela já fez umas curas de repouso, mas a situação foi além do meu alcance e me recomendaram bastante vir ver o senhor.

— Muito bem — disse o Doutor Dohmler. — Que tal o senhor começar do começo e me contar tudo.

---

[1] Um homem muito elegante.

— Não há nenhum começo, pelo menos não há nenhuma insanidade na família que eu saiba, dos dois lados. A mãe de Nicole morreu quando ela tinha onze anos, e eu fui tanto pai quanto mãe para ela, com a ajuda de governantas... tanto pai quanto mãe.

Ele ficou muito emocionado ao dizer isso. O Doutor Dohmler viu que havia lágrimas nos cantos dos olhos dele e percebeu pela primeira vez que o hálito dele cheirava a whiskey.

— Quando criança, ela era um encanto... todos eram loucos por ela, qualquer pessoa que entrasse em contato com ela. Ela era muito inteligente, e muito alegre. Ela gostava de ler ou de desenhar ou de tocar piano... qualquer coisa. Eu costumava ouvir minha esposa dizer que ela era a única dos nossos filhos que nunca chorou à noite. Eu tenho uma menina mais velha, também, e havia um menino, que morreu, mas Nicole era... Nicole era... Nicole...

Ele perdeu o controle e o Doutor Dohmler o ajudou.

— Ela era uma criança perfeitamente normal, esperta e feliz.

— Exatamente.

O Doutor Dohmler esperou. O Sr. Warren balançou a cabeça, soltou um suspiro profundo, olhou de relance para o Doutor Dohmler e então outra vez para o chão.

— Cerca de oito meses atrás, ou talvez uns seis meses atrás ou talvez dez... eu tento precisar, mas não consigo me lembrar exatamente quando foi que ela começou a fazer coisas estranhas... coisas insanas. A irmã dela foi a primeira a me dizer alguma coisa a respeito disso... porque Nicole era sempre a mesma para mim... — ele acrescentou, um tanto apressado, como se alguém o acusasse de ser o culpado — a mesma menininha amorosa. A primeira coisa foi a respeito de um criado de quarto.

— Ah, sim — disse o Doutor Dohmler, balançando sua venerável cabeça, como se, assim como Sherlock Holmes, ele tivesse esperado que um criado de quarto, e nada além de um criado de quarto, fosse introduzido nesse ponto.

— Eu tinha um criado de quarto... estava comigo fazia anos... suíço, por falar nisso. — Ele ficou esperando a aprovação patriótica do Doutor Dohmler. — E ela teve uma ideia estranha a respeito dele. Ela achou que ele a estava cortejando... Naturalmente, na época eu acreditei nela e o mandei embora, mas agora eu sei que era tudo insensatez.

— O que ela alegou que ele havia feito?

— Essa foi a primeira coisa... os médicos não conseguiam fazê-la dizer. Ela só olhava para eles como se eles devessem saber o que ele havia feito. Mas, ela certamente queria dizer que ele havia feito algum tipo de proposta indecente para ela... ela não nos deixou com a menor dúvida em relação a isso.

— Entendo.

— Naturalmente, eu tenho lido a respeito de mulheres que ficam sozinhas e infelizes e pensando que tem um homem embaixo da cama e tudo mais, mas por que Nicole ia ter uma ideia dessas? Ela poderia ter tido todos os jovens que ela quisesse. Nós estávamos em Lake Forest... é uma localidade de veraneio perto de Chicago, onde temos uma propriedade... e ela ficava ao ar livre o dia todo, jogando golfe ou tênis com os meninos. E alguns deles bem apaixonados por ela, por falar nisso.

O tempo todo em que Warren estava falando com a carcaça velha e ressequida do Doutor Dohmler, uma parte da mente deste ficou pensando intermitentemente em Chicago. Certa vez, em sua juventude, ele poderia ter ido a Chicago como bolsista e docente na universidade, e talvez tivesse ficado rico lá e possuído sua própria clínica ao invés de ser somente um acionista menor em uma clínica. Mas, quando havia pensado no que considerava seu próprio conhecimento reduzido esparramado sobre aquela área toda, sobre todos aqueles campos de trigo, aquelas campinas infinitas, ele havia se decidido contra. Mas, ele havia lido a respeito de Chicago naqueles dias, a respeito das grandes famílias feudais de Armour, Palmer, Field, Crane, Warren, Swift e McCormick e muitas outras, e desde aquela época não eram poucos os pacientes que haviam chegado até ele daquele escalão de Chicago e Nova Iorque.

— Ela foi piorando — prosseguiu Warren. — Ela teve um ataque ou algo assim... as coisas que ela dizia foram ficando cada vez mais insanas. A irmã dela anotou algumas. — Ele entregou uma folha de papel dobrada inúmeras vezes para o médico. — Quase sempre a respeito de homens que iriam atacá-la, homens que ela conhecia, ou homens na rua... qualquer um...

Ele falou sobre o alarme e a angústia deles; do horror pelo qual as famílias passam em tais circunstâncias; dos esforços inúteis que eles haviam feito nos Estados Unidos; finalmente na fé em uma mudança de cenário que o havia feito enfrentar o bloqueio submarino e trazer sua filha para a Suíça.

— ...em um cruzador norte-americano — especificou ele, com um toque de grandeza. — Eu tive condições de providenciar isso, por um golpe de sorte. E, se posso acrescentar — ele sorriu, com ar de quem se desculpa —, como eles dizem: dinheiro não é problema.

— Mas é claro que não — concordou Dohmler, seco.

Ele estava se perguntando por que e a respeito de que o homem estava mentindo para ele. Ou, se ele estivesse enganado a esse respeito, qual era a falsidade que permeava todo o cômodo, a bela figura vestida em *tweed* esparramada em sua cadeira com a graça de um esportista? Havia uma tragédia ali, naquele dia de fevereiro, o pássaro jovem com as asas esmagadas de algum modo, e bem no âmago tudo estava tênue demais, tênue e errado.

— Eu gostaria... de conversar com ela... por alguns minutos, agora — disse o Doutor Dohmler, passando a falar inglês, como se isso o aproximasse mais de Warren.

Mais tarde, quando Warren havia deixado a filha e voltado para Lausanne, e muitos dias haviam se passado, o doutor e Franz colocaram na ficha de Nicole:

> *Diagnóstico: Schizophrénie. Phase aiguë en décroissance. La peur des hommes est un symptôme de la maladie, et n'est point constitutionnelle... Le prognostic doit rester réservé.**
>
> **Diagnóstico: Esquizofrenia. Fase aguda e pior da doença. O medo dos homens é um sintoma da doença e não é de modo algum constitucional... O prognóstico deve permanecer reservado.*

E então eles esperaram, com interesse cada vez maior à medida que os dias passavam, pela prometida segunda visita do Sr. Warren.

Ela custou a acontecer. Depois de uma quinzena, o Doutor Dohmler escreveu. Ao se deparar com ainda mais silêncio, ele cometeu o que era para aqueles dias *"une folie"*[2] e telefonou para o Grand Hotel em Vevey. Ele ficou sabendo por intermédio do criado de quarto do Sr. Warren que este, no momento, estava fazendo as malas para embarcar para os Estados Unidos. Mas, lembrando que os quarenta francos suíços do telefonema iriam aparecer nos livros da clínica, o sangue da Guarda Suíça das Tuileries surgiu em auxílio do Doutor Dohmler, e o Sr. Warren foi chamado ao telefone.

— É... absolutamente necessário... que o senhor venha. A saúde de sua filha... tudo depende disso. Não posso assumir responsabilidade nenhuma.

— Mas, veja bem, Doutor, é para isso que o senhor serve. Tenho um chamado urgente para voltar para casa!

O Doutor Dohmler ainda não havia falado com ninguém a tanta distância, mas lançou seu ultimato com tanta firmeza

---

[2] Uma loucura.

pelo telefone que o agoniado norte-americano do outro lado da linha cedeu. Meia hora depois dessa segunda chegada ao Lago de Zurique, Warren havia desmoronado, seus belos ombros sacudidos por soluços pavorosos por baixo do casaco que lhe caía tão bem, os olhos mais vermelhos que o próprio sol no Lago Geneva, e eles ficaram sabendo da terrível história.

— Aconteceu — ele disse, com voz rouca. — Eu não sei... eu não sei.

— Depois que a mãe dela morreu, quando ela era pequena, ela costumava ir à minha cama todas as manhãs, às vezes ela dormia em minha cama. Eu tinha pena da coitadinha. Oh, depois disso, sempre que nós íamos a algum lugar de carro ou de trem, nós costumávamos ficar de mãos dadas. Ela costumava cantar para mim. Nós costumávamos dizer, "Agora, não vamos prestar atenção em ninguém mais nesta tarde... vamos só ficar um com o outro... porque esta manhã você me pertence." Um sarcasmo amargo surgiu na voz dele. — As pessoas costumavam dizer que pai e filha maravilhosos nós éramos... elas costumavam secar as lágrimas dos olhos. Nós éramos exatamente como amantes... e então de repente nós éramos amantes... e dez minutos depois que isso aconteceu eu poderia ter me dado um tiro... mas eu suponho que sou um devasso tão desgraçado que eu não tive coragem de fazer isso.

— E então aconteceu o quê? — disse o Doutor Dohmler, pensando uma vez mais em Chicago e em um pálido cavalheiro de *pince-nez* que o havia observado atentamente em Zurique trinta anos antes. — Essa situação foi em frente?

— Oh, não! Nicole quase... ela pareceu se petrificar na mesma hora. Ela só dizia, "Esqueça isso, esqueça isso, Papai. Não importa. Esqueça isso."

— Não houve consequências?

— Não. — Ele soltou um soluço breve e convulsivo e assoou o nariz várias vezes. — A não ser pelo fato de que agora há uma porção de consequências.

Quando a história terminou, Dohmler assumiu uma confortável posição do ponto de vista da classe média e disse com seus botões, ríspido, "Labrego!" — era um dos poucos julgamentos totalmente mundanos que ele havia se permitido por vinte anos. Então ele disse:

— Eu gostaria que o senhor fosse a um hotel em Zurique e passasse a noite lá e viesse me ver de manhã.

— E então o quê?

O Doutor Dohmler afastou as mãos em um gesto amplo o suficiente para caber um porquinho.

— Chicago — ele sugeriu.

IV

— E então nós sabíamos em que pé estávamos — disse Franz.
— Dohmler disse para Warren que nós aceitaríamos o caso se ele concordasse em ficar longe da filha por tempo indefinido, com um mínimo absoluto de cinco anos. Depois do primeiro colapso de Warren, ele parecia mais preocupado em saber se a história chegaria aos Estados Unidos.

— Nós estabelecemos uma rotina para ela e esperamos. O prognóstico era ruim... como você sabe, a porcentagem de curas, até mesmo as chamadas curas sociais, é muito baixa nessa idade.

— Aquelas primeiras cartas tinham uma cara muito ruim — concordou Dick.

— Muito ruins... muito típicas. Eu hesitei em permitir que a primeira fosse enviada aqui da clínica. Então eu pensei, vai ser bom para Dick saber o que nós estamos fazendo por aqui. Foi generosidade de sua parte respondê-las.

Dick suspirou.

— Ela era uma coisinha linda... ela enviou várias fotos dela. E lá, por um mês, eu não tinha nada para fazer. Tudo que eu dizia em minhas cartas era "Seja uma boa menina e preste atenção nos médicos."

— Foi o suficiente... isso deu a ela algo em que pensar fora daqui. Por uns tempos, ela não tinha ninguém... apenas uma irmã, a quem ela não parece ser muito apegada. Além do mais, ler as cartas dela nos ajudou aqui; elas eram uma avaliação de seu estado.

— Fico feliz.

— Entende agora o que aconteceu? Ela sentiu a cumplicidade... isso não é relevante, a não ser por querermos reavaliar a definitiva estabilidade e força da personalidade dela. Em primeiro lugar, aconteceu esse choque. Então ela foi mandada para um internato, e ouvia as meninas falando; então, por uma pura autoproteção, desenvolveu a ideia de que ela não tinha sido cúmplice... e daí foi fácil passar aos poucos para um mundo fantasmagórico onde todos os homens, quanto mais gostasse deles e confiasse neles, mais malvados...

— Ela jamais mencionou o... horror, diretamente?

— Não; e, para falar a verdade, quando ela começou a parecer normal, lá por outubro, nós estávamos em um impasse. Se ela tivesse trinta anos de idade, nós teríamos permitido que ela fizesse seu próprio ajuste; mas ela era tão jovem que nós tínhamos medo de que ela pudesse se enrijecer com tudo isso revirando dentro dela. Então, o Doutor Dohmler disse para ela, com franqueza, "Seu dever agora é para consigo mesma. Isso não significa de jeito nenhum o fim de qualquer coisa para você... sua vida só está no começo", e assim por diante. Ela realmente é bastante inteligente, então ele lhe deu um pouquinho de Freud para ler, não muito, e ela estava bastante interessada. Na verdade, ela se transformou em uma favorita de todos nós por aqui. Mas, ela é reticente — ele acrescentou; ele hesitava. — Nós ficamos pensando se em suas cartas recentes, que ela própria postou de Zurique, ela disse alguma coisa que seria esclarecedora a respeito do seu estado de espírito e planos para o futuro.

Dick ficou pensando.

— Sim e não... eu trago as cartas aqui, se você quiser. Ela parece esperançosa, e normalmente ávida pela vida... até mesmo bastante romântica. Às vezes, ela fala sobre "o passado" como as pessoas que estiveram na prisão falam. Mas, você nunca sabe se elas se referem ao crime ou à prisão ou à experiência completa. Afinal de contas, eu não sou uma figura de carne e osso na vida dela.

— É claro, eu entendo sua posição com muita clareza, e expresso nossa gratidão uma vez mais. Era por isso que eu queria ver você antes que você a visse.

Dick deu risada.

— Acha que ela vai sair correndo atrás de mim?

— Não, não isso. Mas, eu queria lhe pedir para ir com cuidado. Você é atraente para as mulheres, Dick.

— Então, que Deus me ajude! Bem, vou ser cauteloso e repelente... vou comer alho sempre que vier vê-la e aparecer com a barba por fazer. Eu vou fazer com que ela se esconda em um canto.

— Nada de alho! — disse Franz, levando Dick a sério. — Você não quer comprometer a sua carreira. Mas, está em parte brincando.

— ...e posso mancar um pouquinho. E não tem uma banheira de verdade onde eu estou morando, por falar nisso.

— Você só está brincando — Franz relaxou, ou melhor, assumiu a postura de alguém que está relaxado. — Agora, fale-me de você e de seus planos?

— Só tenho um, Franz, e é o de ser um bom psicólogo... talvez o maior que já existiu.

Frank riu, satisfeito, mas viu que dessa vez Dick não estava brincando.

— Essa foi boa... e bem norte-americana — ele disse. — É mais difícil para nós. — Ele se levantou e foi até a porta-francesa. — Eu fico aqui e vejo Zurique... lá está a torre da Grossmünster.[1] Sob as abóbadas, o meu avô está enterrado. Do outro lado do rio, jaz o meu ancestral Lavater, que não queria ser enterrado em nenhuma igreja. Perto está a estátua de outro ancestral, Heinrich Pestalozzi, e uma do Doutor Alfred Escher. E acima de tudo sempre há Zwingli... Eu sou continuamente confrontado com um panteão de heróis.

---

[1] Grande catedral

— Sim, entendo. — Dick se levantou. — Eu só estava me vangloriando. Tudo está apenas começando de novo. A maior parte dos norte-americanos na França está desesperada para ir embora, mas não eu... eu tenho pagamento militar durante todo o resto do ano se eu somente assistir a palestras na universidade. O que isso diz de um governo em grande escala que conhece os seus futuros grandes homens? E daí irei para casa por um mês e vejo meu pai. E daí, estou voltando... me ofereceram um emprego.

— Onde?

— Os seus rivais... a Clínica de Gisler, em Interlaken.

— Nem chegue perto — Franz o aconselhou. — Eles tiveram uns doze médicos jovens lá em um ano. O próprio Gisler é um maníaco-depressivo, a esposa e o amante dela dirigem a clínica; é claro, você sabe que isso é confidencial.

— E que tal os seus velhos planos para os Estados Unidos? — perguntou Dick, despreocupado. — Nós íamos para Nova Iorque e começaríamos uma clínica moderna para bilionários.

— Isso era conversa de estudante.

Dick jantou com Franz e sua esposa e um cachorrinho com cheiro de borracha queimada, no chalé nos limites da propriedade. Ele se sentia vagamente oprimido, não pela atmosfera de modesto recolhimento, tampouco por Frau Gregorovious, que correspondia à sua ideia dela, mas pela contração súbita dos horizontes com a qual Franz parecia tão reconciliado. Para ele, as fronteiras do ascetismo eram marcadas de modo diferente — ele tinha condição de vê-las como um meio para alcançar um fim, até mesmo como um modo de conduzir a uma glória que elas próprias iriam suprir, mas era difícil pensar em limitar deliberadamente a vida às dimensões de uma roupa que fora herdada. Os gestos domésticos de Franz e de sua esposa, enquanto eles se moviam em um espaço pequeno, eram destituídos de graça e de aventura. Os meses do pós-guerra na França, e as generosas liquidações que estavam acontecendo sob a égide do esplendor norte-americano haviam afetado as perspectivas de Dick. E também homens e mulheres tinham-no tratado como alguém importante, e talvez o que o levasse de volta ao centro do grande relógio suíço fosse uma intuição de que isso não era bom demais para um homem sério.

Ele fez Kaethe Gregorovious se sentir encantadora, enquanto ficava cada vez mais desassossegado por causa do onipresente cheiro de couve-flor — e simultaneamente se odiando por esse princípio de uma superficialidade que ele não conhecia.

— Meu Deus, eu sou igual ao outros, afinal de contas? — então ele costumava pensar, despertando à noite. — Eu sou igual aos outros?

Esse era um material reles para um socialista, mas um bom material para os que realizam grande parte do trabalho mais interessante do mundo. A verdade era que por alguns meses ele estivera passando por aquela divisão dos fatos da juventude, na qual é decidido se se morre ou não pelas coisas em que a gente não acredita mais. Nas horas mortas e brancas em Zurique encarando a despensa da casa de um desconhecido através do clarão de um poste de luz, ele costumava pensar que queria ser bom, queria ser gentil, queria ser corajoso e sábio, mas isso era bem difícil. Ele queria ser amado, também, se conseguisse encontrar um lugar para isso.

V

A varanda do prédio central estava iluminada através das portas-francesas abertas, exceto pelos lugares onde as sombras negras de paredes estreitas e as sombras fantásticas de cadeiras de ferro se mesclavam a um canteiro de gladíolos. Das silhuetas que caminhavam lentamente entre os cômodos, a Senhorita Warren surgiu primeiro em vislumbres, e então nitidamente quando ela o viu; enquanto ela atravessava o umbral, seu rosto apanhou a derradeira luz do cômodo, e a trouxe para fora. Ela caminhava em um ritmo — toda aquela semana tinha havido música em seus ouvidos, canções estivais de céus ardentes e sombras silvestres, e com a chegada de Dick a música havia ficado tão alta que Nicole poderia ter se unido a ela.

— Como tem passado, Capitão? — disse ela, afastando os olhos dos dele com dificuldade, como se eles tivessem ficado enredados. — Podemos nos sentar aqui? — Ela ficou parada, o olhar percorrendo o ambiente por uns instantes. — É praticamente verão.

Uma mulher a havia seguido, uma mulher atarracada com um xale, e Nicole apresentou Dick:

— *Señora...*[1]

Franz pediu licença para se retirar, e Dick aproximou três cadeiras.

— Que noite agradável — disse a Señora.

— *Muy bella*[2] — concordou Nicole, então para Dick. — O senhor vai ficar aqui por muito tempo?

---

[1] Senhora.
[2] Muito bonita.

— Estou em Zurique por muito tempo, se é isso que a senhorita quer saber.

— Esta é verdadeiramente a primeira noite de uma primavera de verdade — sugeriu a Señora.

— Para ficar?

— Pelo menos até julho.

— Irei embora em junho.

— Junho é um mês delicioso aqui — comentou a Señora. — Deveria ficar em junho, e então ir embora em julho, quando fica quente demais mesmo.

— A senhorita está indo para onde? — Dick perguntou para Nicole.

— Algum lugar com minha irmã... algum lugar excitante, espero, porque eu perdi tanto tempo. Mas, talvez eles pensem que eu precise ir para algum lugar tranquilo em primeiro lugar... talvez Como. Por que o senhor não vai até Como?

— Ah, Como... — começou a Señora.

Dentro do prédio, um trio iniciou a "Cavalaria Ligeira" de Suppé. Nicole se aproveitou disso para se levantar, e a impressão de sua juventude e beleza se intensificou em Dick até se avolumar dentro dele em um compacto paroxismo de emoção. Ela sorriu, um comovente sorriso infantil que era como toda a juventude perdida no mundo.

— A música está muito alta para podermos conversar... e se nós andássemos por aí? *Buenas noches, Señora*.[3]

— Bona noite... bona noite.

Eles desceram dois degraus para a trilha — onde, em um instante, uma sombra a atravessou. Ela entrelaçou o braço no dele.

— Eu tenho alguns discos que minha irmã me mandou dos Estados Unidos — disse ela. — Da próxima vez que o senhor vier, vou tocá-los para o senhor... sei de um lugar para colocar o fonógrafo onde ninguém pode escutar.

---

[3] Boa noite, Senhora.

— Vai ser muito bom.
— Conhece "Hindustan"? — ela perguntou, melancólica.
— Eu nunca tinha ouvido antes, mas gosto. E tenho *Why Do They Call Them Babies?* e *I'm Glad I Can Make You Cry*.[4] Suponho que o senhor tenha dançado todas essas músicas em Paris?
— Eu não estive em Paris.

O vestido dela cor de creme, alternadamente azulado ou acinzentado conforme eles caminhavam, e seus cabelos muito loiros fascinavam Dick — sempre que ele se voltava para ela, ela estava sorrindo um pouquinho, seu rosto se iluminando como o de um anjo quando eles se aproximaram de um arco à beira da estrada. Ela lhe agradeceu por tudo, quase como se ele a tivesse levado a uma festa, e à medida que Dick ficava cada vez menos seguro de seu relacionamento com ela, a confiança dela aumentava — havia aquele ar de excitação nela que parecia refletir toda a excitação do mundo.

— Não estou sob nenhum tipo de controle — disse ela. — Vou tocar para o senhor duas músicas chamadas *Wait Till the Cows Come Home* e *Good-by, Alexander*.[5]

Ele estava atrasado na outra vez, uma semana depois, e Nicole estava esperando por ele em um ponto no caminho pelo qual ele iria passar vindo da casa de Franz. Os cabelos dela, puxados para trás das orelhas, roçavam os seus ombros de tal modo que o rosto parecia ter acabado de emergir deles, como se fosse aquele o exato momento em que ela estivesse saindo de um bosque para a clara luz da lua. O desconhecido a apresentava; Dick desejava que ela não tivesse uma história passada, que ela fosse simplesmente uma menina perdida sem endereço a não ser a noite da qual ela havia vindo. Eles foram ao esconderijo onde ela havia deixado o fonógrafo, deram a

---

[4] Por que Eles As Chamam de Meu Bem; Fico Feliz Por Fazer Você Chorar.
[5] Fique Esperando Sentado; Tchauzinho, Alexander.

volta em um canto da oficina, subiram em uma rocha, e se sentaram atrás de uma parede baixa, se defrontando com quilômetros e quilômetros de noite ondulante.

Eles estavam nos Estados Unidos então, até mesmo Franz com sua ideia de Dick como um irresistível Lothario jamais iria imaginar que eles tivessem ido tão longe. Eles sentiam tanto, meu caro; eles tinham ido para se encontrar em um táxi, querido; eles tinham preferências em sorrisos e se haviam encontrado em Hindustan; e logo em seguida eles deviam ter brigado, porque ninguém sabia e ninguém parecia se importar — contudo, finalmente um dos dois tinha ido embora e deixado o outro chorando, somente para se sentir ansioso, para se sentir triste.

As melodias ligeiras, que mantinham juntos tempos perdidos e esperanças futuras, revoluteavam na noite de Valais. Nos intervalos do fonógrafo, um grilo dava continuidade para a cena com uma nota isolada. Depois, Nicole parou de tocar o aparelho e cantou para ele.

Lay a silver dollar
On the ground
And watch it roll
Because it's round...[6]

No delicado afastar dos lábios dela nenhuma exalação pairava. Dick se levantou de repente.
— Qual é o problema, não gosta da música?
— É claro que gosto.
— Nossa cozinheira lá de casa ensinou para mim:

---

[6] Coloque um dólar de prata / no chão / e o veja sair rolando / porque ele é redondo...

A woman never knows
What a good man she's got
Till after she turns him down...[7]

— Gosta dela?
Ela sorriu para ele, garantindo que o sorriso concentrasse tudo dentro dela e se dirigisse a dele, fazendo para ele uma profunda promessa de si mesma por tão pouco, pela duração de uma resposta, a garantia de uma vibração elogiosa nele. De minuto a minuto a doçura corria para dentro dela vinda dos salgueiros, do mundo às escuras.

Ela se levantou também e, tropeçando no fonógrafo, momentaneamente se chocou contra ele, se apoiando em seus ombros arredondados.

— Tenho mais um disco — disse ela. — Já ouviu *So Long, Letty*?[8] Acho que sim.

— Sinceramente, a senhorita não entende... eu não ouvi nada.

Nem soube, nem cheirei, nem provei, ele poderia ter acrescentado; somente moças com as faces em brasas em quartos quentes e secretos. As jovens donzelas que ele havia conhecido em New Haven em 1914 beijavam homens, dizendo "Basta!", mãos no peito do homem para afastá-los de si. Agora havia essa filha do desastre que mal fora salva trazendo-lhe a essência de um continente...

---

[7] Uma mulher nunca sabe / Que homem bom ela arrumou / Até depois de terminar com ele..."
[8] Tchauzinho, Letty.

VI

Era o mês de maio quando ele a encontrou da próxima vez. O almoço em Zurique era uma reunião de cautela; obviamente a lógica da vida dele tendia a se afastar da menina; no entanto, quando um desconhecido em uma mesa próxima ficou olhando para ela, os olhos ardendo perturbadores como uma luz pouco familiar, ele se voltou para o homem com uma versão social de intimidação e afastou o olhar.

— Ele era só um curioso — ele explicou, jovial. — Ele só estava olhando para as suas roupas. Por que a senhorita tem tantas roupas diferentes?

— Minha irmã diz que somos ricos — ela explicou com humildade. — Desde que a Avó morreu.

— Está perdoada.

Ele era o suficiente mais velho que Nicole para se deleitar com as vaidades e os deleites juvenis dela, com o modo com que ela parava minimamente na frente do espelho do saguão ao sair do restaurante, de modo que o incorruptível metal a devolvesse para ela mesma. Ele se deliciava com ela esticando as mãos para novidades boas da vida, agora que ela sabia ser bonita e rica. Ele tentou honestamente afastá-la de qualquer ideia fixa de que ele a havia recuperado — feliz por vê-la construindo felicidade e confiança distante dele; o difícil era que, no fim, Nicole trazia tudo para os pés dele, dádivas de ambrosia sacrifical, de murta reverente.

A primeira semana de verão encontrou Dick restabelecido em Zurique. Ele havia organizado seus escritos e todo trabalho que havia feito no Serviço em um padrão a partir do qual ele tencionava fazer a sua revisão de *Uma Psicologia para Psiquiatras*. Ele pensava que tinha um editor; havia estabelecido contato com um estudante pobre que iria eliminar seus erros em alemão. Franz considerou isso uma empreitada arrojada, mas Dick salientou a irresistível modéstia do tema.

— Este é um assunto que nunca conhecerei tão bem outra vez — ele insistiu. — Eu tenho um palpite de que é uma coisa que só não é básica porque nunca teve um reconhecimento material. O ponto fraco desta profissão é a sua atração pelo homem um pouquinho incapacitado e doente. Dentro dos limites da profissão, ele compensa se voltando para o clínico, o "prático"... Ele conquistou sua batalha sem lutar.

— Pelo contrário, você é um bom homem, Franz, porque o destino o selecionou para sua profissão antes de você ter nascido. É melhor agradecer a Deus por não ter tido uma "inclinação"; eu acabei sendo psiquiatra porque tinha uma menina no St. Hilda's em Oxford que ia às mesmas aulas. Talvez eu esteja ficando banal, mas não quero permitir que minhas ideias atuais se dissipem com uma dúzia de canecas de cerveja.

— Tudo bem — Franz respondeu. — Você é um norte-americano. Pode fazer isso sem prejuízo para a profissão. Eu não gosto dessas generalizações. Logo estará escrevendo livrinhos chamados *Pensamentos Profundos para os Leigos*, tão simplificados que certamente não vão fazer ninguém pensar. Se meu pai estivesse vivo, ele iria olhar para você e grunhir, Dick. Ele iria pegar seu guardanapo e dobrá-lo desse jeito, e segurar a argola de guardanapo, esta mesma... — ele a segurou, a cabeça de um javali estava esculpida na madeira marrom — e ele diria, "Bem, eu tenho a impressão de que...", e então ele iria olhar para você e pensar, de repente, "Que diferença faz?", e então ele iria parar e grunhir de novo; então ele estaria terminando o jantar.

— Estou sozinho, hoje — disse Dick, irritado. — Mas posso não estar sozinho amanhã. E depois disso, eu vou dobrar o meu guardanapo igual ao seu pai, e grunhir.

Franz aguardou uns instantes.

— E quanto à nossa paciente? — ele perguntou.

— Não sei.

— Bem, você deveria ter uma ideia a respeito dela a estas alturas.

— Gosto dela. Ela é atraente. O que quer que eu faça... que eu a leve em meio aos edelweiss?

— Não; achei que, já que tem pendor para livros científicos, poderia ter uma ideia.

— ...devotar minha vida a ela?

Franz chamou a esposa na cozinha:

— *Du lieber Gott! Bitte, bringe Dick noch ein Glas Bier.*[1]

— Não quero mais se tiver de ir ver Dohmler.

— Achamos que é melhor ter um programa. Quatro semanas se passaram... Aparentemente, a menina está apaixonada por você. Isso não seria problema nosso se estivéssemos na vida lá fora, mas aqui dentro da clínica nós temos um interesse no assunto.

— Eu faço qualquer coisa que o Doutor Dohmler sugerir — concordou Dick.

Porém, ele tinha pouca confiança de que Dohmler fosse esclarecer bastante a questão; ele próprio era o elemento incalculável envolvido. Sem que houvesse uma vontade consciente de sua parte, a coisa havia passado para as suas mãos. Isso fez com que ele pensasse em uma cena em sua infância, quando todos na casa estavam procurando a chave perdida do armário das pratas, Dick sabendo que a havia escondido sob os lenços na gaveta de cima de sua mãe; naquela época, ele havia sentido um distanciamento filosófico, e isso se repetia agora, quando ele e Franz foram juntos à sala do Professor Dohmler.

O professor, o rosto bonito sob as suíças bem cuidadas, semelhante a uma varanda coberta por videiras em alguma

---

[1] Deus do céu! Traga mais uma caneca de cerveja para Dick.

bela e antiga casa, o deixou sem ação. Dick conhecia algumas criaturas com mais talento, mas nenhuma pessoa de uma classe qualitativamente superior a Dohmler.

...Seis meses mais tarde ele pensou da mesma maneira ao ver Dohmler morto, a luz acesa na varanda, as videiras de suas suíças fazendo cócegas no colarinho engomado e branco dele, as muitas batalhas que haviam se agitado perante os olhos semelhantes a fendas para sempre inertes sob as frágeis pálpebras delicadas...

— ...Bom dia, senhor. — Ele ficou parado, formal, como se de volta ao exército.

O professor Dohmler entrelaçou seus dedos tranquilos. Franz falou em parte como um oficial de ligação, em parte como secretário, até que seu superior o interrompeu no meio de uma frase.

— Nós trilhamos um determinado caminho — ele disse, com brandura. — É o senhor, Doutor Diver, que pode nos ajudar mais agora.

Confuso, Dick confessou:

— Eu não estou tão seguro a respeito da situação.

— Não tenho nada que ver com suas reações pessoais — disse Dohmler. — Mas tenho muito que ver com o fato de que essa assim chamada "transferência" — ele lançou um olhar breve e irônico para Franz, que o retornou da mesma maneira — tem de terminar. A Senhorita Nicole está indo muito bem mesmo, mas ela não está em condição de sobreviver ao que ela pode interpretar como uma tragédia.

Uma vez mais Franz começou a falar, mas o Doutor Dohmler fez com que ele ficasse em silêncio.

— Entendo que sua posição tem sido difícil.

— Sim, tem.

Então o professor se recostou na cadeira e riu, dizendo com a última sílaba de sua risada, com seus olhinhos cinzentos e perspicazes brilhando:

— Talvez o senhor tenha se envolvido sentimentalmente.

Consciente de que estava sendo conduzido, Dick também riu.

— Ela é uma menina bonita... qualquer um reage a isso até certo ponto. Eu não tenho intenção...

Uma vez mais Franz tentou falar — uma vez mais Dohmler o interrompeu com uma pergunta dirigida diretamente a Dick:

— O senhor pensou em ir embora?

— Não posso ir embora.

O Doutor Dohmler se voltou para Franz:

— Então nós podemos mandar a Senhorita Warren embora.

— Como o senhor julgar melhor, Professor Dohmler — concordou Dick. — Certamente é um problema.

O Professor Dohmler se levantou como um homem sem pernas se apoiando em um par de muletas.

— Mas este é um problema profissional — ele exclamou, tranquilo.

Ele tornou a se sentar com um suspiro, esperando que a trovoada reverberante se dissipasse pelo cômodo. Dick viu que Dohmler havia atingido o seu ponto máximo, e não tinha certeza de ele próprio ter sobrevivido a isso. Quando a trovoada diminuiu, Franz conseguiu se manifestar.

— O Doutor Diver é um homem de bom caráter — ele disse. — Eu sei que ele tem apenas de apreciar a situação de modo a agir corretamente em relação a ela. Em minha opinião, Dick pode cooperar aqui mesmo, sem que ninguém vá embora.

— Como o senhor se sente a respeito disso? — o professor Dohmler perguntou a Dick.

Dick se sentia canhestro confrontado com a situação; ao mesmo tempo, ele percebeu no silêncio após o pronunciamento de Dohmler que o estado de inércia não poderia ser prolongado indefinidamente; de repente ele resolveu abrir o jogo.

— Eu estou um tanto apaixonado por ela... a ideia de me casar com ela passou pela minha cabeça.

— Hum! Hum! — murmurou Franz.

— Espere. — Dohmler o alertou. Franz se recusou a esperar:

— O quê! E dedicar metade de sua vida a ser médico e enfermeiro e tudo mais... nunca! Sei o que esses casos são. Uma vez em vinte, tudo se acaba depois do primeiro esforço... melhor nunca mais vê-la de novo!

— O que o senhor pensa? — Dohmler perguntou para Dick.

— Mas é claro que Franz tem razão.

VII

A tarde já chegava ao fim quando eles encerraram a discussão a respeito de o que Dick deveria fazer; ele deveria ser gentil e, no entanto, se afastar. Quando os médicos finalmente se puseram em pé, os olhos de Dick se voltaram para fora da janela, onde uma chuva fraca estava caindo — Nicole estava esperando, cheia de expectativa, em algum lugar daquela chuva. Quando, em seguida, ele saiu abotoando seu impermeável no pescoço, abaixando a aba de seu chapéu, ele se deparou com ela exatamente sob o pórtico da entrada principal.

— Conheço um lugar aonde podemos ir — disse ela. — Quando eu estava doente, eu não me importava em ficar sentada lá dentro com os outros à noite... o que eles diziam parecia ser a conversa de todo mundo. Naturalmente, agora eu os vejo como doentes, e é... e é...

— A senhorita vai embora logo.

— Ah, logo. Minha irmã, Beth, mas sempre a chamaram de Baby, ela virá em algumas semanas para me levar para algum lugar; depois disso, eu voltarei para cá para ficar um último mês.

— A irmã mais velha?

— Oh, um bocado mais velha. Ela tem vinte e quatro anos... ela é muito inglesa. Ela mora em Londres com a irmã de meu pai. Ela estava comprometida com um inglês, mas ele foi morto... eu nunca o conheci.

O rosto dela, de um tom de marfim dourado contra o pôr do sol indistinto que lutava para aparecer por entre a chuva, continha uma promessa jamais vista por Dick antes: os altos ossos malares, a tonalidade ligeiramente pálida, fresca ao invés de febril, faziam lembrar a figura de um promissor potro — uma criatura cuja vida não prometia ser somente a projeção da juventude sobre uma tela mais cinzenta, mas, pelo contrário, um verdadeiro crescimento; o rosto seria belo na meia-idade; ele seria belo na velhice: a estrutura essencial e a economia estavam lá.

— O senhor está olhando para o quê?

— Eu só estava pensando que a senhorita será muito feliz.

Nicole estava assustada:

— Eu vou? Tudo bem... as coisas não poderiam ficar piores do que foram.

No alpendre protegido para o qual ela o havia levado, ela se sentou com as pernas cruzadas sobre seus sapatos de golfe; o corpo bem envolto por seu impermeável e as faces avermelhadas pelo ar úmido. Ela correspondeu ao olhar dele, séria, percebendo o porte um tanto orgulhoso dele que nunca cedia completamente ao pilar de madeira contra o qual ele se recostava; ela olhou para o rosto dele que sempre tentava se disciplinar em formas de seriedade atenciosa, depois de investidas em alegrias e caçoadas próprias. Aquela parte dele que parecia se adequar ao seu colorido avermelhado irlandês ela conhecia menos; Nicole tinha medo dela, no entanto, estava ainda mais ansiosa para explorá-la — esse era o lado mais masculino dele; a outra parte, a parte treinada, a consideração nos olhos educados, ela descartava sem fazer perguntas, como a maior parte das mulheres fazia.

— Pelo menos esta instituição foi boa para as línguas — disse Nicole. — Eu tenho falado francês com dois médicos, e alemão com as enfermeiras, e italiano, ou qualquer coisa parecida com isso, com umas faxineiras e uma das pacientes, e aprendi bastante espanhol com outra.

— Isso é bom.

Ele tentou arrumar uma atitude correta, mas nenhuma lógica parecia prestes a chegar.

— ...Música também. Espero que o senhor não pense que eu só estava interessada em *ragtime*. Eu pratico todos os dias... nos últimos meses, andei fazendo um curso de história da música em Zurique. Na verdade, isso era a única coisa que me mantinha viva às vezes... música e desenho. — Ela se inclinou de repente e arrancou um pedacinho solto da sola de seu sapato e então ergueu o olhar. — Eu gostaria de desenhar o senhor do jeito que o senhor está agora.

Ele se sentiu triste quando ela apresentou seus talentos para a aprovação dele.

— Eu invejo a senhorita. No momento, não pareço ter interesse em nada além do meu trabalho.

— Ah, eu acho que isso é muito bom para um homem — ela disse rapidamente. — Mas, para uma moça, eu acho que ela deve ter uma porção de habilidades não tão importantes e transmiti-las para os seus filhos.

— Suponho que sim — disse Dick com deliberada indiferença.

Nicole ficou sentada em silêncio. Dick queria que ela falasse, de modo que ele pudesse desempenhar o *rôle* fácil de desmancha-prazeres, mas então ela ficou sentada em silêncio.

— A senhorita está bem — ele disse. — Tente esquecer o passado; não faça nada com exagero por mais ou menos um ano. Volte para os Estados Unidos e seja uma *débutante*[1] e se apaixone... e seja feliz.

— Não poderia me apaixonar. — O sapato estragado dela arrancou uma bolinha de pó do tronco em que ela estava sentada.

---

[1] Debutante.

— Mas é claro que pode — insistiu Dick. — Não por um ano, talvez, mas mais cedo ou mais tarde. — Então ele acrescentou, com rudeza. — Pode ter uma vida perfeitamente normal com uma casa cheia de belos descendentes. O próprio fato de a senhorita ter conseguido uma recuperação completa em sua idade prova que os fatores desencadeantes não foram assim tão importantes. Minha jovem, a senhorita estará trabalhando duro muito depois de seus amigos terem sido levados embora aos berros.

...Mas havia uma expressão de dor nos olhos dela enquanto ela engolia a dose amarga, o lembrete cruel.

— Eu sei que não vou ter condição de me casar com ninguém por um bom tempo — ela disse, com humildade.

Dick estava perturbado demais para dizer qualquer outra coisa. Ele olhou para a plantação de grãos tentando recuperar seu comportamento ríspido.

— A senhorita vai ficar bem... todos acreditam na senhorita. Ora, o Doutor Gregory sente tanto orgulho da senhorita que ele provavelmente...

— Odeio o Doutor Gregory.

— Bem, não deveria.

O mundo de Nicole estava em pedaços, mas era somente um mundo frágil que mal havia sido criado; por baixo dele, as emoções e os instintos dela continuavam a lutar. Tinha sido uma hora atrás que ela havia esperado perto da entrada, usando sua esperança como um *corsage* em sua cintura?

...Roupas, permaneçam novas para ele; botão, fique abotoado; narcisos, floresçam — ar, fique parado e fragrante.

— Vai ser gostoso me divertir de novo — ela prosseguiu, desajeitada. Por um instante, ela acalentou a desesperada ideia de dizer para ele quão rica era, em que casas grandes ela vivia, que ela realmente era uma propriedade valiosa; por um momento, ela se transformou em seu avô, Sid Warren, o comerciante de cavalos. Mas, ela sobreviveu à tentação de misturar todos os valores e os trancafiou em suas alcovas vitorianas — embora não houvesse um lar para ela, a não ser o vazio e a dor.

— Tenho de voltar para a clínica. Não está chovendo agora.

Dick foi andando ao lado dela, sentindo a infelicidade dela, e desejando beber a chuva que tocava a face dela.

— Eu tenho novos discos — ela disse. — Mal posso esperar para tocá-los. O senhor conhece...

Depois do jantar naquela noite, Dick pensou, ele iria acabar com tudo de vez; ele também queria dar um pontapé no traseiro de Franz por tê-lo parcialmente introduzido a essa questão sórdida. Ele esperou no saguão. Seus olhos seguiram um *beret*,[2] este não estava molhado por causa da espera, como o de Nicole, mas cobria um crânio que recentemente passara por uma cirurgia. Debaixo dele, olhos humanos espreitaram, descobriram Dick e se aproximaram:

— *Bonjour, Docteur.*[3]

— *Bonjour, Monsieur.*[4]

— *Il faut beau temps.*[5]

— *Oui, merveilleux.*[6]

— *Vous êtes ici maintenant?*[7]

— *Non, pour la journée seulement.*[8]

— *Ah, bon. Alors... au revoir, Monsieur.*[9]

---

[2] Tipo de gorro.
[3] Bom dia, Doutor.
[4] Bom dia, Senhor.
[5] Está fazendo tempo bom.
[6] Sim, maravilhoso.
[7] O senhor vai ficar aqui, agora?
[8] Não, somente durante o dia.
[9] Ah, bom. Então... até mais, Senhor.

Feliz por ter sobrevivido a outro contato, o infeliz com o *beret* se afastou. Dick ficou esperando. Logo em seguida, uma enfermeira desceu as escadas e lhe entregou um bilhete.

— A Senhorita Warren pede desculpas, Doutor. Ela quer ficar deitada. Ela quer jantar no quarto esta noite.

A enfermeira aguardou a resposta dele, em parte esperando que ele sugerisse que a atitude da Senhorita Warren era patológica.

— Oh, entendo. Bem... — ele reorganizou o fluxo de sua saliva, os batimentos de seu coração. — Espero que ela se sinta melhor. Obrigado.

Ele estava intrigado e descontente. De qualquer modo, isso o libertava.

Deixando um bilhete para Franz desculpando-se por não participar da ceia, ele caminhou pelos campos até a parada do bonde. Quando ele chegou à plataforma, com o crepúsculo da primavera dourando os trilhos e o vidro nas máquinas que vendiam produtos, ele começou a sentir que a estação e o hospital hesitavam entre ser centrípetos e centrífugos. Ele se sentia assustado. Ele ficou feliz quando as maciças pedras cinzentas de Zurique soaram uma vez mais sob seus sapatos.

Ele esperava ter notícias de Nicole no dia seguinte, mas não houve nenhuma comunicação. Pensando se ela estaria doente, ele telefonou para a clínica e falou com Franz.

— Ela desceu para o almoço ontem e hoje — disse Franz. — Ela parecia um pouco pensativa e com a cabeça nas nuvens. Como tudo se passou?

Dick tentou varar o abismo alpino entre os sexos.

— Nós não chegamos a esse ponto... pelo menos, acho que não. Eu tentei ser distante, mas não creio que tenha se passado o suficiente para alterar a atitude dela, se ela chegou a ir tão longe.

Talvez a sua vaidade tivesse sido ferida por não haver *coup de grâce* para administrar.

— Por algumas coisas que ela disse para a enfermeira, estou inclinado a pensar que ela compreendeu.
— Tudo bem.
— Foi a melhor coisa que poderia ter acontecido. Ela não parece extremamente agitada... somente com a cabeça um pouquinho nas nuvens.
— Tudo bem, então.
— Dick, venha logo me ver.

VIII

Durante as semanas seguintes, Dick sentiu uma insatisfação profunda. A origem patológica e a derrota mecanicista do caso deixaram um sabor insípido e metálico. As emoções de Nicole haviam sido usadas de modo injusto — e se por acaso tivessem sido as dele? Ele necessariamente deveria se ausentar da felicidade por certo tempo — em sonhos, ele a via andando pelos caminhos da clínica balançando o seu grande chapéu de palha...

Uma vez ele a viu pessoalmente; enquanto ele passava pelo Palace Hotel, um Rolls Royce magnífico fez a curva na entrada em meia-lua. Pequenas dentro das proporções gigantescas dele, e sustentadas pelo poder de cem supérfluos cavalos, estavam sentadas Nicole e uma moça que ele supôs ser a irmã dela. Nicole o viu e momentaneamente os seus lábios se entreabriram em uma expressão de susto. Dick mudou a posição do seu chapéu e passou; e, no entanto, por um instante, o ar ao seu redor estava estrondoso com as revoadas de todas as gárgulas no Gross-Münster. Ele tentou tirar a ideia da cabeça escrevendo um memorando muito detalhado quanto ao *régime*[1] solene que estaria à espera dela; as possibilidades de outro "assalto" da doença sob os estresses que o mundo iria inevitavelmente proporcionar — resumindo, um memorando que teria sido convincente para qualquer pessoa menos para quem o escrevera.

---

[1] Organização, administração.

O valor total desse esforço foi o de fazê-lo perceber uma vez mais até que ponto as suas emoções estavam envolvidas; desse momento em diante ele resolutamente providenciou antídotos. Um foi a telefonista de Bar-sur-Aube, que estava então viajando pela Europa de Nice a Coblenz, em uma desesperada recolha dos homens que ela havia conhecido em suas férias a jamais serem superadas; outro foi fazer os arranjos para voltar para casa em um transporte do governo em agosto; um terceiro foi a subsequente intensificação do trabalho nas provas para o livro que deveria ser apresentado no outono seguinte para o mundo da psiquiatria alemã.

Dick havia ido além do livro; ele queria então fazer mais trabalho duro; se ele conseguisse uma bolsa de estudos no exterior, poderia contar com rotina em abundância.

Enquanto isso, ele havia projetado um novo trabalho: *Uma Tentativa de Classificação Uniforme e Pragmática das Neuroses e Psicoses, Baseada no Estudo de Mil e Quinhentos Pre-Krapælin e Post-Krapælin Casos Assim como eles seriam Diagnosticados na Terminologia das Diferentes Escolas Contemporâneas* — e outro parágrafo sonoro — *Juntamente com uma Cronologia de Tais Subdivisões de Opinião Conforme Têm Surgido de Modo Independente.*

Esse título iria ter um efeito monumental em alemão.*

Indo para Montreux, Dick pedalava lentamente, se embasbacando com o Jugenhorn sempre que possível, e ofuscado por vislumbres do lago em meio às aleias dos hotéis às suas margens. Ele tinha consciência dos grupos de ingleses, surgindo depois

---

* *Ein Versuch die Neurosen und Psychosen gleichmässig und pragmatisch zu klassifizieren auf Grund der Untersuchung von fünfzehn hundert Pre-Krapælin und Post-Krapælin Fällen wie sie diagnostiziert sein würden in der Terminologie von den verschiedenen Schuler der Gegenwart — e outro parágrafo sonoro — Zusammen mit einer Chronologie solcher Subdivisionen der Meinung welche unabhängig entstanden sind.*

de quatro anos e caminhando com uma suspeita típica de histórias de detetives em seus olhos, como se eles estivessem prestes a ser assaltados neste país questionável por bandos treinados por alemães. Havia construções e sinais de vida por todos os lugares nesse monte de destroços formado por uma torrente da montanha. Em Berna e em Lausanne, em seu itinerário para o sul, haviam perguntado ansiosamente para Dick se haveria norte-americanos este ano. "Em agosto, se não for em junho?"

Ele usava shorts de couro, uma camisa do exército e sapatos próprios para a montanha. Em sua pequena mochila, havia um terno de algodão e uma troca de roupa de baixo. No funicular de Glion, ele despachou sua bicicleta e bebeu uma cerveja fraca no terraço do bufê da estação, enquanto observava o vagãozinho se arrastar pelo declive de oitenta graus colina abaixo. Seus ouvidos estavam cheios de sangue seco do trecho de La Tour de Pelz, onde ele havia corrido a toda velocidade com a impressão de ser um atleta machucado. Ele pediu álcool e limpou a parte externa enquanto o funicular deslizava para baixo. Ele viu sua bicicleta ser embarcada, jogou sua pequena mochila no compartimento inferior do vagão, e também embarcou.

Vagões para subir a montanha são construídos em uma inclinação parecida com o ângulo da aba do chapéu de um homem que não quer ser reconhecido. Enquanto a água esguichava do compartimento sob o vagão, Dick estava impressionado com a engenhosidade de toda a ideia — um carro complementar estava então sendo abastecido com água da montanha no alto e iria puxar o carro mais leve para cima por meio da gravidade, assim que os freios fossem liberados. Isso tudo devia ter sido uma inspiração muito grande. No banco à sua frente, dois britânicos estavam discutindo o próprio cabo.

— Os construídos na Inglaterra sempre duram cinco ou seis anos. Dois anos atrás, os alemães nos venceram na concorrência, e quanto tempo o senhor acha que o cabo deles durou?

— Quanto tempo?

— Um ano e dez meses. Então os suíços venderam-nos para os italianos. Eles não têm uma inspeção rígida dos cabos.

— Dá para ver que seria uma coisa horrível para a Suíça se um cabo se rompesse.

O condutor fechou uma porta; ele telefonou para seu *confrère*[2] em meio aos undulati, e com um solavanco o carro foi puxado para o alto, se dirigindo a um ponto em uma colina cor de esmeralda lá em cima. Depois de ele ter deixado os tetos baixos para trás, os céus de Vaud, Valais, Swiss Savoy e Genebra se alastraram ao redor dos passageiros em uma vista panorâmica. No centro do lago, refrescado pela penetrante corrente do Ródano, se encontrava o verdadeiro centro do Mundo Ocidental. Nele, flutuavam cisnes como botes, e botes como cisnes, ambos perdidos na insignificância da beleza sem coração. Era um dia claro, com o sol faiscando na praia de grama lá embaixo, e as quadras de tênis brancas do resort Kursaal. As figuras nas quadras não lançavam sombras.

Quando Chillon e o palácio-ilha de Salagnon estavam ao alcance da vista, Dick voltou os olhos para a parte interna do funicular. Este estava acima das casas mais altas da margem; de ambos os lados um emaranhado de folhagens e de flores culminava a intervalos em aglomerados de cor. Era um jardim à margem dos trilhos, e no vagão havia um aviso: *Défense de cueillir les fleurs*.[3]

Embora ninguém devesse colher flores colina acima, as florações rastejavam enquanto eles passavam — rosas Dorothy Perkins se arrastavam pacientemente em cada compartimento, balançando lentamente com o movimento do funicular, se soltando no último instante para retornar ao seu amontoado

---

[2] Companheiro, colega.
[3] Proibido colher as flores.

róseo. Uma vez depois da outra esses ramos passavam pelo vagão.

No compartimento acima e na frente daquele em que Dick estava, um grupo de ingleses estava em pé e soltando exclamações para o pano de fundo do céu, quando repentinamente houve uma confusão entre eles — eles se separaram para dar passagem a um casal de jovens que pediu desculpas e entrou atropeladamente no compartimento traseiro do funicular — o compartimento de Dick. O jovem era um latino com os olhos de uma corça empalhada; a menina era Nicole.

Os dois ofegavam momentaneamente por causa do esforço; enquanto eles se acomodavam nos assentos, rindo e fazendo com que os ingleses se acomodassem nos cantos, Nicole disse, "O-*lááá*." Ela era uma visão adorável; na mesma hora Dick viu que alguma coisa estava diferente; em um segundo ele percebeu que eram os cabelos finos dela, penteados como os de Irene Castle e cacheados. Ela usava um suéter azul claro e uma saia branca de tênis — ela era a primeira manhã de maio, e toda a mácula da clínica havia desaparecido.

— Pumba! — ela disse, ofegante. — Nooo-ssaaaa, aquele guarda. Eles vão nos prender na próxima parada. Doutor Diver, o Conde de Marmora.

— Miiinha noooossa! — ela tocou seus novos cachos, ofegando. — Minha irmã comprou bilhetes de primeira classe... É uma questão de princípio para ela. — Nicole e Marmora trocaram olhares e ela exclamou. — E então nós descobrimos que a primeira classe é o carro fúnebre atrás do condutor... fechado com cortinas para os dias de chuva, então não dá para ver nada. Mas, minha irmã é muito digna... — De novo, Nicole e Marmora riram com uma intimidade juvenil.

— Pr'onde vocês vão?

— Caux. O senhor também? — Nicole olhou as roupas dele. — Sua bicicleta que eles botaram lá na frente?

— Sim. Eu farei a descida na segunda-feira.

— Comigo no guidão? Quero dizer, é mesmo... vai descer? Não consigo pensar em nada mais divertido.

— Mas eu a levarei para baixo nos meus braços — protestou Marmora, impetuoso. — Eu a levarei em *roller-skates*... ou eu vou jogá-la, e você cairá lentamente, como uma pena.

O deleite no rosto de Nicole — ser uma pena de novo ao invés de um obstáculo; flutuar e não se arrastar. Ela era um espetáculo para se observar — às vezes formalmente tímida, fazendo pose, fazendo caretas e gesticulando — às vezes a sombra caía e a dignidade do antigo sofrimento fluía até as pontas dos dedos dela. Dick desejou estar bem longe dela, temendo ser um lembrete de um mundo bem deixado para trás. Ele decidiu ir para o outro hotel.

Quando o funicular parou, os que haviam acabado de entrar se moviam suspensos entre os tons de azul dos dois céus. A pausa foi apenas para uma misteriosa conversa entre o condutor do carro que estava subindo e o condutor do carro que estava descendo. Então, para cima e para cima, sobre uma trilha na floresta e um desfiladeiro — e então de novo para o alto de uma colina com uma compacta cobertura de narcisos, dos passageiros para o céu. As pessoas em Montreux que jogavam tênis em quadras à beira do lago eram pontinhos então. Algo novo estava no ar; frescor — frescor que se personificava em música enquanto o carro deslizava para Glion e eles ouviram a orquestra no jardim do hotel.

Quando eles passaram para o trem da montanha, a música foi sufocada pela água que jorrava do compartimento hidráulico. Quase acima deles se encontrava Caux, onde as mil janelas de um hotel queimavam à luz do sol tardio.

Mas a chegada foi diferente — uma máquina barulhenta empurrou os passageiros em uma espiral, subindo, se elevando; eles resfolegavam em meio a nuvens baixas e, por um instante, Dick deixou de ver o rosto de Nicole no borrifo do inclinado mecanismo auxiliar; eles evitaram uma lufada perdida de vento com o hotel ficando cada vez maior a cada espiral, até que com uma imensa surpresa eles estavam lá, no topo da luz do sol.

Na confusão da chegada, enquanto Dick pendurava sua pequena mochila no ombro e avançava pela plataforma para pegar sua bicicleta, Nicole estava ao lado dele.

— Não vai ficar no nosso hotel? — ela perguntou.

— Estou economizando.

— O senhor vem aqui para jantar? — certa confusão com as bagagens se seguiu. — Esta é minha irmã... o Doutor Diver, de Zurique.

Dick fez uma mesura para uma moça de vinte e cinco anos, alta e confiante. Ela era ao mesmo tempo imponente e vulnerável, ele decidiu, lembrando-se de outras mulheres com bocas semelhantes a flores que se acostumavam com uma rotina.

— Eu dou uma passada depois do jantar — prometeu Dick. — Em primeiro lugar, tenho de me aclimatar.

Ele saiu pedalando sua bicicleta, sentindo os olhos de Nicole seguirem-no, sentindo o desamparado primeiro amor dela, sentindo-o se retorcer dentro dele. Ele seguiu por uns trezentos metros subindo uma encosta rumo ao outro hotel, pediu um quarto e se flagrou tomando um banho sem uma lembrança do intervalo de dez minutos, somente um tipo de constrangimento embriagado atravessado por vozes, vozes sem importância que não sabiam quanto ele era amado.

IX

Eles estavam esperando por ele e incompletos sem ele. Ele ainda era o elemento imponderável; a Senhorita Warren e o jovem italiano mostravam sua expectativa de modo tão óbvio quanto Nicole. O *salon* do hotel, um cômodo com acústica renomada, havia sido esvaziado para a hora da dança, mas havia uma pequena galeria de inglesas de certa idade, com lenços no pescoço, cabelos tingidos e faces empoadas de um tom cinza-rosado; e de mulheres norte-americanas de certa idade, com cabelos postiços brancos como a neve, vestidos pretos e lábios de um vermelho tom de cereja. A Senhorita Warren e Marmora estavam em uma mesa de canto — Nicole estava na diagonal deles a uns vinte metros de distância, e quando Dick chegou, ele ouviu a voz dela:

— *Dá para me ouvir? Estou falando com a voz normal.*
— Perfeitamente.
— *Olá, Doutor Diver.*
— O que é isso?
— *O senhor percebe que as pessoas no centro do salão não podem ouvir o que eu digo, mas o senhor pode?*
— Um garçom nos falou a respeito disso — explicou a Senhorita Warren. — De um canto para outro canto... é como um rádio.

Era excitante lá no alto da montanha, como um navio no mar. Logo em seguida, os pais de Marmora se juntaram a eles. Eles trataram as Warrens com respeito — Dick ficou com a impressão de que a fortuna deles tinha algo a ver com um banco em Milão que tinha algo a ver com a fortuna dos Warrens.

Mas, Baby Warren queria conversar com Dick, queria falar com ele com o ímpeto que a enviara perambulando na direção de todos os homens desconhecidos, como se ela estivesse em uma corda não elástica e achasse que seria melhor chegar ao fim dela tão cedo quanto possível. Ela cruzava e tornava a cruzar as pernas com frequência, à moda das virgens altas e desassossegadas.

— ...Nicole me disse que o senhor cuidou parcialmente dela, e estava muito ligado ao fato de ela ter sarado. O que eu não consigo entender é o que se espera que *nós* façamos... eles foram tão vagos no sanatório; eles só me disseram que ela tinha de ser natural e alegre. Eu sabia que os Marmoras estavam aqui, então pedi para Tino nos encontrar no funicular. E o senhor vê o que acontece... logo para começar Nicole faz com que ele saia se arrastando pelos lados do vagão como se ambos fossem completamente insanos...

— Isso foi absolutamente normal — disse Dick dando risada. — Eu chamaria isso de um bom sinal. Eles estavam se exibindo um para o outro.

— Mas como *eu* posso saber? Antes que eu me desse conta, quase debaixo dos meus próprios olhos, ela cortou os cabelos, em Zurique, por causa de uma foto na "Vanity Fair."

— Está tudo bem. Ela é esquizoide... uma excêntrica permanente. A senhorita não pode alterar isso.

— O que é isso?

— O que eu acabei de dizer... uma excêntrica.

— Bem, e como alguém pode saber o que é excêntrico e o que é louco?

— Nada vai ficar louco... Nicole é toda frescor e alegria; a senhorita não precisa ter medo.

Baby mexeu os joelhos — ela era um compêndio de todas as mulheres descontentes que haviam amado Byron um século antes; no entanto, apesar do acaso trágico com o oficial da guarda, ela era envolta por um ar rígido e onanístico.

— Eu não me importo com a responsabilidade — declarou ela —, mas estou perdida. Nós nunca tivemos nada parecido com isso na família antes... nós sabemos que Nicole sofreu algum choque e minha opinião é a de que foi a respeito de um menino, mas nós não sabemos na verdade. Papai diz que teria dado um tiro nele se tivesse podido descobrir.

A orquestra estava tocando *Poor Butterfly*;[1] o jovem Marmora estava dançando com a mãe. Era uma música bastante nova para todos eles. Ouvindo, e observando os ombros de Nicole enquanto ela tagarelava com o Marmora mais velho, cujos cabelos eram entremeados de branco como o teclado de um piano, Dick pensou nos contornos de um violino, e então ele pensou na desonra, no segredo. Oh, borboleta... os momentos se transformam em horas...

— Na verdade, tenho um plano — prosseguiu Baby com uma dureza apologética. — Pode parecer absolutamente impraticável para o senhor, mas eles dizem que Nicole precisa de cuidados por alguns anos. Eu não sei se o senhor conhece ou não Chicago...

— Não.

— Bem, há o Lado Norte e o Lado Sul, e eles são bem afastados. O Lado Norte é chique e tudo mais, e nós sempre vivemos lá, pelo menos durante muitos anos, mas muitas das famílias antigas, velhas famílias de Chicago, se o senhor entende o que eu quero dizer, ainda vivem no Lado Sul. A Universidade fica lá. Quero dizer, é abafadiço para algumas pessoas, mas de qualquer modo é diferente do Lado Norte. Não sei se o senhor entende.

Ele balançou a cabeça. Com certa concentração, ele tinha sido capaz de acompanhá-la.

— Bem, é claro que nós temos muitos conhecidos lá... Papai controla certas cátedras e bolsas e assim por diante na

---

[1] Pobre Borboleta.

Universidade, e eu pensei que se nós levássemos Nicole para casa e a colocássemos no meio da multidão... o senhor vê, ela é bastante musical e fala todas essas línguas... o que poderia ser melhor no estado dela do que se ela se apaixonasse por algum bom médico...

Uma onda de hilaridade se apossou de Dick; os Warrens iriam comprar um médico para Nicole... Vocês têm um bom médico que nós possamos usar? Não havia necessidade de se preocupar com Nicole quando eles estavam na posição de poder comprar para ela um jovem médico, a tinta mal tendo secado sobre ele.

— Mas, e quanto ao médico? — ele disse, automático.

— Deve haver muitos que iriam agarrar a oportunidade.

Os dançarinos haviam voltado, mas Baby sussurrou rapidamente:

— É desse tipo de coisa que estou falando. Agora, onde está Nicole... ela foi para algum lugar. Ela está lá em cima, no quarto dela? O que *eu* devo fazer? Eu nunca sei se é alguma coisa inocente ou se eu deveria procurá-la.

— Talvez ela apenas queira ficar sozinha; as pessoas que vivem sozinhas se acostumam com a solidão. — Vendo que a Senhorita Warren não estava ouvindo, ele se interrompeu. — Eu vou dar uma olhada por aí.

Por uns instantes, todas as portas externas obstruídas pela névoa eram como a primavera com as cortinas cerradas. A vida estava concentrada perto do hotel. Dick passou por algumas janelas de adegas, onde ajudantes de cozinha sentavam-se em beliches e jogavam cartas acompanhados por um litro de vinho espanhol. Quando ele se aproximou da *promenade,* as estrelas começaram a aparecer em meio aos cimos brancos dos Alpes. No caminho em forma de ferradura que tinha vista para o lago, Nicole era a figura imóvel entre duas fontes de luz, e ele se aproximou silenciosamente pela grama. Ela se voltou para ele com uma expressão de "Aí está *você*", e por um momento ele lamentou ter vindo.

— Sua irmã ficou preocupada.

— Oh! — ela estava acostumada a ser vigiada. Com esforço, ela se explicou. — Às vezes eu fico um pouco... tudo é um pouco demais. Eu vivi tão reclusa. Esta noite, a música era demais. Ela me deu vontade de chorar...

— Entendo.

— Hoje foi um dia terrivelmente agitado.

— Eu sei.

— Não quero fazer nada antissocial... já dei muito trabalho para todo mundo. Mas, agora à noite eu queria me afastar.

Rapidamente passou pela cabeça de Dick, como poderia passar pela cabeça de um homem moribundo que ele havia se esquecido de dizer onde estava o seu testamento, que Nicole havia sido "reeducada" por Dohmler e as fantasmagóricas gerações por trás dele; passou-lhe também pela cabeça que havia tanta coisa que teria de ser dita a Nicole. Mas, tendo gravado esse ponto de vista em seu íntimo, ele cedeu ao insistente valor nominal da situação e disse:

— A senhorita é uma boa pessoa; só continue a usar sua própria opinião a respeito de si mesma.

— O senhor gosta de mim?

— Mas é claro.

— O senhor se... — eles estavam caminhando lentamente na direção do mal iluminado extremo da ferradura, uns duzentos metros adiante. — Se eu não tivesse estado doente, o senhor... quero dizer, eu teria sido o tipo de moça que o senhor poderia... oh, mas que tolice, você sabe o que eu quero dizer.

Ele não conseguiria se esquivar, então, tomado por uma imensa irracionalidade. Ela estava tão perto que ele sentiu sua própria respiração se alterar; porém, uma vez mais seu treinamento veio em seu auxílio com uma risada de menino e uma observação banal.

— Está causando problemas para si mesma, minha cara. Certa vez, conheci um homem que se apaixonou por sua enfermeira... — A historinha seguiu adiante, marcada pelo som dos passos deles. De repente, Nicole o interrompeu com uma sucinta expressão típica de Chicago:

— Bosta!

— Essa é uma expressão muito vulgar.

— E o que tem isso? — ela se empolgou. — Você não acha que eu tenha um pingo de bom senso... antes eu estava doente e não tinha mesmo, mas agora tenho. E se eu não souber que você é o homem mais atraente que eu jamais conheci, você tem de pensar que eu ainda estou louca. É minha falta de sorte, tudo bem... mas não finja que eu não *sei*... eu sei tudo a respeito de você e de mim.

Dick se encontrava em uma posição desvantajosa adicional. Ele se lembrou da afirmação da Senhorita Warren mais velha quanto aos jovens médicos que poderiam ser comprados nos depósitos intelectuais do Lado Sul de Chicago, e se endureceu por uns instantes.

— Você é uma menina atraente, mas eu não poderia me apaixonar.

— Você não me dá uma chance.

— *O quê?*

A impertinência e o direito de invadir subentendido chocaram-no. Tirando a anarquia, ele não conseguia pensar em nenhuma chance que Nicole Warren merecesse.

— Dê-me uma chance agora.

A voz diminuiu para um sussurro, se afundou no peito dela e retesou-lhe o apertado corpete sobre o coração quando ela se aproximou. Ele sentiu os lábios jovens, o corpo dela suspirando de alívio apoiado no braço que ficava mais forte para segurá-la. Agora não havia mais planos do que se Dick tivesse de modo arbitrário feito alguma mistura indissolúvel, com átomos unidos e inseparáveis; daria para jogar tudo fora, mas nunca mais eles poderiam se encaixar em uma escala atômica. Enquanto ele a segurava e a experimentava, e enquanto ela se curvava cada vez mais na direção dele, com seus lábios, desconhecida para ela própria, mergulhada e envolta no amor e, no entanto, reconfortada e triunfante, ele estava grato por ter uma existência, nem que fosse apenas como um reflexo nos olhos úmidos dela.

— Deus do céu — ele ofegou —, é bom beijá-la.

Isso era só um modo de falar, mas Nicole tinha um maior controle sobre ele nesse momento e ela o manteve; ela se transformou em uma coquete e se afastou, deixando-o tão suspenso quanto no funicular à tarde. Ela sentia: Aí, isso vai mostrar para ele, tão arrogante; como ele poderia lidar comigo; oh, não foi uma maravilha? Eu o conquistei, ele é meu. Então, na sequência vinha a fuga, mas tudo era tão doce e novo que ela ficou parada, querendo aproveitar o máximo da situação.

Repentinamente ela tremeu. Seiscentos metros abaixo ela viu o colar e o bracelete de luzes que eram Montreux e Vevey, além deles o indistinto pendente de Lausanne. De lá de baixo, de algum modo ascendia um fugidio som de música para dançar. Nicole estava no controle, muito calma, tentando confrontar os sentimentalismos de sua infância, com a mesma deliberação de um homem que se embebeda depois da batalha. Mas, ela ainda tinha medo de Dick, que estava perto dela, apoiado, de modo característico, na cerca de ferro que servia de borda para a ferradura; e isso a levou a dizer:

— Eu lembro como fiquei esperando por você no jardim... segurando todo o meu ser em meus braços como uma cesta de flores. Era assim que me parecia, de qualquer jeito... achei que eu era meiga... querendo lhe entregar aquela cesta.

Ela sentiu nos ombros a respiração dele, que a forçou a se virar; ela o beijou várias vezes, o rosto ficando grande a cada vez que se aproximava dele, as mãos dela segurando-o pelos ombros.

— Está chovendo forte.

De repente, se ouviu um estrondo vindo das encostas cobertas de videiras do outro lado do lago; canhões estavam atirando em nuvens de granizo para desfazê-las. As luzes da *promenade* se apagaram e se acenderam novamente. Então a tempestade começou rapidamente, primeiro caindo dos céus, em seguida duplamente caindo em torrentes das montanhas e varrendo as estradas e os fossos de pedra; com ela veio um céu escuro e assustador, e filamentos selvagens de relâmpagos e trovões que fendiam o mundo, enquanto nuvens irregulares e destruidoras passavam em disparada pelo hotel. Montanhas e lago desapareceram — o hotel se encolhia em meio ao tumulto, ao caos e à escuridão.

A essa altura, Dick e Nicole haviam chegado ao vestíbulo, onde Baby Warren e os três Marmoras estavam ansiosamente esperando por eles. Era excitante sair da névoa úmida, com as portas batendo, ficar parado e rir e tremer de emoção, o vento nos ouvidos deles e a chuva em suas roupas. Agora, no salão de baile, a orquestra estava tocando uma valsa de Strauss, alta e confusa.

...Para o Doutor Diver se casar com uma paciente mental? Como isso aconteceu? E onde isso começou?

— O senhor não vai voltar depois de ter se trocado? — perguntou Baby Warren depois de um exame minucioso.

— Não tenho troca de roupas, exceto uns shorts.

Enquanto ia a passos lentos para o seu hotel em uma capa de chuva emprestada, ele ficou soltando uma desdenhosa risadinha gutural.

"*Grande* chance... oh, sim. Meu Deus...! Eles resolveram comprar um médico? Bem, é melhor eles se apegarem a quem quer que eles tenham em Chicago." Revoltado com sua dureza, ele se desculpou com Nicole, lembrando que nada jamais havia parecido tão jovem quanto os lábios dela, lembrando a chuva como lágrimas derramadas por ele que jaziam sobre a pele de porcelana de seu rosto docemente luminosa... o silêncio da tempestade que acabava o despertou lá pelas três da manhã e ele foi até a janela. A beleza de Nicole ascendeu a encosta ondulada, ela entrou no quarto, rumorejando fantasmagórica entre as cortinas...

...Ele subiu dois mil metros até Rochers de Naye na manhã seguinte, divertido com o fato de que seu condutor do dia anterior estava aproveitando seu dia de folga para subir também.

Então Dick desceu até Montreux para nadar, voltou para seu hotel a tempo de jantar. Dois bilhetes estavam à sua espera.

Não sinto vergonha da noite passada... foi a coisa mais agradável que já aconteceu comigo e mesmo que eu nunca mais o visse, *Mon Capitaine*, eu ficaria feliz por ela ter acontecido.

Isso era muito encantador — a pesada sombra de Dohmler se retirou enquanto Dick abria o segundo envelope:

Prezado Doutor Diver: Eu telefonei, mas o senhor havia saído. Eu fico pensando se poderia lhe pedir um grande favor. Circunstâncias imprevistas me fazem voltar a Paris, e acho que posso ir mais rápido via Lausanne. O senhor poderia permitir que Nicole o acompanhasse até Zurique, já que o senhor vai voltar na segunda-feira, e deixá-la no sanatório? Seria pedir demais?
Atenciosamente,
Beth Evan Warren.

Dick ficou furioso — a Senhorita Warren sabia que ele havia trazido uma bicicleta; no entanto, ela havia escrito o bilhete de tal modo que era impossível recusar. Jogando nós dois um nos braços do outro! Doce propinquidade e o dinheiro dos Warren!

Ele estava enganado; Baby Warren não tinha tais intenções. Ela havia examinado Dick com olhos mundanos, ela o havia avaliado com o deformado padrão de uma anglófila e o achado deficiente — apesar do fato de que ela o achava atraente. Porém, para ela ele era muito "intelectual", e ela o categorizou junto com uma multidão pobre e esnobe que outrora havia conhecido em Londres — ele se mostrava demais para realmente ser feito do material correto. Ela não conseguia ver como ele poderia ser encaixado em sua ideia de um aristocrata.

Além disso, ele era teimoso — ela o havia visto deixar de lado a conversa dela e se ocultar por trás de seus olhos daquele jeito estranho que as pessoas faziam, uma meia dúzia de vezes. Ela não tinha gostado dos modos espontâneos e acessíveis de Nicole quando criança, e agora estava razoavelmente acostumada a pensar nela como alguém que tinha "virado uma excêntrica"; e de qualquer modo o Doutor Diver não era o tipo de médico que ela pudesse contemplar na família.

Ela apenas queria usá-lo inocentemente como uma conveniência.

Porém, seu pedido surtiu o efeito que Dick supôs que ela desejasse. Uma viagem de trem pode ser uma coisa terrível, opressiva ou cômica; ela pode ser uma viagem experimental; pode ser uma antecipação de outra viagem assim como qualquer dia com um amigo pode ser longo, desde o sabor da pressa de manhã até a percepção de que ambos estão famintos e comendo juntos. Então começa a tarde, com a viagem se desvanecendo e extinguindo, mas se avivando de novo no fim. Dick se sentia triste ao ver a parca alegria de Nicole; no entanto, era um alívio para ela voltar para o único lar que conhecia. Eles não flertaram aquele dia, mas quando ele a deixou do lado de fora da triste porta no Lago de Zurique e ela se voltou e olhou para ele, ele soube então que o problema dela era algo que eles tinham em comum para sempre.

X

Em Zurique em setembro, o Doutor Diver tomou chá com Baby Warren.

— Acho que não é aconselhável — ela disse. — Não sei se entendo bem os seus motivos.

— Não sejamos desagradáveis.

— Afinal, sou irmã de Nicole.

— Isso não lhe dá o direito de ser desagradável. — Dick ficava irritado por ele saber tanta coisa que não poderia lhe dizer. — Nicole é rica, mas isso não faz de mim um aventureiro.

— É exatamente isso — reclamou Baby, teimosa. — Nicole é rica.

— Exatamente quanto dinheiro ela tem? — perguntou ele. Ela teve um sobressalto, e com uma risada silenciosa ele prosseguiu. — Está vendo como isso é tolice? Eu preferiria conversar com algum homem em sua família...

— Tudo foi deixado em minhas mãos — insistiu ela. — Não é que nós pensemos que o senhor seja um aventureiro. Nós não sabemos quem é o senhor.

— Sou um médico — ele disse. — Meu pai é clérigo, agora aposentado. Nós vivemos em Buffalo e meu passado está livre para investigações. Eu fui para New Haven; depois fui um bolsista Rhodes. Meu bisavô foi Governador da Carolina do Norte e sou um descendente direto do Louco Anthony Wayne.

— Quem foi o Louco Anthony Wayne? — perguntou Baby, suspeitosa.

— O Louco Anthony Wayne?

— Acho que já tem loucura demais nessa história.

Ele balançava a cabeça, desanimado, exatamente quando Nicole saiu para o terraço do hotel e olhou ao redor, procurando-os.

— Ele era louco demais para deixar tanto dinheiro quanto Marshall Field — ele disse.

— Isso é tudo muito bom...

Baby tinha razão, e ela sabia disso. Cara a cara, o pai dela levaria a melhor sobre quase todos os clérigos. Eles eram uma família ducal norte-americana sem um título — o próprio nome escrito em um registro de hotel, assinado em uma introdução, usado em uma situação difícil, causava uma metamorfose psicológica nas pessoas, e nem por isso essa alteração havia cristalizado o próprio sentimento de posição de Baby. Ela havia aprendido esses fatos com os ingleses, que conheciam sua família havia mais de duzentos anos. Porém, ela não sabia que duas vezes Dick estivera a ponto de jogar o casamento na cara dela. Tudo que evitou o fato dessa vez foi Nicole descobrir a mesa deles e ir até lá luminosa, branca, viçosa e nova na tarde de setembro.

Como tem passado, advogado? Nós estamos indo para Como amanhã por uma semana, e então voltamos para Zurique. É por isso que eu queria que o senhor e a minha irmã arranjassem isso, porque não importa para nós quanto dinheiro eu vou ter. Nós vamos viver discretamente em Zurique por dois anos, e Dick tem o suficiente para cuidar de nós. Não, Baby, eu sou mais prática do que pensa... é só para roupas e coisas de que precisarei... Ora, isso é mais do que... o patrimônio tem mesmo condição de me dar tudo isso? Eu sei que nunca conseguirei gastar isso. Você tem tanto assim? Por que você tem mais — é porque eu supostamente sou incompetente? Tudo bem, deixe que minha parte se acumule, então... Não, Dick se recusa a ter qualquer coisa a ver com isso. Eu terei de me sentir entupida por nós dois... Baby, você tem tanta ideia de o que Dick é quanto, quanto... E agora, onde eu assino? Oh, sinto muito.

...Não é divertido e solitário ficar juntos, Dick? Nenhum lugar para ir a não ser por perto. Nós vamos somente amar e amar? Ah, mas eu amo mais, e eu sei dizer quando você está longe de mim, mesmo um pouquinho. Acho que é uma maravilha ser do jeito que todo mundo é, estender o braço e encontrar seu corpo todo quente ao meu lado na cama.

...Se vocês fizerem a gentileza de chamar meu marido no hospital. Sim, o livrinho está vendendo em todos os cantos; eles o querem publicado em seis línguas. Eu iria fazer a tradução para o francês, mas estou tão cansada estes dias... estou com medo de cair, estou tão pesada e desastrada — como um gorducho desconjuntado que não consegue ficar em pé. O estetoscópio frio sobre o meu coração, e meu sentimento mais vívido, *"Je m'en fiche de tout."*[1] — Oh, aquela coitada daquela mulher no hospital, com o bebê cianótico, muito melhor estar morto. Não é bom que agora nós sejamos três?

...Isso não parece ser racional, Dick... nós temos todos os motivos para ficar com o apartamento maior. Por que nós deveríamos nos punir só porque tem mais dinheiro Warren do que dinheiro Diver? Oh, obrigada, *camerière*,[2] mas nós mudamos de ideia. Esse clérigo inglês nos disse que seu vinho aqui em Orvieto é excelente. Ele não sai daqui? É por isso que nós nunca ouvimos falar dele, porque nós amamos vinho.

Os lagos estão mergulhados na argila marrom e as encostas têm todas as rugas de uma barriga. O fotógrafo nos deu a minha foto, meu cabelo escorrido sobre a amurada no barco para Capri. *Good-by, Blue Grotte*, cantava o barqueiro, "voltem looooogo." E depois, contornando o calcanhar quente e sinistro da bota italiana, com o vento sussurrando ao redor daqueles

---

[1] Estou pouco me importando com tudo.
[2] Criada de quarto.

castelos estranhos, os mortos nos observando lá do alto daquelas colinas.

...O navio é agradável, com nossos calcanhares batendo no convés juntos. Este é o canto tempestuoso, e a cada vez que nós damos a volta nele eu me inclino para frente contra o vento e seguro o meu casaco contra meu corpo sem deixar de acompanhar o ritmo de Dick. Nós estamos cantando algo sem sentido:

Oh — oh — oh — oh
Other flamingoes than me
Oh — oh — oh — oh
Other flamingoes than me...[3]

A vida é divertida com o Dick — as pessoas nas cadeiras do convés olham para nós, e uma mulher está tentando ouvir o que nós estamos cantando. Dick está cansado de cantar isso, então continue sozinho, Dick. Você vai andar de jeito diferente sozinho, querido, através de uma atmosfera mais densa, forçando seu caminho através das sombras das cadeiras, através da fumaça gotejante das chaminés. Você vai sentir seu próprio ser deslizando pelos olhos de quem o olha. Você não está mais protegido; mas eu suponho que você tenha de ter contato com a vida para poder emergir dela.

Sentada na trave deste bote salva-vidas eu olho na direção do mar e deixo que meu cabelo se agite e brilhe. Estou imóvel contra o céu, e o barco é construído para transportar meu corpo adiante rumo à obscuridade azul do futuro; eu sou Palas Atena esculpida com reverência na frente de uma galera. As águas estão fluindo nos banheiros públicos, e a folhagem verde-ágata

---

[3] *Outros flamingos além de mim / Oh — oh — oh — oh / Outros flamingos além de mim...*

dos borrifos se altera e se lamenta a respeito disso lá para os lados da proa.

...Nós viajamos bastante naquele ano — da Baía de Woolloomooloo até Biskra. Nas bordas do Saara nós nos deparamos com uma praga de gafanhotos e o chofer explicou com gentileza que eram mamangabas. O céu era baixo à noite, repleto da presença de um Deus estranho e vigilante. Oh, os pobrezinhos dos Ouled Naïl sem roupas; a noite estava rumorosa com os tambores do Senegal e as flautas e os camelos lamentosos, e som dos passos ligeiros dos nativos andando com sapatos feitos de velhos pneus de automóvel.

Mas eu estava alheada de novo a essas alturas — trens e praias, tudo era uma coisa só. Foi por isso que ele me levou para viajar, mas depois que meu segundo bebê, minha menininha, Topsy, nasceu, tudo ficou escuro de novo.

...Se eu pudesse falar com meu marido, que achou adequado me abandonar aqui, me deixar nas mãos de incompetentes. Você me diz que meu bebê é negro — isso é ridículo, é muita mesquinharia. Nós fomos para a África só para ver Timgad, já que meu maior interesse na vida é a arqueologia. Estou cansada de não saber nada e de ser lembrada disso o tempo todo.

...Quando eu ficar bem, quero ser uma pessoa fina como você, Dick — eu estudaria medicina, só que é tarde demais. Nós temos de gastar meu dinheiro e ter uma casa — estou cansada de apartamentos e de esperar por você. Você está enjoado de Zurique e não consegue arrumar tempo para escrever aqui, e diz que é uma confissão de fraqueza para um cientista não escrever. E eu vou examinar todo o campo de conhecimento e descobrir alguma coisa e realmente entender disso, então eu terei isso para me apoiar se eu desmoronar de novo. Você vai me ajudar, Dick, então eu não me sentirei tão culpada. Nós vamos viver perto de uma praia quente onde podemos ficar morenos e jovens juntos.

...Este vai ser o estúdio de Dick. Oh, a ideia ocorreu para nós dois no mesmo instante. Nós tínhamos passado por Tarmes uma dúzia de vezes, e nós viemos até aqui e descobrimos as casas vazias, a não ser por dois estábulos. Quando compramos, fomos intermediados por um francês, mas a marinha mandou espiões aqui na mesma hora quando eles descobriram que norte-americanos tinham comprado parte de um vilarejo na colina. Eles procuraram canhões no meio de todo o material de construção, e finalmente Baby teve de mandar telegramas por nós para os *Affaires Étrangères*[4] em Paris.

Ninguém vem para a Riviera no verão, então nós esperamos ter poucos hóspedes e trabalhar. Há alguns franceses por aqui — Mistinguet na semana passada, surpreendida por encontrar o hotel aberto, e Picasso, e o homem que escreveu *Pas sur la Bouche*.

...Dick, por que registra Sr. e Sra. Diver, ao invés de Dr. e Sra. Diver? Eu só fiquei pensando — isso passou pela minha cabeça. — Você me ensinou que o trabalho é tudo, e acredito em você. Você costumava dizer que um homem conhece as coisas e quando ele para de saber as coisas ele é como uma pessoa qualquer, e a coisa a fazer é alcançar o poder antes que ele pare de saber as coisas. Se quer deixar as coisas todas confusas, tudo bem, mas a sua Nicole tem de segui-lo de cabeça para baixo, querido?

...Tommy diz que eu sou quieta. Desde que eu fiquei boa pela primeira vez eu conversava bastante com Dick tarde da noite, nós dois sentados na cama e acendendo cigarros, e depois mais tarde saindo do amanhecer azul e mergulhando nos travesseiros, para manter a luz afastada dos nossos olhos. Às vezes eu canto, e brinco com os animais, e tenho algumas amigas, também — Mary, por exemplo. Quando Mary e eu falamos, uma não escuta a outra. Conversar é masculino. Quando eu

---

[4] Ministério das Relações Exteriores.

converso, digo para mim mesma que eu provavelmente sou Dick. Eu já fui até mesmo meu filho, lembrando quão inteligente e lento ele é. Às vezes eu sou o Doutor Dohmler, e uma vez eu posso até ser um aspecto de você, Tommy Barban. Tommy está apaixonado por mim, eu acho, mas de modo gentil, tranquilizador. O suficiente, entretanto, para que ele e Dick tenham começado a desaprovar um ao outro. De modo geral, tudo não poderia estar melhor. Estou entre amigos que gostam de mim. Estou aqui nesta praia tranquila, com meu marido e meus dois filhos. Tudo está bem — se eu conseguir terminar de traduzir essa infeliz dessa receita de galinha à la Maryland para o francês. Meus dedos dos pés parecem quentes na areia.

"Sim, vou olhar. Mais pessoas novas — oh, aquela menina — sim. Com quem você disse que ela se parecia... Não, não vi, nós não temos muita oportunidade para ver os novos filmes norte-americanos por aqui. Rosemary de quê? Bem, estamos ficando muito elegantes para julho — isso me parece muito estranho. Sim, ela é um encanto, mas pode haver pessoas demais."

XI

O Doutor Richard Diver e a Sra. Elsie Speers estavam sentados no Café des Alliées em agosto, debaixo de árvores frescas e empoeiradas. O faiscar da mica era embaçado pelo chão muito quente, e algumas rajadas do mistral vindas lá da costa perpassavam pelo Esterel e balançavam os barcos de pesca no porto, apontando os mastros aqui e acolá para um céu inexpressivo.

— Recebi uma carta hoje de manhã — disse a Sra. Speers. — Mas que momentos difíceis vocês todos devem ter tido com aqueles negros! Mas, Rosemary disse que foram maravilhosos com ela.

— Rosemary deveria receber uma condecoração. Foi muito angustiante... a única pessoa a quem a situação não perturbou foi Abe North... ele fugiu para Le Havre... ele provavelmente ainda não sabe disso.

— Sinto muito a Sra. Diver ter ficado perturbada — disse ela, com cuidado.

Rosemary tinha escrito:

> Nicole parecia Fora de Si. Eu não quis voltar para o sul com eles porque achei que Dick já tinha o suficiente com que se ocupar.

— Ela está bem, agora. — Ele falou quase impaciente. — Então, vocês vão indo embora amanhã. Quando vão partir?

— Imediatamente.

— Meu Deus, é muito ruim vê-las partindo.

— Nós ficamos felizes por termos vindo aqui. Nos divertimos bastante, graças a vocês. O senhor é o primeiro homem com quem Rosemary realmente se importou.

Outra rajada de vento abriu caminho à força entre as colinas cor de púrpura de la Napoule. Havia uma sugestão no ar de que a terra estava rumando apressada para outra estação; o exuberante período de verão fora de época já havia acabado.

— Rosemary tem tido umas paixõezinhas, porém mais cedo ou mais tarde ela sempre empurrava o homem para as minhas mãos... — a Sra. Speers deu risada — para ser dissecado.

— Então eu fui poupado.

— Não havia nada que eu pudesse fazer. Ela estava apaixonada pelo senhor antes mesmo de eu conhecê-lo. Eu disse para ela ir em frente.

Ele percebeu que nenhuma cláusula tinha sido feita para ele, ou para Nicole, nos planos da Sra. Speers — e ele viu que a amoralidade dela se originava das condições do próprio afastamento dela. Era o direito dela, a pensão nas quais as suas próprias emoções haviam se aposentado. As mulheres são necessariamente capazes de quase qualquer coisa em sua luta pela sobrevivência, e mal podem ser culpadas de tais crimes cometidos pelo homem como a "crueldade". Desde que as confusões do amor e da dor acontecessem dentro de paredes adequadas, a Sra. Speers tinha condições de encarar isso com tanto distanciamento e humor quanto um eunuco. Ela não tinha nem mesmo deixado espaço para a possibilidade de Rosemary ser ferida — ou ela tinha certeza de que a filha não poderia ser?

— Se o que a senhora diz é verdade, não creio que isso tenha causado algum mal a ela. — Ele estava mantendo até o fim a farsa de que ainda tinha condições de pensar de modo objetivo em Rosemary. — Ela já superou tudo. Ainda assim... tantos dos períodos importantes na vida começam aparentando ser fortuitos.

— Isso não foi incidental — insistiu a Sra. Speers. — O senhor foi o primeiro homem... o senhor é um ideal para ela. Em todas as cartas ela diz isso.

— Ela é tão educada.

— O senhor e Rosemary são as pessoas mais educadas que conheci, mas ela está sendo sincera.

— Minha educação é um truque do coração.

Isso era em parte verdadeiro. Com o pai, Dick havia aprendido os bons modos um tanto conscientes do jovem sulista que vai para o norte depois da Guerra de Secessão. Com frequência, ele os usava, e com quase tanta frequência ele os desprezava por eles não serem um protesto contra quão desagradável era o egoísmo, mas sim contra quão desagradável ele parecia ser.

— Estou apaixonado por Rosemary — ele lhe disse, de repente. — É um tipo de autocomplacência dizer isso para a senhora.

Parecia muito estranho e oficial para ele, como se as próprias mesas e cadeiras no Café des Alliées fossem se lembrar disso para sempre. Ele já sentia a ausência dela daqueles céus: na praia, ele só conseguia se lembrar da pele dos ombros dela lacerada pelo sol; em Tarmes ele esmagava as marcas dos pés dela enquanto atravessava o jardim; e agora a orquestra começando a tocar o tema do Carnaval de Nice, um eco das alegrias fenecidas do ano anterior, deu início à sensação de que tudo se relacionava a Rosemary. Em umas cem horas, ela havia passado a possuir toda a magia negra do mundo; a beladona cegante, a cafeína que convertia energia física em nervosa, a mandrágora que impõe a harmonia.

Com esforço, ele uma vez mais aceitou a fantasia de que compartilhava do distanciamento da Sra. Speers.

— A senhora e Rosemary não são realmente parecidas — ele disse. — A sabedoria que ela adquiriu da senhora é toda moldada na persona dela, na máscara com que ela encara o mundo. Ela não pensa; o verdadeiro âmago dela é irlandês e romântico e destituído de lógica.

A Sra. Speers sabia também que Rosemary, apesar de toda a sua superfície delicada, era um jovem mustangue, claramente concebida pelo Capitão Doutor Hoyt, USA. Se fosse aberta em um corte transversal, Rosemary teria apresentado um coração, fígado e alma enormes, todos amontoados perto uns dos outros, sob o adorável invólucro.

Ao se despedir, Dick tinha consciência de todo o encanto de Elsie Speers, consciência de que ela significava muito mais para ele do que simplesmente um derradeiro fragmento de Rosemary do qual se separava contra a própria vontade. Ele possivelmente poderia ter concebido Rosemary — ele jamais poderia ter concebido a mãe dela. Se o casaco, as esporas e os brilhantes com os quais Rosemary havia se afastado eram coisas com as quais ele a tinha presenteado, em contraste era um deleite observar o charme da mãe dela sabendo que aquilo era com certeza alguma coisa que ele não havia evocado. Ela tinha uma aparência de quem esperava, como se aguardasse um homem enquanto ele realizava algo mais importante do que ela própria, uma batalha ou uma operação, durante a qual ele não pudesse ser apressado ou não pudessem interferir com ele. Quando o homem tivesse terminado, ela estaria esperando, sem inquietação ou impaciência, em algum lugar em um banquinho alto, folheando as páginas de um jornal.

— Até logo... e eu quero que vocês duas sempre se lembrem do quanto Nicole e eu passamos a gostar de vocês.

De volta à Villa Diana, ele foi ao seu estúdio, e abriu as venezianas, fechadas para evitar o clarão do meio-dia. Sobre suas duas longas mesas, em uma confusão organizada, se encontrava o material de seu livro. O Volume I, voltado para a Classificação, havia alcançado certo sucesso em uma pequena edição subsidiada. Ele estava negociando a sua reimpressão. O Volume II era para ser uma grande ampliação de seu primeiro livrinho, *Uma Psicologia para Psiquiatras*. Assim como muitos homens, ele havia descoberto só ter uma ou duas ideias — e que sua pequena coleção de brochuras, agora em sua quinquagésima edição alemã, continha o germe de tudo o que ele jamais iria pensar ou saber.

Porém, atualmente ele estava apreensivo em relação à situação toda. Ele se ressentia dos anos desperdiçados em New Haven, mas acima de tudo ele sentia uma discrepância entre o crescente luxo em que os Divers viviam, e a necessidade de exibição que aparentemente ia de mãos dadas com ele. Lembrando-se da história de seu amigo romeno, a respeito do homem que havia trabalhado por anos no cérebro de um tatu, ele suspeitou que tranquilos alemães estivessem sentados perto das bibliotecas de Berlim e de Viena, antecipando-o com indiferença. Ele tinha quase decidido fazer um resumo de seu trabalho em sua atual condição e publicá-lo em um volume sem literatura de apoio de umas cem mil palavras como uma introdução para futuros volumes mais acadêmicos.

Ele confirmou essa decisão caminhando sob os raios do fim da tarde em seu estúdio. Com o novo plano, a obra estaria terminada na primavera. Parecia-lhe que quando um homem com a sua energia era perseguido durante um ano por dúvidas cada vez maiores, isso indicava algum erro no plano.

Ele colocou as barras de metal dourado que usava como pesos para papéis ao longo dos montes de anotações. Ele fez a limpeza, porque nenhuma empregada tinha permissão de entrar lá, cuidou de seu banheiro superficialmente com Bon Ami, arrumou um anteparo e emitiu uma ordem para uma editora em Zurique. Então ele bebeu uma dose de gim com o dobro da quantidade de água.

Ele viu Nicole no jardim. Em seguida, ele tinha de encontrá-la, e a perspectiva lhe dava um sentimento opressivo. Diante dela, ele tinha de manter uma aparência impecável, hoje e amanhã, na semana seguinte e no ano seguinte. Toda aquela noite em Paris ele a havia segurado em seus braços enquanto ela dormia um sono leve sob a influência do Luminal; no começo da manhã ele interveio na confusão dela antes que ela pudesse se formar, com palavras de ternura e de proteção, e ela dormiu de novo com o rosto dele apoiado no perfume cálido dos cabelos dela. Antes de ela acordar, ele havia organizado tudo pelo telefone no quarto ao lado. Rosemary iria se mudar para outro hotel. Ela tinha de ser *A Garotinha do Papai*, e até mesmo de abrir mão de se despedir deles. O proprietário do hotel, o Sr. McBeth, deveria fazer o papel dos três macaquinhos chineses. Fazendo as malas em meio às pilhas de caixas e de papel de seda das muitas compras, Dick e Nicole partiram para a Riviera ao meio-dia.

Então aconteceu uma reação. Enquanto eles se acomodavam no *wagon-lit*,[1] Dick viu que Nicole estava esperando essa reação, e ela veio rápida e desesperada, antes que o trem estivesse fora da *ceinture*[2] — o único instinto dele fora o de sair de lá enquanto o trem ainda estava se movendo devagar, ir correndo de volta e ver onde Rosemary estava, o que ela estava fazendo. Ele abriu um livro e inclinou seu pincenê sobre as páginas, ciente de que Nicole o estava observando lá do seu travesseiro do outro lado do compartimento. Incapaz de ler, ele fingiu estar cansado e fechou os olhos, mas ela ainda o estava observando, e embora ainda estivesse semiadormecida por causa da ressaca do remédio, estava aliviada e quase feliz porque ele pertencia a ela de novo.

Era pior com os olhos dele fechados, porque isso dava um ritmo de encontrar e de perder, de encontrar e de perder; mas, de modo a não dar a impressão de estar irrequieto, ele ficou naquela posição até o meio-dia. Na hora do almoço as coisas estavam melhores — sempre era uma bela refeição; mil refeições em hospedarias e em restaurantes, em *wagons-lits*, em bufês e em aeroplanos eram uma formidável refeição em conjunto. A

---

[1] Carro-dormitório nos trens.
[2] Limites da cidade.

pressa familiar dos garçons do trem, as garrafinhas de vinho e de água mineral, a excelente comida do Paris-Lyons-Méditerranée deu-lhes a ilusão de que tudo estava como antes, mas essa era quase a primeira viagem em que ele havia levado Nicole que era um afastar-se ao invés de aproximar-se. Ele bebeu uma garrafa inteira de vinho, com exceção da única taça de Nicole; eles conversaram sobre a casa e as crianças. Porém, de volta ao compartimento, um silêncio caiu sobre eles como o silêncio no restaurante na frente dos Jardins do Luxemburgo. Recuando de um pesar, parece necessário refazer os mesmos passos que nos levaram até lá. Uma impaciência desconhecida se apoderou de Dick; de repente, Nicole falou:

— Pareceu ruim demais deixar Rosemary daquele jeito... acha que ela vai ficar bem?

— É claro. Ela teria condições de cuidar de si mesma em qualquer lugar... — Antes que isso menosprezasse a capacidade de Nicole de fazer o mesmo, ele acrescentou. — Afinal, ela é uma atriz, e embora a mãe dela esteja na retaguarda, ela *tem* de cuidar de si mesma.

— Ela é muito atraente.

— Ela é uma criança.

— Ela é atraente, no entanto.

Eles conversaram sem um objetivo, cada um falando pelo outro.

— Ela não é tão inteligente quanto eu pensava — propôs Dick.

— Ela é muito esperta.

— Não muito, no entanto... tem um persistente cheirinho de quarto de brinquedos.

— Ela é muito... muito bonita — disse Nicole, de um jeito impessoal e enfático —, e eu achei que ela estava muito bem no filme.

— Ela foi bem dirigida. Pensando bem, não havia muita individualidade.

— Eu achei que havia. Dá para eu ver como ela pode ser muito atraente para os homens.

O coração dele se apertou. Para quais homens? Quantos homens?

...Se importa se eu fechar a cortina?

...Por favor, feche. Está muito claro aqui.

Onde, agora? E com quem?

— Em alguns anos, ela vai parecer dez anos mais velha que você.

— Pelo contrário. Eu a desenhei uma noite em um programa do teatro, acho que ela vai continuar assim.

Ambos estavam muito inquietos à noite. Em um ou dois dias, Dick iria tentar banir o fantasma de Rosemary antes que ele ficasse encerrado com os dois; porém, no momento, ele não tinha forças para fazer isso. Às vezes é mais duro se privar de uma dor do que de um prazer, e a lembrança tomava conta dele de tal modo que, no momento, não havia nada a fazer a não ser fingir. Isso era o mais difícil, porque atualmente ele estava irritado com Nicole, que, depois de todos aqueles anos, deveria reconhecer os sintomas de tensão em si mesma e se proteger contra eles. Duas vezes em uma quinzena ela havia perdido o controle: tinha havido a noite do jantar em Tarmes, quando ele a havia encontrado no banheiro perdida em uma risada insana dizendo para a Sra. McKisco que ela não podia ir ao banheiro porque a chave havia sido jogada no poço. A Sra. McKisco estava espantada e ressentida, desconcertada e, no entanto, de certo modo, compreensiva. Dick não havia ficado particularmente alarmado nessa ocasião, porque depois Nicole havia se arrependido. Ela havia telefonado ao Hotel de Gausse, mas os McKiscos haviam partido.

O colapso em Paris era outra questão, acrescentando mais importância ao anterior. Ele prenunciava possivelmente um novo ciclo, uma nova *pousse*[3] da doença. Tendo passado por

---

[3] Manifestação.

uma agonia não profissional durante a longa recaída de Nicole depois do nascimento de Topsy, ele tinha, forçosamente, se endurecido em relação a ela, estabelecendo uma divisão entre a Nicole doente e a Nicole que estava bem. Isso tornava difícil agora estabelecer uma diferença entre seu distanciamento profissional autoprotetor e certa nova frieza em seu coração. Como uma indiferença cultivada, ou deixada para atrofiar, se transforma em vazio, a essa altura ele havia aprendido a se alhear de Nicole, oferecendo-lhe, contra a própria vontade, negativas e negligência emocional. Há quem escreva sobre feridas cicatrizadas, um frouxo paralelo com as doenças de pele, mas não existe tal coisa na vida de um indivíduo. Há ferimentos abertos, às vezes reduzidos ao tamanho de um pontinho, mas ainda são ferimentos. As marcas do sofrimento são mais comparáveis à perda de um dedo, ou da visão de um olho. Nós podemos não sentir falta deles, também, por um minuto em um ano, mas se nós sentirmos, não há nada que se possa fazer a esse respeito.

XII

Ele encontrou Nicole no jardim com os braços cruzados na altura dos seios. Ela o olhou com olhos cinzentos fixos, com o espanto indagador de uma criança.

— Fui a Cannes — disse ele. — E me deparei com a Sra. Speers. Ela vai embora amanhã. Ela queria vir e se despedir de você, mas eu afastei a ideia.

— Que pena. Eu gostaria de tê-la visto. Gosto dela.

— Quem mais você acha que eu vi... Bartholomew Tailor.

— Não mesmo.

— Eu não poderia ter deixado passar aquele rosto dele, a raposa velha e experiente. Ele estava procurando a Menagerie do Ciro... eles todos vão estar por aqui no próximo ano. Suponho que a Sra. Abrams tenha sido uma espécie de posto avançado.

— E Baby ficou revoltada no primeiro verão que viemos para cá.

— Eles estão pouco se importando com o lugar onde estão, então, não vejo motivo para não ficarem e se enregelarem em Deauville.

— Não dá para espalharmos boatos sobre cólera ou algo parecido?

— Eu disse para Bartholomew que algumas espécies morriam como moscas por aqui... Eu disse para ele que a vida de um sem vergonha era tão curta quanto a de um soldado da artilharia na guerra.

— Não falou, não.

— Não, não falei — admitiu ele. — Ele foi muito simpático. Era uma bela visão, ele e eu trocando um aperto de mãos lá no *boulevard*.¹ O encontro de Sigmund Freud com Ward McAlister.

Dick não queria conversar — ele queria ficar sozinho, de modo que seus pensamentos sobre o trabalho e o futuro pudessem sobrepujar seus pensamentos sobre o amor e o dia de hoje. Nicole sabia disso, mas apenas de um modo indistinto e trágico, odiando-o um pouco de um modo animal e, no entanto, querendo se esfregar nos ombros dele.

— Coisinha linda — disse Dick, despreocupado.

Ele entrou na casa, esquecendo-se de algo que queria fazer lá, e então se lembrando de que era o piano. Ele se sentou assobiando e tocou de ouvido:

Just picture you upon my knee
With tea for two and two for tea
*And me for you and you for me...*²

Através da melodia fluiu a percepção súbita de que Nicole, ao ouvi-la, iria rapidamente adivinhar uma nostalgia da quinzena passada. Ele se interrompeu com um acorde casual e abandonou o piano.

Era difícil saber para onde ir. Ele olhou de relance para a casa que Nicole havia construído, e pela qual o avô de Nicole pagara. Ele possuía somente seu estúdio e o terreno onde ele se localizava. De três mil por ano e o que entrava aos pouquinhos de suas publicações, ele pagava as suas roupas e despesas pessoais, o abastecimento da adega e a educação de Lanier, até então limitada ao salário da babá. Nunca uma ação havia sido contemplada sem que Dick pensasse em sua parte. Vivendo de modo bastante ascético, viajando de terceira classe quando

---

¹ Avenida.
² Pense em você, sentada no meu colo / Com chá para dois, e dois para o chá / e eu para você, e você para mim...

estava sozinho, com o vinho mais barato, e cuidando bem de suas roupas, e se punindo por quaisquer extravagâncias, ele mantinha uma boa independência financeira. Depois de certo ponto, entretanto, ficou difícil — uma vez depois da outra era necessário decidir em conjunto sobre o uso que poderia ser feito do dinheiro de Nicole. Naturalmente, Nicole desejando possuir Dick, desejando que ele ficasse para sempre imóvel, encorajava qualquer displicência da parte dele, e de inúmeros modos ele era constantemente inundado por um gotejar de bens materiais e de dinheiro. A ideia inicial da *villa* no penhasco, a qual eles haviam concebido como uma fantasia certo dia, era um exemplo típico das forças que os divorciavam dos simples arranjos iniciais em Zurique.

"Não seria divertido se..." tinha sido; e então, "Como vai ser divertido quando..."

Não era tão divertido assim. O trabalho dele ficou misturado com os problemas de Nicole; além do mais, a renda dela havia aumentado tão rapidamente nos últimos tempos que ela parecia desmerecer o trabalho dele. Além disso, para o propósito da cura dela, ele por muitos anos tinha fingido uma rígida submissão da qual ele estava se afastando, e esse fingimento passou a ser mais difícil nessa imobilidade passiva, na qual ele era inevitavelmente sujeito a um exame minucioso. Quando Dick não podia mais tocar o que ele queria tocar no piano, isso era um sinal de que a vida estava sendo reduzida a quase nada. Ele ficou no cômodo amplo por muito tempo ouvindo o zumbido do relógio elétrico, ouvindo o tempo.

Em novembro, as ondas ficaram escuras e se arremessavam por cima da amurada do mar sobre a estrada costeira — qualquer vida estival que tivesse sobrevivido desapareceu, e as praias estavam melancólicas e desoladas sob o vento mistral e a chuva. O Hotel de Gausse estava fechado para reforma e expansão e os andaimes do Casino de verão em Juan les Pins ficaram maiores e mais imponentes. Indo para Cannes ou Nice, Dick e Nicole encontravam pessoas diferentes — membros de orquestras, *restaurateurs*, entusiastas de horticultura, construtores de navios — pois Dick havia comprado um velho bote indiano — e membros do Syndicat d'Initiative.[3] Eles conheciam bem os seus empregados e pensavam na educação das crianças. Em dezembro, Nicole parecia estar bem de novo; quando um mês havia se passado sem tensão, sem a boca cerrada, o sorriso desmotivado, a observação insondável, eles foram para os Alpes suíços passar os feriados de Natal.

---

[3] Entidade que promovia o turismo.

XIII

Com seu boné, Dick tirou a neve de sua roupa de esqui azul marinho antes de entrar. O grande saguão, seu piso marcado por duas décadas de sapatos com solas com pregos, havia sido esvaziado para a dança na hora do chá, e oitenta jovens norte-americanos, residentes em escolas perto de Gstaad, saltitavam ao som alegre de *Don't Bring Lulu*,[1] ou explodiam com violência com os primeiros compassos do *charleston*. Era uma colônia dos jovens, simples e caros — as Sturmtruppen[2] dos ricos estavam em St. Moritz. Baby Warren achava que havia feito um gesto de renúncia ao se juntar aos Divers ali.

Dick descobriu com facilidade as duas irmãs do outro lado do salão delicadamente assombrado e oscilante — elas eram como figuras de um pôster, majestosas em suas roupas de neve. A de Nicole de um azul cerúleo, a de Baby cor de tijolo. O jovem inglês estava conversando com elas; mas elas não estavam prestando atenção, embaladas a um olhar hipnótico pela dança adolescente.

O rosto de Nicole, enrubescido por causa da neve, se iluminou ainda mais quando ela viu Dick.

— Onde ele está?

— Ele perdeu o trem... Vou encontrá-lo mais tarde. — Dick sentou-se, cruzou as pernas e ficou balançando uma pesada bota sobre o joelho. — Vocês duas têm uma aparência muito impressionante juntas. De vez em quando me esqueço de que

---

[1] Não Tragam Lulu.
[2] Tropas de assalto.

fazemos parte do mesmo grupo e sinto um grande choque ao vê-las.

Baby era uma mulher alta e de boa aparência, profundamente empenhada em ter quase trinta anos. De modo sintomático, ela havia arrastado consigo dois homens lá de Londres, um mal saído de Cambridge, um velho e empedernido pela luxúria vitoriana. Baby tinha certas características de uma solteirona — ela não gostava de toques, ela se sobressaltava se fosse tocada de repente, e tais toques prolongados como beijos e abraços passavam diretamente através da pele ao primeiro plano de sua consciência. Ela fazia poucos gestos com o tórax, seu corpo propriamente dito — em vez disso, ela batia os pés e balançava a cabeça de um jeito quase fora de moda. Ela se deleitava com o prenúncio da morte, prefigurado pelas catástrofes de amigos — persistentemente, ela se apegava à ideia do trágico destino de Nicole.

O inglês mais jovem de Baby estivera acompanhando as duas em descidas apropriadas e atormentando-as no trenó. Dick, tendo torcido um tornozelo em uma manobra ambiciosa demais, passava o tempo, com gratidão, na "pista infantil" com as crianças ou bebia *kvass* com um médico russo no hotel.

— Por favor, fique feliz, Dick — Nicole insistiu com ele. — Por que não se encontra com umas daquelas *galotinhas* e dança com elas à tarde?

— E o que eu diria para elas?

A voz baixa e quase áspera dela se elevou alguns tons, simulando uma coqueteria lamuriosa:

— Diga: "Galotinha, ocê é a coiginha maigi linda." O que você acha que diria?

— Não gosto de *galotinhas*. Elas têm cheiro de sabonete de Castela e hortelã-pimenta. Quando danço com elas, eu me sinto como se estivesse empurrando um carrinho de bebê.

Era um assunto perigoso — ele tinha o cuidado, ao ponto de se sentir constrangido, de ficar olhando muito acima das cabeças das jovens donzelas.

— Há muitos negócios — disse Baby. — Em primeiro lugar, temos notícias de casa... a propriedade que nós costumávamos chamar de a propriedade perto da estação. A estrada de ferro só comprou a parte central dela, a princípio. Agora eles compraram o resto, e ela pertencia à Mamãe. É uma questão de investir o dinheiro.

Fingindo estar repugnado por essa reviravolta grosseira na conversa, o inglês se dirigiu a uma mocinha na pista de dança. Seguindo-o por um instante com os olhos incertos de uma menina norte-americana nas garras de uma anglofobia vitalícia, Baby prosseguiu, desafiadora:

— É bastante dinheiro. São trezentos mil para cada. Estou de olho nos meus investimentos, mas Nicole não entende nada a respeito de investimentos e eu suponho que você também não entenda.

— Tenho de ir esperar o trem — disse Dick, evasivo.

Lá fora, ele inspirou úmidos flocos de neve que não conseguia mais ver contra o pano de fundo do céu que escurecia. Três crianças que passavam em um trenó gritaram um aviso em uma língua estranha; ele as ouviu gritando na curva seguinte e um pouquinho adiante ouviu os sinos do trenó subindo a colina no escuro. A estação faiscava com expectativa, moços e moças esperando por novos moços e moças, e quando o trem chegou, Dick havia entrado no ritmo, e fingiu para Franz Gregorovius que estava tirando uma meia hora de um infindável mundo de diversão. Porém, Franz tinha naquele momento certa intensidade de propósito que combateu qualquer sobreposição de temperamento por parte de Dick.

"Eu posso dar uma passada em Zurique por um dia", Dick havia escrito, "ou então você pode dar um jeito de vir a Lausanne." Franz havia dado um jeito de ir até Gstaad.

Ele estava com quarenta anos. Sobre sua saudável maturidade repousava uma série de agradáveis modos oficiais, mas ele ficava mais à vontade em certa segurança abafada a partir da qual tinha condições de desprezar os ricos inválidos, os quais ele reeducava. Sua hereditariedade científica poderia ter lhe transmitido um mundo mais amplo, mas ele parecia ter deliberadamente escolhido o ponto de vista de uma classe mais humilde, uma opção exemplificada por sua escolha de uma esposa. No hotel, Baby Warren examinou-o rapidamente, e não conseguindo descobrir nenhuma das características que ela respeitava, as virtudes mais sutis ou as cortesias com as quais as classes privilegiadas reconheciam umas às outras, o tratou dali em diante com seus modos de segunda linha. Nicole sempre sentia um pouco de medo dele. Dick gostava dele como gostava de seus amigos, sem reservas.

À noite, eles iriam descer a colina até o vilarejo, naqueles pequenos trenós que servem o mesmo propósito que as gôndolas em Veneza. O destino deles era um hotel com um antiquado bar suíço, de madeira e cheio de ecos, um cômodo com relógios, pequenos barris, *steins*[3] e galhadas. Muitos grupos em longas mesas se confundiam em um grande grupo e comiam *fondue* — uma forma particularmente indigesta de *Welsh rarebit*,[4] suavizada por vinho quente com especiarias.

A atmosfera do grande salão era jovial: o inglês mais jovem observou isso e Dick concordou que não havia outra expressão. Com o vinho forte e embriagante, ele havia relaxado e fingia que o mundo havia sido reconstruído pelos homens grisalhos da dourada década de noventa, que berravam antigos *glees*[5] ao piano, pelas jovens vozes e as roupas coloridas misturadas às cores do cômodo pela fumaça espiralada. Por uns instantes, Dick sentiu que eles estavam em um navio com terra à vista; nos rostos de todas as meninas havia a mesma expectativa inocente das possibilidades inerentes à situação e à noite. Ele

---

[3] Caneca para beber cerveja.
[4] Molho de queijo para colocar sobre pão torrado.
[5] Música vocal a capella para vozes masculinas.

olhou para ver se aquela menina especial estava lá, e ficou com a impressão de que ela estava à mesa, atrás deles — então ele a esqueceu e inventou uma história longa e complicada, e tentou fazer com que seu grupo se divertisse.

— Tenho de conversar com você — disse Franz em inglês. — Tenho só vinte e quatro horas para passar aqui.

— Eu suspeitava que você tivesse alguma coisa na cabeça.

— Tenho um plano que é... tão maravilhoso. — A mão dele se abateu sobre o joelho de Dick. — Eu tenho um plano que vai garantir o futuro para nós dois.

— Bem?

— Dick... tem uma clínica que nós dois poderíamos ter juntos... a antiga clínica do Braun no Zugersee. A construção é toda moderna, a não ser por uns pequenos detalhes. Braun está doente; ele quer ir para a Áustria, provavelmente para morrer. É uma chance que é simplesmente perfeita. Você e eu... que dupla! Bem, não diga nada ainda, até eu terminar.

A julgar pelo brilho amarelado nos olhos de Baby, Dick percebeu que ela estava ouvindo.

— Temos de assumir essa clínica juntos. Isso não iria prendê-lo demais... lhe daria uma base, um laboratório, um centro. Você poderia ficar no local, digamos, não mais que seis meses, quando o tempo está bom. No inverno, poderia ir para a França ou os Estados Unidos, e escrever os seus textos diretamente da experiência clínica. — Ele baixou a voz. — E, para a convalescença em sua família, há a atmosfera e a regularidade da clínica ao alcance das mãos. — A expressão de Dick não encorajou esse comentário, de modo que Franz o deixou de lado, mudando rapidamente de tom. — Nós poderíamos ser sócios. Eu, o diretor executivo; você, o teórico, o brilhante consultor e tudo mais. Eu me conheço; sei que não tenho o talento e você tem. Mas, ao meu modo, sou considerado bastante capaz; eu tenho muita competência nos mais modernos métodos clínicos. Às vezes, durante meses eu tenho servido como o cérebro prático da antiga clínica. O professor diz que esse plano é excelente, ele me aconselha a seguir em frente. Ele diz que vai viver para sempre, e trabalhar até o último minuto.

Dick criou imagens mentais dessa perspectiva como preliminares para qualquer exercício de julgamento.

— Qual é o ângulo financeiro? — ele perguntou.

Franz ergueu o queixo, as sobrancelhas, as momentâneas rugas de sua testa, suas mãos, seus cotovelos, seus ombros; ele enrijeceu os músculos de suas pernas, de modo que o tecido de suas calças se avolumou, colocou o coração na garganta e sua voz no céu da boca.

— Eis a questão! Dinheiro! — ele lamentou. — Tenho pouco dinheiro. O preço em dinheiro norte-americano é duzentos mil dólares. Os passos inova... cionários... — ele avaliou o neologismo em tom de dúvida — que você há de concordar que são necessários, irão custar vinte mil dólares norte-americanos. Mas, a clínica é uma mina de ouro... estou lhe dizendo, eu examinei os livros-caixa. Para um investimento de duzentos e vinte mil dólares nós temos uma renda garantida de...

A curiosidade de Baby era tanta que Dick fez com que ela entrasse na conversa.

— Em sua experiência, Baby — ele perguntou —, você percebeu que quando um europeu quer ver um norte-americano com *muita* urgência, invariavelmente isso tem algo que ver com dinheiro?

— O que está *acontecendo*? — ela perguntou, inocente.

— Este jovem *Privat-dozent*[6] acha que ele e eu devemos nos lançar nos grandes negócios e tentar atrair pacientes norte-americanos com colapso nervoso.

Preocupado, Franz encarou Baby enquanto Dick prosseguia:

---

[6] Em algumas universidades alemãs, um professor que não recebe pagamento do governo.

— Mas, quem somos nós, Franz? Você tem um grande nome, e eu escrevi dois livros. Isso é suficiente para atrair alguém? E eu não tenho tanto dinheiro... não tenho um décimo disso. — Franz sorriu, cínico. — Honestamente, não tenho. Nicole e Baby são ricas como Creso, mas eu não consegui botar as mãos em nada disso ainda.

Nesse momento eles estavam todos ouvindo — Dick ficou pensando se a menina na mesa de trás estava ouvindo também. A ideia o atraía. Ele decidiu permitir que Baby falasse por ele, como alguém que com frequência permite que as mulheres se manifestem a respeito de assuntos que não lhes cabe decidir. De repente, Baby se transformou em seu avô, fria e experiente.

— Acho que é uma sugestão na qual você deve pensar, Dick. Eu não sei o que o Doutor Gregory estava dizendo... mas me parece que...

Atrás dele, a menina havia se inclinado para a frente em um anel de fumaça e estava pegando alguma coisa do chão. O rosto de Nicole, fazendo par com o dele do outro lado da mesa — a beleza dela, se apresentando de modo hesitante, fluiu para o amor dele, sempre pronto para protegê-la.

— Pense a respeito, Dick — instou Franz, entusiasmado. — Quando alguém escreve sobre psiquiatria, tem de ter contatos clínicos de verdade. Jung escreve; Bleuler escreve; Freud escreve; Forel escreve; Adler escreve... eles também estão em constante contato com transtornos mentais.

— Dick tem a mim — disse Nicole, rindo. — Posso dizer que é transtorno mental suficiente para um homem.

— Isso é diferente — disse Franz, cauteloso.

Baby estava pensando que se Nicole vivesse perto de uma clínica, ela se sentiria sempre tranquila a respeito da irmã.

— Temos de pensar nisso com cuidado — disse ela.

Embora se divertisse com a insolência dela, Dick não a encorajou.

— A decisão compete a mim, Baby — disse ele, com gentileza. — É muito simpático de sua parte querer me comprar uma clínica.

Percebendo que havia interferido, Baby recuou rapidamente:

— Mas é claro, é um assunto só seu.

— Uma coisa importante como essa levará semanas para ser decidida. Eu fico pensando se gosto da ideia de Nicole e eu ancorados em Zurique... — Ele se voltou para Franz, adiantando-se. — Eu sei. Zurique tem um gasômetro e água corrente e luz elétrica... eu morei lá três anos.

— Vou deixá-lo sozinho para pensar no assunto — disse Franz. — Tenho certeza...

Uma centena de pares de botas pesadas havia começado a se aglomerar na direção da porta, e eles se juntaram à multidão. Lá fora, sob a fria luz do luar, Dick viu a menina amarrando seu pequeno trenó a um dos grandes puxados a cavalo. Eles se amontoaram em seu próprio trenó e com os estalidos vivos dos chicotes os cavalos puxaram com força, enfrentando o ar escuro. Para além deles, figuras corriam e tropeçavam, os mais jovens empurrando uns aos outros dos pequenos trenós e patins, caindo na neve macia, então ofegando atrás dos cavalos para cair exaustos em um pequeno trenó ou berrar que eles haviam sido abandonados. De cada lado, os campos estavam beneficamente tranquilos; o espaço através do qual a cavalgada se movia era alto e ilimitado. Na área mais afastada havia menos ruído, como se eles todos estivessem, de modo atávico, esperando ouvir lobos na amplidão nevada.

Em Saanen, eles entraram rapidamente no baile municipal, repleto de pastores, de empregados de hotéis, de donos de lojas, de professores de esqui, de guias, de turistas, de camponeses. Entrar no ambiente fechado e quente depois do instintivo sentimento panteísta lá de fora era readquirir certo absurdo e grandioso nome cavaleiresco, tão estrondeante quanto botas esporeadas na guerra, quanto chuteiras com travas no cimento do piso de um vestiário. Havia o convencional jodel, e seu ritmo familiar afastou Dick do que ele havia a princípio considerado romântico na cena. A princípio, ele achou que era pelo fato de ter expulsado a menina de sua consciência à força; então o motivo se fez notar sob a forma do que Baby havia dito: "Nós temos de pensar nisso com cuidado...", e as palavras não ditas por trás disso: "Nós o possuímos, e você vai admitir isso mais cedo ou mais tarde. É absurdo manter a farsa de independência."

Anos haviam se passado desde que Dick havia cultivado a má vontade em relação a um ser humano — desde seu ano como calouro em New Haven, quando ele havia se deparado com um popular ensaio sobre "higiene mental." E agora ele perdeu a paciência com Baby e simultaneamente tentou reprimir isso dentro de si, se ressentindo da gélida insolência rica da irmã de Nicole. Centenas de anos se passariam antes que quaisquer amazonas emergentes chegassem a compreender o fato de que um homem é vulnerável somente em seu orgulho, mas delicado como Humpty-Dumpty a partir do momento em que esse orgulho é atingido — embora algumas delas demonstrassem um cauteloso respeito hipócrita ao fato. A profissão do Doutor Diver, que lhe impunha cuidar dos cacos de outro tipo de ovo lhe haviam feito sentir medo de rupturas. Porém:

— Há um excesso de boas maneiras — disse ele, no caminho de volta para Gstaad no trenó macio.

— Bem, eu considero isso algo agradável — disse Baby.

— Não, não é — insistiu ele para o anônimo amontoado de peles. — Boas maneiras são uma admissão de que todos são tão sensíveis que é preciso lidar com eles com luvas. Ora, respeito humano... você não chama um homem de covarde ou de mentiroso de modo leviano, mas se passa sua vida poupando os sentimentos das pessoas e alimentando a vaidade delas, chega a um ponto em que não consegue distinguir o que *deveria* ser respeitado nelas.

— Acho que os norte-americanos levam muito a sério suas boas maneiras — disse o inglês mais velho.

— Acho que sim — disse Dick. — Meu pai tinha o tipo de maneiras que ele herdou dos tempos em que você primeiro atirava e depois pedia desculpas. Homens armados... ora, vocês europeus não portam armas na vida civil desde o começo do século dezoito...

— Não efetivamente, talvez...

— Não de modo *efetivo*. Não na realidade.

— Dick, você sempre teve tão boas maneiras — disse Baby, conciliadora.

As mulheres o olhavam através do zoológico de casacos com certo alarme. O inglês mais jovem não entendia — ele era uma daquelas pessoas que sempre está saltando por cima de cornijas e de sacadas, como se pensassem que estivessem no mastreamento de um navio — e preencheu o percurso até o hotel com uma história absurda a respeito de uma luta de boxe com seu melhor amigo, na qual eles amaram e machucaram um ao outro durante uma hora, sempre com grande reserva. Dick assumiu um tom burlesco.

— Então, a cada vez que ele atingia o senhor, o senhor o considerava um amigo ainda melhor?

— Eu o respeitava mais.

— É a premissa que eu não compreendo. O senhor e seu amigo brigam a respeito de uma questão trivial...

— Se o senhor não entende, eu não posso lhe explicar — disse o jovem inglês, com frieza.

...Isto é o que eu vou ouvir se começar a dizer o que penso, Dick disse para si mesmo.

Ele estava com vergonha de importunar o homem, percebendo que o absurdo da história se encontrava na imaturidade da atitude combinada com o sofisticado método de sua narração.

O espírito do carnaval estava forte, e eles foram com a multidão até o restaurante, onde um *barman* tunisiano manipulava a iluminação em contraponto, tendo como a outra melodia a lua lá fora na pista de patinação brilhando fixamente nas grandes janelas. Sob aquela luz, Dick achou a menina destituída de vitalidade e de interesse — ele se afastou dela para desfrutar da escuridão, as pontas dos cigarros ficando verdes e prateadas quando as luzes brilhavam vermelhas; a faixa branca que incidia sobre os dançarinos quando a porta do bar se abria e fechava.

— Bem, diga-me, Franz — ele pediu —, você acha, depois de ficar a noite inteira sentado bebendo cerveja, que pode voltar e convencer os seus pacientes de que tem uma reputação? Você não acha que eles vão perceber que é um gastropático?

— Irei dormir — anunciou Nicole. Dick a acompanhou até a porta do elevador.

— Eu subiria com você, mas preciso mostrar para Franz que não fui feito para ser médico.

Nicole entrou no elevador.

— Baby tem muito bom senso — disse ela, pensativa.

— Baby é uma d...

A porta do elevador se fechou de um golpe — encarando um zumbido mecânico, Dick terminou a frase em sua mente, "Baby é uma mulher trivial e egoísta."

Porém, dois dias depois, indo de trenó para a estação com Franz, Dick admitiu haver pensado de modo favorável sobre a questão.

— Estamos começando a andar em círculos — ele admitiu.
— Vivendo nessa escala, há uma inevitável série de tensões, e Nicole não consegue enfrentá-las. A característica pastoral lá da Riviera no verão está toda mudada, de qualquer modo... no próximo ano, eles vão ter uma Temporada.

Eles passaram os belos ringues verdes onde valsas de Viena ressoavam e as cores de inúmeras montanhas brilhavam contra os céus de um azul pálido.

— ...Espero que tenhamos condição de fazer isso, Franz. Não tem ninguém com quem eu quisesse tentar senão você...

Adeus, Gstaad! Adeus, rostos viçosos, flores frias e doces, flocos na escuridão. Adeus, Gstaad, adeus!

XIV

Dick acordou às cinco horas depois de um longo sonho com a guerra; foi até a janela e ficou olhando para o Zugersee. Seu sonho havia começado com uma majestade sombria; uniformes azul marinho cruzavam uma *plaza*[1] escura atrás de bandas que tocavam o segundo movimento de *O Amor das Três Laranjas*, de Prokofieff. Logo depois, havia caminhões de bombeiros, símbolos de desastre, e um pavoroso levante dos mutilados em um posto de atendimento. Ele acendeu a luz de cabeceira e fez anotações detalhadas sobre o sonho, terminando com a frase parcialmente irônica: "Trauma de guerra do não combatente."

Enquanto ele se sentava em sua cama, o quarto, a casa e a noite lhe pareciam vazios. No quarto ao lado, Nicole murmurou alguma coisa tristonha e ele sentiu pena por qualquer solidão que ela estivesse sentindo em seu sono. Para ele, o tempo permanecia parado e então no espaço de alguns anos se movia rapidamente, como o rápido retroceder de um filme; mas, para Nicole, os anos iam passando de acordo com o relógio e o calendário e o aniversário, com a acrescida pungência da beleza perecível dela.

Mesmo este último ano e meio no Zugersee parecia tempo perdido para ela, as estações marcadas somente pelos trabalhadores na estrada ficando rosados em maio, bronzeados em julho, negros em setembro, brancos novamente na primavera. Ela havia saído de sua primeira doença viva, com novas esperanças,

---

[1] Praça.

cheia de expectativas, no entanto despojada de qualquer substância a não ser Dick, criando filhos que ela somente podia fingir gentilmente que amava; órfãos acompanhados. As pessoas de quem ela gostava, em sua maior parte rebeldes, perturbavam-na e eram ruins para ela — ela procurava nelas a vitalidade que as tornara independentes ou criativas ou difíceis, procurava em vão — pois os segredos delas estavam profundamente enterrados em conflitos na infância dos quais elas haviam se esquecido. Elas estavam mais interessadas na harmonia e encanto exteriores de Nicole, a outra face da doença dela. Ela levava uma vida solitária sendo proprietária de Dick, que não queria ser possuído.

Muitas vezes ele havia tentado, sem sucesso, fazer com que sua influência sobre ela se acabasse. Eles passavam momentos muito bons juntos, tinham conversas muito boas entre os amores das noites insones, mas sempre quando se afastava dela e se voltava para si mesmo, ele a deixava segurando o Nada em suas mãos e olhando para isso, chamando-o de muitos nomes, mas sabendo que era apenas a esperança de que Dick fosse voltar logo.

Ele amaçarocou o travesseiro, deitou-se e apoiou a nuca nele como os japoneses fazem para tornar a circulação mais lenta, e dormiu de novo por certo tempo. Mais tarde, enquanto ele se barbeava, Nicole acordou e saiu andando pela casa, dando ordens abruptas e sucintas para os filhos e os empregados. Lanier veio observar seu pai se barbeando — vivendo ao lado de uma clínica psiquiátrica, ele havia desenvolvido uma extraordinária confiança no pai e admiração por ele, junto com uma exagerada indiferença em relação à maior parte dos outros adultos; ele via os pacientes ou em seus aspectos estranhos, ou então como desvitalizados, criaturas extremamente corretas sem personalidade. Ele era um belo e promissor menino, e Dick lhe dedicava muito tempo, no relacionamento de um oficial simpático, porém exigente, e o respeitoso homem alistado.

— Por que — perguntou Lanier — você sempre deixa um pouquinho de espuma no alto do cabelo quando faz a barba?

Cautelosamente, Dick entreabriu os lábios rodeados de sabão:

— Nunca consegui descobrir. Já fiquei pensando várias vezes. Acho que é porque eu estou com o dedo indicador ensaboado quando faço a linha das minhas suíças, mas como ela chega ao topo da minha cabeça, eu não sei.

— Vou observar isso amanhã.

— Essa é sua única pergunta antes do café da manhã?

— Eu não acho que isso seja uma pergunta.

— Ponto para você.

Meia hora mais tarde, Dick se encaminhou para o prédio da administração. Ele tinha trinta e oito anos — ainda se recusando a deixar a barba crescer, no entanto ele tinha uma aura mais médica do que antes aparentara na Riviera. Por dezoito meses, ele havia vivido na clínica — certamente uma das mais bem equipadas na Europa. Assim como a de Dohmler, ela era do tipo moderno — não mais um único prédio longo e sombrio, mas um vilarejo pequeno, espalhado e, no entanto, disfarçadamente integrado — Dick e Nicole haviam acrescentado muita coisa no âmbito do gosto, de modo que a edificação era uma coisa bela, visitada por todos os psicólogos de passagem por Zurique. Com o acréscimo de um abrigo para carregadores de tacos de golfe, ela poderia muito bem ter sido um clube de campo. A Eglantina e as Faias, casas para os mergulhados na escuridão eterna, eram separadas do prédio principal por pequenos grupos de árvores, fortificações camufladas. Atrás havia uma grande horta, trabalhada em maior parte pelos pacientes. As oficinas de terapia ocupacional eram três, colocadas sob um único teto, e lá o Doutor Diver começou sua inspeção matinal. A oficina de carpintaria, cheia de luz do sol, exalava o cheiro doce da serragem, de uma perdida era da madeira; sempre meia dúzia de homens estava lá, martelando, aplainando, zumbindo — homens silenciosos, que erguiam olhos solenes de seu trabalho enquanto Dick passava. Ele próprio sendo um bom carpinteiro, discutia com os homens a eficácia de alguns instrumentos por uns instantes, com uma voz tranquila, pessoal e interessada. Ao lado estava a oficina de encadernação de livros, adaptada para os pacientes mais ativos, que nem sempre eram, no entanto, os que tinham as maiores chances de recuperação. O último cômodo era dedicado ao trabalho com contas, tecelagem e metal. As faces dos pacientes aqui traziam a expressão de alguém que tinha acabado de suspirar profundamente, deixando de lado algo insolúvel — mas os suspiros deles apenas marcavam o início de outra incessante rodada de raciocínio, não em uma linha reta como acontece com pessoas normais, mas no mesmo círculo. Rodando, rodando, rodando. Rodando para sempre. Porém, as cores vivas dos materiais com que eles trabalhavam davam aos estranhos a momentânea ilusão de que tudo estava bem, assim como em um jardim da infância. Esses pacientes se animavam quando o Doutor Diver entrava. A maior parte deles gostava mais dele do que gostava do Doutor Gregorovius. Os que haviam certa vez vivido no grande mundo invariavelmente gostavam mais dele. Uns poucos pensavam que ele os negligenciava, ou que ele não era simples, ou que ele era posudo. Suas reações não eram diferentes daquelas que Dick suscitava na vida não profissional, mas aqui elas eram deformadas e distorcidas.

Uma inglesa sempre conversava com ele sobre um assunto que ela considerava que lhe pertencia.

— Esta noite teremos música?

— Não sei — ele respondeu. — Não vi o Doutor Ladislau. O que a senhora achou da música que a Sra. Sachs e o Sr. Longstreet tocaram para nós a noite passada?

— Estava mais ou menos.

— Eu achei boa... especialmente Chopin.

— Eu achei que estava mais ou menos.

— Quando a senhora vai tocar para nós?

Ela deu de ombros, tão satisfeita com essa pergunta quanto tinha estado por vários anos.

— Qualquer hora. Mas eu só toco mais ou menos.

Eles sabiam que ela não tocava nada — ela tinha tido duas irmãs que haviam sido musicistas brilhantes, mas ela nunca tinha sido capaz de aprender as notas quando as três eram jovens.

Da oficina, Dick foi visitar a Eglantina e as Faias. Exteriormente, essas casas eram tão alegres quanto as outras; Nicole havia concebido a decoração e a mobília à base de grades e barras escondidas e de mobília que não podia ser tirada do lugar. Ela havia trabalhado com tanta imaginação — a qualidade inventiva, que ela não tinha, sendo fornecida pelo problema em si — que nenhum visitante entendido teria sonhado que o delicado e gracioso trabalho de filigrana em uma janela fosse uma amarra forte e resistente; que as peças que refletiam as modernas tendências tubulares eram mais firmes que as maciças criações dos eduardianos — até as flores estavam entre dedos férreos e todo ornamento e acessórios casuais eram tão necessários quanto uma viga mestra em um arranha-céu. Os incansáveis olhos dela haviam feito com que cada quarto proporcionasse sua maior utilidade. Ao ser elogiada, ela se referia bruscamente a si mesma como um encanador.

Para as pessoas cujos processos mentais não eram tão desnorteados, parecia haver muitas coisas estranhas nessas casas. O Doutor Diver com frequência se divertia na Eglantina, a casa para os homens — ali havia um estranho pequeno exibicionista que achava que se pudesse andar sem roupas e sem ser molestado da Étoile à Place de la Concorde, ele iria resolver muitas coisas — e, talvez, Dick pensava, ele tivesse muita razão.

Seu caso mais interessante se encontrava no prédio principal. A paciente era uma mulher de trinta anos que estava na clínica fazia seis meses; era uma pintora norte-americana que havia vivido por muito tempo em Paris. Eles não tinham uma história muito satisfatória a respeito dela. Um primo tinha se deparado com ela completamente desvairada e depois de um intervalo insatisfatório em uma das exuberantes clínicas que rodeavam a cidade, dedicadas basicamente aos turistas vítimas de drogas e de bebidas, ele havia conseguido levá-la para a Suíça. Ao ser admitida, ela era extremamente bonita — agora ela era uma chaga viva e agoniada. Todos os exames de sangue não haviam dado reação positiva, e o problema havia sido insatisfatoriamente catalogado como eczema nervoso. Por dois meses ela havia estado em suas garras, tão aprisionada como se estivesse na Iron Maiden.[2] Ela era coerente, até mesmo brilhante, dentro dos limites de suas alucinações especiais.

Ela era sua paciente em particular. Durante crises de excesso de excitação, ele era o único médico que conseguia "fazer alguma coisa com ela". Várias semanas atrás, em uma das muitas noites que ela havia passado em uma tortura insone, Franz havia conseguido hipnotizá-la para algumas horas de um repouso necessário, mas ele nunca mais havia conseguido. Hipnose era um instrumento em que Dick não confiava e que ele raramente usava, por saber que não seria sempre capaz de entrar no estado de espírito adequado — ele havia certa vez tentado com Nicole, e ela havia dado risada dele, desdenhosa.

A mulher no quarto número vinte não conseguiu vê-lo quando ele entrou — a região perto dos olhos dela estava inchada demais. Ela falou com uma voz forte, sonora, profunda e eletrizante.

— Quanto tempo isso vai durar? Vai ser assim para sempre?

---

[2] Iron Maiden (em português, também conhecido Dama ou Donzela de Ferro) era um instrumento de tortura e execução semelhante a um caixão, onde a pessoa era aprisionada. Seu interior era repleto de cravos de ferro que, quando o instrumento era fechado, perfuravam a carne do prisioneiro, e este morria devido à perda de sangue ou à asfixia. (N.T.)

— Não vai durar muito tempo agora. O Doutor Ladislau me disse que há muitas áreas ficando claras.

— Se eu soubesse o que fiz para merecer isso, poderia aceitar com equanimidade.

— Não é sensato ter um ponto de vista místico a respeito disso; nós reconhecemos o problema como um fenômeno nervoso. Ele se relaciona ao rubor... quando a senhorita era menina, enrubescia com facilidade?

Ela ficou deitada com o rosto voltado para o teto.

— Não encontrei nenhum motivo para enrubescer desde que arranquei meus dentes do siso.

— A senhorita não cometeu sua quota de pecadilhos e de erros?

— Não tenho nada de que me repreender.

— A senhorita é muito sortuda.

A mulher pensou por uns instantes; a voz dela surgiu em meio ao rosto coberto de curativos e afetado por melodias subterrâneas:

— Eu estou compartilhando o destino das mulheres de meu tempo que desafiaram os homens a lutar.

— Para sua imensa surpresa, essa foi como todas as batalhas — respondeu ele, adotando a retórica formal dela.

— Assim como todas as batalhas. — Ela ficou pensando no assunto. — A pessoa adota um posicionamento, então alcança uma vitória de Pirro, ou fica destroçada e arruinada... a pessoa é um eco fantasmagórico de uma muralha destruída.

— A senhorita não está nem destroçada, nem arruinada — ele lhe disse. — A senhorita tem plena certeza de que esteve em uma batalha real?

— Olhe para mim! — exclamou ela, furiosa.

— A senhorita sofreu, mas muitas mulheres sofreram antes de elas pensarem em si mesmas como homens. — Aquilo estava virando uma discussão, e ele bateu em retirada. — De qualquer modo, a senhorita não deve confundir um fracasso isolado com uma derrota final.

Ela escarneceu.

— Belas palavras — e a frase abrindo caminho através da crosta de dor deixou Dick mais humilde.

— Nós gostaríamos de entrar nas verdadeiras razões que trouxeram a senhorita para cá... — ele começou, mas ela o interrompeu.

— Eu estou aqui como símbolo de alguma coisa. Eu achei que talvez o senhor soubesse o que era.

— A senhorita está doente — disse ele, de forma mecânica.

— Então, o que foi que eu quase descobri?

— Uma doença maior.

— E isso é tudo?

— E isso é tudo. — Com desgosto, ele se ouviu mentindo, mas naquele momento a vastidão do assunto poderia apenas ser reduzida a uma mentira. — Fora disso, só há confusão e caos. Eu não vou passar um sermão na senhorita... nós percebemos com muita intensidade o seu sofrimento físico. Mas, é somente enfrentando os problemas da vida quotidiana, não importa quão insignificantes e tediosos eles possam parecer, que a senhorita pode fazer com que as coisas fiquem em seus devidos lugares de novo. Depois disso... talvez a senhorita tenha condições de novo de examinar...

Ele havia diminuído o ritmo para evitar o fim inevitável de seu pensamento: "...as fronteiras da consciência." As fronteiras que artistas têm de explorar não eram para ela, jamais. Ela era refinada, de modo inato — ela poderia acabar encontrando repouso em certo misticismo tranquilo. Exploração era para aqueles com uma dose de sangue camponês, aqueles com coxas grossas e tornozelos grossos capazes de receber a punição assim recebem o pão e o sal, em cada polegada de carne e do espírito.

...Não para a senhorita, ele quase disse. É um jogo duro demais para a senhorita.

No entanto, na pavorosa majestade da dor dela, Dick gostava dela sem reservas, de um modo quase sexual. Ele queria pegá-la em seus braços, como tantas vezes havia feito com Nicole, e acalentar até mesmo os seus erros, tão profundamente eles faziam parte dela. A luz alaranjada através das cortinas puxadas, o sarcófago da figura dela na cama, a parte visível do rosto, a voz investigando a vacuidade de sua doença e descobrindo tão somente abstrações remotas.

Quando ele se levantou, as lágrimas corriam como lava nos curativos dela.

— Isso tem alguma razão — ela sussurrou. — Alguma coisa tem de surgir de tudo isso.

Ele se inclinou e beijou a testa dela.

— Nós todos temos de tentar ser bons — disse ele.

Saindo do quarto dela, ele mandou a enfermeira ir olhá-la. Havia outros pacientes para ver: uma menina norte-americana de quinze anos, que havia sido criada na base de que a infância significava só diversão — a visita dele havia sido provocada pelo fato de que ela havia acabado de podar todo o seu cabelo com uma tesourinha de unhas. Não havia muito que fazer por ela — uma história familiar de neurose, e nada estável no passado dela para servir de base. O pai, normal e consciencioso, havia tentado proteger uma progênie nervosa dos problemas da vida, e conseguira simplesmente evitar que eles desenvolvessem a capacidade de se ajustar às inevitáveis surpresas da vida. Havia pouca coisa que Dick pudesse dizer:

— Helen, quando estiver em dúvida, você tem de falar com uma enfermeira, você tem de aprender a receber conselhos. Prometa-me que vai tentar.

O que era uma promessa para uma mente doente? Ele deu uma olhada em um frágil exilado do Cáucaso preso em segurança em um tipo de rede que, por sua vez, estava mergulhada em um banho medicinal morno, e nas três filhas de um general português que haviam quase imperceptivelmente resvalado em um estado de paresia. Ele foi ao quarto ao lado do delas, e disse a um psiquiatra com esgotamento que ele estava melhor, sempre melhor, e o homem tentou decifrar o rosto dele para se convencer, pois ele se apegava ao mundo real somente por meio de tais garantias que conseguia encontrar na ressonância, ou na falta dela, na voz do Doutor Diver. Depois disso, Dick despediu um empregado desajeitado e a essa altura era hora do almoço.

XV

As refeições com os pacientes eram uma tarefa rotineira que ele abordava com apatia. A reunião, que, naturalmente, não incluía os moradores da Eglantina ou das Faias, era convencional o suficiente à primeira vista, mas sobre ela pairava sempre uma profunda melancolia. Os médicos que estavam presentes mantinham uma conversa, mas a maior parte dos pacientes, como se estivessem exaustos com o esforço matutino, ou deprimidos com a companhia, falavam pouco, e comiam olhando os seus pratos.

Terminado o almoço, Dick voltou para sua *villa*. Nicole estava no *salon*, com uma expressão estranha.

— Leia isto — disse ela.

Ele abriu a carta. Era de uma mulher, recentemente mandada embora, ainda que com ceticismo por parte da equipe médica. A carta o acusava em termos claros de ter seduzido a filha dela, que estivera ao lado da mãe durante o período crucial de sua doença. A carta supunha que a Sra. Diver ficaria feliz por receber essa informação e saber exatamente "quem era" o seu marido.

Dick leu a carta de novo. Escrita em um inglês claro e conciso; no entanto, ele reconhecia nela a carta de uma maníaca. Em uma única ocasião ele havia permitido que a moça, uma moreninha coquete, fosse até Zurique com ele, a pedido dela, e à tarde a trouxera de volta para a clínica. De um modo negligente, quase indulgente, ele a beijara. Mais tarde, ela tentara levar o caso avante, mas ele não estava interessado e, subsequentemente, com quase toda certeza consequentemente, a moça havia passado a não gostar dele, e levara a mãe embora.

— Esta carta é insana — disse ele. — Eu não tive nenhum tipo de relacionamento com essa moça. Eu nem mesmo gostava dela.

— Sim, eu tentei pensar nisso — disse Nicole.

— Com certeza você não acredita nela?

— Eu estive aqui, sentada.

Ele abaixou a voz a um tom reprovador e sentou-se ao lado dela.

— Isso é absurdo. Esta é uma carta de uma paciente mental.

— Fui uma paciente mental.

Ele se levantou e falou com um tom mais imperioso:

— Que tal nós não falarmos mais bobagens, Nicole? Vá e pegue as crianças, e nós vamos sair.

No carro, com Dick dirigindo, eles seguiram os pequenos promontórios do lago, o brilho da luz e da água se refletindo no para-brisa, mergulhados em meio a cascatas de sempre-vivas. Era o carro de Dick, um Renault tão pequeno que eles todos sobravam para fora do carro, a não ser as crianças, entre as quais Mademoiselle sobressaía como um mastro no banco de trás. Eles conheciam cada quilômetro da estrada — onde eles sentiriam o cheiro das agulhas dos pinheiros e a fumaça negra das fornalhas. Um sol alto batia com força nos chapéus de palha das crianças.

Nicole estava em silêncio; Dick estava apreensivo com o olhar fixo e duro dela. Com frequência ele se sentia sozinho com ela, e frequentemente ela o cansava com os pequenos fluxos de revelações pessoais que ela reservava exclusivamente para ele, "Eu sou assim... eu sou mais desse jeito"; mas, nessa tarde, ele teria ficado feliz se ela tivesse tagarelado em *staccato*[1]

---

[1] Rapidamente.

por certo tempo e lhe dado vislumbres de seu pensamento. A situação quase sempre era mais ameaçadora quando ela se recolhia em seu íntimo e fechava as portas atrás de si.

Em Zug, Mademoiselle desceu e os deixou. Os Divers se aproximaram da Feira de Agiri através de uma selva de gigantescos rolos compressores que abriam caminho para eles. Dick estacionou o carro, e quando Nicole olhou para ele sem se mover, ele disse:

— Vamos, benzinho.

Os lábios dela se entreabriram em um súbito sorriso pavoroso, e a barriga dele ficou gelada; mas, como se não tivesse visto o sorriso, ele repetiu:

— Vamos. Assim as crianças podem descer.

— Oh, eu já vou — respondeu ela, arrancando as palavras de alguma história que estava se desenrolando dentro dela, rápido demais para que ele compreendesse. — Não se preocupe com isso. Eu vou...

— Então venha.

Ela lhe voltava o rosto enquanto ele caminhava ao seu lado, mas o sorriso ainda pairava na face dela, desdenhoso e remoto. Somente quando Lanier falou com a mãe várias vezes ela conseguiu fixar a atenção em um objeto, um show de marionetes, e se orientar fixando-se nele.

Dick tentou pensar no que fazer. O dualismo em seus pontos de vista a respeito dela — o de marido, o do psiquiatra — estava cada vez mais paralisando a sua capacidade. Nesses seis anos, ela várias vezes o havia levado a transpor as barreiras, deixando-o sem ação, suscitando piedade emocional ou com um fluxo de sagacidade, fantástico e dissociado, de modo que somente depois do acontecido ele percebia, mais consciente depois de ter relaxado da tensão, que ela havia conseguido alcançar uma vitória em oposição às opiniões mais equilibradas dele.

Uma discussão com Topsy a respeito do *guignol*[2] — se o Punch era o mesmo Punch que eles tinham visto ano passado em Cannes — tendo sido resolvida, a família saiu caminhando de novo entre as barraquinhas a céu aberto. As toucas das mulheres, encarapitadas sobre coletes de veludo, as saias coloridas e amplas de muitos cantões, tinham uma aparência recatada contra a tinta azul e laranja dos vagões e dos estandes. Havia o som de um show de dança do ventre, lamurioso, tilintante e sensual.

Nicole começou a correr de repente, tão de repente que, por um instante, Dick não sentiu falta dela. Lá na frente, ele viu o vestido amarelo dela se contorcendo em meio à multidão, um ponto ocre ao longo das margens entre a realidade e a irrealidade, e saiu correndo atrás dela. Em segredo ela corria, e em segredo ele seguia. Enquanto a tarde quente ficava estridente e terrível com a fuga dela, ele havia se esquecido das crianças; então ele deu meia volta e correu de volta para elas, levando-as de um lado para outro pelos braços, os olhos dele pulando de uma barraquinha para outra barraquinha.

— Madame — ele disse a uma mulher jovem atrás de uma roda de loteria branca —, *est-ce que je peux laisser ces petits avec vous deux minutes? C'est très urgent... je vous donnerai dix francs.*[3]

— *Mais oui.*[4]

Ele encaminhou as crianças para dentro da barraquinha.

— *Alors... restez avec cette gentille dame.*[5]

— *Oui, Dick.*[6]

Ele saiu correndo de novo, mas havia perdido Nicole de vista; ele contornou o carrossel, acompanhando seu ritmo até

---

[2] Show de marionetes para crianças.
[3] Madame [...] posso deixar estas crianças com a senhora uns dois minutos? É muito urgente... eu darei dez francos para a senhora.
[4] Mas é claro.
[5] Então... fiquem com esta simpática senhora.
[6] Sim, Dick.

perceber que estava correndo ao lado dele, sempre olhando para o mesmo cavalo. Ele abriu caminho em meio à multidão na *buvette*;[7] então, lembrando-se de uma predileção de Nicole, ele deu uma erguida na borda de uma tenda de uma cartomante e espiou lá dentro. Uma voz monótona o acolheu:

— *La septième fille d'une septième fille née sur les rives du Nil... entrez, Monsieur.*[8]

Abaixando a aba, ele correu na direção de onde a *plaisance*[9] terminava perto do lago, e uma pequena roda gigante girava lentamente contra o céu. Lá ele a encontrou.

Ela estava sozinha no que era momentaneamente a cabine mais alta da roda, e à medida que ela descia, Dick viu que Nicole estava rindo às gargalhadas; ele se esgueirou de novo em meio à multidão, uma multidão que, na volta seguinte da roda gigante, percebeu a intensidade da histeria de Nicole.

— *Regardez-moi ça!*[10]
— *Regarde donc cette Anglaise!*[11]

De novo ela desceu — dessa vez, a roda gigante e sua música estavam ficando mais lentas e uma dúzia de pessoas estava ao redor da cabine dela, todas elas atraídas pela característica da risada dela a sorrir em uma idiotice simpatizante. Mas, quando Nicole viu Dick, a risada dela morreu — ela fez um gesto de sair de fininho e para longe dele, mas ele a pegou pelo braço e o segurou enquanto eles iam embora.

— Por que perdeu o controle desse jeito?
— Você sabe muito bem por quê.

---

[7] Barraquinha de bebidas.
[8] A sétima filha de uma sétima filha nascida às margens do Nilo... entre, senhor...
[9] Diversão.
[10] Mas olhem só!
[11] Mas olhe só aquela inglesa!

— Não, eu não sei.

— Isso é um absurdo... me solte... é um insulto à minha inteligência. Acha que eu não vi a menina olhar para você... aquela menininha morena. Oh, isso é ridículo... uma criança, não mais do que quinze anos de idade. Acha que eu não vi?

— Pare aqui um instante e se acalme.

Eles se sentaram a uma mesa, os olhos dela em uma profundidade suspeitosa, a mão se movendo através de sua linha de visão como se ela estivesse obstruída.

— Quero uma bebida... quero um *brandy*.

— Você não pode tomar *brandy*; você pode tomar uma *bock*[12] se quiser.

— Por que não posso tomar um *brandy*?

— Nós não vamos discutir isso. Ouça-me... essa história a respeito da menina é um delírio, compreende essa palavra?

— É sempre um delírio quando eu vejo o que você não quer que eu veja.

Ele tinha um sentimento de culpa como em um daqueles pesadelos em que nós somos acusados de um crime que nós reconhecemos como algo inegavelmente vivenciado, mas que, ao acordar, nós percebemos não ter cometido. Os olhos dele se afastaram dos dela.

— Eu deixei as crianças com uma cigana em uma barraquinha. Nós temos de ir pegá-las.

— Quem você pensa que é? — perguntou ela. — Svengali?

Quinze minutos antes, eles tinham sido uma família. Agora, enquanto ela estava imprensada em um canto pelo ombro relutante dele, ele viu a todos, criança e homem, como um acidente perigoso.

— Nós estamos indo para casa.

---

[12] Cerveja alemã.

— Casa! — ela gritou em uma voz tão desamparada que seus tons mais altos oscilaram e se desfizeram. — E me sentar e pensar que estamos todos apodrecendo e que as cinzas das crianças estão apodrecendo em todas as caixas que eu abro? Aquela imundície!

Quase com alívio, ele viu que as palavras dela esterilizavam-na; e Nicole, sensibilizada até a derme, viu o retraimento no rosto dele. O rosto dela se suavizou e ela implorou:

— Me ajude, me ajude, Dick!

Uma onda de agonia passou por ele. Era horrível que tão refinada torre não pudesse ser erigida, somente suspensa, pendendo dele. Até certo ponto, isso era correto: os homens serviam para aquilo, trave e ideia, viga-mestra e logaritmo; porém, de algum modo Dick e Nicole haviam se tornado um e iguais, não opostos e complementares; ela era Dick também, a aridez na medula dos ossos dele. Ele não tinha condições de assistir às desintegrações dela sem tomar parte nelas. Sua intuição fluía dele como ternura e compaixão — ele só conseguia seguir o curso caracteristicamente moderno, intervir — ele iria arrumar uma enfermeira de Zurique, para assumir responsabilidade em relação a ela esta noite.

— Você *pode* me ajudar.

A terna ameaça dela o desequilibrou.

— Você me ajudou antes... pode me ajudar agora.

— Só posso ajudá-la do mesmo e antigo modo.

— Alguém pode me ajudar.

— Talvez. Você é quem mais pode se ajudar. Vamos encontrar as crianças.

Havia inúmeras barraquinhas de loteria com rodas brancas — Dick teve um sobressalto quando perguntou na primeira e se deparou com negativas inexpressivas. Com olhos maldosos, Nicole ficou de lado, negando as crianças, ressentindo-se delas como parte de todo um mundo que ela procurava tornar amorfo. Logo em seguida, Dick as encontrou, rodeadas por mulheres que as estavam examinando com deleite como belas mercadorias, e por crianças camponesas que as encaravam fixamente.

— *Merci, Monsieur, ah Monsieur est trop généreux. C'étais un plaisir, M'sieur, Madame. Au revoir, mes petits.*[13]

Eles voltaram com uma aflição intensa pairando sobre eles; o carro estava pesado por causa da sua apreensão e angústia mútuas, e as bocas das crianças estavam sérias por causa da decepção. O pesar se apresentava a eles com sua coloração terrível, escura e não familiar. Em algum ponto perto de Zug, Nicole, com um esforço convulsivo, reiterou uma observação que havia feito antes sobre uma indistinta casa amarela afastada da estrada parecida com uma pintura que ainda não secara, mas isso foi somente uma tentativa de se agarrar a uma corda que estava girando rápido demais.

Dick tentou descansar — a luta iria começar logo em seguida em casa, e ele poderia ter de se sentar por um longo tempo, reapresentando o universo para Nicole. Um *"schizophrène"*[14] é denominado de forma muito apropriada como uma personalidade dividida — Nicole era alternadamente uma pessoa a quem nada precisava ser explicado e uma para quem nada *poderia* ser explicado. Era necessário tratá-la com uma insistência ativa e afirmativa, mantendo a estrada para a realidade sempre aberta, tornando a estrada para a fuga difícil de trilhar. Mas o brilho e a versatilidade da alienação mental são semelhantes à engenhosidade da água se infiltrando em um dique, e por cima e ao redor dele. É preciso a força conjunta de muitas pessoas para trabalhar contra isso. Dick achou necessário que desta vez Nicole curasse a si própria; ele queria esperar até ela se lembrar das outras vezes, e as rechaçasse. De modo apático,

---

[13] Obrigada, Senhor; ah, o senhor é muito generoso. Foi um prazer, senhor, senhora. Até logo, meus pequenos.

[14] Esquizofrênico.

ele planejava que eles iriam novamente retomar o *régime*[15] abandonado um ano atrás.

Ele havia contornado uma colina que fazia um atalho para a clínica, e no momento em que ele pisou no acelerador para um breve trecho em linha reta paralelo à encosta da colina, o carro virou bruscamente para a esquerda, virou para a direita, se inclinou sobre duas rodas; Dick, com a voz de Nicole gritando em seus ouvidos, aniquilou a mão insana que agarrava a direção, se endireitou, virou uma vez mais e saiu em disparada da estrada; o carro se embrenhou pelo mato baixo, se inclinou de novo e se acomodou lentamente em um ângulo de noventa graus contra uma árvore.

As crianças estavam gritando e Nicole estava gritando e xingando e tentando arranhar o rosto de Dick. Pensando primeiro na inclinação do carro e sem poder avaliá-la, Dick torceu o braço de Nicole, foi por cima do banco e tirou as crianças; então ele viu que o carro estava em uma posição estável. Antes de fazer alguma coisa, ele ficou lá parado, tremendo e ofegante.

— Sua...! — ele gritou.

Ela estava rindo às gargalhadas, sem sentir vergonha, medo, ou preocupação. Ninguém que se aproximasse da cena teria imaginado que ela a havia causado; ela ria como depois de alguma ligeira contravenção infantil.

— Você estava com medo, não estava? — ela o acuou. — Queria viver!

Ela falou com tanta força que, em seu estado de choque, Dick ficou pensando se ele estivera assustado por sua própria causa — mas, os rostos tensos das crianças, olhando de um genitor para outro, fez com que ele tivesse vontade de transformar a máscara com um sorriso divertido de Nicole em geleia com uns socos.

---

[15] Sistema.

Bem acima deles, uns quinhentos metros ao longo da estrada cheia de curvas, mas somente a uns cem metros de subida, havia uma hospedaria; uma de suas alas aparecia em meio à colina coberta de árvores.

— Pegue a mão de Topsy — ele disse para Lanier — assim, bem firme, e suba a colina... está vendo aquele caminhozinho? Quando vocês chegarem à hospedaria, digam para eles, "*La voiture Divare est cassée.*"[16] Alguém tem de vir logo.

Lanier, sem saber direito o que havia acontecido, mas suspeitando de algo sombrio e sem precedentes, perguntou:

— O que vai fazer, Dick?

— Nós vamos ficar aqui com o carro.

Nenhum dos dois olhou para a mãe enquanto eles se afastavam.

— Cuidado ao atravessar a estrada ali! Olhem para os dois lados! — Dick gritou para eles.

Ele e Nicole olharam um para o outro fixamente, seus olhos como janelas ardentes dos dois lados de um quintal da mesma casa. Então, ela pegou um pó compacto, olhou no espelhinho, e alisou o cabelo na testa. Dick observou as crianças subindo por uns instantes até desaparecerem entre os pinheiros na metade da subida; então ele rodeou o carro para ver os estragos e planejar como recolocá-lo na estrada. Na lama, era possível ver o itinerário oscilante que eles haviam seguido por uns cem metros; ele estava cheio de uma aversão violenta que não era igual à raiva.

Em poucos minutos o dono da hospedaria desceu correndo.

— Meu Deus! — exclamou ele. — Como isso foi acontecer, o senhor estava correndo? Mas que sorte! Se não fosse por aquela árvore, teriam rolado colina abaixo!

---

[16] O carro dos Divers está com problemas.

Aproveitando-se da presença de Emile, o amplo avental negro, o suor sobre as papadas de seu rosto, Dick fez um sinal prosaico para Nicole permitir que ele a ajudasse a sair do carro; e com isso ela pulou pelo lado mais baixo, perdeu o equilíbrio na encosta, caiu de joelhos e se levantou de novo. Enquanto ela observava os homens tentando mover o carro, a expressão dela ficou desafiadora. Acolhendo bem até mesmo esse estado de espírito, Dick falou:

— Vá esperar com as crianças, Nicole.

Somente depois de ela ter ido ele se lembrou de que ela queria conhaque, e que havia conhaque disponível lá no alto da colina — ele disse para Emile não se importar com o carro; eles iriam esperar pelo chofer e o carro grande para puxá-lo na estrada. Juntos, eles foram apressadamente para a hospedaria.

XVI

— Eu quero ir embora — ele disse para Franz. — Por um mês, ou algo assim, tanto tempo quanto eu puder.

— E por que não, Dick? Esse foi nosso acordo original; foi você que insistiu em ficar. Se você e Nicole...

— Não quero ir com Nicole. Quero ir sozinho. Essa última história me abalou muito; se eu conseguir dormir duas horas em vinte e quatro, isso é um dos milagres de Zwingli.

— Você quer uma abstinência de verdade.

— A palavra é "ausência". Veja só: se eu for para Berlim, para o Congresso de Psiquiatria, você daria um jeito de manter a paz? Por três meses Nicole tem estado bem, e ela gosta da enfermeira dela. Meu Deus, você é o único ser humano neste mundo para quem posso pedir isso.

Franz grunhiu, pensando se poderia ou não ter o encargo de pensar sempre nos interesses de seu parceiro.

Em Zurique na semana seguinte, Dick dirigiu até o aeroporto e pegou o grande avião para Munique. Subindo e rugindo rumo ao azul, ele se sentiu entorpecido, percebendo quão cansado estava. Uma tranquilidade vasta e persuasiva se apoderou dele, e ele deixou a doença para os doentes, os sons para os motores, a direção para o piloto. Ele não tinha intenção de participar de uma única sessão do congresso — ele conseguia imaginá-lo muito bem, novos artigos escritos por Beuler e o Forel mais velho que ele poderia assimilar muito melhor em casa, o artigo do norte-americano que curava *dementia præcox*[1] arrancando os dentes do paciente ou cauterizando as amídalas dele, o respeito em parte zombeteiro com o qual essa ideia seria recebida, por nenhuma outra razão que não fosse o fato de os Estados Unidos serem um país tão rico e poderoso. Os outros participantes dos Estados Unidos — o ruivo Schwartz com seu rosto de santo e sua infinita paciência em ficar com um pé em cada mundo, bem como dúzias de alienistas comerciais com rostos envergonhados, que estariam presentes em parte para aumentar sua reputação e, consequentemente, sua possibilidade de por as mãos em mais cerejas do bolo da prática criminal, e em parte para dominar novos sofismas que eles iriam entretecer em seu repertório, para a infinita confusão de todos os valores. Haveria cínicos latinos, e alguns dos homens de Freud vindos de Viena. Entre eles, bem articulado, estaria o grande Jung, discreto, supervigoroso, em seus percursos entre os meandros da antropologia e as neuroses dos meninos de escola. A princípio haveria um ar norte-americano no congresso, quase rotariano em suas formalidades e cerimônias; e então a solidária vitalidade europeia iria entrar em combate, e finalmente os norte-americanos iriam usar o seu trunfo, o anúncio de presentes e de doações colossais, de grandes novos prédios e escolas de treinamento, e na presença dos valores os europeus iriam ficar pálidos e caminhar timidamente. Porém, ele não estaria lá para ver.

Eles margearam os Alpes de Vorarlberg, e Dick sentiu um deleite pastoral em observar os vilarejos. Sempre havia quatro ou cinco à vista, cada um concentrado ao redor de uma igreja. Era singelo olhar para a terra bem de longe, singelo como fazer brincadeiras sinistras com bonecas e soldadinhos de chumbo. Era assim que os chefes de estado e os comandantes e todas as pessoas aposentadas encaravam as coisas. De qualquer modo, era uma boa antevisão de descanso.

---

[1] Demência precoce.

Um inglês falou com ele do outro lado do corredor, mas ele andava vendo alguma coisa hostil nos ingleses recentemente. A Inglaterra era como um homem rico depois de uma orgia desastrosa, que compensa as pessoas da família tagarelando com cada uma delas individualmente, quando está óbvio para todos que ele só está tentando recuperar seu autorrespeito com o intuito de usurpar seu antigo poder.

Dick tinha todas as revistas disponíveis nas plataformas da estação: *The Century, The Motion Picture, L'Illustration,* e *Fliegende Blätter,* mas era mais divertido descer, em sua imaginação, nos vilarejos e trocar apertos de mão com as personagens rurais. Ele se sentou nas igrejas assim como se sentava na igreja de seu pai em Buffalo, em meio ao engomado mofo das roupas dominicais. Ele ouviu a sabedoria do Oriente Próximo; foi Crucificado, Morreu e foi Sepultado na igreja alegre, e uma vez mais ficou em dúvida entre cinco ou dez centavos para o prato das ofertas, por causa da menina que estava sentada no banco de trás.

O inglês repentinamente pegou emprestadas suas revistas com uma ligeira mudança na conversa, e Dick, feliz por vê-las indo embora, pensou na viagem à sua frente. Semelhante a um lobo sob sua pele de cordeiro de lã australiana com longas fibras, ele ficou pensando no mundo do prazer — o incorruptível Mediterrâneo com a fragrante e antiga crosta de terra amontoada nas oliveiras, a camponesa perto de Savona com um rosto tão verde e rosado quanto a cor de um missal com iluminuras. Ele iria pegá-la em suas mãos e levá-la às escondidas através da fronteira...

...Mas nesse ponto ele a abandonou — ele tinha de prosseguir na direção das ilhas gregas, as águas turvas de portos desconhecidos, a menina perdida na costa, a lua das canções populares. Uma parte da mente de Dick era composta por comuns recordações de sua infância. No entanto, naquela lojinha barata um tanto atulhada, ele havia dado um jeito de manter vivas as chamas baixas e dolorosas da inteligência.

XVII

Tommy Barban era um soberano, Tommy era um herói — Dick casualmente se deparou com ele na Marienplatz em Munique, em um daqueles cafés onde pequenos apostadores jogavam dados em mesas cobertas de "tapeçaria". O ar estava repleto de política, e dos estalos das cartas.

Tommy estava em uma mesa rindo sua risada marcial: "Um-huh... ha-ha! Um-huh... ha-ha!" Habitualmente, ele bebia pouco; a coragem era o seu negócio, e seus companheiros sempre tinham um pouquinho de medo dele. Recentemente, um oitavo da área de seu crânio havia sido removido por um cirurgião de Varsóvia e o ferimento estava cicatrizando sob os cabelos dele, e a pessoa mais fraca no café poderia tê-lo matado com uma abanadela de um guardanapo atado.

— ...este é o Príncipe Chillicheff... — Um russo alquebrado e grisalho de cinquenta anos — e o Sr. McKibben... e o Sr. Hannan... — este era uma animada bolota de cabelos e olhos negros, um palhaço; e ele disse na mesma hora para Dick:

— A primeira coisa antes de nós nos cumprimentarmos: o que é que o senhor pretende andando por aí com minha cunhada?

— Ora, eu...

— O senhor me ouviu. O que o senhor está fazendo por aqui em Munique, de qualquer jeito?

— Um-huh... ha-ha! — riu Tommy.

— O senhor não tem suas próprias cunhadas? Por que o senhor não sai por aí com elas?

Dick deu risada, e então o homem mudou de estratégia:

— Agora não vamos mais falar de cunhadas. Como eu vou saber que o senhor não inventou essa história toda? Cá está o senhor, um completo estranho com um conhecimento de menos de meia hora, e o senhor aparece com uma desculpa esfarrapada a respeito de suas cunhadas. Como é que eu vou saber o que é que o senhor andou escondendo a seu respeito?

Tommy riu de novo, então ele disse de modo amável, mas com firmeza:

— Já chega, Carly. Sente-se, Dick... como é que você está? E como está Nicole?

Ele não gostava muito de nenhum homem, tampouco sentia a presença deles com muita intensidade — ele estava todo descontraído para o combate; assim como um bom atleta jogando na defesa secundária em qualquer esporte está na verdade descansando a maior parte do tempo, enquanto um homem inferior somente finge descansar e está em uma contínua e autodestrutiva tensão nervosa.

Hannan, não totalmente contido, passou para um piano adjacente e com um ressentimento recorrente em seu rosto sempre que ele olhava para Dick, tocou acordes, de tempos em tempos resmungando, "Suas cunhadas" e, em uma cadência que perdia a intensidade, "Eu não disse minhas cunhadas, de qualquer modo. Eu disse nas madrugadas."

— Bem, como você está? — repetiu Tommy. — Você não parece tão... — ele lutou para encontrar uma palavra — tão desenvolto quanto costumava ser, tão elegante, sabe o que quero dizer.

A observação se parecia demais com uma daquelas irritantes acusações de vitalidade em declínio, e Dick estava prestes a retrucar comentando a respeito dos extraordinários ternos usados por Tommy e o Príncipe Chillicheff, ternos de um corte e de um tecido fantásticos o suficiente para que tivessem saído a passeio pela Beale Street em um domingo — quando uma explicação já estava surgindo.

— Vejo que o senhor está olhando as nossas roupas — disse o Príncipe. — Nós acabamos de chegar da Rússia.

— Estas foram feitas na Polônia pelo alfaiate da corte — disse Tommy. — Isso é um fato... o alfaiate do próprio Pilsudski.

— Estiveram viajando? — perguntou Dick.

Eles riram, e o Príncipe dava uns tapas desmedidos nas costas de Tommy.

— Sim, estivemos viajando. É isso, viajando. Nós fizemos o grand Tour de todas as Rússias. Com toda a pompa.

Dick esperou por uma explicação. Ela veio do Sr. McKibben em duas palavras:

— Eles fugiram.

— Vocês foram feitos prisioneiros na Rússia?

— Fui eu — explicou o Príncipe Chillicheff, seus olhos inexpressivos e amarelos fixos em Dick. — Não um prisioneiro, mas escondido.

— Vocês tiveram muito trabalho para escapar?

— Um pouco de trabalho. Nós deixamos três Guardas Vermelhos mortos na fronteira. Tommy deixou dois... — Ele ergueu dois dedos como um francês. — E eu deixei um.

— Essa é a parte que eu não entendo — disse o Sr. McKibben. — Por que eles teriam feito objeções à sua partida.

Hannan se voltou do piano e disse, piscando para os demais:

— Mac acha que um marxista é alguém que frequentou a escola de São Marcos.

Era uma história de fuga na melhor tradição — um aristocrata escondido por nove anos com um ex-empregado e trabalhando em uma padaria do governo; a filha de dezoito anos em Paris, que conhecia Tommy Barban... Durante a narrativa, Dick decidiu que essa relíquia de *papier mâché*[1] do

---

[1] Papel machê.

passado mal valia as vidas de três homens jovens. E surgiu a questão se Tommy e Chillicheff haviam estado assustados.

— Quando eu estava com frio — disse Tommy. — Sempre fico com medo quando estou com frio. Durante a guerra, eu sempre ficava assustado quando estava com frio.

McKibben se levantou.

—Tenho de ir. Amanhã de manhã estou indo para Innsbruck de carro com minha esposa e filhos... e a governanta.

— Estou indo para lá amanhã também — disse Dick.

— Ah, está? — exclamou McKibben. — Por que não vem conosco? É um Packard grande, e só tem minha esposa e meus filhos e eu... e a governanta...

— Mas eu não poderia mesmo...

— É claro que ela não é uma governanta de verdade — concluiu McKibben, olhando de modo bastante patético para Dick. — Na verdade, minha esposa conhece sua cunhada, Baby Warren.

— Prometi viajar com dois homens.

— Oh — o rosto de McKibben tinha uma expressão desapontada. — Bem, eu me despeço. — Ele soltou dois fox terriers de pelo duro puro-sangue de uma mesa próxima e partiu; Dick imaginou o Packard entulhado aos solavancos na direção de Innsbruck com os McKibbens e seus filhos e a bagagem deles e os cachorros latindo; e a governanta.

— O jornal diz que eles conhecem o homem que o matou — disse Tommy. — Mas, os primos dele não querem que a notícia saia nos jornais, porque aconteceu em um bar clandestino. O que vocês acham disso?

— Isso é o que se conhece como orgulho de família.

Hannan tocou um acorde sonoro no piano para atrair a atenção para si mesmo.

—Não acredito que as primeiras composições dele perdurem — ele disse. — Mesmo deixando de lado os europeus, tem uma dúzia de norte-americanos que podem fazer o que North fez.

Era a primeira indicação que Dick tinha de que eles estavam falando de Abe North.

— A única diferença é que Abe fez isso em primeiro lugar — disse Tommy.

— Não concordo — insistiu Hannan. — Ele ficou com a reputação de ser um bom músico porque bebia tanto que os amigos tinham de justificá-lo de algum modo...

— O que é essa história do Abe North? O que aconteceu com ele? Ele se meteu em encrenca?

— Não leu *The Herald* esta manhã?

— Não.

— Ele morreu. Ele foi espancado até a morte em um bar clandestino em Nova Iorque. Ele só conseguiu se arrastar até o Racquet Club para morrer...

— *Abe North?*

— Sim, claro, eles...

— *Abe North?* — Dick se levantou. — Vocês têm certeza de que ele morreu?

Hannan se voltou para McKibben:

— Não foi para o Racquet Club que ele se arrastou... foi para o Harvard Club. Tenho certeza de que ele não era membro do Racquet.

— O jornal disse isso — insistiu McKibben.

— Deve ter sido um erro. Tenho certeza.

— *Espancado até a morte em um bar clandestino.*

— Mas eu por acaso conheço a maior parte dos membros do Racquet Club — disse Hannan. — *Tem de* ter sido o Harvard Club.

Dick se levantou; Tommy também. O Príncipe Chillicheff despertou do nada de uma melancólica análise, talvez sobre suas chances de algum dia conseguir sair da Rússia, um estudo que o havia ocupado por tanto tempo que era duvidoso que ele pudesse abrir mão dele imediatamente, e se juntou a eles na partida.

"*Abe North espancado até a morte.*"

A caminho do hotel, um trajeto de que Dick mal tinha consciência, Tommy disse:

— Nós estamos esperando que um alfaiate termine uns ternos de modo que possamos ir a Paris. Eu vou entrar na Bolsa de Valores, e eles não iriam me aceitar se eu aparecesse deste jeito. Todos em seu país estão fazendo milhões. Você vai mesmo partir amanhã? Nós nem podemos jantar com você. Parece que o Príncipe tinha um antigo caso em Munique. Ele telefonou para ela, mas ela está morta faz cinco anos, e nós vamos jantar com as duas filhas.

O Príncipe fez um aceno com a cabeça.

— Talvez eu pudesse ter dado um jeito para o Doutor Diver.

— Não, não — disse Dick, apressado.

Ele dormiu profundamente e acordou ao som de uma marcha lenta passando sob sua janela. Era uma longa coluna de homens uniformizados, usando o familiar capacete de 1914, homens gordos de redingote e cartola, cidadãos, aristocratas, homens comuns. Era um grupo de veteranos indo colocar coroas nos túmulos dos mortos. A coluna marchava lentamente com um tipo de andar arrogante em nome de uma magnificência perdida, um esforço passado, um pesar esquecido. Os rostos estavam apenas formalmente tristes, mas os pulmões de Dick se expandiram por um instante com pesar pela morte de Abe, e a sua própria juventude de dez anos atrás.

XVIII

Ele chegou a Innsbruck ao entardecer, enviou suas bagagens para um hotel e caminhou até a cidade. No crepúsculo, o Imperador Maximiliano se ajoelhava em oração acima de seus pranteadores de bronze; um quarteto de noviços jesuítas andava a passos lentos e lia no jardim da universidade. As recordações de mármore de antigos assédios, casamentos e aniversários lentamente perdiam os seus contornos quando o sol estava baixo, e ele tomou *Erbsen-suppe* com pedaços de *Würstchen*,[1] bebeu quatro *helles* de Pilsener[2] e recusou uma sobremesa imponente conhecida como *Kaiserschmarren*.[3]

Apesar das montanhas que se sobressaíam, a Suíça estava muito longe, Nicole estava muito longe. Caminhando pelo jardim mais tarde, quando já estava bem escuro, ele pensou em Nicole com distanciamento, amando-a pelo que ela tinha de melhor. Ele se lembrou de certa vez em que a grama estava úmida e ela veio na direção dele com pés apressados, os chinelos leves encharcados de orvalho. Ela ficou em cima dos sapatos dele, bem aconchegada, e ergueu o rosto, mostrando-o como um livro aberto em uma página.

— Pense em como me ama — ela sussurrou. — Não peço para você me amar sempre assim, mas peço para se lembrar. Em algum lugar dentro de mim sempre haverá a pessoa que eu sou esta noite.

---

[1] Sopa de ervilhas com salsichinhas.
[2] Canecas de cerveja Pilsen.
[3] Panquecas doces recheadas com uvas-passas e picadas.

Porém, Dick havia se afastado por amor à sua própria alma, e ele começou a pensar nisso. Ele havia se perdido — ele não conseguia dizer em que hora, ou o dia ou a semana, o mês ou o ano. Outrora ele abrira caminho em meio às situações, resolvendo as equações mais complicadas como os mais simples dos problemas de seus pacientes mais fáceis. Entre o instante em que ele encontrou Nicole florescendo sobre uma pedra no Lago de Zurique e o momento de seu encontro com Rosemary, a lança havia perdido seu gume.

Observar as lutas de seu pai em paróquias pobres havia unido um desejo por dinheiro a uma natureza essencialmente não aquisitiva. Não era uma saudável necessidade de segurança — ele nunca tinha se sentido mais seguro de si mesmo, mais completamente seu próprio chefe, do que na época de seu casamento com Nicole. No entanto, ele havia sido engolido como um gigolô, e de algum modo permitido que seu arsenal fosse trancado nos cofres-fortes dos Warren.

"Teria de ter havido um acordo ao estilo do continente; mas ele ainda não acabou. Eu perdi oito anos ensinando aos ricos o ABC da decência humana, mas ainda não estou acabado. Eu tenho nas mãos uma grande quantidade de trunfos por jogar."

Ele andou lentamente em meio aos improdutivos arbustos de rosas e os canteiros de úmidas, doces e indistinguíveis samambaias. Fazia calor para outubro, mas estava frio o suficiente para usar um pesado casaco de *tweed* abotoado por uma estreita fita elástica. Uma figura se destacou da sombra escura de uma árvore e ele sabia que era a mulher pela qual ele havia passado na entrada ao sair. Ele estava apaixonado por todas as mulheres bonitas que ele via então, suas formas à distância, suas sombras em uma parede.

As costas dela estavam voltadas para ele enquanto ela observava as luzes da cidade. Ele riscou um fósforo que ela deve ter escutado, mas ela permaneceu imóvel.

...Seria um convite? Ou uma indicação de alheamento? Ele estivera por muito tempo fora do mundo dos simples desejos e de suas realizações, e se sentia inepto e incerto. Tanto quanto ele soubesse, poderia haver um código entre os peregrinos de *spas* obscuros através do qual eles se encontravam uns aos outros com rapidez.

...Talvez o próximo gesto fosse o dele. Crianças desconhecidas sorririam umas para as outras e diriam, "Vamos brincar".

Ele se aproximou mais, a sombra se movia de lado. Possivelmente ele seria esnobado como os caixeiros viajantes patifes de que ele havia ouvido falar na juventude. O coração dele batia com força em contato com o insondável, imperscrutável, inopinável, inexplicável. De repente ele se voltou, e, ao fazê-lo, a moça também desfez a moldura negra que ela compunha com as folhagens, rodeou um banco com um ritmo moderado, porém determinado, e seguiu o caminho de volta para o hotel.

Com um guia e mais dois outros homens, Dick começou a subir o Birkkarspitze na manhã seguinte. A sensação era agradável, tão logo eles se encontraram acima dos cincerros das pastagens altas — Dick antecipava a noite na cabana, desfrutando de sua própria fadiga, apreciando a liderança do guia, sentindo um deleite em seu próprio anonimato. Porém, ao meio-dia o tempo mudou para granizo e trovoadas na montanha. Dick e um dos outros alpinistas queriam continuar, mas o guia se recusou. Pesarosos, eles voltaram penosamente para Innsbruck para começar de novo no dia seguinte.

Depois do jantar e de uma garrafa do forte vinho local na sala de jantar deserta, ele se sentiu excitado, sem saber o motivo, até começar a pensar no jardim. Ele havia passado pela moça na entrada antes da refeição e dessa vez ela havia olhado para ele e o aprovado, mas isso o deixou preocupado: Por quê? Quando eu poderia ter tido uma boa quota das mulheres bonitas de minha época com toda facilidade, por que começar agora? Com um espectro, com um fragmento de meu desejo? Por quê?

Sua imaginação seguiu em frente — o velho ascetismo e a verdadeira falta de familiaridade triunfaram: Deus, eu poderia muito bem voltar para a Riviera e dormir com Janice Caricamento ou com a moça dos Wilburhazy. Macular todos esses anos com alguma coisa vulgar e fácil?

Ele ainda estava excitado, contudo, e se voltou da varanda e foi para o seu quarto para pensar. Ficar sozinho em corpo e em espírito gera a solidão, e a solidão gera mais solidão.

No andar de cima, ele caminhou de um lado para outro pensando na questão e pendurando suas roupas de escalada para tirar o maior proveito do aquecedor fraco; ele se deparou novamente com o telegrama de Nicole, ainda por abrir, com o qual ela diariamente acompanhava o itinerário dele. Dick havia deixado a leitura para depois do jantar — talvez por causa do jardim. Era um cabograma de Buffalo, encaminhado via Zurique.

"Seu pai morreu tranquilamente esta noite. HOLMES."

Ele sentiu um profundo estremecimento com o choque, um avolumar da capacidade de resistir; então, em uma onda, tudo atingiu seus quadris e o estômago e a garganta.

Ele leu a mensagem de novo. Ele se sentou na cama, respirando e olhando fixamente; tendo em primeiro lugar o antigo pensamento egoísta e infantil que sobrevém com a morte de um genitor, como isso vai me afetar agora que essa mais antiga e mais forte das proteções se foi?

O atavismo passou e ele continuou caminhando pelo quarto, parando de tempos em tempo para olhar de novo o telegrama. Holmes era formalmente o coadjutor de seu pai, mas na verdade, e por uma década, pastor da igreja. Como ele morreu? De velhice — ele tinha setenta e cinco anos. Ele havia vivido por um bom tempo.

Dick se sentiu triste por ele ter morrido sozinho — ele havia sobrevivido à esposa e aos irmãos e irmãs; havia primos na Virginia, mas eles eram pobres e não teriam condições de ir para o norte, e Holmes teve de assinar o telegrama. Dick amava seu pai — repetidas vezes ele se referia a o que seu pai provavelmente teria pensado ou feito. Dick havia nascido vários meses depois da morte de duas irmãzinhas, e o pai, imaginando qual seria o efeito disso sobre a mãe de Dick, impedira que ele fosse mimado se transformando em seu guia moral. Ele vinha de uma estirpe cansada; no entanto, ele encarara esse esforço.

No verão, pai e filho caminhavam juntos para o centro da cidade para levar os sapatos para engraxar — Dick em sua engomada roupinha de marinheiro, seu pai sempre em roupas clericais finalmente talhadas — e o pai tinha muito orgulho de seu belo menininho. Ele contou para Dick tudo o que sabia sobre a vida; não muita coisa, mas a maior parte procedente, coisas simples, questões comportamentais que estavam dentro de seus deveres de clérigo. "Certa vez, em uma cidadezinha desconhecida, quando eu havia acabado de ser ordenado, entrei em uma sala lotada e não sabia quem era minha anfitriã. Várias pessoas que eu conhecia se aproximaram de mim, mas não lhes dei atenção porque eu tinha visto uma senhora de cabelos grisalhos sentada perto de uma janela lá do outro lado da sala. Eu me dirigi a ela e me apresentei. Depois disso, eu fiz muitos amigos naquela cidadezinha."

Seu pai havia feito isso por ter um bom coração — seu pai estava seguro de quem ele era, com o profundo orgulho das duas orgulhosas viúvas que o haviam criado para acreditar que nada poderia ser superior a "bons instintos", honra, cortesia e coragem.

O pai sempre acreditara que a pequena fortuna de sua esposa pertencia ao filho, e na escola e na faculdade de medicina lhe mandava um cheque correspondente ao valor quatro vezes por ano. Ele era uma daquelas pessoas a cujo respeito se dizia com uma decisão condescendente nos anos de ouro: "muito do cavalheiro, mas não muito de determinação nele."

...Dick pediu que trouxessem um jornal. Ainda se aproximando e se afastando do telegrama aberto em sua escrivaninha, ele escolheu um navio para ir aos Estados Unidos. Então pediu uma chamada para Nicole em Zurique, lembrando tantas coisas boas enquanto aguardava, e desejando que sempre tivesse sido tão bom quanto havia tencionado ser.

XIX

Por uma hora, conectada à sua profunda reação à morte do pai, a fachada magnífica da terra natal, o porto de Nova Iorque, pareceu muito triste e gloriosa para Dick; porém, assim que ele pisou em terra firme, o sentimento desapareceu, e tampouco ele tornou a encontrá-lo nas ruas ou nos hotéis ou nos trens que o levaram em primeiro lugar para Buffalo e depois rumo ao sul para a Virginia com o corpo de seu pai. Somente quando o trem local rastejou pela terra argilosa com vegetação baixa do Condado de Westmoreland, ele sentiu uma vez mais a identificação com seu meio ambiente; na estação, ele viu uma estrela que ele conhecia, e uma lua fria e luminosa sobre a Baía de Chesapeake; ele ouviu as rodas rangendo de carroças que passavam, as vozes adoráveis e fátuas, o som de rios morosos e primevos correndo docemente sob doces nomes indígenas.

No dia seguinte, no cemitério, seu pai foi colocado entre uma centena de Divers, Dorseys e Hunters. Era aprazível deixá-lo ali com todos os seus parentes perto dele. Flores foram espalhadas na terra marrom e revirada. Agora, Dick não tinha mais laços aqui, e não acreditava que fosse voltar. Ele se ajoelhou no solo duro. Esses mortos, ele os conhecia a todos, seus rostos desgastados pelas intempéries com olhos azuis e cintilantes, os corpos magros e violentos, as almas feitas de uma terra nova na escuridão arbórea do século dezessete.

— Adeus, meu pai... adeus, todos os meus pais.

Nos embarcadouros dos navios a vapor com seus longos telhados, as pessoas se encontram em um país que não é mais aqui e, contudo, não é ainda lá. A abóbada nevoenta e amarelada está repleta de gritos ecoantes. Há o estrondo dos caminhões e o retroar das bagagens, o trepidar estridente dos guindastes, o primeiro cheiro salino do mar. A pessoa passa às pressas, embora haja tempo; o passado e o continente ficaram para trás; o futuro é a abertura luminosa na lateral do navio; a aleia indistinta e turbulenta é confusa demais para o presente.

É só subir a prancha de embarque e a visão do mundo se ajusta, fica menor. A pessoa é uma cidadã de um *commonwealth* menor que Andorra, não estando mais segura de nada. Os homens na mesa do comissário de bordo têm formas tão estranhas quanto as cabines; desdenhosos são os olhos dos viajantes e de seus amigos. A seguir, os apitos agudos e lamentosos, a vibração prodigiosa, e o barco e a ideia humana estão se movendo. O embarcadouro e suas faces passam deslizando, e por um instante o barco é uma parte acidentalmente arrancada deles; as faces ficam remotas, sem voz, o embarcadouro é um dos muitos borrões ao longo da beira-mar. O porto flui rapidamente na direção do mar.

Com ele fluía Albert McKisco, rotulado pelos jornais como sua carga mais preciosa. McKisco estava na moda. Seus romances eram pastiches do trabalho das melhores pessoas de sua época, um feito que não poderia ser menosprezado; e, além do mais, ele possuía o dom de abrandar e depreciar o que ele tomava emprestado, de modo que muitos leitores estavam encantados com a facilidade com que eram capazes de acompanhá-lo. O sucesso o havia melhorado e tornado mais humilde. Ele não se iludia com suas habilidades — ele percebia que possuía mais vitalidade do que muitos homens de talento superior, e estava decidido a desfrutar do sucesso que ele havia alcançado. "Eu ainda não fiz nada", ele dizia, "não acredito que eu tenha um verdadeiro talento. Mas, se eu continuar tentando, posso escrever um bom livro." Mergulhos mais refinados haviam sido realizados de trampolins mais instáveis.

As inúmeras humilhações do passado haviam sido esquecidas. Na verdade, seu sucesso se escorava psicologicamente em seu duelo com Tommy Barban, em cuja base, à medida que o duelo fenecia em sua memória, McKisco havia criado do nada um novo autorrespeito.

Ao ver Dick Diver no segundo dia de viagem, ele o olhou hesitante, então se apresentou de modo amistoso e sentou-se. Dick colocou de lado o que estava lendo e, depois dos poucos minutos necessários para perceber a mudança em McKisco, o desaparecimento do enfadonho sentimento de inferioridade dele, percebeu que estava gostando de conversar com ele. McKisco estava "bem informado" em uma gama de assuntos mais ampla que a de Goethe — ele estava interessado em ouvir as inúmeras combinações superficiais a que McKisco se referia como suas opiniões. Eles iniciaram um relacionamento, e Dick fez várias refeições com ele. Os McKiscos haviam sido convidados a sentar-se na mesa do capitão; porém, com um esnobismo nascente, eles disseram para Dick que "não conseguiam suportar aquele bando".

Violet estava muito refinada agora, paramentada pelas grandes *couturières*,[1] encantada com as ínfimas descobertas que as meninas bem educadas fazem em sua adolescência. Ela poderia, na verdade, tê-las aprendido com sua mãe em Boise, mas sua alma havia nascido de modo deprimente nos pequenos cinemas de Idaho, e ela não havia tido tempo para sua mãe. Agora ela "fazia parte" — junto com milhões de outras pessoas — e estava feliz, embora seu marido ainda a fizesse fechar a boca quando ela ficava violentamente *naïve*.[2]

Os McKiscos desembarcaram em Gibraltar. Na noite seguinte em Nápoles, no ônibus que ia do hotel para a estação,

---

[1] Estabelecimentos de moda.
[2] Ingênua, tola.

Dick resgatou uma família composta por duas meninas e a mãe; elas pareciam perdidas e infelizes. Ele as havia visto no navio. Um desejo avassalador de ajudar, ou de ser admirado, se apoderou dele: ele lhes mostrou fragmentos de alegria; hesitante, comprou vinho para elas; com prazer as viu começando a reconquistar seu devido egoísmo. Ele fingiu que elas eram isto e aquilo, e caindo em sua própria armadilha, e bebendo demais para manter a ilusão; e esse tempo todo, as mulheres só achavam que aquilo era maná caído dos céus. Ele se afastou delas à medida que a noite perdia o vigor e o trem sacolejava e resfolegava em Cassino e Frosinone. Depois de bizarras despedidas norte-americanas na estação em Roma, Dick foi para o Hotel Quirinal, um tanto exausto.

No balcão de recepção, de repente ele olhou fixamente e ergueu a cabeça. Como se um drinque estivesse causando seu efeito nele, aquecendo o revestimento de seu estômago, fazendo seu cérebro ficar excitado, ele viu a pessoa que tinha vindo ver, a pessoa pela qual fizera a travessia do Mediterrâneo.

Simultaneamente, Rosemary o viu, aceitando sua existência antes de reconhecê-lo; ela correspondeu ao olhar, sobressaltada e, afastando-se da moça com quem estava, foi apressada na direção dele. Mantendo-se ereto, segurando a respiração, Dick se voltou para ela. Enquanto ela atravessava a entrada, sua beleza tão bem cuidada, como um potro tratado com óleo de cominho preto e cascos envernizados, despertou-o com um choque; mas isso tudo aconteceu rápido demais para que ele fizesse alguma coisa além de ocultar seu cansaço do melhor modo possível. Para corresponder à confiança ingenuamente entusiasmada dela, ele produziu uma insincera pantomima que queria dizer, "Mas *você* aparecer aqui... de todas as pessoas neste mundo."

As mãos enluvadas dela envolveram a dele sobre o balcão.

— Dick... estamos filmando *O Esplendor que foi Roma*... pelo menos, achamos que estamos; nós podemos parar a qualquer dia.

Ele olhou-a fixamente, tentando deixá-la um pouquinho constrangida, de modo que ela observasse com menos atenção seu rosto por barbear, seu colarinho amarrotado e muito usado. Felizmente, ela estava com pressa.

— Começamos cedo porque a neblina sobe às onze... me telefone às duas horas.

Em seu quarto, Dick refletiu antes de agir. Ele pediu que o chamassem ao meio-dia, se despiu e literalmente mergulhou em um sono profundo.

O chamado não o despertou, ele acordou às duas horas, revigorado. Ao desfazer as malas, ele mandou ternos e roupa para lavar. Ele se barbeou; se deixou ficar por meia hora em um banho morno e tomou café da manhã. O sol havia mergulhado na Via Nazionale e Dick permitiu que ele entrasse pelas *portières*[3] com um tinir de antigos aros de metal. Esperando que um terno fosse passado, ele descobriu ao ler o *Corriere della Sera* que "*una novella di Sainclair Lewis, 'Wall Street' nella quale l'autore analizza la vita sociale di una piccola città Americana.*"[4] Então, ele tentou pensar em Rosemary.

A princípio, ele não pensou em nada. Ela era jovem e atraente, mas Topsy também era. Ele supôs que ela havia tido amantes e os havia amado nos últimos quatro anos. Bom, você nunca soube exatamente quanto espaço ocupava nas vidas das pessoas. No entanto, desse nevoeiro sua afeição emergiu — os melhores contatos acontecem quando a pessoa conhece os obstáculos e mesmo assim quer preservar o relacionamento. O passado retornou, e Dick queria manter o eloquente abandono de Rosemary em seu precioso invólucro até envolvê-lo, até que esse abandono não mais existisse fora dele próprio. Ele tentou

---

[3] Portas.
[4] Um romance de Sainclair Lewis, "Wall Street", no qual o autor analisa a vida social de uma pequena cidade norte-americana.

juntar tudo que pudesse atraí-la — era menos do que havia sido quatro anos atrás. Dezoito anos podem olhar para trinta e quatro anos em meio às brumas em ascensão da adolescência; mas vinte e dois anos iriam ver os trinta e oito anos com uma clareza perspicaz. Além do mais, Dick havia estado em um ápice emocional na época do encontro anterior; desde então tinha havido uma perda de entusiasmo.

Quando o camareiro retornou, Dick vestiu uma camisa e colarinho brancos e uma gravata negra com uma pérola; os cordões de seus óculos de leitura passavam através de outra pérola do mesmo tamanho que pendia, casual, uma polegada abaixo. Depois de dormir, seu rosto havia readquirido o bronze avermelhado de muitos verões na Riviera, e para ficar mais ágil ele se colocou de ponta cabeça em uma cadeira até que sua caneta-tinteiro e suas moedas caíram. Às três horas ele chamou Rosemary e foi convidado a subir. Momentaneamente tonto por causa de suas acrobacias, ele parou no bar para um gim com tônica.

— Olá, Doutor Diver!

Só por causa da presença de Rosemary no hotel Dick reconheceu o homem na mesma hora como Collis Clay. Ele tinha sua antiga segurança e um ar de prosperidade e grandes e imprevistas papadas.

— Sabe que Rosemary está aqui? — perguntou Collis.

— Eu me deparei com ela.

— Eu estava em Florença e soube que ela estava aqui, então vim para cá semana passada. O senhor jamais reconheceria a filhinha da Mamãe. — Ele modificou a observação. — Quero dizer, ela foi educada com tanto zelo, e agora ela é uma mulher do mundo... se entende o que quero dizer. Creia-me, ela conseguiu escravizar alguns desses meninos romanos! E como!

— Está estudando em Florença?

— Eu? Claro, estou estudando arquitetura lá. Eu volto no domingo; vou ficar aqui para as corridas.

Com dificuldade, Dick o impediu de acrescentar o drinque à conta que ele tinha no bar, como um relatório de ações da Bolsa.

XX

Quando Dick saiu do elevador, seguiu por um corredor tortuoso e finalmente se voltou na direção de uma voz distante do lado de fora de uma porta iluminada. Rosemary estava usando um pijama negro; uma mesa de almoço ainda estava no quarto; ela estava tomando café.

— Você ainda está bonita — ele disse. — Um pouco mais bonita do que jamais foi.

— Quer café, jovem?

— Sinto muito, eu não estava apresentável hoje de manhã

— Não parecia estar bem; está bem agora? Quer café?

— Não, obrigado.

— Você está bem de novo, eu fiquei assustada hoje de manhã. Mamãe virá no próximo mês, se a companhia ficar. Ela sempre me pergunta se eu o vi por aqui, como se ela pensasse que nós estivéssemos vivendo na porta ao lado. Mamãe sempre gostou de você; ela sempre achou que você era alguém que eu deveria conhecer.

— Bem, estou feliz por ela ainda pensar em mim.

— Oh, ela pensa — Rosemary lhe garantiu. — E bastante.

— Eu a vi por aí, em filmes — disse Dick. — Certa vez, mandei exibirem *A Garotinha do Papai* só para mim.

— Terei um bom papel neste filme, se não for cortado.

Ela passou por trás dele, tocando os ombros dele ao passar. Ela telefonou pedindo que a mesa fosse levada, e se acomodou em uma grande cadeira.

— Era só uma menininha quando o conheci, Dick. Agora, sou uma mulher.

— Quero saber tudo ao seu respeito.
— Como está Nicole... e Lanier e Topsy?
— Eles estão bem. Eles sempre falam de você...

O telefone tocou. Enquanto ela respondia, Dick examinou dois romances — um de Edna Ferber, um de Albert McKisco. O garçom veio pegar a mesa; sem a sua presença, Rosemary parecia ainda mais sozinha em seu pijama negro.

— ...eu tenho uma visita... Não, não muito bem. Tenho de ir à costureira para uma longa prova... Não, agora não...

Como se com o desaparecimento da mesa ela se sentisse liberada, Rosemary sorriu para Dick — aquele sorriso como se os dois juntos tivessem dado um jeito de se livrar de todos os problemas no mundo e estivessem então em paz em seu próprio céu...

— Pronto — ela disse. — Percebe que eu passei a última hora me arrumando para você?

Mas o telefone a chamou de novo. Dick se levantou para tirar o chapéu da cama e colocá-lo no suporte para bagagem; assustada, Rosemary cobriu o receptor com a mão.

— Você não está indo embora!
— Não.

Quando a conversa acabou, ele tentou prolongar aquela tarde juntos dizendo:

— Espero certo sustento por parte das pessoas, agora.
— Eu também — concordou Rosemary. — O homem que acabou de me telefonar certa vez conheceu um primo meu em segundo grau. Imagine só, telefonar para alguém por uma razão como essa!

Então ela diminuiu a intensidade das luzes para favorecer o amor. E por que outro motivo ela iria querer que ele não a visse? Ele enviava suas palavras para ela como se fossem cartas, como se elas deixassem certo tempo para ele antes de alcançá-la.

— É difícil sentar aqui e estar perto de você e não beijá-la. — Então, eles se beijaram apaixonadamente no centro do quarto. Ela pressionou o corpo contra o dele, e voltou para a cadeira.

Não dava para continuar sendo somente agradável no quarto. Para a frente ou para trás; quando o telefone tocou uma vez mais, ele caminhou até o quarto de dormir e se deitou na cama dela, abrindo o romance de Albert McKisco. Logo em seguida, Rosemary entrou e sentou-se ao lado dele.

— Você tem os cílios tão longos — ela observou.

— Nós estamos agora de volta ao baile de formatura. Entre os presentes se encontram a Srta. Rosemary Hoyt, a amante de cílios...

Ela o beijou e ele a puxou, de modo que os dois ficaram deitados lado a lado, e então eles se beijaram até ficar sem fôlego. A respiração dela era jovem e ansiosa e excitante. Os lábios dela estavam ligeiramente rachados, mas eram macios nos cantos.

Quando eles ainda eram membros e pés e roupas, lutas dos braços e das costas dele, e da garganta e dos seios dela, ela sussurrou:

— Não, agora não... essas coisas são rítmicas.

Disciplinado, ele abafou a sua paixão em um canto de sua mente, mas segurando a fragilidade dela em seus braços até ela ficar uns quinze centímetros acima dele, ele disse com voz despreocupada:

— Querida... isso não faz diferença.

O rosto dela havia se alterado com o fato de ele olhá-lo de baixo para cima; havia a eterna luz do luar nele.

— Seria justiça poética se fosse você — ela disse. Ela se afastou dele, se dirigiu ao espelho e ajeitou os cabelos despenteados com as mãos. Em seguida, ela puxou uma cadeira para perto da cama e acariciou o rosto dele.

— Diga-me a verdade a seu respeito — ele exigiu.

— Eu sempre disse.

— De certo modo... mas nada se encaixa.

Os dois deram risada, mas ele prosseguiu.

— Você é mesmo virgem?

— Nã-ã-ão! — ela cantarolou. — Eu dormi com seiscentos e quarenta homens... se é essa a resposta que você quer.

— Não é da minha conta.

— Você me quer como um estudo de caso em psicologia?

— Olhando para você como uma moça perfeitamente normal de vinte e dois anos vivendo no ano mil novecentos e vinte e oito, eu suponho que tenha tido algumas experiências amorosas.

— Todas foram... fracassadas — ela disse.

Dick não conseguia acreditar nela. Ele não conseguia decidir se ela estava deliberadamente construindo uma barreira entre eles ou se isso tinha por objetivo tornar uma rendição final mais significativa.

— Vamos dar uma volta no Pincio — ele sugeriu.

Ele ajeitou suas roupas e alisou os cabelos. Uma ocasião havia se formado e, de algum modo, passado. Por três anos, Dick tinha sido o parâmetro pelo qual Rosemary avaliava os outros homens, e inevitavelmente a estatura dele havia crescido em proporções heroicas. Ela não queria que ele fosse como outros homens; no entanto, cá estavam as mesmas solicitações exigentes, como se ele quisesse levar parte dela embora, transportá-la em seus bolsos.

Caminhando pelo relvado entre querubins e filósofos, faunos e água cascateante, ela passou o braço no dele confortavelmente, se acomodando nele com uma série de pequenos ajustes, como se quisesse que a situação fosse perfeita porque iria continuar ali para sempre. Ela arrancou um graveto e o quebrou, mas não encontrou seiva nele. De repente, vendo o que ela desejava no rosto de Dick, ela pegou a mão enluvada dele e a beijou. Então ela fez algumas piruetas para ele de modo infantil, até ele sorrir e ela dar risada, e eles começaram a se divertir.

— Não posso sair com você esta noite, querido, porque prometi sair com algumas pessoas já faz muito tempo. Mas, se acordar cedo, eu o levo ao *set* amanhã.

Ele jantou sozinho no hotel, foi cedo para a cama e se encontrou com Rosemary na entrada às seis e meia. Ao lado dele no carro, ela cintilava viçosa e jovem à luz do sol da manhã. Eles passaram pela Porta San Sebastiano e ao longo da Via Apia até que chegaram ao imenso *set* do fórum, maior que o próprio fórum. Rosemary deixou Dick nas mãos de um homem que o conduziu pelos grandes adereços; os arcos e as fileiras de assentos e a arena cheia de areia. Rosemary estava trabalhando em um palco que representava uma cela para prisioneiros cristãos, e logo em seguida eles foram para lá e observaram Nicotera, um dos muitos aspirantes a Valentino, andando empertigado e fazendo poses na frente de uma dúzia de "cativas", os olhos delas melancólicos e assustadores com tanta maquiagem.

Rosemary apareceu com uma túnica na altura do joelho.

— Observe isto — ela sussurrou para Dick. — Quero sua opinião. Todos que viram as provas dizem...

— O que são as provas?

— Quando eles exibem o que filmaram no dia anterior. Eles dizem que é a primeira coisa em que eu tenho sex appeal.

— Eu não percebo isso.

— Você não perceberia! Mas eu, sim.

Nicotera, em suas peles de leopardo, conversava atento com Rosemary enquanto o eletricista discutia alguma coisa com o diretor, enquanto isso se apoiando nele. Finalmente, o diretor empurrou sua mão, brusco, e secou a testa cheia de suor, e o guia de Dick observou:

— Ele está a mil de novo, e como!

— Quem? — perguntou Dick, mas antes que o homem pudesse responder, o diretor se encaminhou rapidamente na direção deles.

— Quem está a mil... você mesmo está a mil. — Ele falou com Dick com veemência, como se estivesse em um júri. — Quando ele está a mil ele sempre pensa que todo mundo está, e como! — Ele olhou feio para o guia por mais um minuto, e então bateu palmas. — Tudo certo... todos no *set*.

Era como visitar uma família grande e turbulenta. Uma atriz se aproximou de Dick e falou com ele durante cinco minutos com a impressão de que ele era um ator recém-chegado de Londres. Ao descobrir o erro, ela se afastou rapidamente em pânico. A maior parte da companhia se sentia ou extremamente superior ou extremamente inferior ao mundo lá fora; mas o primeiro sentimento era o que prevalecia. Eles eram pessoas de coragem e que trabalhavam duro; eles haviam chegado a uma posição de proeminência em uma nação que, por uma década, havia desejado apenas ser entretida.

A sessão terminou quando a luz ficou enevoada — uma bela luz para pintores, mas, para a câmera, não se comparava ao límpido ar da Califórnia. Nicotera seguiu Rosemary até o carro e sussurrou algo para ela — ela o olhou sem sorrir enquanto se despedia.

Dick e Rosemary almoçaram no Castelli dei Cæsari, um magnífico restaurante em uma villa de varandas altas que tinha vista para o fórum arruinado de um indeterminado período da decadência. Rosemary tomou um coquetel e bebeu um pouco de vinho, e Dick bebeu o suficiente para que seu sentimento de insatisfação o abandonasse. Depois, eles voltaram para o hotel, excitados e felizes, em um tipo de silêncio exaltado. Ela queria ser possuída e foi, e o que havia começado com uma paixão infantil em uma praia finalmente foi concretizado.

XXI

Rosemary tinha outro compromisso para o jantar, uma festa de aniversário de um membro da companhia. Dick se deparou com Collis Clay na entrada, mas queria jantar sozinho, e alegou um compromisso no Excelsior. Ele bebeu um coquetel com Collis e sua vaga insatisfação se materializou como impaciência — ele não tinha mais uma desculpa para ficar longe da clínica. Isso era menos uma paixão que uma recordação romântica. Nicole era a sua garota — com frequência ele se sentia deprimido por causa dela; no entanto, ela era sua garota. O tempo passado com Rosemary era autoindulgência — o tempo passado com Collis era nada mais nada.

Na porta do Excelsior ele se deparou com Baby Warren. Os grandes e belos olhos dela, com a exata aparência de bolinhas de gude, olharam-no fixamente com surpresa e curiosidade.

— Achei que você estava nos Estados Unidos, Dick! Nicole está com você?

— Voltei via Nápoles.

A faixa negra no braço dele fez com que ela se lembrasse de dizer:

— Sinto muito por saber do ocorrido.

Inevitavelmente, eles jantaram juntos.

— Diga-me tudo — ela exigiu.

Dick ofereceu-lhe uma versão dos fatos, e Baby franziu a testa. Ela achava necessário culpar alguém pela catástrofe na vida de sua irmã.

— Você acha que o Doutor Dohmler seguiu o melhor caminho com ela desde o início?

— Não há muita variedade mais no tratamento... É claro que você tenta encontrar a personalidade adequada para lidar com um caso específico.

— Dick, não vou me arriscar a dar conselhos para você ou fingir que sei muito a respeito do assunto, mas, não acha que uma mudança poderia fazer bem para ela... sair daquela atmosfera de doença e viver no mundo como outras pessoas?

— Mas você gostou da ideia da clínica — ele lhe recordou.

— Você me disse que nunca tinha se sentido realmente segura em relação a ela...

— Isso foi quando vocês estavam levando aquela vida de eremitas na Riviera, no alto de uma colina, muito longe de todo mundo. Eu não estou dizendo para voltar para aquela vida. Eu estou dizendo, por exemplo, Londres. Os ingleses são a raça mais equilibrada deste mundo.

— Eles não são — ele discordou.

— Eles são. Eu os conheço, veja bem. Eu quero dizer que poderia ser bom para vocês alugar uma casa em Londres para a temporada de primavera; eu conheço uma graça de casa em Talbot Square que vocês poderiam conseguir, mobiliada. Quero dizer, viver com pessoas inglesas sãs e equilibradas.

Ela teria prosseguido para lhe contar todas as velhas histórias da propaganda de 1914 se ele não tivesse dado risada e dito:

— Estou lendo um livro do Michael Arlen e se é isso...

Ela arruinou Michael Arlen com um meneio de sua colher de salada.

— Ele só escreve a respeito de degenerados. Eu estou falando dos ingleses dignos.

E como ela repudiou os seus amigos, eles foram substituídos na mente de Dick somente pela imagem dos rostos desconhecidos e inexpressivos que povoavam os pequenos hotéis da Europa.

— É claro que isso não é da minha conta — repetiu Baby, como uma preliminar para uma intromissão ainda maior —, mas, deixá-la sozinha em uma atmosfera como aquela...

— Fui para os Estados Unidos porque meu pai morreu.

— Entendo, eu disse para você como eu sentia muito. — Ela ficou brincando com as contas de vidro em seu colar. — Mas, tem *tanto* dinheiro agora. O bastante para tudo, e ele deveria ser usado para deixar Nicole bem.

— Para começar, eu não consigo me imaginar em Londres.

— E por que não? Eu acho que você teria condições de trabalhar lá tão bem quanto em qualquer outro lugar.

Ele se recostou e ficou olhando para ela. Se ela alguma vez tivesse suspeitado da desprezível e velha verdade, o verdadeiro motivo da doença de Nicole, ela certamente tinha se determinado a negá-la para si mesma, empurrando-a para o fundo de um empoeirado armário como um dos quadros que ela comprava por engano.

Eles continuaram a conversa no Ulpia, onde Collis Clay se aproximou da mesa deles e se sentou, e um talentoso violonista tocou, estrondeando, *Suona Fanfara Mia* na adega repleta de tonéis de vinho.

— É possível que eu tenha sido a pessoa errada para Nicole — comentou Dick. — Mesmo assim, ela teria provavelmente se casado com uma pessoa do meu tipo, alguém em quem ela achasse que poderia confiar... indefinidamente.

— Você acha que ela estaria mais feliz com outra pessoa? — Baby pensou em voz alta, de repente. — É claro que se pode dar um jeito nisso.

Só quando ela viu Dick se inclinar para a frente com uma risada incontrolável ela percebeu o absurdo de sua observação.

— Oh, você entende — ela lhe assegurou. — Não pense nem por um instante que nós não somos gratos por tudo o que você tem feito. E nós sabemos que você tem passado por momentos difíceis...

— Pelo amor de Deus — ele reclamou. — Se eu não amasse Nicole, poderia ser diferente.

— Mas você ama Nicole? — ela perguntou, com um sobressalto.

Collis ia começar a fazer parte da conversa nesse momento, e Dick passou para outro tema rapidamente:

— E se nós falássemos de outra coisa... a seu respeito, por exemplo. Por que você não se casa? Nós ficamos sabendo que estava noiva do Lord Paley, primo do...

— Oh, não. — Ela ficou tímida e esquiva. — Isso foi ano passado.

— Por que você não se casa? — insistiu Dick, teimoso.

— Eu não sei. Um dos homens que eu amei foi morto na guerra, e o outro rompeu comigo.

— Fale-me disso. Fale-me de sua vida particular, Baby, e de suas opiniões. Você nunca faz isso... nós sempre falamos de Nicole.

— Os dois eram ingleses. Não creio que haja um tipo mais fino no mundo do que um inglês de primeira classe, não acha? Se houver, eu não o encontrei. Esse homem... oh, é uma longa história. Eu detesto histórias longas, você não?

— E como! — disse Collis Clay.

— Mas não... gosto delas, se elas forem boas.

— Há uma coisa que você faz tão bem, Dick. Você consegue manter um grupo entretido só com uma frase curta ou umas palavrinhas aqui e acolá. Acho que é um talento maravilhoso.

— É um truque — disse ele, gentil. Com essa, eram três das opiniões dela das quais ele discordava.

— É claro que eu gosto de formalidade; gosto que as coisas sejam exatamente assim, e em grande escala. Sei que você provavelmente não, mas você tem de admitir que é um sinal de solidez em mim.

Dick nem se deu ao trabalho de discordar disso.

— É claro que eu sei o que as pessoas dizem, Baby Warren está correndo por toda a Europa, buscando uma novidade depois da outra, e perdendo as melhores coisas da vida, mas eu acho, pelo contrário, que sou uma das poucas pessoas que realmente vão atrás do que há de melhor. Eu conheci as pessoas mais interessantes de minha época. — A voz dela se misturou com o tamborilar metálico de outra música tocada pelo violonista, mas ela falou por cima do barulho. — Eu cometi uns poucos grandes erros...

— Somente os muito grandes, Baby.

Ela havia percebido algo burlesco nos olhos dele e mudou de assunto. Parecia impossível que eles tivessem algo em comum. Mas, ele admirava alguma coisa nela, e ele a depositou no Excelsior com uma série de cumprimentos que a deixaram radiante.

Rosemary insistiu em pagar um almoço para Dick no dia seguinte. Eles foram a uma pequena *trattoria* cujo dono era um italiano que havia trabalhado nos Estados Unidos, e comeram presunto com ovos e *waffles*. Em seguida, foram para o hotel. A descoberta de Dick, de que ele não estava apaixonado por ela, e nem ela por ele, havia aumentado, ao invés de diminuído, sua paixão por ela. Agora que ele sabia que não iria ter um papel mais importante na vida dela, ela se transformou na mulher desconhecida para ele. Ele supôs que muitos homens não tivessem em mente mais do que isso quando diziam estar apaixonados — não uma insana imersão da alma, um mergulhar de todas as cores em uma tinta turva, assim como seu amor por Nicole havia sido. Certos pensamentos relacionados a Nicole, de que ela deveria morrer, mergulhar na perturbação mental, amar outro homem, deixaram-no fisicamente doente.

Nicotera estava na sala de estar de Rosemary, tagarelando a respeito de assuntos profissionais. Quando Rosemary lhe deu a deixa de que era hora de partir, ele foi embora com protestos bem humorados e uma piscadela um tanto insolente para Dick. Como sempre, o telefone retumbou e Rosemary ficou ocupada com ele por dez minutos, para crescente impaciência de Dick.

— Vamos para o meu quarto — ele sugeriu, e ela concordou.

Ela se deitou em um grande sofá apoiada nos joelhos dele; ele correu os dedos pelos encantadores cachos dos cabelos que se formavam na testa dela.

— Posso ser curioso a seu respeito novamente? — ele perguntou.

— O que quer saber?

— A respeito de homens. Estou curioso, para não dizer libidinoso.

— Você quer dizer quanto tempo depois de eu encontrá-lo?

— Ou antes.

— Oh, não. — Ela estava chocada. — Não aconteceu nada antes. Você foi o primeiro homem com quem eu me importei. Você ainda é o único homem com quem eu realmente me importo. — Ela ficou pensando. — Foi mais ou menos um ano, eu acho.

— Quem foi?

— Ah, um homem.

Ele se fixou na evasiva dela.

— Aposto que eu posso falar para você a respeito: o primeiro caso foi insatisfatório, e depois dele houve uma grande pausa. O segundo foi melhor, mas você não tinha estado apaixonada pelo homem em primeiro lugar. Com o terceiro foi tudo bem...

Ele prosseguiu, se torturando.

— Então, você teve um caso de verdade que acabou por conta própria, e nessa época você estava ficando com medo de que não iria ter nada para dar ao homem a quem finalmente amasse. — Ele se sentiu cada vez mais vitoriano. — Em seguida, houve uma meia dúzia de casos apenas esporádicos, até o momento presente. Cheguei perto?

Ela deu risada, entre a diversão e as lágrimas.

— Está tão errado quanto possível — disse ela, para alívio de Dick. — Mas, um dia eu vou encontrar alguém e amá-lo e amá-lo e nunca vou deixá-lo partir.

Então o telefone dele tocou, e Dick reconheceu a voz de Nicotera querendo falar com Rosemary. Ele cobriu o receptor com a palma da mão.

— Você quer conversar com ele?

Ela pegou o telefone e tagarelou em um rápido italiano que Dick não conseguia entender.

— Esses telefonemas ocupam tempo — ele disse. — São mais de quatro horas e eu tenho um compromisso às cinco. É melhor você ir desempenhar seu papel com o Signor Nicotera.

— Não seja tolo.

— Então eu acho que enquanto eu estou aqui, você tem de deixá-lo de fora.

— É difícil. — De repente, ela estava chorando. — Dick, eu realmente o amo, nunca amei ninguém como você. Mas, o que tem para me oferecer?

— O que Nicotera tem para oferecer para alguém?

— É diferente.

...Porque a juventude atrai a juventude.

— Ele é um capadócio! — ele disse. Ele estava louco de ciúmes e não queria se ferir de novo.

— Ele é só uma criança — disse ela, fungando. — Você sabe que sou sua em primeiro lugar.

Como resposta, ele a abraçou, mas ela soltou o corpo para trás, cansada; ele a segurou daquele modo por uns instantes, como se fosse o fim de um adágio, os olhos dela fechados, os cabelos caindo para trás, como os de uma menina afogada.

— Dick, me solte. Eu nunca me senti tão confusa na minha vida.

Ele era um rude pássaro vermelho e instintivamente ela se afastou dele, à medida que os injustificados ciúmes dele começaram a encobrir as características de consideração e compreensão com as quais ela se sentia tranquila.

— Quero saber a verdade — disse ele.

— Sim, e então. Nós passamos muito tempo juntos, ele quer se casar comigo, mas eu não quero. E daí? O que espera que eu faça? Nunca me pediu para eu me casar com você. Quer que eu fique o resto da vida tendo uns casinhos com uns simplórios como Collis Clay?

— Você esteve com Nicotera a noite passada?

— Não é da sua conta — ela soluçou. — Oh, me desculpe, Dick, é da sua conta. Você e Mamãe são as duas únicas pessoas no mundo com as quais eu me importo.

— E o Nicotera?

— Como eu vou saber?

Ela havia chegado àquele tom impreciso que confere significados ocultos às observações menos signficativas.

— É assim como você se sentiu em relação a mim em Paris?

— Eu me sinto confortável e feliz quando estou com você. Em Paris foi diferente. Mas não dá para saber como a gente se sentiu antes. Você sabe?

Ele se levantou e começou a pegar suas roupas para a noite — se ele tinha de trazer toda a amargura e o ódio do mundo para dentro de seu coração, ele não iria mais ficar apaixonado por ela de novo.

— Eu não me importo com Nicotera! — ela declarou. — Mas tenho de ir a Livorno com a companhia amanhã. Oh, por que isso tinha de acontecer? — Houve um novo fluxo de lágrimas. — Mas que coisa horrível. Por que você veio aqui? Por que nós não poderíamos ficar apenas com as lembranças? Eu me sinto como se tivesse brigado com a Mamãe.

Quando ele começou a se vestir, ela se levantou e foi até a porta.

— Não vou à festa hoje à noite. — Era a derradeira tentativa dela. — Vou ficar com você. Eu não quero ir, de qualquer jeito.

A maré começou a fluir de novo, mas ele se afastou dela.

— Estarei em meu quarto — ela disse. — Até mais, Dick.

— Até mais.

— Oh, mas que coisa horrível, que coisa horrível. Oh, que coisa horrível. Qual é a razão disso tudo, de qualquer jeito?

— Eu fiquei pensando nisso por um bom tempo.

— Mas por que me envolver nisso tudo?

— Acho que sou como a Peste Negra — ele disse, devagar. — Parece que eu não trago mais a felicidade para as pessoas.

XXII

Havia cinco pessoas no bar do Quirinal depois do jantar, um italiano decrépito de alta classe, que se sentava em um banco insistindo em conversar mesmo com as entediadas respostas do *bartender*, *Si... Si... Si...*; um magro e esnobe egípcio que estava sozinho, mas não se arriscava a conversar com mulher, e os dois norte-americanos.

Dick sempre tinha grande consciência de onde estava, enquanto Collis Clay vivia de modo vago, as impressões mais vívidas se desfazendo em um mecanismo de recordações que havia se atrofiado precocemente, de modo que Dick falava e o outro ouvia, como um homem que está sentado, indolente.

Dick, exausto por causa dos acontecimentos da tarde, estava descontando nos habitantes da Itália. Ele deu uma olhada ao redor do bar como se esperasse que um italiano o tivesse ouvido e se ressentisse de suas palavras.

— Esta tarde, tomei chá com minha cunhada no Excelsior. Nós pegamos a última mesa, e dois homens apareceram e deram uma olhada procurando uma mesa e não conseguiam encontrar uma. Então, um deles se aproximou de nós e disse, "Esta não é a mesa reservada para a Princesa Orsini?", e eu disse, "Não havia nada nela que indicasse", e ele disse, "Mas eu acho que ela está reservada para a Princesa Orsini." Eu nem fui capaz de responder para ele.

— O que ele fez?

— Ele foi embora. — Dick se voltou em sua cadeira. — Eu não gosto dessas pessoas. Outro dia, deixei Rosemary por dois minutos na frente de uma loja e um policial começou a andar de um lado para outro na frente dela, tirando o chapéu para ela.

— Não sei — disse Collis depois de uns instantes. — Eu prefiro estar aqui a estar em Paris, com alguém roubando os seus bolsos a cada minuto.

Ele estivera se divertindo, e lutava contra qualquer coisa que ameaçasse estragar o seu prazer.

— Não sei — insistiu ele. — Não tenho nada contra Roma.

Dick evocou a imagem que aqueles poucos dias tinham fixado em sua mente, e a ficou encarando. A caminhada rumo à American Express ao longo das cheirosas confeitarias da Via Nazionale, ao longo do sórdido túnel até a Piazza di Spagna, onde seu espírito se elevou perante as barraquinhas de flores e a casa onde Keats havia morrido. Ele se importava somente com pessoas; ele mal tinha consciência dos lugares, a não ser por causa do tempo, até que eles tivessem sido imbuídos de cor por acontecimentos definidos. Roma era o fim de seu sonho com Rosemary.

Um mensageiro veio e lhe entregou um bilhete.

"*Eu não fui à festa*", estava escrito nele. "*Estou em meu quarto. Nós partimos para Livorno logo cedo.*"

Dick entregou o bilhete e uma gorjeta para o menino.

— Diga à Senhorita Hoyt que você não conseguiu me encontrar. — Voltando-se para Collis, ele sugeriu o Bonbonieri.

Eles inspecionaram a prostituta no bar, dedicando-lhe o mínimo de interesse suscitado pela profissão dela, e ela correspondeu ao olhar com um atrevimento exagerado; eles passaram pela entrada deserta sobrecarregada por drapejados contendo poeira vitoriana em dobras convencionais, e eles cumprimentaram o porteiro da noite que correspondeu ao gesto com o amargo servilismo característico dos empregados noturnos. Então, em um táxi eles foram por ruas melancólicas através de uma úmida noite de novembro. Não havia mulheres nas ruas, somente homens pálidos com casacos escuros abotoados até o pescoço, que ficavam em grupos ao lado de blocos de pedras frias.

— Meu Deus! — suspirou Dick.

— O que foi?

— Estava pensando no homem de hoje à tarde: "Esta mesa está reservada para a Princesa Orsini." Você sabe o que são essas antigas famílias romanas? Eles são bandidos, eles são os que se apoderaram dos templos e dos palácios depois de Roma ficar em ruínas e espoliavam as pessoas.

— Eu gosto de Roma — insistiu Collis. — Por que você não tenta as corridas?

— Não gosto de corridas.

— Mas todas as mulheres vão...

— Eu sabia que não ia gostar de nada aqui. Gosto da França, onde todos pensam que são Napoleão... aqui, todo mundo se acha Cristo.

No Bonbonieri, eles desceram a um cabaré com paredes cobertas de painéis, irremediavelmente mutável em meio às pedras frias. Uma banda apática tocava um tango e uma dúzia de casais ocupava o amplo piso com aqueles passos elaborados e elegantes tão ofensivos para os olhos norte-americanos. Um excesso de garçons impossibilitava o rebuliço e a animação que até mesmo uns poucos homens ocupados são capazes de criar; por toda a cena, como sua forma de animação, pairava um ar de espera por alguma coisa, para que a dança, a noite e o equilíbrio das forças que a mantinham estável parassem. Isso dava ao convidado impressionável a certeza de que qualquer coisa que ele estivesse procurando ele não a encontraria ali.

Isso ficou mais do que claro para Dick. Ele deu uma olhada ao redor, esperando que seus olhos fossem capturar alguma coisa, para que o espírito, ao invés da imaginação, pudesse seguir adiante por uma hora. Mas, não havia nada e, depois de uns instantes, ele tornou a se voltar para Collis. Ele havia transmitido a Collis algumas de suas atuais ideias, e estava entediado com a memória curta e a falta de reação por parte de sua audiência. Depois de meia hora de Collis, ele sentia um nítido prejuízo de sua própria vitalidade.

Eles beberam uma garrafa de *mousseux*[1] italiano, e Dick ficou pálido e um tanto ruidoso. Ele chamou o regente da orquestra até a mesa deles; ele era um negro das Bahamas, arrogante e desagradável, e em poucos minutos formou-se uma briga.

— O senhor me pediu para sentar.

— Tudo bem. E eu dei cinquenta liras para o senhor, não dei?

— Tudo bem. Tudo bem. Tudo bem.

— Tudo bem, eu dei cinquenta liras para o senhor, não dei? Então o senhor apareceu e me pediu para colocar um pouco mais na trompa!

— O senhor me pediu para sentar, não pediu? Não pediu?

— Eu lhe pedi para sentar, mas eu dei cinquenta liras para o senhor, não dei?

— Tudo bem. Tudo bem.

O negro se levantou emburrado, e se afastou, deixando Dick ainda mais mal humorado. Mas, ele viu uma moça sorrindo para ele do outro lado do salão, e imediatamente as pálidas silhuetas romanas ao redor retornaram a uma perspectiva decente e humilde. Ela era uma jovem inglesa, com cabelos loiros e um rosto inglês bonito e saudável, e ela sorriu para ele de novo com um convite que ele compreendeu, que negava o impulso sensual no próprio ato de oferecê-lo.

— Tem algum naipe de trunfo aí, ou então eu não sei jogar *bridge* — disse Collis.

Dick se levantou e caminhou na direção da moça através do salão.

---

[1] Vinho espumante.

— Não quer dançar?

O inglês de meia-idade com quem a moça estava sentada disse, quase em tom de desculpas:

— Estou indo embora logo.

Mais sóbrio por causa da excitação, Dick dançou. Ele descobriu na moça uma sugestão de todas as coisas inglesas agradáveis; a história de jardins seguros circundados pelo mar estava implícita na voz dela e, enquanto ele se inclinava para trás para olhá-la, ele era tão sincero nas coisas que lhe dizia que sua voz tremia. Quando estava na hora de o acompanhante dela partir, ela prometeu voltar e sentar-se com ele. O inglês aceitou o retorno dela com repetidos pedidos de desculpas e sorrisos.

De volta à sua mesa, Dick pediu outra garrafa de espumante.

— Ela se parece com alguém do cinema — ele disse. — Não consigo lembrar quem. — Ele olhou impaciente para trás. — Fico pensando o que a está detendo?

— Eu gostaria de entrar para o cinema — disse Collis, pensativo. — Eu deveria entrar nos negócios de meu pai, mas isso não me atrai muito. Ficar sentado em um escritório em Birmingham por vinte anos...

A voz dele resistia à pressão da civilização materialista.

— Bom demais para isso? — sugeriu Dick.

— Não quis dizer isso.

— Sim, você quis.

— Como sabe o que eu quis dizer? Por que não trabalha como médico, se gosta tanto de trabalhar?

Dick já havia deixado os dois infelizes a essas alturas, mas simultaneamente os dois haviam ficado imprecisos por causa dos drinques e em um instante eles esqueceram; Collis partiu, e eles trocaram um caloroso aperto de mãos.

— Pense nisso — disse Dick, com ar sábio.

— Pensar em quê?

— Você sabe. — Tinha alguma coisa a ver com Collis entrar nos negócios do pai, um bom e sensato conselho.

Clay desapareceu. Dick terminou sua garrafa e então dançou de novo com a moça inglesa, vencendo seu próprio corpo relutante ao longo da pista de dança com reviravoltas ousadas e marchas rígidas e determinadas. A coisa mais notável aconteceu de repente. Ele estava dançando com a moça, a música parou — e então ela havia desaparecido.

— Vocês a viram?

— Vimos quem?

— A moça com quem eu estava dançando. Desapareceu num instantinho. Deve estar no prédio.

— Não! Não! Aquele é o banheiro das senhoras.

Ele ficou parado perto do bar. Havia dois outros homens lá, mas ele não conseguia pensar em um modo de começar uma conversa. Ele poderia ter lhes dito tudo sobre Roma e as violentas origens das famílias Colonna e Gaetani, mas percebeu que como começo de conversa isso seria um tanto abrupto. Uma fileira de bonecas Yenci no balcão de charutos caiu de repente no chão, houve uma subsequente confusão e ele teve a sensação de ter sido a causa disso, então ele voltou para o cabaré e bebeu uma xícara de café. Collis havia ido embora, e a moça inglesa havia ido embora, e parecia não haver nada a fazer a não ser voltar para o hotel e se deitar com seu coração entristecido. Ele pagou sua conta e pegou seu chapéu e casaco.

Havia água suja nas sarjetas e entre os paralelepípedos desiguais; um vapor de águas paradas vindo de Campagna e uma exalação de culturas exauridas conspurcavam o ar matutino. Um quarteto de motoristas de táxi, seus olhinhos se movendo rapidamente nas pálpebras flácidas e escuras, o rodeou. Um deles se inclinou, insistente, bem na sua frente, e Dick o empurrou com rudeza.

— *Quanto a Hotel Quirinal?*

— *Cento lire.*²

Seis dólares. Ele balançou a cabeça e ofereceu trinta liras, o que era duas vezes a corrida diurna, mas eles encolheram os ombros ao mesmo tempo, e se afastaram.

— *Trente-cinque lire e mancie*³ — disse ele com firmeza.

— Cento lire.

Ele começou a falar inglês.

— Para andar oitocentos metros? Você vai me levar por quarenta lire.

— Oh, não.

Ele estava muito cansado. Ele escancarou a porta de um táxi e entrou.

— Hotel Quirinal! — disse ele para o motorista, que ficou obstinadamente parado do lado de fora. — Tire esse ar de zombaria da sua cara e me leve para o Quirinal.

— Ah, não.

Dick desceu do táxi. Próximo da porta do Bonbonieri, alguém estava discutindo com os motoristas de táxi, alguém que agora tentava explicar a atitude deles para Dick; de novo um dos homens se aproximou muito, insistindo e gesticulando, e Dick o empurrou.

— Eu quero ir para o Hotel Quirinal.

— Ele diz quer cem lire — explicou o intérprete.

— Eu entendo. Eu vou dar pr'ele cinquenta lire. Vá embora. — Isto foi dito ao homem insistente que havia se aproximado mais uma vez. O homem olhou para ele e cuspiu com desprezo.

A arrebatada impaciência da semana se avolumou em Dick e instantaneamente se transformou em violência, o honrado, o tradicional recurso de sua terra; ele deu um passo à frente e deu uma bofetada no rosto do homem.

---

² Cem liras.
³ Trinta e cinco liras e gorjeta.

Eles se dirigiram para o lado dele, ameaçando, balançando seus braços, tentando se aproximar dele sem conseguir — com suas costas contra a parede, Dick atacou desajeitado, rindo um pouquinho, e por alguns minutos a luta fingida, um caso de arremetidas frustradas e de socos fracos e de resvalo, se moveu de um lado para outro na frente da porta. Então, Dick tropeçou e caiu; ele se machucou em algum lugar, mas se levantou de novo com esforço, lutando contra braços que de repente se separaram. Havia uma voz nova, e uma nova discussão, mas ele se apoiou na parede, ofegante e furioso com a indignidade de sua posição. Ele viu que não havia simpatia por ele, mas era incapaz de acreditar que estivesse errado.

Eles iriam à delegacia de polícia acertar a questão lá. O chapéu de Dick foi recuperado e lhe foi devolvido, e com alguém segurando ligeiramente o seu braço, ele dobrou a esquina a passos largos, com os motoristas de táxi e entrou em uma caserna simples onde *carabinieri*[4] andavam sob uma única luz fraca.

À mesa sentava-se o capitão, com quem o intrometido indivíduo que havia interrompido a briga falou por muito tempo em italiano, às vezes apontando para Dick, e permitindo que os motoristas de táxi o interrompessem, os quais fizeram rápidos pronunciamentos cheios de invectivas e de denúncias. O capitão começou a balançar a cabeça, impaciente. Ele ergueu a mão e o discurso multíplice, com algumas exclamações finais, acabou. Então ele se dirigiu a Dick.

— Cê fala italiano? — ele perguntou.
— Não.
— Cê fala *français*?
— *Oui* — disse Dick, os olhos brilhando.

---

[4] Soldados do exército.

— *Alors. Écoute. Va au Quirinal. Espèce d'endormi. Ecoute: vous êtes soûl. Payez ce que le chauffer demande. Comprenez-vous?*[5]

Dick balançou a cabeça.

— *Non, je ne veux pas.*[6]

— *Come?*[7]

— *Je paierai quarante lires. C'est bien assez.*[8]

O capitão se levantou.

— *Écoute!* — exclamou ele, solene. — *Vous êtes soûl. Vous avez battu le chauffer. Comme ci, comme ça.* — Ele deu um golpe no ar, excitado, com a mão direita e esquerda. — *C'est bon que je vous donne la liberté. Payez ce qu'il a dit... cento lire. Va au Quirinal.*[9]

Furioso por causa da humilhação, Dick o encarou.

— Tudo bem. — Ele se voltou às cegas para a porta; na frente dele, com um olhar desagradável e balançando a cabeça, estava o homem que o havia trazido à delegacia de polícia. — Eu vou para casa — ele gritou —, mas primeiro eu vou dar um jeito nesta criatura.

Ele passou pelos *carabinieri* que o olhavam fixamente e se encaminhou na direção do rosto sorridente, e o atingiu com um potente golpe de esquerda perto da mandíbula. O homem caiu no chão.

Por uns instantes ele ficou em pé na frente dele em um triunfo selvagem — mas quando a primeira pontada de dúvida percorreu o seu corpo o mundo começou a girar; ele foi jogado

---

[5] Então. Ouve só. Vai para o Quirinale. Seu preguiçoso. Escute: o senhor está bêbado. Pague o que o chofer está pedindo. Está entendendo?

[6] Não, eu não quero.

[7] Como?

[8] Eu vou pagar quarenta liras. Já é bastante.

[9] Escuta aqui! [...] O senhor está bêbado. O senhor bateu no chofer. Assim, assim. [...] Já é bom demais que eu deixe o senhor em liberdade. Pague o que ele disse... cem liras. Vai para o Quirinal.

no chão com golpes, e punhos e botas imprimiram nele uma tatuagem bárbara. Ele sentiu seu nariz quebrar como um sarrafo, e seus olhos balançarem como se eles tivessem sido arremessados para trás por um elástico em sua cabeça. Uma costela trincou sob um calcanhar que o pisoteava. Momentaneamente, ele perdeu a consciência, recobrou-a enquanto o colocavam sentado e seus pulsos se agitavam presos em algemas. Ele lutou de modo automático. O tenente com roupas simples a quem ele havia derrubado com um soco estava em pé dando batidinhas em sua mandíbula com um lenço e o examinando para ver se tinha sangue; ele se aproximou de Dick, se aprumou, afastou o braço e o jogou no chão.

Quando o Doutor Diver estava deitado imóvel, um balde de água foi jogado sobre ele. Um de seus olhos se abriu um pouquinho enquanto ele era arrastado pelos pulsos em meio a uma névoa ensanguentada e ele distinguiu o rosto humano e sinistro de um dos motoristas de táxi.

— Vá ao Hotel Excelsior! — ele exclamou com voz fraca. — Diga à Senhorita Warren. Duzentas lire! Senhorita Warren. *Due centi lire!*[10] Oh, seu porco... seu filho...

Ele ainda foi arrastado em meio à névoa ensanguentada, se engasgando e soluçando, por cima de superfícies indefinidas e irregulares até algum lugar pequeno onde foi largado em um piso de pedra. Os homens saíram; uma porta bateu com ruído, ele ficou sozinho.

---

[10] Duzentas liras.

XXIII

Até uma hora, Baby Warren ficou deitada, lendo uma das histórias romanas curiosamente sem vida de Marion Crawford; então ela foi a uma das janelas e olhou para a rua. Na frente do hotel, dois *carabinieri*, grotescos em capas que lhes prendiam os movimentos e chapéus de arlequim, bamboleavam, imensos, de um lado para outro, como grandes velas de navio que se inclinassem para o lado, e ao observá-los ela pensou no policial que a havia encarado tão intensamente no almoço. Ele tinha tido a arrogância de um membro alto de uma raça pequena, com nenhuma obrigação exceto a de ser alto. Se ele tivesse se aproximado dela e dito, "Vamos sair, você e eu", ela teria respondido, "Por que não?" — pelo menos assim parecia agora, porque ela ainda estava um pouco perdida em um ambiente desconhecido.

Os pensamentos dela passaram lentamente pelos guardas, para os dois *carabinieri*, e se voltaram para Dick — ela se deitou e apagou a luz.

Um pouquinho antes das quatro horas, ela foi acordada por uma batida brusca à porta.

— Sim... o que foi?

— É o porteiro, Madame.

Ela vestiu seu quimono e olhou o porteiro, sonolenta.

— Seu amigo que chama Deever está com poblema. Ele teve poblema com a polícia e eles estão com ele na cadeia. Ele mandou um táxi para dizer, o motorista diz que ele prometeu para ele duzentas lire. — Ele fez uma pausa cautelosa para que isso fosse aprovado. — O motorista diz que Sr. Deever com poblema grande. Ele brigou com a polícia e está terrivelmente muito machucado.

— Eu já desço.

Ela se vestiu com o acompanhamento de ansiosas batidas do coração e, dez minutos depois, saiu do elevador para a entrada escura. O chofer que havia trazido a mensagem tinha ido embora; o porteiro chamou outro e disse-lhe onde se localizava a cadeia. Enquanto eles prosseguiam, a escuridão diminuiu e ficou mais fraca fora do carro, e os nervos de Baby, mal despertados, se contraíam ligeiramente por causa do equilíbrio instável entre noite e dia. Ela começou a correr contra o dia; às vezes nas amplas avenidas ela vencia, mas sempre que aquela coisa que estava abrindo caminho à força fazia uma pausa momentânea, rajadas de vento sopravam aqui e acolá, impacientes; e o lento rastejar da luz começava uma vez mais. O táxi passou por uma fonte ruidosa que lançava borrifos em uma sombra imensa, entrou em uma aleia em curva tão acentuada que os prédios eram empenados e deformados por causa dela, foi aos trancos e estrondeando sobre os paralelepípedos, e parou com um solavanco onde duas guaritas estavam iluminadas contra uma parede de umidade esverdeada. De repente, da escuridão violácea de uma arcada, veio a voz de Dick, gritando e esganiçando.

— Tem algum inglês? Tem algum norte-americano? Tem algum inglês? Tem algum... oh, meu Deus! Seus carcamanos nojentos!

A voz dele sumiu e Baby ouviu um ruído surdo de batidas na porta. Então a voz começou de novo.

— Tem algum norte-americano? Tem algum inglês?

Seguindo a voz, Baby passou correndo pela arcada e entrou em um pátio, andou sem rumo em uma confusão passageira e localizou a guarita de onde provinham os gritos. Dois *carabinieri* se levantaram de um pulo, mas Baby passou rapidamente sem olhá-los indo para a porta da cela.

— Dick! — ela chamou. — Qual é o problema?

— Eles me cegaram de um olho — ele gritou. — Eles me algemaram e então me espancaram, os desgraçados... os...

Voltando-se instantaneamente, Baby deu um passo na direção dos dois *carabinieri*.

— O que vocês fizeram com ele? — ela sussurrou tão furiosa que eles se encolheram perante a fúria dela que aumentava.

— *Non capisco inglese.*[1]

Em francês, ela os execrou; a raiva dela, insana e confidente, encheu o cômodo, envolveu os *carabinieri* até que eles se encolheram e se retorceram sob as camadas de culpa que ela lhes fazia sentir.

— Façam alguma coisa! Façam alguma coisa!

— Não podemos fazer nada até receber ordens.

— Bene. *Bay-nay*! *Bene*![2]

Uma vez mais, Baby deixou que seus sentimentos se excitassem ao redor deles até que eles ansiosamente se desculpassem pela própria impotência, olhando um para o outro com a sensação de que alguma coisa havia, afinal de contas, dado muito errado. Baby se encaminhou até a porta da cela, encostou-se a ela, quase a acariciando, como se isso pudesse fazer Dick sentir a presença e o poder dela, e gritou:

— Eu vou indo à Embaixada e volto.

Lançando um derradeiro olhar de infinita ameaça para os *carabinieiri*, ela saiu correndo.

Ela foi para a Embaixada norte-americana, onde pagou o motorista de táxi devido à insistência dele. Ainda estava escuro quando ela subiu correndo os degraus e apertou a campainha. Ela já havia apertado três vezes antes que um sonolento porteiro inglês lhe abrisse a porta.

---

[1] Não falo inglês.
[2] Bem. Bee-eem! Bem!

— Quero falar com alguém — disse ela. — Qualquer pessoa... mas agora mesmo.

— Ninguém está acordado, Madame. Não abrimos antes das nove horas.

Impaciente, ela deixou o horário de lado com um gesto das mãos.

— É importante. Um homem... um homem norte-americano foi terrivelmente espancado. Ele está em uma cadeia italiana.

— Ninguém está acordado agora. Às nove horas...

— Não posso esperar. Eles deixaram um homem cego de um olho... meu cunhado, e eles não o deixam sair da cadeia. Tenho de falar com alguém... não dá para entender? Você é louco? É um idiota, fica parado aí com essa expressão na cara!

— Não posso fazer nada, Madame.

— Você tem de acordar alguém! — ela o agarrou pelos ombros e o sacudiu com violência. — É uma questão de vida ou morte. Se não acordar alguém, uma coisa horrível vai acontecer com você...

— Favor não encostar as mãos em mim, Madame.

Acima e por trás do porteiro se ouviu uma cansada voz com sotaque de Groton.

— O que está acontecendo aí?

O porteiro respondeu aliviado.

— É uma senhora, senhor, e ela me chacoalhou — ele havia dado um passo para o lado para falar, e Baby entrou às pressas no saguão. Em um patamar da escada, mal tendo acabado de acordar, e envolto em um robe da Pérsia branco e bordado, estava um jovem singular. O rosto dele era de um rosado monstruoso e artificial, cheio de vida e, no entanto, morto, e sobre sua boca estava amarrado o que parecia ser uma mordaça. Ao ver Baby, ele virou o rosto para a sombra.

— O que está acontecendo? — ele repetiu.

Baby contou o ocorrido, em sua agitação abrindo caminho para a escada. Durante sua narrativa, ela percebeu que a mordaça era na verdade um penso e que o rosto do homem estava coberto por *cold cream* cor de rosa, mas o fato se adequava silenciosamente ao pesadelo. O que era preciso fazer, ela disse, veemente, era que ele fosse à cadeia com ela imediatamente e tirar Dick de lá.

— É uma situação ruim — disse ele.

— Sim — ela concordou, conciliadora. — Sim?

— Essa tentativa de brigar com a polícia. — Um tom de ofensa pessoal se insinuou na voz dele. — Receio que não haja nada a se fazer até as nove horas.

— Até as nove horas — ela repetiu, horrorizada. — Mas o senhor certamente pode fazer alguma coisa! O senhor pode ir à cadeia comigo e garantir que eles não o machuquem mais.

— Não temos permissão de fazer nada parecido com isso. O Consulado lida com essas coisas. O Consulado abre às nove horas.

O rosto dele, forçado a ficar impassível por causa do penso, enfureceu Baby.

— Não posso esperar até as nove. Meu cunhado disse que eles o cegaram de um olho... ele está muito ferido! Tenho de voltar para perto dele. Eu tenho de encontrar um médico. — Ela perdeu o controle e começou a chorar, raivosa, enquanto falava, porque sabia que ele iria reagir à agitação dela mais do que às suas palavras. — O senhor tem de fazer alguma coisa a esse respeito. É sua tarefa proteger cidadãos norte-americanos em perigo.

Porém, ele era da costa leste e inflexível demais para ela. Balançando a cabeça pacientemente perante a incapacidade dela de compreender sua posição, ele aconchegou o robe persa ainda mais perto de seu corpo e desceu alguns degraus.

— Escreva o endereço do consulado para esta senhora — ele falou para o porteiro — e procure o endereço do Doutor

Colazzo e o número do telefone, e anote ambos também. — Ele se voltou para Baby, com a expressão de um Cristo exasperado. — Minha cara senhora, o corpo diplomático representa o Governo dos Estados Unidos junto ao Governo da Itália. Ele não tem nada a ver com a proteção de cidadãos, a não ser sob instruções específicas do Departamento de Estado. Seu cunhado infringiu as leis deste país e foi colocado na cadeia, assim como um italiano poderia ser colocado na cadeia em Nova Iorque. As únicas pessoas que podem soltá-lo são as cortes italianas, e se seu cunhado for processado, a senhora pode conseguir ajuda e orientação do Consulado, que protege os direitos dos cidadãos norte-americanos. O consulado não abre senão às nove horas da manhã. Mesmo que fosse meu irmão, eu não poderia fazer nada...

— O senhor pode telefonar para o Consulado? — ela interrompeu.

— Não podemos interferir com o consulado. Quando o Cônsul chegar lá às nove horas...

— O senhor pode me dar o endereço da casa dele?

Depois de uma pausa milimétrica, o homem balançou a cabeça. Ele pegou o memorando do porteiro e o entregou a Baby.

— Agora eu lhe peço que me dê licença.

Ele a havia conduzido até a porta; por um instante, a aurora violácea incidiu com força sobre a máscara rosada dele e sobre a tira de linho que sustentava seu bigode; então Baby estava parada nos degraus da frente, sozinha. Ela havia ficado na embaixada dez minutos.

A *piazza* com a qual ela se defrontava estava vazia, a não ser por um velho que catava bitucas de cigarro com um bastão pontudo. Baby pegou um táxi na mesma hora e foi ao Consulado, mas não havia ninguém lá a não ser um trio de mulheres infelizes limpando as escadas. Ela não conseguiu fazê-las entender que precisava do endereço pessoal do Cônsul — em uma súbita ressurgência de ansiedade, ela saiu correndo e disse ao *chauffeur*[3] para levá-la para a cadeia. Ele não sabia onde era, mas usando as palavras *semper dritte*, *dextra* e *sinestra*,[4] Baby o conduziu até a localização aproximada, onde ela desceu do táxi e explorou um labirinto de aleias familiares. Porém, os prédios e as aleias eram todos semelhantes. Saindo de um dos caminhos e chegando à Piazza di Spagna, ela viu a Companhia American Express, e seu coração se alegrou com a palavra "American" na placa. Havia luz na janela, e atravessando a praça às pressas, Baby tentou a porta, mas ela estava fechada, e dentro o relógio marcava sete da manhã. Então ela pensou em Collis Clay.

Ela se lembrou do nome do hotel dele, uma *villa* abafada coberta de veludo vermelho na frente do Excelsior. A mulher que estava de serviço na recepção não estava disposta a ajudá-la — ela não tinha permissão para perturbar o Sr. Clay, e se recusou a permitir que a Senhorita Warren subisse sozinha ao quarto dele; convencida finalmente de que não era um caso de amor, ela acompanhou Baby.

Collis estava deitado nu em sua cama. Ele havia chegado bêbado e, ao despertar, levou alguns minutos até perceber a própria nudez. Ele se redimiu por isso com um excesso de modéstia. Levando suas roupas ao banheiro, ele se vestiu apressado, murmurando consigo mesmo, "Céus. Ela deve de ter dado uma boa duma olhada em mim." Depois de alguns telefonemas, ele e Baby encontraram a cadeia e foram para lá.

A porta da cela estava aberta, e Dick estava largado em uma cadeira na guarita. Os *carabinieiri* haviam lavado parte do sangue do rosto dele, dado uma ajeitada nele e lhe colocado o chapéu na cabeça de modo a ocultar parte de seu rosto.

Baby ficou parada no umbral, tremendo.

— O Sr. Clay vai ficar com você — ela disse. — Quero encontrar o Cônsul e um médico.

---

[3] Motorista.
[4] Semper em frente, dereita e isquerda. Baby Warren fala um italiano macarrônico

— Tudo bem.
— Só fique aí, quieto.
— Tudo bem.
— Eu volto.

Ela foi ao Consulado; já passava das oito horas então, e permitiram que ela se sentasse na antessala. Perto das nove horas, o Cônsul chegou e Baby, histérica por causa da impotência e do cansaço, repetiu sua história. O Cônsul ficou perturbado. Ele a alertou contra o envolvimento em rixas em cidades desconhecidas, mas estava mais preocupado com o fato de que ela deveria esperar lá fora — desesperada, ela viu nos olhos idosos dele que ele queria se envolver nessa catástrofe o mínimo possível. Esperando que ele agisse, ela passou os minutos telefonando para um médico para que fosse ver Dick. Havia outras pessoas na antessala, e várias foram recebidas no escritório do Cônsul. Depois de meia hora, ela escolheu o instante em que alguém estava saindo e passou rapidamente pelo secretário e entrou no escritório.

— Isso é uma vergonha! Um norte-americano foi espancado quase até a morte e jogado em uma prisão, e vocês não fazem nada para ajudar.

— Só um instante, Senhora...

— Eu já esperei demais. O senhor vá agora mesmo à cadeia e tire-o de lá!

— Senhora...

— Nós somos pessoas de importância considerável nos Estados Unidos... — Sua boca ficou rígida enquanto Baby prosseguia. — Se não fosse pelo escândalo, nós poderíamos... providenciarei para que sua indiferença quanto a este assunto chegue aos canais competentes. Se meu cunhado fosse um cidadão britânico, ele teria sido solto horas atrás, mas vocês estão mais preocupados com o que a polícia vai pensar do que com a sua função aqui.

— Senhora...

— O senhor coloque seu chapéu e venha comigo agora mesmo.

A menção ao seu chapéu alarmou o Cônsul, que começou apressadamente a limpar seus óculos e a folhear a sua papelada. Isso não causou o menor efeito: a Mulher Norte-Americana, provocada, se ergueu magnífica à sua frente; o irracional temperamento exterminador que havia destruído a fibra moral de uma raça e transformado um continente em um quarto de brinquedos era demais para ele. Ele mandou chamar vice-cônsul — Baby havia vencido.

Dick estava sentado à luz do sol que entrava com toda força através da janela da guarita. Collis estava com ele, e dois *carabinieri*, e eles estavam esperando que alguma coisa acontecesse. Com a visão parcial de um de seus olhos, Dick conseguia ver os *carabinieri*; eles eram camponeses toscanos com lábios superiores pequenos e ele achou difícil associá-los à brutalidade da noite anterior. Ele mandou um deles ir buscar um copo de cerveja.

A cerveja fez com que ele ficasse com a cabeça leve, e o episódio foi momentaneamente iluminado por um raio de humor sardônico. Collis era da opinião de que a moça inglesa tinha algo que ver com a catástrofe, mas Dick tinha certeza de que ela havia desaparecido muito antes de tudo acontecer. Collis ainda estava entretido com o fato de a Srta. Warren tê-lo flagrado nu na cama.

A raiva de Dick havia se internalizado um pouquinho, e ele sentia uma imensa irresponsabilidade criminal. O que havia acontecido com ele era tão medonho que nada poderia fazer qualquer diferença, a não ser que ele fosse capaz de sufocar tudo até a morte e, como isso era improvável, estava desesperançado. Ele seria uma pessoa diferente doravante, e em sua situação atual ele tinha sentimentos bizarros sobre o que esse novo eu iria ser. A questão trazia em si a qualidade impessoal de um ato de Deus. Nenhum ariano maduro tem condições de lucrar com uma humilhação; quando ele perdoa, ela passou a ser parte de sua vida, ele se identificou com a coisa que o humilhou — um desfecho que, no caso, era impossível.

Quando Collis falou em vingança, Dick balançou a cabeça e ficou em silêncio. Um tenente dos *carabinieri*, engomado, lustrado e vital, entrou no cômodo dando a impressão de ser três homens e os guardas pularam em posição de sentido. Ele pegou a garrafa vazia de cerveja e endereçou um fluxo de repreensões aos seus homens. O novo espírito se apoderara dele, e a primeira coisa era botar a garrafa de cerveja para fora da guarita. Dick olhou para Collis e deu risada.

O vice-cônsul, um jovem exausto chamado Swanson, chegou, e eles se dirigiram à corte; Collis e Swanson de cada lado de Dick e os dois *carabinieri* bem atrás. Era uma manhã amarelada e nevoenta; as praças e arcadas estavam lotadas e Dick, puxando o chapéu sobre a cabeça, caminhou rapidamente, estabelecendo o ritmo, até que um dos *carabinieri* de pernas curtas se aproximou e protestou. Swanson resolveu a questão.

— Eu acabei com você, não acabei? — Dick falou, jovial.

— O senhor corre o risco de ser morto brigando com italianos — retrucou Swanson, acanhado. — Eles provavelmente vão deixar o senhor ir embora desta vez, mas o se o senhor fosse italiano, pegaria um par de meses na prisão. E como!

— O senhor já esteve na prisão?

Swanson deu risada.

— Gosto dele — anunciou Dick para Clay. — Ele é um jovem muito amável, e dá excelentes conselhos para as pessoas, mas eu aposto que ele já esteve na prisão. Provavelmente passou semanas inteiras na prisão.

Swansou deu risada.

— Quero dizer que seria bom o senhor ser cuidadoso. O senhor não sabe como são essas pessoas.

— Oh, eu sei como elas são — interrompeu Dick, irritado. — Eles são uns ordinários desgraçados. — Ele se voltou para os *carabinieri*. — Vocês entenderam isso?

— Vou deixar o senhor aqui — disse Swanson rapidamente. — Eu disse para sua cunhada que faria isso... nosso advogado vai encontrar o senhor no andar de cima na sala de audiências. É melhor o senhor ser cuidadoso.

— Até logo — Dick trocou um aperto de mãos cerimoniosamente. — Muito obrigado. Sinto que o senhor tem um futuro...

Com outro sorriso, Swanson se afastou rapidamente, retomando sua expressão oficial de desaprovação.

Eles então entraram em um pátio em cujos quatro lados escadas externas levavam às salas do andar de cima. Enquanto eles atravessavam o piso de pedras, gemidos, assobios e vaias foram proferidos pelos desocupados no pátio, vozes cheias de fúria e de desprezo. Dick ficou olhando.

— O que é isso? — ele perguntou, perturbado.

Um dos *carabinieri* falou com um grupo de homens e o barulho acabou.

Eles entraram na sala de audiências. Um amarrotado advogado italiano do Consulado falou bastante tempo com o juiz, enquanto Dick e Collis esperavam do lado de fora. Alguém que sabia inglês se voltou da janela que se abria para o pátio e explicou o barulho que havia acompanhado a passagem deles por lá. Um nativo de Frascati havia violentado e assassinado uma criança de cinco anos, e deveria ser levado para lá naquela manhã — a multidão supusera que era Dick.

Em poucos minutos, o advogado disse para Dick que ele estava livre — a corte o julgava suficientemente punido.

— Suficientemente! — exclamou Dick. — Punido por quê?

— Venha — disse Collis. — Você não pode fazer nada agora.

— Mas o que foi que eu fiz, além de entrar em uma briga com uns motoristas de táxi?

— Eles alegam que você abordou um detetive como se fosse cumprimentá-lo e bateu nele...

— Isso não é verdade! Eu disse para ele que ia bater nele... e não sabia que ele era um detetive.

— É melhor o senhor ir embora — insistiu o advogado.

— Vamos embora. — Collis pegou-o pelo braço e eles desceram as escadas.

— Quero fazer um discurso — exclamou Dick. — Quero explicar para essas pessoas como eu violentei uma menina de cinco anos. Talvez eu tenha...

— Vamos embora.

Baby estava esperando com um médico em um táxi. Dick não queria olhar para ela e não gostou do médico, cujos modos rígidos o apresentavam como um dos menos óbvios dos tipos europeus, o moralista latino. Dick fez um resumo de sua visão do desastre, mas ninguém tinha muito a dizer. Em seu quarto no Quirinal, o médico limpou o resto de sangue e o suor oleoso, ajeitou o nariz dele, suas costelas e dedos fraturados, desinfetou os ferimentos menores e colocou um curativo esperançoso no olho. Dick pediu um quarto de grão de morfina, pois ainda estava bem desperto e cheio de energia nervosa. Com a morfina, ele adormeceu; o médico e Collis partiram, e Baby esperou com ele até que uma mulher da casa de saúde inglesa pudesse vir. Tinha sido uma noite difícil, mas ela tinha a satisfação de sentir que, qualquer que fosse o histórico anterior de Dick, os Warrens agora tinham uma superioridade moral sobre ele enquanto ele provasse ser de qualquer utilidade.

LIVRO

3

Frau Kaethe Gregorovius alcançou o marido no caminho da *villa* deles.

— Como estava Nicole? — ela perguntou, com voz suave; mas falou sem fôlego, denunciando o fato de que havia mantido a pergunta em sua cabeça durante sua corrida.

Franz olhou-a, surpreso.

— Nicole não está doente. O que leva você a perguntar, queridinha?

— Você a vê tanto... pensei que ela pudesse estar doente.

— Falaremos disso em casa.

Kaethe concordou, submissa. O estúdio dele ficava no prédio da administração, e as crianças estavam com seu tutor na sala de estar; eles subiram para o quarto de dormir.

— Desculpe-me, Franz — disse Kaethe, antes que ele pudesse falar. — Desculpe-me, querido, eu não tinha o direito de dizer aquilo. Sei quais são minhas obrigações, e tenho orgulho delas. Mas há um clima estranho entre mim e Nicole.

— Os passarinhos em seus ninhos vivem em paz — trovejou Franz. Achando o tom inapropriado para o sentimento, ele repetiu sua ordem no ritmo espaçado e cheio de consideração com o qual seu velho mestre, Doutor Dohmler, conseguia adicionar significado ao mais banal lugar-comum. — Os passarinhos... em... seus... ninhos... *vivem em paz!*

— Entendo isso. Você não me viu deixar de ser gentil com Nicole.

— Eu a vejo deixando de ter bom senso. Nicole é em parte uma paciente; ela possivelmente permanecerá assim por toda sua vida. Na ausência de Dick, sou o responsável. — Ele hesitava; às vezes, como uma brincadeira inofensiva, ele tentava esconder os fatos de Kaethe. — Recebi um cabograma de Roma hoje de manhã. Dick teve gripe e começa a viagem de volta amanhã.

Aliviada, Kaethe continuou em um tom menos pessoal:

— Acho que Nicole é menos doente do que as pessoas pensam... ela apenas se apega a essa doença dela como um instrumento de poder. Ela deveria estar no cinema, assim como a sua Norma Talmadge; é onde todas as mulheres norte-americanas seriam felizes.

— Você está com ciúmes de Norma Talmadge, em um filme?

— Não gosto dos norte-americanos. Eles são egoístas, ego-*ís-tas*!

— Você gosta do Dick?

— Gosto dele — ela admitiu. — Ele é diferente, ele pensa nos outros.

...E a Norma Talmadge também, disse Franz com seus botões. Norma Talmadge deve ser uma mulher fina e nobre muito além de sua beleza. Eles devem obrigá-la a desempenhar papéis tolos; Norma Talmadge deve ser uma mulher que seria um privilégio conhecer.

Kaethe havia se esquecido de Norma Talmadge, uma sombra vívida com a qual ela se atormentara cheia de amargura certa noite enquanto eles voltavam de carro para casa, vindo do cinema em Zurique.

— Dick se casou com Nicole por causa do dinheiro dela — ela disse. — Essa foi a fraqueza dele... você mesmo deu a entender certa noite.

— Você está sendo maldosa.

— Eu não deveria ter dito isso — ela se retratou. — Nós todos temos de viver como passarinhos, como você diz. Mas, é difícil quando Nicole age como... quando Nicole se retesa um pouquinho, como se ela estivesse segurando a respiração... como se eu *cheirasse* mal!

Kaethe havia tocado em uma verdade incontestável. Ela fazia a maior parte do serviço de casa e, frugal, comprava poucas roupas. Uma balconista de loja norte-americana, lavando duas mudas de roupas íntimas todas as noites, teria percebido uma sugestão do suor de ontem reavivado na pessoa de Kaethe, menos um cheiro do que um lembrete amoniacal da eternidade da labuta e da decomposição. Para Franz, isso era tão natural quanto o cheiro forte e profundo dos cabelos de Kaethe, e ele teria sentido falta disso da mesma maneira; mas para Nicole, que nascera odiando o cheiro das mãos da babá que a vestia, era uma ofensa que mal podia ser suportada.

— E as crianças — prosseguiu Kaethe. — Ela não gosta que elas brinquem com nossos filhos... — mas Franz já havia ouvido o suficiente.

— Fique de boca fechada; esse tipo de conversa pode me prejudicar profissionalmente, já que nós devemos esta clínica ao dinheiro de Nicole. Vamos almoçar.

Kaethe percebeu que seu desabafo havia sido insensato, mas a última observação de Franz fez com que ela se lembrasse de que outros norte-americanos tinham dinheiro, e uma semana mais tarde ela apresentou seu pouco apreço por Nicole com novas palavras.

A circunstância foi o jantar que eles ofereceram aos Divers com o retorno de Dick. Mal os passos deles haviam cessado no caminho quando ela fechou a porta e disse a Franz:

— Você viu ao redor dos olhos dele? Ele andou na libertinagem!

— Calma — pediu Franz. — Dick me falou a respeito disso assim que chegou. Ele estava lutando boxe no transatlântico. Os passageiros norte-americanos lutam muito boxe nesses transatlânticos.

— E eu acredito nisso? — ela escarneceu. — Ele sente dor ao mexer um dos braços, e está com uma cicatriz ainda viva na testa... dá para ver onde o cabelo foi cortado.

Franz não havia percebido esses detalhes.

— Mas e daí? — disse Kaethe. — Você acha que esse tipo de coisa faz algum bem para a Clínica? Senti cheiro de bebida nele esta noite, e várias outras vezes desde que ele voltou.

Ela baixou a voz para se adequar à gravidade do que ia dizer:

— Dick não é mais um homem sério.

Franz deu de ombros enquanto subia as escadas, deixando de lado a insistência dela. No quarto de dormir, ele lhe disse, inesperadamente:

— Ele é com toda certeza um homem sério e um homem brilhante. De todos os homens que recentemente obtiveram seu diploma em neuropatologia em Zurique, Dick tem sido considerado o mais brilhante... mais brilhante do que eu jamais poderei ser.

— Isso é uma vergonha!

— É a verdade; vergonha seria não admitir isso. Eu me volto a Dick quando os casos são muito complicados. As publicações dele ainda são um padrão em sua linha; vá a qualquer biblioteca médica e pergunte. A maior parte dos estudantes pensa que ele é inglês; eles não acreditam que tal rigor possa ter surgido nos Estados Unidos. — Ele gemeu familiarmente, pegando seu pijama de debaixo do travesseiro. — Não dá para entender por que fala desse jeito, Kaethe... achei que você gostasse dele.

— Mas que vergonha! — disse Kaethe. — Você é a cabeça firme, você faz o trabalho. É um caso da lebre e da tartaruga... e na minha opinião, a corrida da lebre está quase chegando ao fim.

— Tch! Tch!

— Então está tudo bem. É a verdade.

Ele fez um gesto enérgico com a mão aberta.

— Chega!

O resultado foi que eles haviam trocado ideias como debatedores. Kaethe admitia para si mesma que havia sido severa demais com Dick, a quem ela admirava e respeitava, que havia sido tão cheio de consideração e compreensivo em relação a ela. Quanto a Franz, a partir do momento em que teve tempo de pensar na ideia de Kaethe, ele nunca mais acreditou que Dick fosse uma pessoa séria. E, à medida que o tempo passou, ele se convenceu de que nunca tinha achado isso.

II

Dick contou para Nicole uma versão expurgada da catástrofe em Roma — em sua versão, ele havia ido filantropicamente ajudar um amigo bêbado. Ele podia confiar em Baby Warren para ficar de boca fechada, já que ele havia descrito o desastroso efeito da verdade sobre Nicole. Tudo isso, no entanto, era uma barreira fácil de transpor em comparação com o persistente efeito do acontecimento sobre ele.

Como reação, ele se dedicou intensamente ao seu trabalho, de tal modo que Franz, tentando romper com ele, não conseguia encontrar uma base para iniciar uma briga. Nenhuma amizade digna do nome jamais foi destruída em uma hora sem que carne dolorida não fosse atingida — então, Franz se permitiu acreditar com uma convicção cada vez maior que Dick viajava intelectual e emocionalmente em tal velocidade que as vibrações o perturbavam — isso era um contraste que havia sido previamente considerado uma virtude no relacionamento deles. Assim sendo, quem não pode andar a cavalo, anda a pé.

No entanto, foi só no mês de maio que Franz encontrou uma oportunidade de fazer o primeiro movimento. Dick chegou ao escritório dele certo dia na hora do almoço, pálido e cansado, dizendo:

— Bem, ela se foi.

— Ela morreu?

— O coração parou.

Dick se sentou, exausto, na cadeira mais perto da porta. Por três noites, ele havia ficado ao lado da anônima artista coberta de crostas que ele havia passado a amar, formalmente para administrar doses de adrenalina, mas na verdade para jogar tanta luz quanto possível na escuridão vindoura.

Apreciando em parte o sentimento, Franz ofereceu rapidamente uma opinião:

— Era neurossífilis. Todos os Wassermans que nós fizemos não me disseram nada diferente. O fluido cerebrospinal...

— Não faz diferença — falou Dick. — Oh, Deus, não faz diferença! Se ela se importava tanto assim com seu segredo para levá-lo com ela, que as coisas fiquem como estão.

— É melhor você descansar por um dia.

— Não se preocupe, eu vou fazer isso.

Franz havia feito o movimento; erguendo os olhos do telegrama que estava escrevendo para o irmão da mulher, ele perguntou:

— Ou você quer viajar um pouquinho?

— Não agora.

— Não quero dizer em férias. Temos um caso em Lausanne. Estive ao telefone com um chileno a manhã toda...

— Ela tinha tanta coragem — falou Dick. — E tudo isso lhe custou tanto tempo. — Franz balançou a cabeça, compreensivo, e Dick se recompôs. — Desculpe-me por interromper.

— Só para mudar um pouco... a situação é o problema de um pai com o filho... o pai não consegue trazer o filho aqui. Ele quer que alguém vá lá.

— O que é? Alcoolismo? Homossexualismo? Quando você diz Lausanne...

— Um pouco de tudo.

— Eu vou. Tem dinheiro envolvido?

— Bastante, eu diria. Pense em ficar dois ou três dias, e traga o menino para cá se ele precisar ser vigiado. De qualquer modo, não se apresse, vá com calma; combine os negócios com o prazer.

Depois de dormir duas horas no trem, Dick se sentiu renovado, e encarou a entrevista com o Señor Pardo y Cuidad Real de bom humor.

Essas entrevistas eram muito características. Com frequência, só a histeria do representante da família era tão interessante psicologicamente quanto a condição do paciente. Essa não era uma exceção: Señor Pardo y Cuidad Real, um espanhol bonito e de cabelos grisalhos, com postura nobre, provido de todos os acessórios da riqueza e do poder, andava enraivecido de um lado para outro em sua suíte no Hôtel de Trois Mondes, e contou a história de seu filho com tanto autocontrole quanto uma mulher bêbada.

— Eu já não sei mais o que fazer. Meu filho é corrupto. Ele era corrupto em Harrow, ele era corrupto no King's College em Cambridge. Ele é incorrigivelmente corrupto. Agora com essa história da bebida, está cada vez mais óbvio como ele é, e tem esse escândalo contínuo. Já tentei de tudo... elaborei um plano com um médico amigo meu, mandei-os juntos para uma viagem pela Espanha. Todas as manhãs, Francisco tomava uma injeção de cantárida e então os dois iam juntos a um *bordello*[1] respeitável... por mais ou menos uma semana isso pareceu dar certo, mas o resultado foi pífio. Finalmente, semana passada neste próprio quarto, ou melhor, naquele banheiro... — ele o apontou — eu fiz Francisco tirar a roupa até a cintura e o fustiguei com um chicote...

Exausto por causa da emoção, ele se sentou e Dick se manifestou:

— Isso foi uma bobagem... a viagem para a Espanha foi sem sentido também... — Ele lutou contra uma explosão de hilaridade; que qualquer médico de boa reputação se deixasse envolver em tal experimento amador! — Señor, devo lhe dizer que, nesses casos, nós não podemos prometer nada. No caso da bebida, nós conseguimos, com mais frequência, alcançar algum resultado... com a devida cooperação. A primeira coisa é ver

---

[1] Bordel (em italiano).

o menino e conseguir confiança suficiente da parte dele para descobrir se ele tem alguma ideia do que está acontecendo.

...O menino, com quem ele se sentou no terraço, tinha uns vinte anos, era bonito e esperto.

— Eu gostaria de saber como você vê tudo isso — Dick falou. — Sente que a situação está ficando mais complicada? E quer fazer algo a respeito disso?

— Acho que sim — disse Francisco. — Estou me sentindo muito infeliz.

— Acha que é por causa da bebida ou da anormalidade?

— Acho que a bebida é causada por ela. — Ele ficou sério por uns minutos; e de repente, um irreprimível tom de zombaria se fez sentir, e ele deu risada, dizendo. — Não tem jeito. No King's, eu era conhecido como a Rainha do Chile. Aquela viagem para a Espanha... tudo que ela fez foi me deixar nauseado com a visão de uma mulher.

Dick o interrompeu bruscamente.

— Se está feliz nessa confusão, então não posso ajudá-lo e estou perdendo o meu tempo.

— Não, vamos conversar... eu desprezo a maior parte dos outros também. — Havia certa masculinidade no menino, desvirtuada então em uma ativa resistência ao pai. Porém, ele tinha nos olhos aquela expressão tipicamente malandra que os homossexuais assumem ao discutir o assunto.

— É uma questão que vai permanecer escondida na melhor das opções — Dick lhe disse. — Você vai gastar sua vida nisso e em suas consequências, e não vai ter tempo ou energia para qualquer outro ato social decente. Se quer encarar o mundo, vai ter de começar controlando sua sensualidade; e, acima de tudo, a bebida que a provoca...

Ele falava de modo automático, tendo abandonado o caso dez minutos antes. Eles conversaram amistosamente por mais uma hora a respeito da casa do menino no Chile e sobre suas ambições. Isso foi o mais perto de que Dick jamais chegara de compreender tal personalidade de um ângulo qualquer que não fosse o patológico — ele supunha que exatamente esse charme tornava possível para Francisco perpetrar suas ofensas, e, para Dick, o charme sempre tinha tido uma existência independente, quer ele fosse a insana bravura da infeliz que havia morrido na clínica naquela manhã, ou a graça corajosa que esse menino perdido trazia para uma história velha e fastidiosa. Dick tentou dissecá-la em partes pequenas o suficiente para guardá-la para uso futuro — percebendo que a totalidade de uma vida pode ter uma característica diferente de seus segmentos, e também que a vida durante a década dos quarenta parecia capaz de ser observada somente em segmentos. Seu amor por Nicole e Rosemary, sua amizade com Abe North, com Tommy Barban no universo esfacelado do fim da guerra — em tais contatos, as personalidades pareciam ter se aglomerado tão perto dele que ele se transformou na própria personalidade — parecia haver certa necessidade de pegar ou tudo ou nada; era como se para o resto de sua vida ele fosse condenado a transportar os egos de certas pessoas encontradas no passado e amadas no passado, e ser apenas tão completo quanto elas próprias eram completas. Havia certo elemento de solidão envolvido — tão fácil de ser amado — tão difícil de amar.

Enquanto ele se sentava na varanda com o jovem Francisco, um fantasma do passado penetrou em sua mente. Um homem alto, que oscilava de modo singular, se afastou dos arbustos e se aproximou de Dick e de Francisco com uma resolução frágil. Por uns instantes, ele formou uma parte tão dispensável da paisagem cheia de vida que Dick mal se deu conta dele — e então Dick estava em pé, trocando um aperto de mãos com um ar distraído, pensando, "Meu Deus, eu mexi em um vespeiro!", e tentando se lembrar do nome do homem.

— É o Doutor Diver, não é?
— Bem, bem... Sr. Dumphry, não é?

— Royal Dumphry. Tive o prazer de jantar uma noite naquele seu jardim encantador.

— É claro. — Tentando diminuir o entusiasmo do Sr. Dumphry, Dick passou a uma cronologia impessoal. — Foi em mil e novecentos e... vinte e quatro... ou vinte e cinco...

Ele havia permanecido em pé, mas Royal Dumphry, tímido como havia aparentado ser a princípio, não era um molenga quando queria conseguir alguma coisa; ele falou com Francisco de um modo insolente e pessoal; porém, o menino envergonhado se juntou a Dick em uma tentativa de desencorajá-lo e mandá-lo embora.

— Doutor Diver... uma coisa que quero lhe dizer antes de o senhor ir embora. Eu nunca me esqueci daquela noite em seu jardim... quão gentis o senhor e sua esposa foram. Para mim, é uma das melhores recordações de minha vida, uma das mais felizes. Eu sempre pensei nela como o mais civilizado encontro de pessoas de que eu já tive notícia.

Dick continuava uma retirada oblíqua na direção da porta mais próxima do hotel.

— Estou feliz por o senhor se lembrar dela com tanto prazer. Agora tenho de ver...

— Entendo — prosseguiu Royal Dumphry, compreensivo. — Ouvi dizer que ele está morrendo.

— Quem está morrendo?

— Talvez eu não devesse ter dito isso... mas nós nos consultamos com o mesmo médico.

Dick fez uma pausa, olhando-o atônito.

— De quem o senhor está falando?

— Ora, do pai de sua esposa... talvez eu...

— Meu *o quê*?

— Eu suponho... o senhor quer dizer que eu sou a primeira pessoa...

— O senhor está me dizendo que o pai de minha esposa está aqui, em Lausanne?

— Ora, pensei que o senhor soubesse... pensei que era por isso que o senhor estava aqui.

— Qual médico está cuidando dele?

Dick rabiscou o nome em um caderno de anotações, se desculpou e correu para uma cabine telefônica.

Era conveniente para o Doutor Dangeu ver o Doutor Diver em sua casa imediatamente.

O Doutor Dangeu era um jovem *Génevois*;[2] por uns instantes, ele ficou com medo de que fosse perder um paciente lucrativo, mas quando Dick o tranquilizou, ele informou o fato de que o Sr. Warren estava mesmo morrendo.

— Ele só tem cinquenta anos, mas o fígado dele parou de se renovar; o fator que desencadeou foi o alcoolismo.

— Não está reagindo?

— O homem não pode ingerir nada a não ser líquidos; eu lhe dou uns três dias, ou, no máximo, uma semana.

— A filha mais velha dele, a Srta. Warren, sabe da condição dele?

— Por vontade expressa dele, ninguém sabe além de seu criado. Foi somente esta manhã que eu achei que tinha de falar para ele; ele recebeu a notícia com excitação, embora tenha estado com um estado de espírito bastante religioso e resignado desde o começo de sua doença.

Dick ficou pensando:

— Bem... — ele resolveu lentamente — de qualquer modo, eu vou cuidar do lado familiar. Mas eu suponho que elas vão querer uma consulta com um especialista.

— Como o senhor quiser.

— Sei que falo em nome delas quando lhe peço para chamar um dos melhores médicos que moram perto do lago... Herbrugge, de Genebra.

---

[2] Natural de Genebra.

— Eu estava pensando em Herbrugge.

— Enquanto isso, vou ficar aqui por um dia pelo menos, e vou me manter em contato com o senhor.

Naquela noite, Dick foi ter com o Señor Pardo y Cuidad Real e eles conversaram.

— Nós temos grandes propriedades no Chile — disse o velho. — Meu filho poderia muito bem estar cuidando delas. Ou eu posso colocá-lo em uma das várias empresas em Paris... — Ele balançou a cabeça e saiu andando através das portas-francesas sob uma chuva de primavera tão leve que nem mesmo fez com que os cisnes se escondessem. — Meu único filho! O senhor não pode levá-lo?

O espanhol se ajoelhou de repente aos pés de Dick.

— O senhor não pode curar o meu único filho? Acredito no senhor... o senhor pode levá-lo, curá-lo.

— É impossível internar uma pessoa em tais bases. Eu não o faria, se pudesse.

O espanhol se levantou.

— Eu fui apressado... eu fui levado...

Descendo para a entrada, Dick encontrou o Doutor Dangeu no elevador.

— Eu ia telefonar para o seu quarto — disse Dangeu. — Podemos conversar no terraço?

— O Senhor Warren morreu? — perguntou Dick.

— Ele está na mesma condição; a consulta vai ser de manhã. Nesse meio de tempo, ele quer ver a filha... sua esposa... com o maior fervor. Parece que houve uma briga...

— Sei tudo a respeito disso.

Os médicos se entreolharam, pensando.

— Por que o senhor não conversa com ele antes de se decidir? — sugeriu Dangeu. — A morte dele será tranquila... ele simplesmente vai enfraquecer e partir.

Com um esforço, Dick consentiu.

— Tudo bem.

A suíte em que Devereux Warren estava tranquilamente enfraquecendo e partindo era do mesmo tamanho daquela do Señor Pardo y Cuidad Real — em todo esse hotel havia muitos quartos nos quais ruínas ricas, fugitivos da justiça, pretendentes a tronos de principados mediatizados, viviam dos derivados do ópio ou do barbital ouvindo eternamente, como se fosse de um rádio do qual não se pudesse escapar, as grosseiras melodias de antigos pecados. Este recanto da Europa não tanto atrai as pessoas como as aceita sem perguntas inconvenientes. Caminhos se cruzam aqui — as pessoas que se encaminhavam com destino a clínicas particulares ou a centros para tratamento de tuberculose nas montanhas, pessoas que não mais eram *persona grata* na França ou na Itália.

A suíte estava na penumbra. Uma freira com um rosto piedoso estava cuidando do homem cujos dedos emaciados agitavam um rosário sobre o lençol branco. Ele ainda era bonito e sua voz tinha uma pronúncia bastante individual enquanto ele falava com Dick, depois de Dangeu tê-los deixado juntos.

— Nós adquirimos muito entendimento no fim da vida. Somente agora, Doutor Diver, eu compreendo a razão de tudo aquilo.

Dick ficou esperando.

— Eu fui um homem ruim. O senhor deve saber quão pouco direito eu tenho de ver Nicole de novo; no entanto, um Homem Maior do que qualquer um de nós diz para perdoar e ter pena. — O rosário escorregou de suas mãos fracas e deslizou pelas macias cobertas da cama. Dick pegou-o para Warren. — Se eu pudesse ver Nicole por dez minutos, eu partiria feliz deste mundo.

— Não é uma decisão que eu possa tomar sozinho — respondeu Dick. — Nicole não é forte. — Ele tomou uma decisão, mas fingiu hesitar. — Posso colocar a questão para o meu sócio profissional.

— O que seu sócio disser está bom para mim... muito bem, Doutor. Permita-me dizer que meu débito para com o senhor é tão grande...

Dick se levantou rapidamente.

— Eu informo o resultado para o senhor por intermédio do Doutor Dangeu.

Em seu quarto, ele telefonou para a clínica no Zugersee. Depois de um bom tempo, Kaethe atendeu da casa dela.

— Quero falar com o Franz.

— Franz está lá na montanha. Estou indo para lá... alguma coisa que eu possa dizer para ele, Dick?

— É sobre a Nicole... o pai dela está morrendo aqui em Lausanne. Diga isso para o Franz, mostre para ele que é importante, e peça para ele me telefonar de lá.

— Tudo bem.

— Fale para ele que eu estarei no meu quarto no hotel das três às cinco horas, e de novo das sete às oito, e depois disso para me mandar uma mensagem na sala de jantar.

Ao planejar os horários, ele se esqueceu de acrescentar que não era para dizer nada para Nicole; quando ele se lembrou disso, estava falando com um telefone mudo. Certamente Kaethe iria se dar conta.

...Kaethe não tinha intenção de contar para Nicole sobre o telefonema enquanto ela subia pela colina deserta de flores silvestres e ventos secretos, onde os pacientes eram levados para esquiar no inverno e para fazer escalada na primavera. Ao descer do trem, ela viu Nicole liderando as crianças em alguma traquinagem organizada. Ao se aproximar, ela passou gentilmente o braço nos ombros de Nicole, dizendo:

— Você sabe lidar com as crianças... deveria dar mais aulas de natação para elas no verão.

Com a brincadeira, eles haviam ficado acalorados, e o reflexo de Nicole de se afastar do braço de Kaethe foi automático a ponto de ser rude. A mão de Kaethe caiu desajeitada no vazio, e então ela também reagiu, verbalmente e de modo deplorável.

— Você achou que eu ia abraçá-la? — ela perguntou, ríspida. — Era só a respeito do Dick, falei com ele no telefone, e senti tanto...

— Alguma coisa aconteceu com o Dick?

Kaethe percebeu rapidamente seu erro, mas ela havia seguido um rumo desajeitado e não tinha escolha a não ser responder enquanto Nicole a pressionava com perguntas repetidas:

— ...então, por que você sentiu tanto?

— Não é nada relacionado ao Dick. Tenho de falar com Franz.

— É sobre o Dick.

Havia terror no rosto dela, e um alarme auxiliar nos rostos das crianças dos Divers, ali pertinho. Kaethe cedeu com um:

— Seu pai está doente em Lausanne... Dick quer falar com Franz a respeito.

— Ele está muito doente? — perguntou Nicole, bem na hora em que Franz apareceu com seus calorosos modos de médico. Grata, Kaethe passou o resto da responsabilidade para ele, mas o estrago havia sido feito.

— Estou indo para Lausanne — anunciou Nicole.

— Um momento — disse Franz. — Não sei se isso é aconselhável. Preciso em primeiro lugar falar com Dick ao telefone.

— Então eu vou perder o trem lá para a clínica — reclamou Nicole — e então eu perco o trem que parte às três horas de Zurique! Se meu pai está morrendo, eu tenho... — Ela deixou a frase no ar, com medo de formulá-la — eu *tenho de* ir. Vou ter de correr para pegar o trem. — Enquanto falava, ela já estava correndo na direção da sequência de vagões achatados que coroavam a colina nua com vapor e sons em erupção. Olhando para trás, ela disse. — Se você telefonar para o Dick, diga para ele que estou indo, Franz!...

...Dick estava em seu quarto no hotel, lendo o *The New York Herald* quando a freira com as cores da plumagem da andorinha entrou rapidamente — no mesmo instante, o telefone tocou.

— Ele morreu? — Dick perguntou para a freira, esperançoso.

— *Monsieur, il est parti...*[3] ele foi embora.

— Co-mo?

— *Il est parti...* seu criado e sua bagagem também se foram!

Isso era inacreditável. Um homem naquela condição se levantar e partir.

Dick atendeu ao telefonema de Franz.

— Você não deveria ter contado para Nicole — ele protestou.

— Kaethe contou para ela, muito insensatamente.

— Acho que foi minha culpa. Nunca conte nada para uma mulher até que tudo esteja acabado. De qualquer modo, vou encontrar Nicole... olhe, Franz, a coisa mais esquisita aconteceu por aqui... o velhote levantou da cama e saiu andando...

— Com o quê? O que você disse?

— Eu disse que ele saiu andando, o velho Warren... saiu andando!

— Mas por que não?

— Era para ele estar morrendo de falência geral dos órgãos... ele se levantou e foi embora, de volta para Chicago, eu suponho... Não sei, a enfermeira está aqui, agora... Não sei, Franz... eu acabei de saber disso. Ligue aqui mais tarde.

Ele passou a maior parte de duas horas traçando os movimentos de Warren. O paciente havia descoberto uma oportunidade entre a troca das enfermeiras diurnas e noturnas para ir ao bar, onde ele havia engolido quatro whiskeys; ele pagou sua conta do hotel com uma nota de mil dólares, dando instruções

---

[3] Ele foi embora.

para a recepção enviar o troco para ele, e partiu, supostamente para os Estados Unidos. Uma corrida de último minuto de Dick e Dangeu para alcançá-lo na estação teve como resultado apenas Dick não conseguir encontrar Nicole; quando eles se encontraram na entrada do hotel, ela parecia subitamente cansada, e seus lábios estavam firmemente cerrados, o que deixou Dick inquieto.

— Como está meu pai?

— Ele está muito melhor. Ele parecia ter uma boa reserva de energia, no fim das contas. — Ele hesitou, dando a notícia para ela com gentileza. — Na verdade, ele se levantou da cama e foi embora.

Querendo uma bebida, porque a caçada havia consumido a hora do jantar, ele a conduziu, intrigada, na direção do restaurante, e continuou, enquanto eles ocupavam as duas espreguiçadeiras de couro e ele pediu um whiskey com soda e um copo de cerveja:

— A pessoa que estava cuidando dele deu um diagnóstico errado, ou algo assim... espere um instante, eu mal tive tempo de pensar na questão com sossego.

— Ele *foi embora*?

— Ele pegou o trem noturno para Paris.

Eles ficaram sentados em silêncio. De Nicole fluía uma vasta e trágica apatia.

— Foi instintivo — Dick acabou dizendo. — Ele realmente estava morrendo, mas tentou recuperar o ritmo... ele não é a primeira pessoa que sai andando do leito de morte... como um relógio velho, sabe, você o sacode e de um jeito ou outro, por simples hábito, ele volta a funcionar. E quanto ao seu pai...

— Oh, não me diga — Nicole falou.

— O principal motor dele era o medo — ele prosseguiu. — Ele ficou com medo, e foi embora. Ele provavelmente vai viver até os noventa anos...

— Por favor, não me diga mais nada — ela falou. — Por favor, não... eu não conseguiria suportar mais nada.

— Tudo bem. O diabrete que eu vim ver é um caso perdido. Nós podemos ir embora amanhã.

— Eu não entendo por que você tem de... entrar em contato com tudo isso — ela disse com veemência.

— Oh, não entende? Às vezes, eu também não.

Ela colocou a mão sobre a dele.

— Oh, eu sinto muito ter dito isso, Dick.

Alguém havia levado um fonógrafo para o bar e eles ficaram sentados ouvindo *The Wedding of the Painted Doll*.[4]

---

[4] O Casamento da Boneca Pintada.

III

Certa manhã, uma semana depois, ao se deter perto da escrivaninha para ver sua correspondência, Dick teve consciência de uma comoção extra do lado de fora: o Paciente Von Cohn Morris estava indo embora. Seus pais, australianos, estavam colocando a bagagem dele com veemência em uma grande limusine, e ao lado deles se encontrava o Doutor Ladislau, protestando com atitudes ineficazes contra os gestos violentos do Morris pai. O jovem estava contemplando seu embarque com um cinismo distante quando o Doutor Diver se aproximou.

— Isto não é um pouco precipitado, Sr. Morris?

O Sr. Morris teve um sobressalto ao ver Dick — seu rosto vermelho e os grandes xadrezes em seu terno pareceram se acender e se apagar como luzes elétricas. Ele se aproximou de Dick como se fosse bater nele.

— Já é mais que hora de irmos embora, nós e os que vieram conosco — ele começou, e parou para respirar. — Já é mais que hora, Doutor Diver. Mais que hora.

— O senhor não quer vir ao meu escritório? — sugeriu Dick.

— Eu é que não! Conversarei com o senhor, mas estou lavando as minhas mãos do senhor e de sua clínica.

O Doutor Ladislau introduziu uma fraca negativa, indicando uma vaga imprecisão eslava. Dick nunca havia gostado de Ladislau. Ele deu um jeito de levar o excitado australiano ao longo do caminho na direção de seu escritório, tentando persuadi-lo a entrar, mas o homem negou com um gesto.

— É o senhor, Doutor Diver, *o senhor*, exatamente. Fui falar com o Doutor Ladislau porque não estavam encontrando o senhor, Doutor Diver, e porque o Doutor Gregorovius só é esperado ao cair da noite, e eu não iria esperar. Não, senhor! Eu não esperaria um minuto depois de meu filho ter me dito a verdade.

Ele se aproximou, ameaçador, de Dick, que manteve as mãos livres o suficiente para derrubá-lo caso parecesse necessário.

— Meu filho está aqui por causa de alcoolismo, e ele nos disse que sentiu cheiro de bebida em seu hálito. Sim, senhor! — Ele deu uma fungadela rápida e aparentemente não bem sucedida. — Não uma vez, mas duas, Van Cohn diz ter sentido cheiro de bebida em seu hálito. Eu e minha senhora jamais tocamos em uma gota de bebida em nossas vidas. Nós deixamos Van Cohn com os senhores para ser curado, e em um mês ele sente cheiro de bebida em seu hálito duas vezes! Que tipo de cura é essa?

Dick hesitou; o Sr. Morris era bem capaz de fazer uma cena na entrada da clínica.

— Afinal, Sr. Morris, algumas pessoas não vão abrir mão do que elas consideram como alimento por causa de seu filho...

— Mas o senhor é um médico, homessa! — gritou Morris, furioso. — Quando os trabalhadores bebem a cerveja deles, é falta de sorte para eles... mas o senhor está aqui supostamente para curar...

— Isso já foi longe demais. Seu filho veio para cá por causa da cleptomania.

— E o que estava por trás disso? — o homem estava quase guinchando. — Bebida... bebida negra. O senhor sabe que cor é o negro? É negro! Meu tio foi pendurado pelo pescoço por causa disso, está me ouvindo? Meu filho vem para um sanatório, e um médico fede a bebida!

— Devo pedir ao senhor que parta.

— O senhor me *pede*! Nós *estamos* indo!

— Se o senhor pudesse manter a temperança, nós poderíamos lhe contar os resultados do tratamento até agora. Naturalmente, já que o senhor se sente assim, nós não queremos seu filho como paciente...

— O senhor ousa dizer a palavra temperança para mim?

Dick chamou o Doutor Ladislau e, quando ele se aproximou, disse:

— Você representa a clínica se despedindo do paciente e de sua família?

Ele fez uma ligeira mesura para Morris e foi para seu escritório, e ficou parado, rígido, por uns instantes do lado de dentro. Ele observou até que eles foram embora, os pais grosseiros, a insípida e degenerada progênie: era fácil profetizar o movimento da família pela Europa, atormentando as pessoas que lhes eram superiores com a ignorância inflexível e o dinheiro inflexível. Mas, o que absorveu Dick depois do desaparecimento da caravana foi a dúvida sobre até que ponto ele havia provocado aquilo. Ele bebia *claret* em todas as refeições, tomava um esquenta-corpo à noite, geralmente sob a forma de rum quente, e às vezes bebia um traguinho de gim à tarde — gim era o mais difícil de detectar no hálito. Ele estava tomando em média uns 230 ml de álcool por dia; demais para que seu organismo processasse.

Deixando de lado uma tendência a se justificar, ele se sentou à mesa e escreveu, como uma receita, um *régime*[1] que iria cortar sua bebida pela metade. Médicos, *chauffeurs* e clérigos protestantes não poderiam nunca cheirar a bebida, assim como podiam os pintores, corretores e líderes da cavalaria; Dick se culpava somente por falta de discrição. Mas, o problema não foi de forma alguma esclarecido meia hora mais tarde quando Franz, reanimado por uma quinzena nos Alpes, veio

---

[1] Dieta.

pelo caminho, tão ansioso para retomar o trabalho que estava mergulhado nele antes mesmo de chegar ao seu escritório. Dick o encontrou lá.

— E como estava o Monte Everest?

— Poderíamos muito bem ter subido o Monte Everest no ritmo em que estávamos indo. Pensamos nisso. E como está tudo por aqui? Como está minha Kaethe, como está sua Nicole?

— Está tudo bem, na vida doméstica. Meu Deus, Franz, mas nós tivemos uma cena nojenta esta manhã.

— Como? O que foi?

Dick caminhou pelo cômodo enquanto Franz entrava em contato com sua *villa* pelo telefone. Depois de a conversa familiar ter terminado, Dick falou:

— O menino Morris foi levado embora... houve uma briga.

O rosto alegre de Franz se ensombreceu.

— Eu sabia que ele tinha ido. Encontrei Ladislau na varanda.

— O que Ladislau disse?

— Somente que o jovem Morris havia ido embora... e que você me falaria a esse respeito. Por qual motivo?

— As habituais e incoerentes razões.

— Ele era um demônio, aquele menino.

— Ele era um caso para anestesia — concordou Dick. — De qualquer jeito, o pai já havia transformado Ladislau em um súdito colonial quando eu apareci. E quanto a Ladislau? Nós o mantemos? Eu digo que não... ele não tem muita força, não parece conseguir lidar com nada. — Dick hesitou ao se aproximar da verdade, afastou-se para dar a si mesmo um espaço no qual recapitular. Franz sentou-se na beira de uma mesa, ainda com seu sobretudo e luvas de viagem.

— Uma das observações que o menino fez para o pai era que seu distinto colaborador era um bêbado. O homem é um fanático, e o descendente parece ter percebido traços do *vin--du-pays*² em mim.

Franz sentou-se, refletindo e mordiscando o lábio inferior.

— Você pode me contar em detalhes — ele finalmente disse.

— E por que não agora? — sugeriu Dick. — Você tinha de saber que eu sou o último dos homens a abusar de bebida. — Os olhos dele e de Franz se encontraram, faiscantes. — Ladislau permitiu que o homem ficasse tão alterado que eu fiquei na defensiva. Poderia ter acontecido na frente dos pacientes, e você pode muito bem imaginar quão difícil seria se defender em uma situação como aquela!

Franz tirou as luvas e o chapéu. Ele foi até a porta e disse à secretária:

— Não nos perturbe. — Voltando para o escritório, ele se amontoou na longa mesa e ficou mexendo em sua correspondência, raciocinando tão pouco como é característico de pessoas em situações semelhantes, mais preocupado em arrumar uma expressão adequada para o que tinha a dizer.

— Dick, sei muito bem que você é um homem comedido e equilibrado, embora nós não concordemos plenamente na questão da bebida. Mas, é chegada a hora... Dick, devo dizer francamente que tive ciência, diversas vezes, de que você tomou um drinque quando não era a ocasião para tomar um. Há algum motivo. Por que não tentar outros dias de abstinência?

— Ausência — Dick o corrigiu de modo automático. — Ir embora, para mim, não é solução.

Os dois estavam irritados, Franz por ter sua volta arruinada e maculada.

— Às vezes você não usa seu bom senso, Dick.

---

² Vinho local.

— Eu nunca compreendi o que quer dizer bom senso aplicado a questões complicadas; a não ser que queira dizer que um clínico geral pode fazer uma cirurgia melhor que um especialista.

Ele foi tomado por uma avassaladora repugnância pela situação. Explicar, remediar — essas não eram funções naturais na idade deles — melhor continuar com o eco esfacelado de uma velha verdade nos ouvidos.

— Assim não dá mais — ele disse, de repente.

— Bem, isso me ocorreu — admitiu Franz. — Seu coração não está mais neste projeto, Dick.

— Eu sei. Quero ir embora... nós poderíamos arrumar algum acordo para tirar o dinheiro de Nicole gradualmente.

— Já pensei nisso também, Dick; eu previ esta situação. Tenho condições de arranjar outra pessoa que entre com capital, e vai ser possível tirar todo o seu dinheiro até o fim do ano.

Dick não havia tencionado chegar a uma decisão com tanta rapidez, tampouco estava preparado para a aquiescência tão pronta de Franz em relação à ruptura; no entanto, ele estava aliviado. Não sem desespero, ele havia por muito tempo sentido a ética de sua profissão se transformando em uma massa inerte.

IV

Os Divers iriam voltar para a Riviera, que era um lar. A Villa Diana havia sido alugada de novo para o verão, então eles dividiram esse espaço de tempo entre *spas* na Alemanha e cidadezinhas com catedrais na França onde eles estavam sempre felizes por alguns dias. Dick escreveu alguma coisa sem um método particular; era um daqueles períodos da vida que é uma espera; não pela saúde de Nicole, que parecia se revigorar nas viagens, nem pelo trabalho, mas simplesmente uma espera. O fator que dava um propósito ao período eram as crianças.

O interesse de Dick pelos filhos aumentava com o crescimento deles, agora com onze e nove anos. Ele dava um jeito de se comunicar com eles acima das cabeças dos empregados com base no princípio de que tanto forçar as crianças quanto o medo de forçá-las eram substitutos inadequados para a longa e cuidadosa vigilância, a conferência, o balanço e a avaliação das contas, com o intuito de que não deveria haver um deslize para baixo de certo nível de dever. Ele chegou a conhecer as crianças muito melhor do que Nicole, e em estados de espírito expansivos devido aos vinhos de diversos países, ele conversava e brincava com elas por muito tempo. Elas tinham aquele encanto melancólico, quase uma tristeza, peculiar às crianças que aprenderam cedo a não chorar ou rir com espontaneidade; elas aparentemente não eram levadas aos extremos de emoção, mas se contentavam com uma disciplina simples e os prazeres simples que lhes eram permitidos. Elas viviam no modo equilibrado que era considerado aconselhável na experiência das velhas famílias do mundo ocidental, criadas para que desenvolvessem seus sentimentos, mas não os mostrassem. Dick pensava, por exemplo, que nada era mais propício para o desenvolvimento da observação do que o silêncio compulsório.

Lanier era um menino imprevisível com uma curiosidade não humana. "Bom, de quantos lulus da Pomerânia precisaria para acabar com um leão, pai?", era típico das perguntas com as quais ele importunava Dick. Topsy era mais fácil de lidar. Ela tinha nove anos e era muito clara e de constituição delicada como Nicole, e no passado Dick havia se preocupado com isso. Nos últimos tempos, ela havia ficado tão robusta quanto qualquer criança norte-americana. Ele estava satisfeito com os dois, mas lhes mostrava isso somente de um modo tácito. A eles não eram permitidas violações da boa conduta. "Ou se aprende a educação em casa", dizia Dick, "ou o mundo ensina isso para vocês com um chicote, e vocês podem se machucar no processo. E eu me importo se Topsy me 'adora' ou não? Não a estou criando para ser minha esposa."

Outro elemento que distinguia esse verão e outono para os Divers era a abundância de dinheiro. Devido à venda da parte deles na clínica, e a empreendimentos nos Estados Unidos, havia agora tanto dinheiro que o mero ato de gastá-lo, o cuidar dos bens, era uma absorção por si só. O estilo em que eles viajavam parecia fabuloso.

Vejam-nos, por exemplo, enquanto o trem reduz a marcha em Boyen, onde eles vão ficar duas semanas fazendo turismo. A mudança do carro dormitório havia começado na fronteira italiana. A empregada da governanta e a empregada da Madame Diver haviam vindo da segunda classe para ajudar com as bagagens e os cachorros. Mlle. Bellois vai supervisionar a bagagem de mão, deixando os Sealyhams com uma empregada e o casal de pequineses com a outra. Não é necessariamente pobreza de espírito o que leva uma mulher se rodear de vida — pode ser uma superabundância de lucros e, a não ser durante seus períodos de doença, Nicole era capaz de controlar aquilo tudo. Por exemplo, com a grande quantidade de bagagem pesada — dentro de pouco tempo seriam descarregados da *van* quatro grandes malas de roupas, uma grande mala de sapatos, três grandes malas de chapéus e duas caixas de chapéus, um armarinho com as malas das empregadas, um arquivo portátil, uma caixa de medicamentos, um contêiner de gás para a espiriteira, uma caixa com acessórios para fazer piquenique, quatro raquetes de tênis em prensas e invólucros, um fonógrafo, uma máquina de escrever. Distribuídos entre os espaços reservados para a família e criadagem, estavam doze sacolas, mochilas e pacotes suplementares, cada um deles numerado, até com uma etiqueta na caixa de bengala. Desse modo, tudo aquilo poderia ser checado em dois minutos em qualquer plataforma de estação, alguns itens para serem guardados, alguns para acompanhamento, tirados da "lista para viagem com pouca bagagem" ou da "lista para viagem com muita bagagem", constantemente revisadas, e transportadas em placas com bordas de metal na bolsa de Nicole. Ela havia concebido esse sistema quando criança, ao viajar com sua mãe doente. Era o equivalente ao sistema do oficial que fornece provisões para um regimento, que tem de pensar nos estômagos e no equipamento de três mil homens.

Os Divers saíram em grupo de um trem e se misturaram ao precoce crepúsculo do vale. Os habitantes do vilarejo observavam o desembarque com um espanto parecido com aquele que seguiu as peregrinações italianas de Lord Byron um século antes. Sua anfitriã era a Condessa di Minghetti, antes conhecida como Mary North. A viagem que havia começado em um quarto em cima da loja de um colocador de papel de parede em Newark havia terminado em um extraordinário casamento.

"Conte di Minghetti" era apenas um título papal — a riqueza do marido de Mary vinha do fato de ele ser proprietário-administrador de depósitos de manganês no sudoeste da Ásia. Ele não era claro o suficiente para viajar em um vagão pullman de um trem ao sul da linha Mason-Dixon; ele era da cepa Kyble-Berber-Sabaean-Hindu que se estende ao longo do norte da África e da Ásia, mais agradável aos europeus do que os rostos mestiços dos portos.

Quando essas famílias principescas, uma do Oriente, outra do Ocidente, se defrontaram na plataforma da estação, o esplendor dos Divers parecia a simplicidade dos pioneiros em comparação. Seus anfitriões estavam acompanhados por um major-domo que carregava um báculo, por um quarteto de empregados de confiança usando turbantes e em motocicletas, e por duas mulheres parcialmente envoltas em véus que ficaram respeitosamente paradas um pouquinho atrás de Mary e fizeram *salaams* para Nicole, fazendo-a dar um pulo com o gesto.

Para Mary, bem como para os Divers, o encontro era ligeiramente cômico; Mary soltou uma risadinha de desculpas e de pouco caso; no entanto, sua voz, quando ela apresentou seu marido com seu título asiático, soou orgulhosa e sonora.

Em seus quartos, enquanto se vestiam para o jantar, Dick e Nicole riram um para o outro com um pouco de assombro: os ricos que desejam ser considerados democráticos fingiam, na intimidade, ficar arrebatados com a ostentação.

— A pequena Mary North sabe o que quer — murmurou Dick em meio ao seu creme de barbear. — Abe a educou, e agora ela está casada com um Buda. Se a Europa virar bolchevique, ela vai acabar sendo a noiva de Stalin.

Nicole, lidando com sua frasqueira, deu uma olhada.

— Cuidado com o que fala, Dick, sim? — Mas, ela deu risada. — Eles são muito elegantes. Os navios de guerra todos dão salvas de tiros para eles ou os saúdam ou algo parecido. Mary anda com a realeza em Londres.

— Tudo bem — ele concordou. Ao ouvir Nicole pedindo alfinetes na porta, ele falou em voz alta. — Fico pensando se eu poderia ter um pouco de whiskey; eu sinto o ar da montanha!

— Ela vai providenciar isso — logo em seguida, Nicole falou lá da porta do banheiro. — Era uma daquelas mulheres que estavam na estação. Ela tirou o véu.

— O que Mary falou para você a respeito da vida? — ele perguntou.

— Ela não disse muita coisa... estava interessada na vida em sociedade... ela me fez uma porção de perguntas a respeito de minha genealogia e todo esse tipo de coisa, como se eu soubesse algo a respeito disso. Mas, parece que o marido tem dois filhos bem escuros do outro casamento; um deles doente com qualquer coisa asiática que eles não conseguem diagnosticar. Preciso avisar as crianças. Isso me soa muito estranho. Mary vai entender como nós nos sentimos a respeito. — Ela ficou conjecturando uns instantes.

— Ela vai entender — Dick a tranquilizou. — Provavelmente a criança está de cama.

Durante o jantar, Dick conversou com Hosain, que havia frequentado uma escola inglesa de elite. Hosain queria informações a respeito de ações e de Hollywood, e Dick, dando corda à sua imaginação com champanhe, contou para ele histórias absurdas.

— Bilhões? — perguntou Hosain.

— Trilhões — Dick lhe garantiu.

— Eu não percebi de verdade...

— Bem, talvez milhões — admitiu Dick. — Para todo hóspede de hotel é oferecido um harém... ou algo que se assemelha a um harém.

— Além dos atores e diretores?

— Todo hóspede de hotel; até os caixeiros-viajantes. Ora, eles tentaram me enviar uma dúzia de candidatas, mas Nicole não iria admitir.

Nicole o censurou quando eles estavam sozinhos em seu quarto.

— Por que tantos whiskeys com soda? Por que você falou em "ter cabelo duro" na frente dele?

— Oh, me desculpe, eu tinha pensado em ele "ter um pé na cozinha". Foi um lapso.

— Dick, isso não se parece nem um pouco com você.

— Oh, me desculpe de novo. Não estou mais como eu era.

Naquela noite, Dick abriu uma janela do banheiro, que dava para um pátio estreito e tubular do *château*,[1] tão cinzento quanto um rato, mas onde ecoava no momento uma música lamentosa e peculiar, triste como uma flauta. Dois homens estavam cantando em uma língua oriental ou dialeto, cheia de k e de l — Dick se inclinou para a frente, mas não conseguia vê-los; era óbvio que havia um significado religioso nos sons e, cansado e despido de emoções, ele deixou que os dois rezassem por ele também, mas a troco de que, ele não sabia, a não ser que fosse para ele não se perder em sua crescente melancolia.

No dia seguinte, acima de uma colina coberta por poucas árvores, eles atiraram em pássaros descarnados, parentes distantes das perdizes. Isso foi feito em uma vaga imitação dos modos ingleses, com um corpo de batedores inexperientes os quais Dick conseguiu não atingir atirando apenas diretamente para o alto.

Quando eles voltaram, Lanier estava esperando na suíte deles.

— Pai, você disse para contar imediatamente se nós chegássemos perto do menino doente.

Nicole deu meia volta na mesma hora, de sobreaviso.

— ...então, Mãe — continuou Lanier, voltando-se para ela —, o menino toma banho todas as noites, e esta noite ele tomou o banho bem antes de mim, e eu tive de tomar banho na água dele, e ela estava suja.

— O quê? E o que é isso?

— Eu vi quando eles tiraram o Tony da banheira, e eles me disseram para entrar nela e a água estava suja.

---

[1] Castelo.

— Mas... você tomou banho?
— Sim, Mãe.
— Deus do céu! — ela exclamou para Dick.
Ele perguntou:
— Mas por que Lucienne não preparou seu banho?
— Lucienne não consegue. É um aquecedor estranho... ele funcionou por conta própria e queimou o braço dela a noite passada, e ela está com medo dele, então uma daquelas mulheres...
— Você vá neste banheiro e tome um banho agora.
— Não diga que eu contei — falou Lanier, da porta.

Dick entrou e aspergiu a banheira com enxofre; fechando a porta, ele disse para Nicole:
— Ou nós falamos com a Mary, ou é melhor irmos embora.
Ela concordou, e ele prosseguiu:
— As pessoas pensam que seus filhos são constitucionalmente mais limpos que os de outras pessoas, e que suas doenças são menos contagiosas.

Dick entrou e preparou um drinque do decantador, mastigando um biscoito ferozmente no ritmo da água que corria no banheiro.

— Diga para Lucienne que ela tem de aprender a lidar com o aquecedor — ele sugeriu. Nesse momento, a mulher asiática bateu à porta.

— *El Contessa...*[2]

Dick pediu que ela entrasse e fechou a porta.
— O menininho doente está melhor? — ele perguntou, gentil.
— Sim, melhor, mas ainda tem as erupções com frequência.
— Isso é uma pena... eu sinto muito. Mas, veja bem, nossos filhos não podem tomar banho nessa água. Isso está fora de

---

[2] O Condessa.

cogitação... Tenho certeza de que sua patroa ficaria furiosa se soubesse que você fez uma coisa como essa.

— Eu? — ela parecia estupefata. — Ora, eu simplesmente vi que sua empregada tinha dificuldades com o aquecedor... eu expliquei para ela e abri a água.

— Mas com uma pessoa doente, você tem de jogar fora toda a água do banho e limpar a banheira.

— Eu?

Engasgando, a mulher respirou fundo, soluçou convulsivamente e saiu às pressas do quarto.

— Ela não pode arrumar um bom lugar na civilização ocidental às nossas custas — ele disse, soturno.

À noite, no jantar, ele decidiu que aquela tinha inevitavelmente de ser uma visita abreviada: a respeito de seu próprio país, Hosain parecia ter observado apenas que havia muitas montanhas e algumas cabras e pastores de cabras. Ele era um jovem discreto — encorajá-lo a falar mais abertamente teria exigido um esforço sincero que Dick reservava agora para sua família. Logo depois do jantar, Hosain deixou Mary e os Divers a sós; mas a velha união havia sido rompida — entre eles jaziam os desassossegados campos sociais que Mary estava prestes a conquistar. Dick se sentiu aliviado quando, às nove e meia, Mary recebeu um bilhete, o leu e se levantou.

— Vocês me deem licença. Meu marido está de partida para uma viagem curta, e eu tenho de ficar com ele.

Na manhã seguinte, imediatamente depois da empregada que trazia o café da manhã, Mary entrou no quarto deles. Ela estava vestida, e eles não estavam vestidos, e ela tinha a aparência de quem estava acordada por certo tempo. O rosto dela estava endurecido com uma fúria silenciosa e cheia de tiques.

— Que história é essa a respeito de Lanier ter tomado banho em água suja?

Dick começou a protestar, mas ela o interrompeu:

— E que história é essa de você ter dado ordens para a irmã de meu marido limpar a banheira de Lanier?

Ela ficou em pé encarando-os, enquanto eles ficavam sentados impotentes como ídolos em suas camas, oprimidos por suas bandejas. Juntos, eles exclamaram:

— A irmã dele!

— E vocês deram ordens para uma das irmãs dele limpar uma banheira!

— Nós não... — as vozes deles soaram juntas, dizendo a mesma coisa. — Eu falei com a empregada nativa...

— Vocês falaram com a irmã de Hosain.

Dick só conseguiu dizer:

— Achei que fossem duas empregadas.

— Disse a vocês que elas eram Himadoun.

— O quê? — Dick saiu da cama e se enfiou em um roupão.

— Eu expliquei para você, perto do piano, na noite de anteontem. Não me diga que você estava alegre demais para entender.

— O que foi que disse? Eu não ouvi o começo. Eu não conectei os... nós não fizemos nenhuma conexão, Mary. Bem, tudo que podemos fazer é ir ter com ela e pedir desculpas.

— Ir ter com ela e pedir desculpas! Eu expliquei para vocês que quando o membro mais velho da família... quando o mais velho se casa, bem, as duas irmãs mais velhas se consagram a ser Himadoun, a ser as damas de companhia da esposa dele.

— Foi por isso que Hosain foi embora a noite passada?

Mary hesitou; depois assentiu com um gesto.

— Ele tinha de... todos eles partiram. A honra dele tornava isso necessário.

Então os dois Divers estavam em pé e se vestindo; Mary prosseguiu:

— E que história é essa a respeito da água do banho? Como se uma coisa dessas pudesse acontecer nesta casa! Nós vamos perguntar a Lanier a respeito disso.

Dick sentou-se na cama indicando com um gesto familiar para Nicole que ela deveria assumir o controle. Enquanto isso, Mary foi até a porta e falou com uma empregada em italiano.

— Espere um minuto — disse Nicole. — Eu não vou aceitar isso.

— Vocês nos acusaram — respondeu Mary, em um tom que ela jamais havia usado antes com Nicole. — Agora eu tenho o direito de esclarecer.

— Eu não vou aceitar que o menino seja trazido aqui. — Nicole enfiou suas roupas como se elas fossem uma armadura.

— Tudo bem — falou Dick. — Tragam Lanier. Nós vamos esclarecer essa história da banheira... verdade ou mito.

Lanier, parcialmente vestido mental e fisicamente, ficou olhando para as faces iradas dos adultos.

— Ouça, Lanier — disse Mary —, como foi que você pensou que tinha tomado banho em água que havia sido usada antes?

— Fale — acrescentou Dick.

— Ela só estava suja, isso é tudo.

— Não dava para você ouvir a água limpa correndo, do seu quarto, que fica ao lado?

Lanier admitiu a possibilidade, mas reiterou seu ponto: a água estava suja. Ele estava um pouquinho espantado; ele tentou raciocinar:

— A água não poderia estar correndo, porque...

Eles o pressionaram.

— Por que não?

Ele ficou parado em seu pequeno quimono, suscitando a simpatia de seus pais e aumentando ainda mais a impaciência de Mary — e então ele disse:

— A água estava suja, ela estava cheia de espuma de sabão.

— Quando você não sabe direito o que está dizendo... — começou Mary, mas Nicole interrompeu.

— Pare com isso, Mary. Se havia espuma suja na água, era lógico pensar que ela estava suja. O pai dele lhe disse para vir...

— Não poderia ter espuma suja na água.

401

Lanier olhou com ar de censura para o pai, que o havia traído. Nicole segurou-o pelos ombros e fez com que ele desse meia volta e o fez sair do quarto; Dick diminuiu a tensão com uma risada.

Então, como se o som recordasse o passado, a velha amizade, Mary percebeu quão distante deles ela havia chegado e disse em um tom brando:

— É sempre assim com as crianças.

A inquietação dela aumentou enquanto ela se lembrava do passado.

— Será tolice vocês irem... Hosain queria fazer essa viagem de qualquer modo. Afinal de contas, vocês são meus convidados, e só meteram os pés pelas mãos.

Mas, com ainda mais raiva por causa dessa evasiva e do uso da expressão "meteram os pés pelas mãos", Dick se voltou e começou a arrumar suas coisas, dizendo:

— Muito desagradável o que aconteceu com as moças. Eu gostaria de me desculpar com a que veio aqui.

— Se você tivesse ouvido no banquinho do piano!

— Mas você estava tão enfadonha, Mary. Ouvi tanto quanto consegui.

— Fique quieto! — Nicole aconselhou.

— Retribuo o elogio — disse Mary, com amargura. — Até logo, Nicole. — Ela saiu.

Afinal de contas, não dava nem para pensar em ela vir se despedir deles; o major-domo organizou a partida. Dick deixou cartas formais para Hosain e as irmãs. Não havia nada a fazer a não ser ir embora, mas todos eles, sobretudo Lanier, se sentiam mal por causa da situação.

— Insisto — reiterou Lanier no trem — que a água do banho estava suja.

— Já chega — disse o pai. — É melhor você esquecer essa história... a não ser que queira que eu me divorcie de você.

Sabia que há uma nova lei na França dizendo que é possível se divorciar de um filho?

Lanier ria às gargalhadas e os Divers estavam unidos de novo — Dick ficou imaginando quantas vezes mais isso poderia acontecer.

V

Nicole se aproximou da janela e se debruçou no parapeito para dar uma olhada na altercação que havia começado no terraço; o sol de abril brilhava rosado no virtuoso rosto de Augustine, a cozinheira, e azulado na faca de açougueiro que ela sacudia em sua mão embriagada. Ela tinha estado com eles desde o retorno deles à Villa Diana em fevereiro.

Por causa de um toldo que se interpunha entre eles, Nicole só conseguia ver a cabeça de Dick, e a mão dele segurando uma de suas pesadas bengalas com um castão de bronze. A faca e a bengala, ameaçando uma a outra, eram como tridentes e espada curta em um combate de gladiadores. As palavras de Dick chegaram até Nicole em primeiro lugar:

— ...importa quanto vinho da cozinha você bebe, mas quando eu o flagro passando a mão em uma garrafa de Chablis Moutonne...

— O senhor falando de bebida! — exclamou Augustine, com um floreio de seu sabre. — O senhor bebe... o tempo todo!

Nicole perguntou por cima do toldo:

— O que está acontecendo, Dick? — e ele respondeu em inglês:

— A garotona anda limpando os vinhos vintage. Eu a estou demitindo; ou, pelo menos, tentando.

— Meu Deus! Bom, não deixe que ela o atinja com essa faca.

Augustine balançou a faca na direção de Nicole. Sua boca velha era composta por duas pequenas cerejas partidas.

— Eu gostaria de dizer, Madame, se a senhora sabia que seu marido bebe como um trabalhador braçal quando está em sua casa...

— Cale a boca e saia! — interrompeu Nicole. — Nós vamos chamar os *gendarmes*.

— *Vocês* vão chamar os *gendarmes*! Com meu irmão na corporação! Você... uma norte-americana nojenta?

Dick falou para Nicole em inglês:

— Tire as crianças da casa até eu ajeitar a situação.

— ...norte-americanos nojentos que vêm para cá e acabam com os nossos melhores vinhos — gritou Augustine, com a voz da rebelião.

Dick dominou a voz num tom mais firme.

— Você tem de ir embora agora! Vou pagar quanto devemos para você.

— Mas é claro que vai me pagar! E deixe-me dizer... — ela se aproximou e brandiu a faca com tanta fúria que Dick ergueu sua bengala, e na mesma hora ela entrou correndo na cozinha e voltou com a faca de trinchar, reforçada por uma machadinha.

A situação não era atraente — Augustine era uma mulher forte, e só poderia ser desarmada correndo-se o risco de ela sofrer ferimentos sérios — e severas complicações legais que eram o fardo de alguém que molestasse um cidadão francês. Tentando um blefe, Dick falou para Nicole:

— Telefone para o *poste de Police*. — E então para Augustine, indicando o armamento dela. — Isso significa prisão para você.

— Ha... *ha*! — ela riu de modo diabólico; não obstante, ela não se aproximou mais. Nicole telefonou para a polícia, mas recebeu como resposta algo que era quase um eco da risada de Augustine. Ela ouviu resmungos e comentários — a ligação subitamente foi interrompida.

Voltando para a janela, ela disse para Dick:

— Dê alguma coisa a mais para ela!

— Se eu conseguisse chegar até aquele telefone! — Como isso não parecia possível, Dick capitulou. Por cinquenta francos, aumentados para cem quando ele sucumbiu à ideia de fazê-la ir embora rapidamente, Augustine abandonou sua fortaleza, cobrindo a retirada com gritos violentos de "*Salaud*!"[1] Ela só iria quando seu sobrinho pudesse vir pegar a bagagem. Esperando cauteloso nas vizinhanças da cozinha, Dick ouviu uma rolha estourando, mas desistiu da questão. Não houve mais problemas — quando o sobrinho chegou, todo cheio de desculpas, Augustine deu um alegre e cordial até logo para Dick e disse, "*Au revoir, Madame! Bonne chance*!"[2] na direção da janela de Nicole.

Os Divers foram até Nice e jantaram uma *bouillabaisse*, que é um ensopado de peixe e pequenas lagostas, bastante temperado com açafrão, e uma garrafa de Chablis gelado. Dick manifestou sua pena por Augustine.

— Eu não tenho nem um pouco de pena — disse Nicole.

— Eu tenho pena... e, mesmo assim, gostaria de tê-la jogado do penhasco.

Havia pouca coisa sobre a qual eles se arriscassem a conversar naqueles dias; raramente eles encontravam a palavra exata quando ela era necessária; ela chegava sempre um instante tarde demais, quando um não conseguia mais alcançar o outro. Naquela noite, a explosão de Augustine os havia arrancado de seus sonhos separados; com o ardor e o sabor picante da comida temperada e do vinho que dava sede, eles conversaram.

— Nós não podemos continuar deste jeito — sugeriu Nicole. — Ou podemos? O que você acha? — Assustada porque naquele instante Dick não negou o fato, ela prosseguiu. — Parte do tempo eu acho que é minha culpa... Eu arruinei você.

---

[1] Seu porco!
[2] Até logo, Senhora! Tudo de bom!

— Então eu estou arruinado? — perguntou ele, de modo agradável.

— Não quis dizer isso. Mas, você costumava desejar criar coisas... agora parece querer destruí-las.

Ela tremeu ao criticá-lo com essas palavras tão claras — mas, o silêncio cada vez maior dele assustou-a ainda mais. Ela adivinhou que algo estava se desenvolvendo por trás do silêncio, por trás dos olhos duros e azuis, do interesse quase não natural pelas crianças. Explosões de temperamento atípicas surpreendiam-na — ele poderia, de repente, desenrolar um longo inventário de termos desdenhosos em relação a alguma pessoa, raça, classe, estilo de vida, modo de pensar. Era como se uma história incalculável estivesse se narrando no íntimo dele, sobre a qual Nicole só conseguia fazer suposições nos momentos em que ela aflorava à superfície.

— Afinal, o que você ganha com isso tudo? — ela perguntou.

— Saber que está mais forte a cada dia. Saber que sua doença segue a lei dos efeitos decrescentes.

A voz dele chegou até ela lá de muito longe, como se ele estivesse falando de algo remoto e acadêmico; o susto fez com que Nicole exclamasse, "Dick!" e ela esticou a mão através da mesa para tocar a dele. Um reflexo puxou a mão de Dick para trás e ele acrescentou:

— Tem toda a situação para ser pensada, não tem? Não é só você. — Ele cobriu a mão dela com a sua e disse com a velha e agradável voz de alguém que conspira para ter prazer, brincar e se deleitar: — Está vendo aquele barco lá longe?

Era o iate de T. F. Golding que jazia placidamente em meio às pequenas ondas da Baía de Nice, constantemente com destino a uma viagem romântica que não necessitava de um movimento de verdade.

— Nós vamos lá agora e perguntamos para as pessoas a bordo o que está acontecendo com elas. Nós vamos descobrir se elas são felizes.

— Nós mal o conhecemos — objetou Nicole.

— Ele insistiu conosco. Além do mais, Baby o conhece; ela praticamente se casou com ele, não se casou... não se casou?

Quando eles saíram do porto em uma lancha alugada, já era o crepúsculo do verão e as luzes estavam irrompendo em espasmos ao longo do cordame do *Margin*. Enquanto eles paravam ao lado do iate, as dúvidas de Nicole surgiram de novo.

— Ele está dando uma festa...

— É só um rádio — ele supôs.

Eles foram saudados — um homem imenso, de cabelos brancos usando um terno branco olhou para a lancha, dizendo:

— Estou reconhecendo os Divers?

— Barco à vista, *Margin*!

O barco deles oscilou sob as escadas que levavam ao deque; enquanto eles subiam, Golding inclinou seu corpo imenso para trocar um aperto de mãos com Nicole.

— Bem na hora do jantar.

Uma pequena orquestra estava tocando na popa:

I'm yours for the asking–but till then
You can't ask me to behave —[3]

E quando os imensos braços de Golding os separaram sem tocá-los, Nicole estava ainda mais pesarosa por eles terem vindo, e mais impaciente com Dick. Tendo adotado uma atitude de distanciamento das pessoas festeiras, na época em que o trabalho de Dick e a saúde dela eram incompatíveis com saídas frequentes, eles tinham a reputação de quem sempre recusa convites. As pessoas que se sucediam na Riviera durante os anos seguintes interpretaram o fato como uma vaga impopularidade. Não obstante, tendo tomado tal atitude, Nicole

---

[3] Sou de você, facilmente... mas até lá / Você não pode pedir para eu me comportar...

sentia que ela não deveria ser comprometida de modo vulgar por uma momentânea autoindulgência.

Enquanto passavam pelo salão principal, eles viram à sua frente figuras que pareciam dançar à meia luz da popa circular. Essa era uma ilusão criada pelo encantamento da música, pela iluminação não familiar, e a presença envolvente da água. Na verdade, com exceção de alguns camareiros atarefados, os convidados estavam repousando em um amplo divã que acompanhava a curva do convés. Havia um vestido branco, um vermelho e um indistinto; os peitos engomados de vários homens, dos quais um, se destacando e se identificando, arrancou de Nicole um raro gritinho de encanto.

— Tommy!

Deixando de lado o galicismo da mesura formal dele para cumprimentá-la, Nicole encostou o rosto contra o dele com força. Eles se sentaram juntos, ou melhor, se recostaram no banco antoniniano. O belo rosto dele estava moreno a ponto de ter perdido a característica agradável do bronzeado profundo, sem alcançar a beleza azulada dos negros — era só o couro ressecado. O exotismo de sua despigmentação por sóis desconhecidos, sua alimentação em solos estranhos, sua língua desajeitada por causa da pronúncia de inúmeros dialetos, suas reações sintonizadas a alarmes estranhos — essas coisas fascinavam e tranquilizavam Nicole — no momento do encontro, ela se apoiou no peito dele espiritualmente, se tranquilizando, se tranquilizando... Então, a autopreservação se fez valer e, retirando-se para seu próprio mundo, Nicole falou em tom despreocupado:

— Você está igual a todos os aventureiros nos filmes... mas, por que teve de ficar afastado por tanto tempo?

Tommy Barban olhou para ela sem entender, mas alerta; as pupilas de seus olhos faiscaram.

— Cinco anos — ela continuou, em uma gutural mímica de coisa nenhuma. — Tempo *demais*. Você não poderia só matar uma determinada quantia de criaturas e então voltar, e respirar nossos ares por certo tempo?

Em sua presença tão querida, Tommy se europeizou rapidamente.

— *Mais pour nous héros* — ele disse —, *il nous faut du temps, Nicole. Nous ne pouvons pas faire de petits exercises d'héroïsme... il faut faire les grandes compositions.*[4]

— Fale inglês comigo, Tommy.

— *Parlez français avec moi*, Nicole.[5]

— Mas os significados são diferentes... em francês, você pode ser heroico e cavalheiresco com dignidade, e você sabe disso. Mas, em inglês, você não pode ser heroico e cavalheiresco sem ser um pouquinho absurdo, e você sabe disso também. Isso me dá uma vantagem.

— Mas, no fim das contas... — de repente ele deu uma risadinha. — Até mesmo em inglês eu sou corajoso, heroico e tudo mais.

Ela fingiu estar tonta de admiração, mas ele não ficou embaraçado.

— Eu só conheço o que vejo no cinema — ele disse.

— É tudo igual aos filmes?

— Os filmes não são tão ruins... mas, esse Ronald Colman... Você viu os filmes dele sobre o Corps d'Afrique du Nord? Eles não são tão ruins.

— Muito bem, sempre que eu for ao cinema, eu vou saber que você está passando exatamente por aquele tipo de situação naquele momento.

Enquanto falava, Nicole estava consciente de uma moça pequena, pálida e bonita, com um lindo cabelo metálico, quase

---

[4] Mas, para nós, os heróis [...] é preciso tempo, Nicole. Nós não podemos dar pequenas manifestações de heroísmo... é preciso fazer as grandes demonstrações.

[5] Fale francês comigo, Nicole.

verde sob as luzes do convés, que estivera sentada do outro lado de Tommy e poderia ter tomado parte ou na conversa deles ou na conversa de quem estava ao lado deles. Ela obviamente tinha monopolizado Tommy, porque então abandonou as esperanças da atenção dele com o que era chamado outrora de falta de bons modos e, petulante, atravessou o crescente do convés.

— Afinal de contas, eu sou um herói — disse Tommy, calmamente, só em parte brincando. — Tenho uma coragem feroz, normalmente, em parte como um leão, em parte como um homem embriagado.

Nicole esperou até que o eco de sua ostentação tivesse morrido na mente dele — ela sabia que ele provavelmente nunca tinha feito tal declaração antes. Então, ela olhou entre os desconhecidos e descobriu, como sempre, os neuróticos empedernidos aparentando calma, gostando do interior do país somente por terem pavor da cidade, do som de suas próprias vozes que haviam estabelecido a entonação e o tom... Ela perguntou:

— Quem é a mulher de branco?

— A que estava ao meu lado? Lady Caroline Sibly-Biers. — Eles ouviram por uns instantes a voz dela do outro lado do convés:

— Aquele homem é um patife, é um sem vergonha de marca maior. Ficamos a noite inteira jogando *chemin-de-fer*[6] a dois, e ele me deve um mille suíço.

Tommy deu risada e disse:

— Ela é atualmente a mulher mais perversa de Londres... sempre que volto para a Europa, há uma nova safra das mulheres mais perversas de Londres. Ela é a mais recente... embora eu creia que há outra agora considerada quase tão perversa.

---

[6] Uma variante do bacará.

Nicole deu uma olhada de novo na mulher do outro lado do convés — ela era frágil, tubercular — era incrível que tais ombros tão estreitos, tais braços tão frágeis pudessem sustentar bem alto o pendão da decadência, última insígnia do império que se extinguia. Ela se parecia mais com uma das moderninhas de peitos pequenos desenhadas por John Held do que com a hierarquia das altas e lânguidas louras que haviam posado para pintores e novelistas desde antes da guerra.

Golding se aproximou, combatendo a ressonância de seu corpo imenso, que irradiava a vontade dele como se fosse por meio de um amplificador gargantuesco, e Nicole, ainda relutante, cedeu aos pontos reiterados dele: que o *Margin* estava partindo para Cannes imediatamente depois do jantar; que eles sempre teriam condição de levar um pouco de caviar e de champanhe, embora eles tivessem jantado; que, de qualquer modo, Dick estava no momento ao telefone, dizendo para o chofer deles em Nice para levar o carro de volta para Cannes e deixá-lo na frente do Café des Alliées, onde os Divers poderiam pegá-lo.

Eles se dirigiram à sala de jantar e Dick foi colocado perto de Lady Sibly-Biers. Nicole percebeu que o rosto geralmente corado dele estava exangue; ele falava com uma voz dogmática, da qual apenas fragmentos chegavam até Nicole:

— ...Tudo bem para vocês, ingleses, vocês estão dançando a dança da morte... Sipais no forte arruinado, eu quero dizer, sipais no portão e diversão no forte e tudo mais. O chapéu verde, o chapéu amassado, sem futuro.

Lady Caroline respondeu-lhe com frases curtas salpicadas com o terminal "O quê?", o dúbio "Absolutamente!", o deprimente "Mas vejam só!" que sempre tinha uma conotação de perigo iminente, mas Dick parecia não se dar conta dos sinais de alarme. De repente, ele fez uma afirmação particularmente veemente, cujo significado Nicole não conseguiu compreender, mas ela viu a moça ficar mal humorada e nervosa, e a ouviu responder bruscamente:

— Afinal de contas, um homem qualquer é um homem qualquer e um amigo é um amigo.

De novo, ele havia ofendido alguém — não dava para ele ficar de boca fechada um pouquinho mais de tempo? Quanto tempo? Até a morte, então.

Ao piano, um jovem escocês de cabelos claros que tocava na orquestra (chamada por seu baterista de "The Ragtimes College Jazzes of Edinboro") havia começado a cantar em um tom monótono adequado para Danny Deever, acompanhado-se de acordes baixos ao piano. Ele pronunciava suas palavras com grande precisão, como se elas lhe causassem uma impressão intolerável.

> *There was a young lady from hell,*
> *Who jumped at the sound of a bell,*
> *Because she was bad-bad-bad,*
> *She jumped at the sound of a bell,*
>   *From hell (BOOMBOOM)*
>   *From hell (TOOTTOOT)*
> *There was a young lady from hell* —[7]

— Mas o que é que é isso? — Tommy sussurrou para Nicole. A moça do outro lado dele ofereceu a resposta:

— Caroline Sibly-Biers escreveu a letra. Ele compôs a música.

— *Quelle enfanterie!*[8] — murmurou Tommy quando a estrofe seguinte começou, fazendo insinuações sobre as demais predileções da moça saltadora. — *On dirait qu'il récite Racine!*

---

[7] Havia uma jovem infernal, / Que pulou ao soar dos sinos, / Porque ela era má má má, / Ela pulou ao soar dos sinos / Lá do inferno (BUUMBUUM) / Lá do inferno (TUUTTUUT) / Havia uma jovem infernal.

[8] Mas que criancice! [...] Qualquer um diria que ele está declamando Racine!

Pelo menos aparentemente, Lady Caroline não estava prestando atenção na execução de seu trabalho. Olhando rapidamente para ela de novo, Nicole percebeu estar impressionada não com o caráter, nem com a personalidade, mas com a pura força que se originava em uma atitude; Nicole achou que ela era impressionante, e teve a confirmação desse seu ponto de vista quando o grupo se levantou da mesa. Dick continuou em sua cadeira, com uma expressão estranha; então ele começou a falar com uma falta de tato rude:

— Eu não gosto de insinuações nesses ensurdecedores sussurros ingleses.

Já quase fora do salão, Lady Caroline deu meia-volta e se dirigiu para ele; ela falou em um tom de voz baixo e cortante, propositadamente audível para o grupo todo:

— O senhor se aproximou de mim sabendo o que ia levar... denegrindo meus concidadãos, menosprezando minha amiga, Mary Minghetti. Eu simplesmente disse que o senhor foi visto na companhia de um grupo questionável em Lausanne. Isso é um sussurro ensurdecedor? Ou isso simplesmente ensurdece *o senhor*?

— Ainda não está alto o suficiente — Dick falou, um pouquinho tarde demais. — Então, eu sou na verdade um notório...

Golding abafou a frase com sua voz, dizendo:

— O quê! O quê! — e levou seus convidados para fora, com a ameaça de seu corpo poderoso. Ao passar pela porta, Nicole viu que Dick ainda estava sentado à mesa. Ela estava furiosa com a mulher por causa da afirmação disparatada dela, igualmente furiosa com Dick por tê-los trazido ali, por ter ficado embriagado, por ter dado rédeas às farpas da sua ironia, por acabar sendo humilhado; ela estava um pouquinho mais aborrecida por saber que ter se apossado de Tommy Barban ao chegar havia irritado a inglesa em primeiro lugar.

Uns instantes mais tarde, ela viu Dick parado no passadiço, aparentemente em total controle de si mesmo, enquanto conversava com Golding; então, por meia hora não o viu em nenhum lugar do convés e ela deu um jeito de sair de um intrincado jogo malaio, jogado com barbante e grãos de café, e disse para Tommy:

— Tenho de achar o Dick.

Desde o jantar, o iate estava se movendo na direção oeste. A bela noite fluía de ambos os lados, os motores a diesel pulsavam baixinho, havia um vento de primavera que agitou os cabelos de Nicole repentinamente quando ela chegou à proa, e ela sentiu uma pontada aguda de ansiedade ao ver Dick parado no ângulo perto do mastro. A voz dele estava tranquila quando ele a reconheceu.

— Que bela noite.

— Eu estava preocupada.

— Oh, estava preocupada?

— Oh, não fale desse jeito. Pensar em alguma coisinha que eu pudesse fazer por você me daria tanto prazer, Dick.

Ele lhe deu as costas, voltando-se para o manto de luz de estrelas sobre a África.

— Acredito que seja verdade, Nicole. E às vezes acredito que, quanto menor essa coisa fosse, mais prazer isso lhe traria.

— Não fale assim... não diga essas coisas.

O rosto dele, pálido à luz que a espuma branca refletia e enviava de volta para o céu brilhante, não tinha nenhum dos traços de aborrecimento que ela havia esperado. Ele estava até mesmo desinteressado; os olhos dele se fixaram nela gradualmente, como em uma peça de xadrez a ser movida; do mesmo jeito lento ele segurou o pulso dela e a puxou para perto de si.

— Você me arruinou, não foi? — ele perguntou, tranquilo.
— Então, estamos ambos arruinados. Então...

Gelada de terror, ela colocou o outro pulso nas mãos fortes dele. Tudo bem, ela iria com ele — uma vez mais, ela sentiu a beleza da noite de modo vívido em um momento de total integração e abnegação — tudo bem, então...

...mas agora ela estava inesperadamente livre, e Dick lhe deu as costas, suspirando. "Tch! Tch!"

Lágrimas corriam pelo rosto de Nicole — em uns instantes ela ouviu alguém se aproximando; era Tommy.

— Você o encontrou! Nicole pensou que talvez você tivesse pulado no mar, Dick — ele falou —, porque aquela *poule*[9] inglesinha o insultou.

— Seria um belo cenário para pular no mar — Dick falou baixinho.

— Não seria? — concordou Nicole, apressada. — Vamos emprestar coletes salva-vidas e pular. Acho que nós deveríamos fazer algo espetacular. Sinto que toda a nossa vida tem sido muito reprimida.

Tommy farejou de um para o outro, tentando assimilar junto com o ar noturno o que estava acontecendo.

— Nós vamos perguntar para a Lady-Beer-and-Ale o que fazer... ela deve conhecer as últimas novidades. E nós deveríamos memorizar a canção dela, "Havia uma jovem de *l'enfer.*"[10] Vou traduzi-la, e fazer fortuna com o sucesso dela no Casino.

— Você é rico, Tommy? — Dick perguntou para ele, enquanto eles tornavam a caminhar por toda a extensão do iate.

— Não do jeito que as coisas estão agora. Eu me cansei do negócio de corretagem e me afastei. Mas eu tenho boas ações nas mãos de amigos que estão cuidando disso para mim. Tudo vai indo bem.

— Dick está ficando rico — disse Nicole. Por causa da reação, a voz dela tinha começado a tremer.

Na coberta, Golding havia feito três casais de dançarinos entrar em ação com suas patas colossais. Nicole e Tommy se juntaram a eles e Tommy observou:

— Dick parece estar bebendo.

---

[9] Cortesã, prostituta.
[10] Do inferno.

— Só moderadamente — disse ela, leal.

— Tem quem possa beber e quem não possa. Obviamente, Dick não pode. Você deveria lhe dizer para não beber.

— Eu! — exclamou ela, espantada. — *Eu*, dizer para Dick o que ele pode ou não pode fazer!

Porém, de um modo reticente, Dick ainda estava distraído e sonolento quando eles chegaram ao píer em Cannes. Golding o ajudou a descer na lancha do *Margin*, e na mesma hora Lady Caroline trocou de lugar sem a menor cerimônia. No porto, ele se despediu com uma formalidade exagerada, e por uns instantes ele parecia a ponto de mandá-la embora com um sarcasmo dos grandes, mas o braço forte de Tommy se introduziu no braço dele e eles foram andando até o carro que estava à espera.

— Eu vou levá-los para casa — sugeriu Tommy.

— Não se preocupe... podemos arrumar um táxi.

— Eu gostaria, se vocês puderem me hospedar.

No banco traseiro do carro, Dick ficou sossegado até o monólito amarelo de Golfe Juan ser ultrapassado, e então o carnaval constante em Juan les Pins, onde a noite era musical e estridente em muitas línguas. Quando o carro contornou a colina na direção de Tarmes, Dick se endireitou de repente, instado pelo balançar do veículo, e pronunciou um discurso:

— Um encantador representante dos... — ele se engasgou momentaneamente — uma firma de... tragam-me miolos confusos à *l'Anglaise*.[11] — Então ele caiu em um sono tranquilo, arrotando de vez em quando, satisfeito, na escuridão doce e cálida.

---

[11] À moda inglesa.

VI

Na manhã seguinte, Dick entrou cedo no quarto de Nicole.

— Esperei até ouvir que você tinha se levantado. Nem preciso dizer que eu me sinto mal por causa de ontem à noite... mas, que tal nada de postmortems?

— Estou de acordo — ela respondeu com frieza, virando o rosto para o espelho.

— Tommy nos trouxe para casa? Ou eu sonhei com isso?

— Você sabe que ele trouxe.

— Parece provável — ele admitiu —, já que acabei de ouvi-lo tossindo. Acho que vou falar com ele.

Ela ficou feliz quando ele a deixou, talvez pela primeira vez em sua vida — a horrível capacidade dele de estar certo parecia finalmente tê-lo abandonado.

Tommy estava se mexendo em sua cama, acordando para seu *café au lait*.[1]

— Está se sentindo bem? — perguntou Dick.

Quando Tommy reclamou de uma dor de garganta, ele assumiu uma atitude profissional.

— É melhor fazer um gargarejo ou algo assim.

— Você tem alguma coisa?

— Muito estranho, mas não tenho... provavelmente Nicole tem.

— Não a perturbe.

— Ela já se levantou.

— Como ela está?

---

[1] Café com leite.

Dick se voltou devagar.

— Você espera que ela esteja morta porque eu estava embriagado? — O tom de voz dele era agradável. — Nicole agora é feita de... de pinho da Geórgia, que é a madeira mais dura que se conhece, com exceção do *lignum vitæ* da Nova Zelândia...

Nicole, descendo as escadas, ouviu o fim da conversa. Ela sabia, como sempre tinha sabido, que Tommy a amava; ela sabia que ele havia passado a não gostar de Dick, e que Dick havia percebido isso antes que Tommy percebesse, e iria reagir de algum modo decidido à paixão do homem solitário. Esse pensamento foi sucedido por um momento de pura satisfação feminina. Ela se debruçou sobre a mesa de café da manhã das crianças e deu instruções para a governanta, enquanto no andar superior dois homens estavam preocupados com ela.

Mais tarde, no jardim, ela estava feliz; ela não queria que nada acontecesse, mas somente que a situação continuasse em suspenso enquanto os dois homens a jogavam de uma mente para outra; ela não havia existido por muito tempo, nem mesmo como uma bola.

— Bom, Coelhos, não é... Ou é? Ei, Coelho... ei, você! Isso é bom...? Hã? Ou isso parece muito estranho para você?

O coelho, depois de uma experiência de praticamente nada além de folhas de repolho, concordou após alguns movimentos hesitantes do nariz.

Nicole continuou sua rotina no jardim. Ela deixou as flores cortadas em locais determinados para serem levadas para a casa mais tarde pelo jardineiro. Ao chegar à muralha que dava para o mar, ela passou para um estado de espírito comunicativo, e sem ninguém com quem se comunicar; então ela parou e ficou pensando. Ela estava um tanto chocada com a ideia de se interessar por outro homem — mas, outras mulheres têm amantes — por que não eu? Na bela manhã de primavera, as inibições do mundo masculino desapareceram, e ela raciocinou tão feliz quanto uma flor, enquanto o vento agitava os seus cabelos até sua cabeça se mexer junto com eles. Outras mulheres têm tido amantes — as mesmas forças que, na noite anterior, a haviam levado a ceder para Dick até a morte, agora mantinham sua cabeça balançando ao sabor do vento, contente e feliz com a lógica do "E por que eu não?"

Ela se sentou na muralha baixa e olhou para baixo, para o mar. Mas, de outro mar, as amplas ondulações da fantasia, ela havia pescado algo tangível para colocar ao lado do resto de seu butim. Se ela não precisasse, em seu espírito, ficar para sempre unida com Dick como ele havia se mostrado na noite passada, ela poderia ser algo além, não somente uma imagem na cabeça dele, condenada a infindáveis desfiles ao redor da circunferência de uma medalha.

Nicole havia escolhido essa parte da muralha para se sentar, porque o penhasco lentamente se transformava em um prado íngreme com uma horta cultivada. Em meio a um amontoado de ramos, ela viu dois homens carregando ancinhos e pás e conversando em um contraponto de niçoise e de provençal. Atraída pelas palavras e gestos deles, ela compreendeu o sentido:

— Eu me deitei com ela bem aqui.

— Eu a levei ali atrás das videiras.

— Ela não se importa... nem ele. Foi aquele cachorro infeliz. Bom, eu deitei com ela bem aqui...

— Está com o ancinho?

— Você pegou, seu palhaço.

— Bom, não me importa onde você a deitou. Até aquela noite, eu nunca nem senti os seios de uma mulher contra o meu peito desde que eu me casei... doze anos passados. E agora você me diz...

— Mas, ouve só a respeito do cachorro...

Nicole observou a ambos através dos ramos; o que eles estavam dizendo parecia correto — uma coisa era boa para uma pessoa, outra para outra. No entanto, era o mundo masculino que ela havia entreouvido; voltando para a casa, ela ficou em dúvida de novo.

Dick e Tommy estavam no terraço. Ela passou por eles e entrou na casa, trouxe um bloco de rascunho e começou a desenhar a cabeça de Tommy.

— Mãos nunca ociosas... a roca girando — Dick falou com voz despreocupada. Como ele era capaz de falar de modo tão trivial, com o sangue que ainda não havia voltado à sua face, de modo que a penugem avermelhada da barba aparecia tão vermelha quanto seus olhos? Ela se voltou para Tommy, dizendo:

— Eu sempre consigo fazer alguma coisa. Eu tinha um macaquinho da polinésia bonitinho e ativo e brincava com ele por horas a fio, até que as pessoas começaram a fazer as piadas mais pavorosas...

Ela manteve os olhos resolutamente afastados de Dick. Em seguida, ele pediu licença e entrou — ela o viu beber dois copos de água, e ficou ainda mais rígida.

— Nicole... — começou Tommy, mas se interrompeu para limpar a garganta.

— Eu vou lhe arrumar um preparado de cânfora especial — ela sugeriu. — É norte-americano... Dick confia nele. Volto em um instante.

— Realmente tenho de ir.

Dick saiu e se sentou.

— Confio em quê? — Quando ela voltou com o vidro, nenhum dos dois homens havia se mexido, embora ela percebesse que eles tinham tido um tipo de conversa empolgada a respeito de nada.

O chofer estava à porta, com uma mala contendo as roupas de Tommy da noite passada. Ver Tommy com roupas emprestadas de Dick comoveu-a de um modo triste e falso, como se Tommy não tivesse condição de comprar tais roupas.

— Quando você chegar ao hotel, esfregue isto na sua garganta e peito e então faça uma inalação.

— Ei, olhe — murmurou Dick, enquanto Tommy descia os degraus —, não dê para Tommy o vidro inteiro... ele tem de ser encomendado em Paris... está fora de estoque por aqui.

Tommy voltou a ficar ao alcance da voz deles e os três ficaram parados sob o sol; Tommy bem na frente do carro, de modo que parecia que, inclinando-se para a frente, ele iria carregá-lo nas costas.

Nicole desceu para a aleia.

— Ora, fique com ele — ela o aconselhou. — É muito raro.

Ela ouviu Dick ficar silencioso ao seu lado; ela se afastou um pouquinho dele e acenou enquanto o carro ia embora com Tommy e o preparado especial de cânfora. Então, ela se voltou para tomar o seu próprio remédio.

— Não havia necessidade de fazer aquilo — Dick falou. — Somos nós quatro aqui... e, durante anos, sempre que alguém tosse...

Eles se entreolharam.

— Sempre podemos arrumar outro vidro... — Então, ela perdeu as forças e na mesma hora seguiu Dick para o andar superior, onde ele se deitou na cama dele e não disse nada.

— Quer que tragam o seu almoço aqui? — ela perguntou.

Ele assentiu e continuou deitado, imóvel, olhando fixamente o teto. Em dúvida, ela foi dar a ordem. Ao subir de novo, ela olhou no quarto dele — os olhos azuis, como faróis, brilhavam em um céu escuro. Ela ficou um minuto no umbral, consciente do pecado que havia cometido contra ele, em parte com medo de entrar... Ela estendeu a mão, como se fosse para acariciar a cabeça dele, mas ele se afastou como um animal desconfiado. Nicole não conseguia mais suportar a situação; com um pânico típico de um ajudante de cozinha, ela desceu correndo, sem saber com que o homem abatido lá em cima iria continuar se alimentando enquanto ela ainda tivesse de continuar a sugar o peito estéril dele.

Em uma semana, Nicole esqueceu seu entusiasmo a respeito de Tommy — ela não tinha muita memória para pessoas, e as esquecia com facilidade. Porém, na primeira onda de calor de junho, ela ficou sabendo que ele estava em Nice. Ele escreveu um bilhete para os dois — e ela o abriu sob o guarda-sol, junto com outras correspondências que lhe haviam trazido da casa. Depois de lê-lo, ela o jogou para Dick, e em troca ele jogou um telegrama no regaço de sua roupa de praia:

Queridos estou no Gausse amanhã infelizmente sem mamãe espero vê-los.

— Ficarei feliz em vê-la — disse Nicole, sombria.

VII

Mas ela foi à praia com Dick na manhã seguinte com renovadas apreensões de que Dick estivesse maquinando alguma solução desesperada. Desde a noite no iate de Golding, ela sentia o que estava acontecendo. Tão delicadamente equilibrada ela estava entre o antigo ponto de apoio que tinha sempre garantido a sua segurança, e a iminência de um salto do qual ela deveria sair alterada na própria química do sangue e dos músculos, que ela não ousava colocar a questão no primeiro plano da consciência. As figuras de Dick e dela própria, mutantes, indefinidas, apareciam como espectros flagrados em uma dança fantástica. Durante meses, cada palavra tinha parecido ter uma conotação de algum outro significado, que logo seria esclarecido sob circunstâncias que Dick iria determinar. Embora esse estado de espírito fosse talvez mais esperançoso — os longos anos de simples existência tinham causado um efeito vivificante nas partes da natureza dela que a doença prematura havia matado e que Dick não havia alcançado — não por qualquer erro da parte dele, mas simplesmente porque nenhuma natureza pode se expandir totalmente dentro de outra — ele ainda era inquietante. O aspecto mais triste do relacionamento deles era a crescente indiferença de Dick, no momento representada pelo excesso de bebida; Nicole não sabia se ela seria arrasada ou poupada — a voz de Dick, vibrando com insinceridade, confundia a questão; ela não conseguia imaginar como ele iria se comportar em seguida com o tortuoso e lento desenrolar das circunstâncias, tampouco o que iria acontecer no fim, no momento do salto.

Pelo que poderia acontecer em seguida, ela não se sentia ansiosa — ela suspeitava que seria a retirada de um fardo, um desvendar de olhos. Nicole havia sido concebida para mudança, para voar, com dinheiro no lugar de barbatanas e de asas. O novo estado de coisas não seria mais do que se um chassi de carro de corrida, escondido durante anos sob a estrutura de uma limusine familiar, devesse ser desvelado e retornado à sua forma original. Nicole já conseguia sentir a brisa fresca — o golpe da separação era o que ela temia, e o modo sombrio com que ele se aproximava.

Os Divers foram para a praia com a roupa de banho branca de Nicole e a roupa de banho branca de Dick muito brancas em contraste com a cor dos corpos deles. Nicole viu Dick olhar ao redor procurando as crianças em meio às formas e sombras confusas de muitos guarda-sóis, e enquanto a mente dele temporariamente se afastava dela, deixando de contê-la, ela olhou para ele com distanciamento, e decidiu que ele estava procurando seus filhos, não de modo protetor, mas em busca de proteção. Provavelmente era a praia que ele temia, como um governante deposto secretamente visitando uma antiga corte. Ela chegou a odiar o mundo dele com suas delicadas brincadeiras e cortesias, esquecendo que por muitos anos esse fora o único mundo aberto para ela. Deixem que ele o olhe — a praia dele, pervertida agora para os gostos de quem não tinha gosto; ele poderia vistoriá-la durante um dia e não encontrar nenhuma pedra da Muralha da China que havia outrora erigido ao redor dela, nenhuma pegada de um velho amigo.

Por uns instantes, Nicole se ressentiu de que a situação fosse essa; lembrando-se do vidro que ele havia tirado do velho monte de lixo com um ancinho, lembrando-se das calças e dos suéteres de marinheiro que eles haviam comprado em uma ruazinha de Nice — peças de roupa que, em seguida, entraram em voga, feitas de seda, entre os *couturiers*[1] de Paris,

---

[1] Costureiros.

lembrando-se das simples menininhas francesas que subiam nos quebra-mares exclamando, "*Dites donc! Dites donc*!",[2] como passarinhos, e o ritual da manhã, a silenciosa e tranquila extroversão na direção do mar e do sol — muitas invenções dele, enterradas mais fundo do que a areia no período de tão poucos anos...

Agora o local para nadar era um "clube", embora, assim como a sociedade internacional que ele representava, fosse difícil dizer quem não era admitido.

Nicole se enrijeceu de novo enquanto Dick se ajoelhava no tapetinho de palha e olhava ao redor procurando Rosemary. Os olhos dela seguiram os dele, procurando em meio à nova parafernália os trapézios sobre a água, as argolas de ginástica, os banheiros portáteis, as torres flutuantes, os holofotes das *fêtes*[3] da noite passada, o bufê modernístico, branco com um enfadonho motivo de infinitos guidões.

A água foi praticamente o último lugar em que ele procurou Rosemary, porque poucas pessoas nadavam agora naquele paraíso azul, crianças e um empregado exibicionista que pontuava a manhã com mergulhos espetaculares de uma rocha de quinze metros de altura — a maior parte dos hóspedes de Gausse despia as roupas que escondiam sua flacidez somente para um breve mergulho embriagado às treze horas.

— Lá está ela — observou Nicole.

Ela observou os olhos de Dick seguindo o percurso de Rosemary de uma plataforma flutuante à outra; porém, o suspiro que saiu de seu peito era algo que havia ficado de cinco anos passados.

— Vamos nadar até lá e conversar com Rosemary — ele sugeriu.

— Vá você.

---

[2] Ei, olhe! Ei, olhe!
[3] Festas.

— Nós dois vamos. — Ela lutou uns instantes contra o pronunciamento dele, mas finalmente eles nadaram juntos, localizando Rosemary pelo cardume de peixinhos que a seguia, obtendo o fascínio deles do dela, o gancho brilhante de um anzol para pescar trutas.

Nicole ficou na água enquanto Dick se alçava ao lado de Rosemary, e os dois se sentaram gotejando e conversando, exatamente como se nunca tivessem amado ou tocado um ao outro. Rosemary era bonita — a juventude dela foi um choque para Nicole, que se regozijou, entretanto, com o fato de a jovem estar um tantinho menos esbelta que ela. Nicole ficou nadando por ali em pequenos círculos, ouvindo Rosemary, que estava fingindo estar se divertindo, alegre e cheia de expectativa — mais confiante do que estivera cinco anos passados.

— Sinto tanta falta de Mamãe, mas ela vai me encontrar em Paris na segunda-feira.

— Cinco anos atrás você veio aqui — Dick falou. — E que menina engraçada você era, em um daqueles penhoares do hotel!

— Como você se lembra das coisas! Sempre se lembrou... e sempre das coisas agradáveis.

Nicole viu o velho jogo da adulação começando de novo, e mergulhou, subindo à superfície de novo para ouvir:

— Vou fazer de conta que tudo está como era cinco anos atrás e eu sou uma menina de dezoito de novo. Vocês sempre conseguiram me fazer sentir um... sabem, algo como, vocês sabem, um jeito meio alegre... você e Nicole. Eu me sinto como se vocês ainda estivessem lá na praia, debaixo de um daqueles guarda-sóis... as pessoas mais simpáticas que eu já conheci, talvez jamais conheça.

Ao se afastar nadando, Nicole viu que a nuvem da melancolia em torno de Dick havia se erguido um pouquinho enquanto ele começou a representar com Rosemary, colocando em ação sua antiga habilidade com pessoas, um objeto de arte já sem lustro; ela imaginou que, com um ou dois drinques, ele teria feito suas acrobacias nas argolas para ela, metendo os pés pelas mãos em acrobacias que outrora ele havia feito com facilidade. Ela percebeu que, nesse verão, pela primeira vez ele evitava mergulhar em alto mar.

Mais tarde, enquanto ela ia discretamente de uma plataforma a outra, Dick a alcançou.

— Alguns dos amigos de Rosemary têm uma lancha, aquela ali adiante. Quer andar de aquaplano? Acho que seria divertido.

Lembrando-se de que outrora ele conseguia se equilibrar de ponta cabeça em uma cadeira na ponta de uma prancha, ela lhe fez a vontade, assim como ela poderia ter feito a vontade de Lanier. No verão passado no Zugersee, eles haviam se divertido com essa agradável brincadeira aquática, e na prancha Dick havia erguido um homem de uns noventa quilos em seus ombros e ficado em pé. Mas as mulheres se casam com todos os talentos de seus maridos e, naturalmente, depois, não se sentem tão impressionadas com eles quanto elas podem fingir que estão. Nicole nem havia fingido ficar impressionada, embora ela tivesse dito "Sim" para ele, e "Sim, eu também achei."

Ela sabia, no entanto, que ele estava um tanto cansado, que era somente a proximidade da excitante juventude de Rosemary que suscitava o esforço iminente — ela havia visto Dick extrair a mesma inspiração dos corpos jovens de seus filhos e ela ficou pensando friamente se ele iria fazer papel de bobo. Os Divers eram mais velhos que as outras pessoas no barco — os jovens eram educados, atenciosos, mas Nicole sentiu uma onda subterrânea disfarçada de "Mas quem é que são essas Criaturas, afinal?", e ela sentiu falta do fácil talento de Dick de assumir o controle de situações e fazer com que elas dessem certo — ele havia se concentrado no que ele ia tentar fazer.

O motor desacelerou a uns duzentos metros da costa e um dos jovens mergulhou. Ele nadou na direção da prancha que oscilava à toa e a endireitou, lentamente subiu nela e ficou de joelhos — e então ficou em pé enquanto o barco acelerava. Inclinando-se para trás, ele balançou seu leve meio de transporte desajeitadamente de um lado para outro em arcos lentos e resfolegantes que acompanhavam o rastro do barco no fim de cada curva. Quando estava bem atrás do barco ele soltou a corda, oscilou por uns instantes, então deu uma cambalhota para trás e mergulhou na água, desaparecendo como uma estátua gloriosa, e reaparecendo como uma cabeça insignificante enquanto o barco fazia a curva para tornar a alcançá-lo.

Nicole recusou a sua vez; então Rosemary deu sua volta na prancha de modo preciso e cauteloso, sob os aplausos brincalhões de seus admiradores. Três deles lutaram, egoístas, pela honra de içá-la para o barco, conseguindo, entre si, bater o joelho e o quadril dela contra a amurada.

— Agora você, Doutor — disse o mexicano que estava na direção.

Dick e o último jovem mergulharam na lateral do iate e nadaram para a prancha. Dick ia tentar seu truque de erguer o outro moço, e Nicole começou a observar com um desdém sorridente. Essa exibição física para Rosemary a irritava acima de tudo.

Quando os homens haviam ficado tempo suficiente para que se equilibrassem, Dick se ajoelhou e, colocando a nuca na virilha do outro homem, segurou a corda entre suas pernas e começou lentamente a se erguer.

As pessoas no barco, observando atentamente, perceberam que ele estava tendo dificuldades. Ele estava apoiado em um joelho; o truque era se endireitar todo no mesmo movimento com que abandonava sua posição de joelhos. Ele parou por um instante, então seu rosto se contraiu enquanto ele punha toda a sua alma no esforço, e se levantou.

A prancha era estreita, o homem, embora pesasse menos de setenta quilos, era desajeitado por causa de seu peso e agarrou, desastrado, a cabeça de Dick. Quando, com um derradeiro esforço de distensão de suas costas, Dick ficou em pé, a prancha se inclinou para o lado e os dois caíram no mar.

No barco, Rosemary exclamou:

— Incrível! Eles quase conseguiram!

Mas, quando eles retornaram para os nadadores, Nicole ficou na expectativa para ter um vislumbre do rosto de Dick. Ele estava cheio de aborrecimento, conforme ela esperava, porque ele havia feito aquilo com facilidade somente dois anos atrás.

Da segunda vez ele foi mais cuidadoso. Ele se ergueu um pouquinho, testando o equilíbrio de seu fardo, se ajoelhou de novo; então, resmungando, "É agora!" começou a se erguer — mas antes que ele realmente conseguisse se endireitar, suas pernas se curvaram de repente e ele empurrou a prancha com os pés para evitar ser atingido enquanto eles caíam.

Dessa vez, quando o *Baby Gar* voltou, era evidente para todos os passageiros que Dick estava irritado.

— Se importam se eu tentar aquilo uma vez mais? — ele falou, se movendo no meio da água. — Nós quase conseguimos agora.

— Claro. Vá em frente.

Nicole achou que ele estava com péssima aparência, e ela o alertou:

— Não acha que já basta por enquanto?

Ele não respondeu. O primeiro parceiro já tinha aguentado o suficiente e foi içado sobre a amurada, o mexicano que dirigia o barco gentilmente assumiu o lugar dele.

Ele era mais pesado que o primeiro homem. Enquanto o barco pegava velocidade, Dick ficou deitado por um momento, de barriga para baixo na prancha. Então ele se posicionou sob o homem e segurou a corda, e seus músculos se flexionaram enquanto ele tentou se erguer.

Ele não conseguia se erguer. Nicole o viu mudando de posição e fazer força para se erguer de novo, mas no instante em que o peso de seu parceiro ficou plenamente sobre seus ombros, ele não saía do lugar. Ele tentou de novo — se erguendo uns centímetros, mais alguns... Nicole sentiu as glândulas de suor em sua testa se abrindo enquanto ela fazia força junto com Dick — e então ele estava simplesmente persistindo, então ele caiu de joelhos de novo com um ruído surdo, e eles mergulharam, a cabeça de Dick por pouco não foi atingida por um movimento brusco da prancha.

— Volte, rápido! — Nicole disse para o piloto; enquanto ela falava, ela viu Dick nadando sob a água e soltou um gritinho; mas ele emergiu de novo e ficou boiando de costas, e o mexicano se aproximou nadando para ajudar. Pareceu uma eternidade até que a embarcação alcançasse os dois, mas quando eles finalmente se aproximaram e Nicole viu Dick boiando exausto e inexpressivo, sozinho com a água e o céu, seu pânico subitamente se transformou em desprezo.

— Nós vamos ajudá-lo a subir, Doutor... Pegue o pé dele... tudo bem... agora juntos...

Dick se sentou ofegante e olhando para o nada.

— Eu sabia que você não deveria ter tentado — Nicole não pôde deixar de dizer.

— Ele se cansou nas duas primeiras vezes — disse o mexicano.

— Foi uma tolice — insistiu Nicole. Rosemary, cheia de tato, não disse nada.

Depois de um minuto Dick conseguiu respirar, ainda ofegante:

— Não teria conseguido erguer uma boneca de papel daquela vez.

Uma risadinha explosiva aliviou a tensão causada pelo fracasso dele. Todos eles foram atenciosos com Dick quando ele desembarcou no cais. Mas Nicole estava aborrecida — tudo que ele fazia a aborrecia agora.

Ela ficou sentada com Rosemary debaixo de um guarda-sol enquanto Dick foi ao bufê para pegar um drinque — ele voltou em seguida com um pouco de *sherry* para elas.

— O primeiro drinque que eu bebi foi com vocês — disse Rosemary e, com um ímpeto de entusiasmo ela acrescentou. — Oh, estou tão feliz por vê-los e *saber* que estão bem. Eu estava preocupada... — a frase dela foi interrompida enquanto ela mudava de rumo — que talvez não estivessem.

— Você ouviu falar que eu tinha entrado em um processo de deterioração?

— Oh, não. Eu simplesmente... só ouvi que você tinha mudado. E estou feliz por ver com meus próprios olhos que isso não é verdade.

— É verdade — respondeu Dick, sentando-se com elas. — A mudança ocorreu já faz um bom tempo... mas, a princípio, ela não era aparente. Os modos permanecem intactos por certo tempo depois de o estado de espírito trincar.

— Você está clinicando na Riviera? — Rosemary perguntou, apressada.

— Seria um bom terreno para encontrar prováveis espécimes. — Ele fez um gesto abrangendo as pessoas que andavam sem rumo na areia dourada. — Grandes candidatos. Você vê a nossa velha amiga, Sra. Abrams, fazendo o papel de duquesa para a rainha desempenhada por Mary North? Não fique com ciúmes... pense na longa ascensão da Sra. Abrams pela escadaria traseira do Ritz de gatinhas, e todo o pó do carpete que ela teve de inalar.

Rosemary o interrompeu:

— Mas aquela é mesmo Mary North? — Ela estava olhando uma mulher andando tranquilamente na direção deles seguida por um pequeno grupo que se comportava como se eles estivessem acostumados a ser observados. Quando eles estavam a uns três metros de distância, o olhar de Mary passou rapidamente pelos Divers, um daqueles lamentáveis olhares que indicam para quem é olhado que eles foram observados, mas serão ignorados, o tipo de olhar que nem os Divers e nem Rosemary Hoyt jamais haviam se permitido lançar a qualquer pessoa em suas vidas. Dick se divertiu quando Mary percebeu Rosemary, mudou de ideia e se aproximou dela. Ela falou com Nicole com uma cordialidade agradável, acenou séria para Dick, como se ele fosse um tanto contagioso — e na mesma hora ele fez uma mesura com irônico respeito — enquanto ela cumprimentava Rosemary.

— Ouvi dizer que você estava aqui. Por quanto tempo?

— Até amanhã — respondeu Rosemary.

Ela também viu como Mary havia deixado os Divers de lado para falar com ela, e um sentido de obrigação a manteve apática. Não, ela não poderia jantar esta noite.

Mary se voltou para Nicole, seus modos indicando afeição misturada com piedade.

— Como estão as crianças? — ela perguntou.

Elas apareceram nesse instante, e Nicole ouviu um pedido de que ela contradissesse a governanta em algo relacionado à natação.

— Não — Dick respondeu por ela. — O que Mademoiselle diz deve ser cumprido.

Concordando que a pessoa deve apoiar a autoridade delegada, Nicole recusou o pedido das crianças, e com isso Mary — que, assim como uma heroína de Anita Loos somente lidava com *Faits Accomplis*,[4] que na verdade não poderia ter ensinado um filhote de poodle francês a fazer cocô fora de casa — olhou Dick como se ele fosse culpado dos mais flagrantes maus tratos. Dick, irritado pela tediosa representação, perguntou com uma solicitude fingida:

— Como estão suas crianças... e as tias delas?

---

[4] Coisas que já haviam acontecido.

Mary não respondeu; ela os deixou, não sem antes passar uma mão cordial na relutante cabeça de Lanier. Depois de ela ter se afastado, Dick falou:

— Quando eu penso no tempo que passei tentando dar um jeito nela.

— Gosto dela — disse Nicole.

A amargura de Dick tinha surpreendido Rosemary, que havia pensado nele como todo-misericordioso, todo-compreensivo. De repente, ela se lembrou do que é que ela havia ouvido a respeito dele. Em uma conversa com algumas pessoas do Departamento de Estado no barco — uns norte-americanos europeizados, que haviam alcançado uma posição na qual mal se poderia dizer que eles pertencessem a qualquer nação, pelo menos não a nenhuma grande potência, embora talvez a um estado parecido com os balcânicos, composto por cidadãos semelhantes — o nome da universalmente célebre Baby Warren surgira, e havia sido observado que a irmã mais nova de Baby tinha se jogado nos braços de um médico devasso. "Ele não é mais recebido em lugar nenhum", a mulher disse.

A frase perturbou Rosemary, embora ela não conseguisse situar os Divers como tendo qualquer relação com a sociedade na qual tal fato, se isso fosse um fato, pudesse ter qualquer significado; no entanto, a sugestão de uma opinião pública hostil e organizada soou em seus ouvidos. "Ele não é mais recebido em lugar nenhum." Ela imaginou Dick subindo a escadaria de uma mansão, apresentando cartões e ouvindo de um mordomo, "Nós não estamos mais recebendo o senhor"; então indo ao longo de uma avenida somente para ouvir a mesma coisa dos incontáveis outros mordomos de incontáveis Embaixadores, Ministros, *Chargés d'Affaires...*

Nicole ficou pensando como ela poderia se afastar. Ela imaginou que Dick, tendo sido estimulado, iria ficar mais charmoso e faria Rosemary reagir a isso. Com certeza, em um instante a voz dele conseguiu neutralizar tudo de desagradável que ele havia dito:

— Está tudo bem com a Mary... ela se saiu muito bem. Mas, é difícil continuar a gostar das pessoas que não gostam de você.

Adotando o mesmo tipo de atitude, Rosemary se inclinou na direção de Dick e arrulhou:

— Oh, você é tão simpático. Não consigo imaginar alguém não lhe perdoando, não importa o que você tenha feito. — Então, sentindo que sua exuberância havia ultrapassado os direitos de Nicole, ela olhou para a areia exatamente entre eles. — Eu queria perguntar a vocês o que acharam de meus últimos filmes... se os viram.

Nicole não disse nada, tendo visto um deles e pensado muito pouco a respeito.

— Vai levar alguns minutos para eu lhe dizer — respondeu Dick. — Vamos supor que Nicole diga para você que Lanier está doente. O que você faz na vida? O que qualquer pessoa faz? Elas *agem* — rosto, voz, palavras... O rosto mostra compaixão, a voz mostra susto, as palavras mostram simpatia.

— Sei... entendo.

— Porém, no teatro, Não. No teatro, todas as melhores *comédiennes* construíram sua reputação parodiando as respostas emocionais corretas... temor e amor e simpatia.

— Entendo. — Entretanto, ela não entendia muito bem. Perdendo o fio da meada, a impaciência de Nicole aumentou enquanto Dick prosseguia:

— O perigo para uma atriz se encontra na reação. Uma vez mais, vamos supor que alguém dissesse para você, "A pessoa que você ama morreu." Na vida, você provavelmente iria desmoronar. Mas, no palco você está tentando entreter... a audiência pode se encarregar de "reagir." Em primeiro lugar, a atriz tem um roteiro a seguir, depois ela tem de trazer a atenção da plateia de volta para ela, afastá-la do chinês assassinado ou o que quer que seja. Então, ela tem de fazer algo inesperado.

Se a audiência pensa que a personagem é dura, ela reage com doçura... se eles pensam que ela é doce, ela endurece. Você não age como a personagem o faria... entende?

— Não muito bem — admitiu Rosemary. — O que quer dizer com como a personagem não o faria?

— Você faz a coisa inesperada até ter feito com que a audiência se afaste do fato e volte para você. *Então* você volta a agir conforme o esperado de novo.

Nicole não conseguia tolerar mais. Ela se levantou bruscamente, não tentando disfarçar sua impaciência. Rosemary, que por alguns minutos estivera parcialmente consciente disso, se voltou de um jeito conciliador para Topsy:

— Gostaria de ser uma atriz quando crescer? Acho que você daria uma boa atriz.

— É absolutamente *inadequado* colocar tais ideias na cabeça dos filhos de outras pessoas. Lembre-se que nós podemos ter planos completamente diferentes para eles. — Ela se voltou, abrupta, para Dick. — Voltarei para casa de carro. Mandarei Michelle buscar você e as crianças.

— Faz meses que você não dirige — ele protestou.

— Não esqueci como se faz.

Sem olhar para Rosemary, cujo rosto estava "reagindo" de modo violento, Nicole se afastou do guarda-sol.

Na cabine, ela colocou sua roupa, sua expressão ainda dura como uma placa. Mas, quando ela entrou na estrada com os pinheiros que formavam um túnel, e a atmosfera mudou — com a corrida de um esquilo em um galho, o vento tocando suavemente as folhas, o canto de um galo perfurando o ar distante, com um ligeiro rastro de luz do sol transparecendo em meio à imobilidade, as vozes da praia então desaparecendo — Nicole ficou relaxada e se sentiu nova e feliz; seus pensamentos eram límpidos como sinos de boa qualidade — ela tinha a sensação de estar curada e de um modo diferente. Seu ego começou a florescer como uma grande e bela rosa enquanto ela caminhava lentamente pelos labirintos através dos quais havia vagueado por anos. Ela odiava a praia, não gostava dos lugares onde havia feito o papel de planeta para o sol de Dick.

— Ora, eu estou quase completa — ela pensou. — Estou praticamente andando com meus próprios pés, sem ele. — E, como uma criança feliz, esperando a completude o mais cedo possível, e sabendo vagamente que Dick havia planejado que ela a tivesse, ela se deitou em sua cama assim que chegou em casa, e escreveu para Tommy Barban, que estava em Nice, uma cartinha provocadora.

Mas, isso foi durante o dia — ao entardecer, com a inevitável diminuição da energia nervosa, o estado de espírito dela perdeu o vigor, e as flechas voaram um pouquinho no crepúsculo. Ela estava com medo do que se passava na cabeça de Dick; uma vez mais ela sentiu que um plano subjazia às atuais ações dele, e ela estava com medo desses planos — eles funcionavam tão bem, e tinham uma lógica abrangente que Nicole não tinha condições de comandar. De algum modo, ela havia transferido os pensamentos para ele, e nas ausências dele todas as ações dela pareciam automaticamente governadas por aquilo de que ele gostaria, de modo que agora ela não se sentia capaz de equiparar as intenções dela contra as dele. No entanto, ela tinha de pensar; ela finalmente ficara sabendo o número na pavorosa porta da fantasia, o umbral para a fuga que não era a fuga; ela sabia que para ela o maior pecado agora e no futuro era se iludir. Havia sido uma longa lição, mas ela aprendera. Ou você pensa — ou então outros têm de pensar por você e lhe tirar o poder, perverter e disciplinar seus gostos naturais, civilizar e esterilizá-la.

Eles tiveram um jantar tranquilo, com Dick bebendo muita cerveja e ficando alegre com as crianças na sala cheia de penumbra. Depois, ele tocou algumas músicas de Schubert e um pouco do *jazz* recente dos Estados Unidos, que Nicole cantarolou baixinho em seu contralto rouco e doce por sobre o ombro dele.

Than y' father-r
Thank y' mother-r
*Thanks for meetingup with one another...*⁵

— Eu não gosto dessa — Dick falou, começando a virar a página.
— Oh, toque-a! — ela exclamou. — Eu tenho de ficar o resto da vida estremecendo ao som da palavra "pai"?

...Thank the horse that pulled the buggy that night!
*Thank you both for being justabit tight...*⁶

Mais tarde, eles se sentaram com as crianças no teto mourisco e observaram os fogos de artifício dos dois cassinos, bem distantes, lá embaixo na costa. Era solitário e triste estarem tão indiferentes um em relação ao outro.

Na manhã seguinte, de volta das compras em Cannes, Nicole encontrou um bilhete dizendo que Dick pegara o carro pequeno e tinha ido à Provença por alguns dias, sozinho. Enquanto ela lia, o telefone tocou — era Tommy Barban, de Monte Carlo, dizendo que havia recebido a carta dela e estava indo para lá de carro. Ela sentiu o calor dos próprios lábios no receptor enquanto acolhia a vinda dele.

---

⁵ *Obrigada, pa-ai / Obrigada, mã-ãe / Obrigada por terem se encontrado...*
⁶ *Obrigada ao cavalo que puxava a carruagem naquela noite! / Obrigada a vocês por estarem só um pouquinho bêbados...*

VIII

Ela tomou um banho e ungiu o corpo com cremes e o cobriu com uma camada de pó de arroz, enquanto seus dedos dos pés esmagavam outra porção dele em uma toalha de banho. Ela examinou microscopicamente os contornos de seus quadris, pensando quão cedo o belo e esbelto edifício iria começar a se alargar para os lados e a despencar. Em uns seis anos, mas agora eu estou bem — na verdade, eu estou tão bem quanto qualquer pessoa que conheço.

Ela não estava exagerando. A única disparidade física entre a Nicole do presente e a Nicole de cinco anos atrás era simplesmente que ela não era mais uma menina. Mas, ela estava suficientemente influenciada pela atual adoração pela juventude, pelos filmes com seus inúmeros rostos de meninas-crianças, ternamente apresentados como se perpetuassem o trabalho e a sabedoria do mundo, para sentir ciúmes da juventude.

Ela colocou o primeiro vestido diurno que caía até os tornozelos e que ela havia tido por muitos anos, e se abençoou, reverente, com Chanel Sixteen. Quando Tommy chegou à uma hora da tarde, ela havia transformado sua pessoa no mais cuidado dos jardins.

Como era bom ter as coisas desse jeito, ser adorada de novo, fingir ter um mistério! Ela havia perdido dois dos grandes e arrogantes anos na vida de uma menina bonita — agora se sentia como se compensasse por eles; ela cumprimentou Tommy como se ele fosse um dos muitos homens aos pés dela, caminhando à frente dele ao invés de ao lado dele enquanto eles cruzavam o jardim na direção do amplo guarda-sol.

Mulheres atraentes de dezenove e de vinte e nove anos são iguais em sua jovial confiança; pelo contrário, o ventre exigente dos vinte anos não atrai o mundo exterior ao redor de si com uma força centrípeta. As meninas de dezenove representam os anos de insolência, comparáveis a um jovem cadete, as outras a um combatente andando empertigado depois da batalha.

Porém, enquanto uma menina de dezenove anos extrai a sua confiança de um excesso de atenção, uma mulher de vinte e nove é alimentada com algo mais sutil. Cheia de desejo, ela escolhe seus *apéritifs*[1] com sabedoria, ou, saciada, aprecia o caviar do poder potencial. Felizmente ela não parece, em nenhum dos casos, antecipar os anos vindouros quando sua percepção com frequência será empanada pelo pânico, pelo temor de parar ou pelo temor de continuar. Mas nas terras dos dezenove ou dos vinte e nove, ela tem bastante certeza de que não há figuras ameaçadoras no salão.

Nicole não queria nenhum vago romance espiritual — ela queria um "caso"; ela queria uma mudança. Ela percebeu, pensando com os pensamentos de Dick, que de um ponto de vista superficial, era uma coisa vulgar dar início, sem emoção, a uma indulgência que ameaçava a todos eles. Por outro lado, ela culpava Dick pela situação atual, e honestamente pensava que tal experiência poderia ter um valor terapêutico. Todo o verão ela havia sido estimulada ao ver as pessoas fazendo exatamente o que elas eram tentadas a fazer e não sofrendo nenhum castigo por isso — além do mais, apesar de sua intenção de não mais mentir para si mesma, ela preferia considerar que ela estava simplesmente explorando suas possibilidades, e que a qualquer momento ela poderia retroceder...

À luz fraca, Tommy segurou-a em seus braços e puxou-a para perto de si, olhando nos olhos dela.

---

[1] Aperitivos.

— Não se mexa — ele disse. — Eu vou olhar bastante para você de agora em diante.

Havia certo perfume nos cabelos dele, uma ligeira aura de sabão na roupa branca dele. Os lábios dela estavam cerrados, não sorrindo, e ambos simplesmente ficaram olhando por uns instantes.

— Você gosta do que está vendo? — ela murmurou.

— *Parle français*.[2]

— Muito bem — e ela perguntou de novo, em francês. — Você gosta do que está vendo?

Ele puxou-a mais para perto.

— Gosto de qualquer coisa que vejo em você. — Ele hesitou. — Eu achei que conhecia seu rosto, mas parece que há algumas coisas que eu não conheço a respeito dele. Quando você começou a ter olhos de trapaceiro branco?

Ela se afastou dele, chocada e indignada, e exclamou em inglês:

— É por isso que você queria falar francês? — A voz dela se acalmou quando o mordomo apareceu com o *sherry*. — Para poder ser ofensivo com maior precisão?

Ela se acomodou com violência as nádegas pequenas na almofada com tecido entremeado de prata.

— Não tenho espelho aqui — ela disse, de novo em francês, mas decidida —, mas se meus olhos mudaram é porque eu estou bem de novo. E estando bem talvez eu tenha voltado ao meu verdadeiro eu... suponho que meu avô fosse um trapaceiro e eu sou uma trapaceira por herança, então estamos de acordo. Isso satisfaz a sua mente lógica?

Ele mal parecia entender o que ela estava dizendo.

— Onde está Dick... ele vai almoçar conosco?

Vendo que a observação dele tinha significado muito pouco para ele, Nicole de repente diminuiu o efeito dela com uma risada.

---

[2] Fale francês.

— Dick foi passear — ela disse. — Rosemary Hoyt apareceu e ou eles estão juntos ou ela o aborreceu tanto que ele quer ir embora para sonhar com ela.

— Sabe, você é um pouquinho complicada, afinal de contas.

— Oh não — ela o tranquilizou, apressadamente. — Não, realmente não sou... eu só sou uma... eu sou só uma porção de pessoas simples e diferentes.

Marius trouxe melão e um balde de gelo, e Nicole, pensando irresistivelmente em seus olhos de trapaceiro, não respondeu; ele dava para a gente um abacaxi bem grande para descascar, esse homem, ao invés de oferecê-lo em pedacinhos para serem comidos.

— Por que elas não a deixaram em seu estado natural? — inquiriu Tommy em seguida. — Você é a pessoa mais dramática que eu já conheci.

Ela não teve resposta.

— Toda essa história de controlar as mulheres! — ele desdenhou.

— Em qualquer sociedade há certos... — Ela sentiu ao seu lado o fantasma de Dick a encorajando, mas voltou atrás com o subentendido na voz de Tommy:

— Eu tenho dado um jeito em muitos homens usando a força, mas não me arriscaria com metade da quantidade de mulheres. Especialmente essa ameaça "gentil"... o que isso traz de bom para alguém?... para você, ou ele, ou qualquer um?

O coração dela deu um pulo e então se confrangeu um pouquinho com a ideia do que ela devia para Dick.

— Suponho que eu tenha...

— Você tem dinheiro demais — ele disse, impaciente. — Esse é o ponto crucial da questão. Dick não consegue superar isso.

Ela ficou pensando enquanto os melões eram removidos.

— O que você acha que eu devo fazer?

Pela primeira vez em dez anos, ela estava sob o domínio de uma personalidade que não era a de seu marido. Tudo que Tommy disse para ela passou a ser parte dela para sempre.

Eles beberam a garrafa de vinho enquanto uma brisa ligeira balançava as agulhas dos pinheiros e o sensual calor do começo da tarde criou manchas cegantes na toalha xadrez do almoço. Tommy se aproximou dela pelas costas e colocou os braços sobre os dela, segurando-lhe as mãos. Suas faces se tocaram e então os lábios; e ela ofegou em parte com paixão por ele, em parte com a súbita surpresa de sua força...

— Você não pode mandar a governanta e as crianças para longe por esta tarde?

— Eles têm lição de piano. De qualquer jeito, eu não quero ficar aqui.

— Beije-me de novo.

Um pouquinho mais tarde, indo para Nice, ela pensou: Então eu tenho olhos de trapaceiro branco, não tenho? Muito bem, então, melhor um trapaceiro sadio do que uma puritana louca.

A afirmativa dele parecia absolvê-la de toda a culpa ou responsabilidade, e ela sentiu um arrepio de deleite ao pensar em si mesma de um novo jeito. Novas imagens apareciam à frente, povoadas com os rostos de muitos homens, nenhum dos quais ela precisava obedecer ou mesmo amar. Ela conteve a respiração, encolheu os ombros com um movimento gracioso e se voltou para Tommy.

— Nós *temos de* ir até o seu hotel em Monte Carlo?

Ele parou o carro com um guincho dos pneus.

— Não! — ele respondeu. — E, meu Deus, eu nunca me senti tão feliz como estou neste instante.

Eles haviam passado por Nice seguindo a Costa Azul e começado a subir até a metade de Corniche. Tommy então voltou bruscamente para a costa, passou por uma península sem graça e parou na parte de trás de um pequeno hotel litorâneo.

Sua tangibilidade apavorou Nicole por um instante. Na recepção, um norte-americano estava discutindo interminavelmente com o funcionário a respeito da taxa de câmbio.

Ela ficou por ali, aparentemente tranquila, mas sentindo-se infeliz internamente, enquanto Tommy preenchia as fichas de identificação — as dele verdadeiras; as dela falsas. O quarto deles era um quarto mediterrâneo, quase ascético, quase limpo, escurecido por causa do clarão do mar. O mais simples dos prazeres — o mais simples dos lugares. Tommy pediu dois conhaques, e quando a porta se fechou por trás do garçom, ele se sentou na única cadeira, escuro, cheio de cicatrizes e bonito, suas sobrancelhas arqueadas e voltadas para o alto, um Puck combatente, um diligente Satã.

Antes de eles terem terminado o *brandy*, eles de repente se aproximaram e se encontraram, em pé; então eles estavam sentados na cama e ele beijava os joelhos rijos dela. Lutando ainda um pouquinho, como um animal decapitado, ela esqueceu Dick e seus novos olhos brancos, esqueceu o próprio Tommy e mergulhou cada vez mais nos minutos e no momento.

...Quando ele se levantou para abrir uma veneziana e descobrir o que estava causando o crescente clamor embaixo de suas janelas, o corpo dele era mais moreno e mais forte que o do Dick, com a luz batendo nos longos músculos sinuosos. Momentaneamente ele havia se esquecido dela também — quase no instante em que a carne dele se separou da dela, ela teve um pressentimento de que as coisas seriam diferentes do que ela havia esperado. Ela sentiu o temor sem nome que precede todas as emoções, alegres ou tristes, inevitavelmente como o som de um trovão precede uma tempestade.

Cauteloso, Tommy deu uma olhada da varanda e informou:

— Tudo que dá para eu ver são duas mulheres na varanda embaixo desta. Elas estão falando sobre o tempo e balançando para frente e para trás em cadeiras de balanço norte-americanas.

— Fazendo esse barulho todo?

— O barulho está vindo de algum lugar para baixo delas. Ouça.

Oh, way down South in the land of cotton
Hotels bum and business rotten
Look away —[3]

— São norte-americanas.
Nicole estirou os braços na cama e olhou fixamente para o teto; o pó de arroz havia se misturado ao suor criando uma superfície leitosa. Ela gostava do despojamento do quarto, do som da mosca isolada que voava acima deles. Tommy puxou a cadeira para perto da cama e tirou as roupas para se sentar; Nicole gostava da simplicidade do vestido sem peso e das *espadrilles* que se misturavam com as calças de linho dele no chão.
Ele inspecionou o torso branco e oblongo que se unia de modo abrupto à cabeça, às pernas e aos braços bronzeados, e disse, rindo com ar importante:
— Você é toda novinha como um bebê.
— Com olhos brancos.
— Eu vou dar um jeito nisso.
— É muito duro dar um jeito em olhos brancos... ainda mais os feitos em Chicago.
— Eu conheço todos os velhos remédios gálicos.
— Me beije, na boca, Tommy.
— Isso é tão norte-americano — disse ele, beijando-a mesmo assim. — Quando eu estive nos Estados Unidos a última vez, havia moças que quase partiam você ao meio com os lábios, e a elas próprias também, até os rostos delas ficarem escarlate com o sangue ao redor dos lábios aparecendo em uma mancha... mas nada além disso.
Nicole se apoiou em um cotovelo.
— Gosto deste quarto — ela disse.

---

[3] Oh, lá no sul, na terra do algodão / Os hotéis são ruins e os negócios fracassam / Olhe para o outro lado...

— Eu o acho um tanto desprovido. Querida, estou feliz por você não esperar até chegarmos a Monte Carlo.

— Por que somente desprovido? Ora, este é um quarto maravilhoso, Tommy... como as mesas simples em tantos Cézannes e Picassos.

— Não sei. — Ele não tentava entendê-la. — Lá está o barulho de novo. Meu Deus, houve um assassinato?

Ele foi até a janela e informou de novo:

— Parece que são dois marinheiros norte-americanos brigando e um monte de gente incentivando. Eles são daquele seu navio de guerra que está ao largo. — Ele enrolou uma toalha no corpo e foi um pouco mais para diante na varanda. — Eles estão com *poules*. Eu já ouvi falar disso... as mulheres os seguem de um lugar para outro, aonde quer que o navio vá. Mas que mulheres! Dá para pensar que, com o que eles ganham, conseguiriam arrumar mulheres melhores! Ora, as mulheres que seguiam Korniloff! Ora, nós nunca demos uma olhada para qualquer coisa menos que uma bailarina!

Nicole estava feliz por ele ter conhecido tantas mulheres, de modo que a palavra em si não significava nada para ele; ela conseguiria segurá-lo enquanto a sua personalidade transcendesse todo o seu corpo.

— Bate nele onde dói!

— Ahh-h-h-h!

— Ei, que foi que eu te disse dá um bom soco de direita!

— Vai, Dulschmit, seu corno!

— *Ahh-ahh!*

— *Aa-eeh-aah!*

Tommy deu meia-volta.

— Parece que este lugar já cumpriu o seu papel, não acha?

Ela concordou, mas eles ficaram abraçados mais um pouco antes que se vestissem, e então por mais alguns instantes o lugar parecia tão bom quanto um palácio...

Finalmente se vestindo, Tommy exclamou:

— *Meu Deus,* essas duas mulheres nas cadeiras de balanço na varanda aqui de baixo não se mexeram. Elas estão tentando ignorar o assunto com uma conversa. Elas estão aqui em umas férias econômicas, e nem toda a marinha norte-americana e nem todas as prostitutas na Europa conseguiriam estragá-las.

Ele se aproximou gentilmente e a abraçou, colocando a alça da combinação dela no lugar com os dentes; então um som fendeu o ar lá fora: Cr-*acc*—*Boom*-*m*-m-m! Era o navio de guerra tocando o toque de recolher.

Então, abaixo da janela deles formou-se um verdadeiro pandemônio — pois o navio estava partindo para um local ainda não anunciado. Garçons entregavam contas e pediam pagamentos em vozes acaloradas; havia pragas e negativas; o lançar de contas grandes demais e dos trocos muito pequenos; marinheiros embriagados eram transportados para os barcos, e as vozes da polícia naval irrompiam com comandos rápidos em meio a todas as vozes. Havia choros, lágrimas, gritos e promessas enquanto o primeiro transporte se afastava e as mulheres se amontoavam na ponta do desembarcadouro, gritando e acenando.

Tommy viu uma moça ir correndo para a varanda de baixo agitando um guardanapo, e antes que ele conseguisse ver se as inglesas nas cadeiras de balanço cediam finalmente e reconheciam a presença dela ou não, houve uma batida à porta deles. Lá fora, vozes femininas excitadas fizeram com que eles concordassem em abrir a porta, revelando duas meninas, jovens, magras e selvagens, mais não encontradas do que perdidas no hall. Uma delas chorava copiosamente.

— Dá pra nós se despedir da sua sacada? — implorou a outra, em um inglês cheio de emoção. — Dá, por favor? Despedir de namorados? Dá, por favor. Os outros quartos tá tudo trancado.

— Com prazer — disse Tommy.

As meninas correram para a varanda e logo em seguida as vozes delas emitiram um som agudo acima da encosta.

— Tchau, Charlie! Charlie, olha *pra cima*!

— Manda uma mensage pra posta-restante quano cês chegar em Nice!

— Charlie! Ele num me vê.

Uma das meninas levantou as saias de repente, arrancou as suas calcinhas cor-de-rosa e as rasgou até formar uma bandeira de bom tamanho; então, exclamando, "Ben! Ben!", ela a agitou, enlouquecida. Enquanto Tommy e Nicole saíam do quarto, a bandeira ainda tremulava contra o céu azul. Oh, diz que você pode ver a doce cor da carne recordada? — enquanto na popa do navio de guerra se ergueu, em desafio, a Bandeira Estrelada.

Eles jantaram no novo Beach Casino em Monte Carlo... muito mais tarde, nadaram em Beaulieu em uma caverna sem teto de branca luz do luar, formada por um pequeno círculo de rochas ao redor de uma piscina de água fosforescente, de frente para Mônaco e a visão indistinta de Mentone. Nicole gostou de ele tê-la levado lá para a vista da costa leste e dos novos truques do vento e da água; tudo era tão novo quanto eles eram um para o outro. Simbolicamente, ela se sentava no arco da sela dele, com tanta certeza como se ele a tivesse levado à força de Damasco e eles tivessem aparecido nas planícies da Mongólia. De instante em instante, tudo o que Dick lhe havia ensinado ficava mais distante, ela estava ainda mais perto do que ela havia sido no começo, protótipo daquela obscura rendição de espadas que estava acontecendo no mundo ao seu redor. Mergulhada no amor à luz do luar, ela acolheu bem a anarquia de seu amante.

Eles despertaram juntos, descobrindo que a lua se fora e o ar estava fresco. Ela se levantou com dificuldade, perguntando que horas eram e Tommy disse que eram umas três horas.

— Tenho de ir para casa, então.

— Achei que nós iríamos dormir em Monte Carlo.

— Não. Tem a governanta e as crianças. Tenho de chegar antes de clarear.

— Como quiser.

Eles deram um mergulho rápido, e quando ele a viu tremendo, ele a esfregou energicamente com uma toalha. Quando eles entraram no carro com os cabelos ainda molhados, as peles frescas e luminosas, não tiveram vontade de voltar. Estava tão luminoso lá onde eles se encontravam, e quando Tommy beijou Nicole ela sentiu que ele se perdia na brancura das faces dela e de seus dentes brancos e de sua testa fresca e da mão que tocava o rosto dele. Ainda sintonizada com Dick, ela esperou por uma interpretação ou qualificação; mas nada disso estava por vir. Tendo sonolenta e alegremente a garantia de que nenhuma delas viria, ela se deixou cair no banco do carro e cochilou até que o som do motor se alterou e ela sentiu que eles começavam a subida rumo à Villa Diana. No portão, ela o beijou com um até logo quase automático. O som dos passos dela no caminho havia mudado; os ruídos noturnos do jardim de repente se encontravam no passado, mas ela estava feliz, não obstante, por estar de volta. O dia havia se desenrolado em um ritmo de *staccato*, e apesar de suas satisfações, ela não estava acostumada com tal tensão.

IX

Às quatro horas da tarde seguinte, um táxi da estação parou no portão e Dick desembarcou. Repentinamente insegura, Nicole correu do terraço para ir encontrá-lo, sem fôlego por causa de seu esforço para se controlar.

— Onde está o carro? — ela perguntou.

— Eu o deixei em Arles. Não estava com vontade de dirigir.

— A julgar pelo seu bilhete, achei que ficaria fora vários dias.

— Me deparei com um mistral e um pouco de chuva.

— Se divertiu?

— Tanta diversão quanto alguém possa ter fugindo de coisas. Levei Rosemary até Avignon e a coloquei no trem lá. — Eles caminharam juntos para o terraço, onde ele colocou a mala. — Eu não lhe disse no bilhete porque pensei que você imaginaria um monte de coisas.

— Foi muito gentil de sua parte — Nicole se sentia mais segura, então.

— Eu queria saber se ela tinha alguma coisa a oferecer; o único modo era vê-la sozinha.

— Ela tinha... alguma coisa a oferecer?

— Rosemary não cresceu — respondeu Dick. — Provavelmente é melhor assim. O que você andou fazendo?

Ela sentiu o rosto tremer como o de um coelhinho.

— Fui dançar a noite passada... com Tommy Barban. Nós fomos...

Ele estremeceu, interrompendo-a.

— Não me conte nada. Não importa o que faça, eu só não quero saber nada definitivo.

— Não tem nada para saber.

— Tudo bem, tudo bem. — E então, como se ele tivesse ficado fora por uma semana. — Como estão as crianças?

O telefone tocou dentro de casa.

— Se for para mim, não estou em casa — Dick falou, voltando-se rapidamente. — Tenho umas coisas para fazer em meu estúdio.

Nicole esperou até ele estar fora do alcance de seus olhos, atrás do poço; então ela foi até a casa e atendeu ao telefone.

— *Nicole, comment vas-tu?*[1]

— Dick está em casa.

Ele grunhiu.

— Encontre-me aqui em Cannes — ele sugeriu. — Tenho de falar com você.

— Não posso.

— Diga que me ama. — Sem falar, ela acenou afirmativamente junto ao aparelho; ele repetiu. — Diga que me ama.

— Sim, claro — ela lhe garantiu. — Mas não há nada a se fazer agora.

— É claro que há — disse ele, impaciente. — Dick sabe que tudo acabou entre vocês dois... é óbvio que ele desistiu. O que ele espera que você faça?

— Não sei. Eu terei de... — ela se interrompeu antes de dizer "esperar até poder perguntar para o Dick" e, em vez disso, terminou com um — Eu lhe escreverei e tefefonarei amanhã.

Ela ficou perambulando pela casa, bastante satisfeita, se apoiando em suas conquistas. Ela era uma arteira, e isso era uma satisfação; ela não era mais uma caçadora de presas acuadas. O dia de ontem voltou à cabeça dela então em

---

[1] Nicole, como você está?

inúmeros detalhes — detalhes que começaram a se sobrepor às suas lembranças de momentos semelhantes, quando o amor dela por Dick era novo e intacto. Ela começou a depreciar esse amor, de modo que ele parecia ter sido mesclado com um hábito sentimental desde o início. Com a memória oportunista das mulheres, ela mal se lembrava de como havia se sentido quando ela e Dick haviam se possuído em lugares secretos em todos os cantos do mundo, durante o mês antes de terem se casado. Do mesmo modo, ela havia mentido para Tommy a noite passada, jurando para ele que nunca ela havia sentido tão inteiramente, tão completamente, tão profundamente...

... então o remorso por esse momento de traição, que minimizava de modo tão ofensivo uma década de sua vida, fez com que ela se encaminhasse para o santuário de Dick.

Aproximando-se em silêncio, ela o viu atrás do chalé dele, sentado em uma espreguiçadeira perto da parede do penhasco, e por um instante ela o olhou em silêncio. Ele estava pensando, ele estava vivendo um mundo completamente dele e nos ínfimos movimentos de seu rosto, o cenho que se erguia ou abaixava, os olhos semicerrados ou bem abertos, os lábios que se entreabriam e se fechavam, o movimentar das mãos, ela o viu progredir de fase em fase de sua própria história que se desenrolava dentro dele, a dele, não a dela. Uma vez ele cerrou os punhos e se inclinou para a frente, uma vez isso fez surgir no rosto dele uma expressão de tormento e de desespero — quando isso passou, sua marca permaneceu nos olhos dele. Quase pela primeira vez na vida, Nicole sentia pena dele — era duro para as pessoas que foram mentalmente instáveis sentir pena daqueles que são sadios, e embora Nicole com frequência da boca para fora reconhecesse o fato de que ele a havia reconduzido para o mundo que ela perdera, havia pensado nele realmente como uma energia inexaurível, incapaz de fadiga — ela esqueceu os problemas que lhe causava no momento em que se esqueceu de seus próprios problemas que a haviam levado a agir. Que ele não mais a controlava — ele sabia disso? Ele tinha desejado isso? Ela sentia tanta pena dele quanto às vezes sentira de Abe North e seu destino ignóbil, a mesma pena da dependência das crianças pequenas e dos idosos.

Ela se aproximou dele colocando o braço nos seus ombros e encostando a cabeça na dele disse:

— Não fique triste.

Ele a olhou com frieza.

— Não me toque! — ele disse.

Confusa, ela se afastou uns passos.

— Desculpe-me — ele continuou, ensimesmado. — Eu só estava pensando o que eu pensava de você...

— Por que não acrescentar a nova classificação ao seu livro?

— Pensei nisso... "Ademais e além das psicoses e das neuroses..."

— Eu não vim aqui para ser desagradável.

— Então, por que você veio, Nicole? Não posso fazer mais nada por você agora. Estou tentando me salvar.

— Do meu contágio?

— A profissão me coloca em contato com companhias questionáveis de vez em quando.

Ela chorou de raiva com o insulto.

— Você é covarde! Fez da sua vida um fracasso e quer jogar a culpa em mim.

Nos momentos em que ele não respondeu, ela começou a sentir o velho magnetismo da inteligência dele, às vezes exercido sem poder, mas sempre com substratos de verdade sob a verdade que ela não era capaz nem de romper e nem mesmo de rachar. Uma vez mais ela lutou contra isso, combatendo-o com seus olhos pequenos e refinados, com a refinada arrogância de um cachorro de raça, com sua nascente transferência para outro homem, com o ressentimento acumulado de anos; ela lutou contra ele com seu dinheiro e sua convicção de que sua irmã não gostava dele e estava lhe dando apoio agora; com a ideia dos novos inimigos que ele estava arrumando com sua amargura, com a ágil malícia dela contra a morosidade causada pelo excesso de vinho e de comida; a saúde e a beleza dela contra a deterioração física dele; a falta de escrúpulos dela contra as moralidades dele — para essa batalha íntima ela usava até mesmo a sua fraqueza — lutando com bravura e corajosamente com as velhas latas e louças e garrafas, receptáculos vazios dos pecados, ultrajes e erros expiados dela. E de repente, no espaço de dois minutos, ela alcançou sua vitória e se justificou para si mesma sem mentiras ou subterfúgios, cortou para sempre o cordão. Então ela saiu andando, com as pernas fracas, e soluçando friamente, na direção da casa que finalmente era dela.

Dick esperou até ela estar fora do alcance dos olhos. Então apoiou a cabeça no parapeito. O caso havia acabado. O Doutor Diver estava livre.

X

Às duas horas daquela madrugada, o telefone acordou Nicole e ela ouviu Dick atendê-lo no que eles chamavam de a cama do insone, no quarto ao lado.

— *Oui... oui... mais à qui est-ce que je parle? ... Oui...*[1] — A voz dele ficou intensa devido à surpresa. — Mas eu posso falar com uma das senhoras, Senhor Oficial? As duas são senhoras de grande proeminência, senhoras com boas relações que poderiam causar complicações políticas das mais sérias... É um fato, eu juro para o senhor... Muito bem, o senhor há de ver.

Ele se levantou e, enquanto refletia sobre a situação, seu autoconhecimento lhe garantiu que ele iria lidar com isso — a velha e fatal gentileza e o velho e enérgico charme se fizeram sentir com seu grito de "Use-me!" Ele teria de ir e ajeitar a situação com a qual não se importava nem um pouco, porque desde cedo ser amado havia se transformado em um hábito, talvez a partir do momento em que ele havia percebido ser a última esperança de um clã decadente. Em uma ocasião quase igual, lá na clínica de Dohmler no Lago de Zurique, percebendo esse poder, ele havia feito sua escolha, escolhido Ofélia, escolhido o doce veneno e o bebido. Querendo acima de tudo ser corajoso e gentil, ele havia desejado, ainda mais do que isso, ser amado. E assim havia sido. E assim sempre seria, ele estava percebendo, simultaneamente com o lento e arcaico tilintar do telefone enquanto ele o desligava.

---

[1] Sim, sim... mas, com quem estou falando ? ... Sim...

Houve uma longa pausa. Nicole perguntou:

— O que aconteceu? Quem é?

Dick havia começado a se vestir assim que desligara o telefone.

— É o *poste de police* em Antibes; eles estão mantendo Mary North e aquela Sibley-Biers lá. É algo sério... o agente não quis me dizer; ele ficou falando "*pas de mortes... pas d'automobiles*",[2] mas deu a entender que tinha que ver com todo o resto.

— E a troco de que eles chamaram *você*? Isso me parece muito estranho.

— Elas têm de ser libertadas com fiança, para salvar as aparências; e somente algum proprietário de imóveis nos Alpes Maritimes pode pagar a fiança.

— Elas tiveram cara dura.

— Não me importa. No entanto, pegarei Gausse no hotel...

Nicole ficou acordada depois de ele sair, imaginando qual crime elas poderiam ter cometido; depois ela adormeceu. Um pouquinho depois das três, quando Dick voltou, ela se sentou completamente acordada dizendo, "O quê?", como se fosse para uma personagem em seus sonhos.

— Foi uma história incrível — Dick falou. Ele se sentou aos pés da cama dela, contando para ela como ele havia tirado o velho Gausse de um coma alsaciano, dito a ele para esvaziar sua caixa registradora, e ir com ele até a delegacia de polícia.

"Não gosto de fazer qualquer coisa por aquela inglesa", resmungou Gausse.

Mary North e Lady Caroline, vestidas com as roupas de marinheiros franceses, estavam sentadas indolentes em um banco do lado de fora das duas celas esquálidas. Lady Caroline

---

[2] Nenhuma morte... nada de carros envolvidos.

tinha o ar injuriado de uma britânica que momentaneamente esperasse que a frota do Mediterrâneo fosse aparecer em peso para ajudá-la. Mary Minghetti estava em um estado de pânico e colapso — ela literalmente se atirou na barriga de Dick, como se aquele fosse o ponto de maior associação, implorando-lhe que fizesse alguma coisa. Enquanto isso, o chefe de polícia explicava a questão para Gausse, que ouvia cada palavra com relutância, dividido entre dar o devido valor ao talento para narrativas do policial e mostrar que, como um perfeito empregado, a história não era capaz de chocá-lo. "Foi só uma brincadeirinha", disse Lady Caroline com desdém. "Nós estávamos fingindo que éramos marinheiros de licença, e nós pegamos duas meninas tolinhas. Elas ficaram apavoradas e fizeram um barulho infernal em uma pensão."

Dick assentiu, sério, olhando para o piso de pedras, como um padre no confessionário — ele estava dividido entre uma tendência a dar uma risada irônica e outra tendência de ordenar cinquenta chibatadas e uma quinzena a pão com água. A ausência, no rosto de Lady Caroline, de qualquer noção do mal, a não ser o mal causado por duas covardes meninas provençais e pela polícia estúpida, deixou-o confuso; no entanto, ele havia concluído já fazia muito tempo que certas classes de pessoas inglesas viviam em um estado concentrado do antissocial que, em comparação, reduzia as glutonarias de Nova Iorque a algo parecido com uma criança que tivesse dor de barriga por ter tomado sorvete.

"Tenho de sair antes que Hosain ouça a respeito dessa história", suplicou Mary. "Dick, você sempre consegue dar um jeito nas coisas... sempre conseguiu. Diga a eles que nós vamos direto para casa, diga a eles que nós pagamos qualquer coisa."

"Eu, não", disse Lady Caroline, desdenhosa. "Nem um xelim. Mas eu vou ter prazer em descobrir o que o Consulado em Cannes tem a dizer a respeito disso."

"Não, não!", insistiu Mary. "Nós temos de sair esta noite."

"Vou ver o que posso fazer", falou Dick, acrescentando, "mas certamente dinheiro vai ter de trocar de mãos." Olhando para elas como se elas fossem as inocentes que ele sabia que elas não eram, ele balançou a cabeça. "De todas as ideias insanas!"

Lady Caroline sorriu, complacente.

"O senhor é um médico de insanos, não é? O senhor deveria ter condições de nos ajudar... e Gausse *tem de* ajudar!"

Nesse instante, Dick foi para um canto com Gausse e conversou a respeito do que o velho descobrira. O caso era mais sério do que havia sido indicado — uma das meninas que elas pegaram era de uma família respeitável. A família estava furiosa, ou fingia estar; um acordo teria de ser feito com eles. Com a outra, a menina do porto, seria mais fácil de lidar. Havia leis francesas que tornariam a infração passível de ser punida com prisão ou, no mínimo, expulsão pública do país. Além das dificuldades, havia uma crescente diferença quanto à tolerância entre as pessoas da cidade que se beneficiavam com a colônia estrangeira e as que estavam aborrecidas com o consequente aumento de preços. Gausse, tendo resumido a situação, se voltou para Dick. Este chamou o chefe de polícia para uma conversa.

"Bem, o senhor sabe que o governo francês deseja encorajar o turismo norte-americano... tanto que, em Paris, este verão, há uma ordem de que os norte-americanos não podem ser presos a não ser pelos crimes mais graves."

"Isto é bastante grave, meu Deus."

"Mas, veja só... o senhor tem as *Cartes d'Identité*[3] delas?"

"Elas não tinham documento. Elas não tinham nada... duzentos francos e uns anéis. Nem mesmo cadarços de sapato com os quais elas pudessem ter se enforcado!"

Aliviado porque não havia *Cartes d'Identité*, Dick prosseguiu.

---

[3] Documento de identificação.

"A Condessa italiana ainda é uma cidadã norte-americana. Ela é neta...", ele disse uma fieira de mentiras lenta e solenemente, "de John D. Rockefeller Mellon. O senhor já ouviu falar nele?"

"Sim, oh, claro, sim. O senhor acha que eu sou um Zé--ninguém?"

"Além do mais, ela é sobrinha de Lord Henry Ford e, portanto, relacionada às companhias Renault e Citroën..." Ele achou que seria melhor parar por ali. No entanto, a sinceridade de sua voz havia começado a afetar o policial, então, ele continuou: "Prendê-la é como se o senhor prendesse um importante membro da nobreza da Inglaterra. Isso poderia significar... Guerra!"

"Mas e quanto à inglesa?"

"Já estou chegando nela. Ela está comprometida com o irmão do Príncipe de Gales... o Duque de Buckingham."

"Ela vai ser uma noiva refinada para ele."

"Bem, nós estamos preparados para dar..." Dick fez as contas rapidamente, "mil francos para cada uma das meninas... e mais mil adicionais para o pai da menina 'séria'. E também dois mil adicionais, para que o senhor distribua como considerar melhor...", ele deu de ombros, "entre os homens que fizeram a prisão, o dono da pensão, e assim por diante. Eu vou entregar os cinco mil para o senhor e espero que o senhor faça as transações imediatamente. Então, elas podem ser liberadas sob fiança com alguma acusação como perturbar a paz, e qualquer multa que haja será paga amanhã perante o magistrado... por um mensageiro."

Antes que o policial falasse, Dick viu pela expressão dele que tudo iria ficar bem. O homem disse, hesitante, "Eu não fiz nenhum registro porque elas não têm *Cartes d'Identité*. Eu preciso ver... me dê o dinheiro."

Uma hora mais tarde, Dick e M. Gausse deixaram as duas mulheres no Hotel Majestic, onde o chofer de Lady Caroline dormia no landaulet dela.

"Lembrem-se", Dick falou, "vocês devem a Monsieur Gausse cem dólares cada uma."

"Tudo bem", concordou Mary. "Eu lhe dou um cheque amanhã... e mais alguma coisa."

"Não eu!" Espantados, todos eles se voltaram para Lady Caroline, que, agora totalmente recuperada, estava transbordando de dignidade. "Essa história toda foi uma afronta. De modo nenhum eu os autorizei a dar cem dólares para aquelas pessoas."

O pequeno Gausse ficou parado ao lado do carro, seus olhos subitamente fulminantes.

"A senhora não vai me pagar?"

"Mas é claro que ela vai", Dick falou.

De repente, os insultos que Gausse outrora havia suportado como auxiliar de restaurante em Londres entraram em ebulição e ele caminhou sob a luz do luar até Lady Caroline.

Ele lançou uma enxurrada de palavras exprobratórias para ela e, quando ela lhe deu as costas com uma risada depreciativa, ele deu um passo atrás dela e rapidamente botou seu pezinho no mais celebrado dos alvos. Lady Caroline, apanhada de surpresa, ergueu as mãos como uma pessoa baleada, enquanto seu corpo envolto nas roupas de marinheiro se esparramava na calçada.

A voz de Dick interrompeu as manifestações de fúria dela: "Mary, você acalme-a! Ou as duas vão estar com bola de ferro nos pés em dez minutos!"

De volta para o hotel, o velho Gausse não disse uma palavra, até eles passarem pelo Cassino de Juan-les-Pins, ainda soluçando e tossindo com o jazz; então ele suspirou:

"Eu nunca vi mulheres como esse tipo de mulheres. Eu já conheci muitas das maiores cortesãs do mundo, e por elas, com frequência, eu tenho muito respeito; mas mulheres como essas mulheres eu nunca vi antes."

XI

Dick e Nicole estavam acostumados a ir juntos ao cabeleireiro, e cortavam e lavavam os cabelos em salas adjacentes. Do lado de Dick, Nicole podia ouvir o estalido das navalhas, o contar do troco, os *Voilàs* e *Pardons*.[1] No dia seguinte ao retorno dele, eles foram ser tosados e lavados na brisa perfumada dos ventiladores.

Na frente do Carleton Hotel, suas janelas tão teimosamente impermeáveis ao verão quanto tantas portas de adegas, um carro passou por eles com Tommy Barban dentro dele. O vislumbre momentâneo que Nicole teve de sua expressão, taciturna, pensativa e, no instante em que ele a viu, espantada e alerta, a perturbou. Ela queria ir onde ele estivesse indo. A hora com a cabeleireira parecia um dos intervalos inúteis que compunham a sua vida, outra pequena prisão. A *coiffeuse*[2] em seu uniforme branco, transpirando ligeiramente batom e água-de-colônia, fez Nicole se lembrar de tantas enfermeiras.

Na sala ao lado, Dick cochilava sob um avental e espuma de sabão. O espelho na frente de Nicole refletia a passagem entre o lado dos homens e o das mulheres, e Nicole se sobressaltou ao ver Tommy entrando e andando decidido no lado masculino. Ela soube, com uma onda de alegria, que iria acontecer algum tipo de discussão.

Ela ouviu fragmentos de seu início.

---

[1] Cá está e Desculpem.
[2] Cabeleireira.

— Olá, eu quero falar com você.

— ...sério.

— ...sério.

— ...perfeitamente de acordo.

Em instantes, Dick entrou na cabine de Nicole, sua expressão surgindo irritada por trás da toalha que enxugava sua face lavada às pressas.

— Seu amigo está intratável. Ele quer nos ver juntos, então, eu concordei em acabar com tudo de uma vez. Vamos!

— Mas meu cabelo... só está cortado pela metade.

— Não importa... vamos!

Ressentida, ela fez a *coiffeuse* espantada retirar as toalhas.

Sentindo-se desalinhada e desarrumada, ela seguiu Dick. Lá fora, Tommy se inclinou sobre a mão dela para beijá-la.

— Vamos ao Café des Alliées — falou Dick.

— Onde quer que possamos ficar a sós — concordou Tommy.

Sob as árvores cujas copas se tocavam, indispensáveis no verão, Dick perguntou:

— Vai querer alguma coisa, Nicole?

— Um *citron pressé*.[3]

— Para mim, um demi — disse Tommy.

— Um Blackenwite com siphon — pediu Dick.

— *Il n'y a plus de Blackenwite. Nous n'avons que le Johnny Walkair.*[4]

— *Ça va.*[5]

---

[3] Tipo de limonada que se prepara com os ingredientes servidos separadamente.

[4] Não tem mais Blackenwite. Nós só temos o Johnny Walkair.

[5] Tudo bem.

She's-not-wired for sound
but on the quiet
you ought to try it —⁶

— Sua esposa não o ama — disse Tommy, de repente. — Ela me ama.

Os dois homens se olharam com uma curiosa falta de expressão. Não pode haver grande comunicação entre homens nessa posição, pois sua relação é indireta, e consiste em quanto cada um deles possuiu ou irá possuir a mulher em questão; de modo que suas emoções atravessam a pessoa dividida dela como se fosse através de uma conexão telefônica ruim.

— Espere um instante — falou Dick. — *Donnez-moi du gin et du siphon.*⁷

— *Bien, Monsieur.*⁸

— Tudo bem; prossiga, Tommy.

— Está muito claro para mim que seu casamento com Nicole já deu o que tinha de dar. Ela já o superou. Eu esperei cinco anos para que isso acontecesse.

— O que Nicole diz?

Os dois olharam para ela.

— Eu gosto muito do Tommy, Dick.

Ele assentiu.

— Você não se importa mais comigo — ela prosseguiu. — É só o hábito. As coisas nunca mais foram as mesmas depois de Rosemary.

Não gostando desse ponto de vista, Tommy interrompeu bruscamente com:

— Você não entende Nicole. Você sempre a trata como uma paciente porque certa época ela esteve doente.

---

⁶ Ela não está empolgada / mas discretamente / você tem de tentar.
⁷ Traga-me um gim com tônica.
⁸ Pois não, senhor.

Eles foram subitamente interrompidos por um insistente norte-americano, de aspecto sinistro, que vendia exemplares do *The Herald* e do *The Times*, recém-chegados de Nova Iorque.

— Tem tudo aqui, Amigos — ele anunciou. — Cês tão aqui faz tempo?

— *Cessez cela! Allez Ouste!*[9] — exclamou Tommy, e então, para Dick. — Bom, nenhuma mulher iria aguentar tal...

— Amigos — interrompeu o norte-americano de novo. — Vocês acham que eu estou perdendo meu tempo... mas um monte de gente, não. — Ele tirou um recorte de jornal acinzentado de sua carteira, e Dick o reconheceu ao vê-lo. Ele retratava milhões de norte-americanos fluindo de transatlânticos com sacolas cheias de ouro. — Cês acham que eu não vou pegar um pouco disso? Bom, eu vou. Acabei de vir de Nice para o *Tour de France*.

Assim que Tommy o fez ir embora com um feroz "*allez--vou-en*",[10] Dick o identificou como o homem que certa vez o havia abordado na Rue de Saints Anges, cinco anos antes.

— Quando o *Tour de France* chega aqui? — ele perguntou para o homem.

— A qualquer minuto, Amigão.

Ele finalmente foi embora com um aceno cordial e Tommy se voltou para Dick.

— *Elle doit avoir plus avec moi qu'avec vous.*[11]

— Fale inglês! O que quer dizer com "*doit avoir*"?

— "*Doit avoir*"? Teria mais felicidade ao meu lado.

— Vocês seriam novidade um para o outro. Mas, Nicole e eu tivemos muita felicidade juntos, Tommy.

---

[9] Pare com isso! E suma daqui!
[10] Cai fora.
[11] Ela há de ter mais comigo que com você.

— *L'amour de famille*[12] — disse Tommy, desdenhoso.

— Se você e Nicole se casassem, não seria isso "*l'amour de famille*"? — a crescente comoção fez com que ele se interrompesse; em seguida, ela se transformou em uma cabeça serpeante na *promenade* e um grupo, logo em seguida uma multidão de pessoas, irrompeu de *siestas*[13] ocultas, ocupando o meio-fio.

Meninos passaram velozmente em bicicletas, automóveis entulhados com esportistas com uniformes elaborados seguiram rapidamente pela rua, buzinas altas soaram para anunciar a aproximação da corrida, e desprevenidos cozinheiros, em mangas de camisa, apareceram nas portas dos restaurantes enquanto uma procissão surgia dobrando a esquina. Primeiro um ciclista solitário com uma camiseta vermelha, pedalando com força, decidido e confiante, surgindo do sol que se dirigia para o oeste, passando sob a melodia de uma ruidosa salva de palmas. Então, três juntos em uma pantomima de cores desbotadas, pernas manchadas de amarelo por causa do pó e do suor, rostos inexpressivos, olhos fundos e infinitamente cansados.

Tommy encarou Dick, dizendo:

— Acho que Nicole quer o divórcio... suponho que você não vá colocar nenhum obstáculo?

Um grupo de mais cinquenta apareceu de repente depois dos primeiros competidores, embolados ao longo de uns duzentos metros; alguns estavam sorrindo e autoconscientes, alguns obviamente exaustos, a maior parte deles indiferente e cansada. Uma comitiva de menininhos passou, um punhado de retardatários desafiadores, um caminhãozinho carregava as vítimas de acidentes e derrota. Eles voltaram para a mesa. Nicole queria que Dick tomasse a iniciativa, mas ele parecia contente em ficar sentado com seu rosto parcialmente barbeado combinando com os cabelos dela parcialmente lavados.

---

[12] O amor de família.
[13] Cochilos.

— Não é verdade que não está mais feliz comigo? — prosseguiu Nicole. — Sem mim, você poderia retomar o seu trabalho... poderia trabalhar melhor se não se preocupasse comigo.

Tommy se moveu, impaciente.

— Isso é inútil. Nicole e eu nos amamos; isso é tudo o que importa.

— Bem, então — disse o Doutor — já que está tudo acertado, que tal voltarmos para o salão de cabeleireiros?

Tommy queria uma briga:

— Há vários pontos...

— Nicole e eu vamos discutir tudo muito bem — respondeu Dick, equânime. — Não se preocupe... eu concordo com os pontos principais, e Nicole e eu nos entendemos. Há menos oportunidade para situações desagradáveis se nós evitarmos uma conversa a três.

Aceitando relutante a lógica de Dick, Tommy foi impelido por uma irresistível tendência racial a conseguir uma vantagem.

— Que fique claro que a partir deste momento — disse ele — eu me coloco na posição de protetor de Nicole até os detalhes serem acertados. E eu vou considerá-lo totalmente responsável por qualquer insulto oriundo do fato de que vocês continuam a morar na mesma casa.

— Eu nunca gostei de fazer amor com boneca de trapos — respondeu Dick.

Ele assentiu e se afastou na direção do hotel, com os olhos ainda mais brancos de Nicole o seguindo.

— Ele foi bastante justo — Tommy reconheceu. — Querida, nós estaremos juntos esta noite?

— Suponho que sim.

E então tinha acontecido — e com um mínimo de drama; Nicole sentiu-se derrotada, percebendo que desde o episódio do preparado de cânfora Dick havia antecipado tudo. Mas ela também se sentia feliz e empolgada, e a estranha vontadezinha de poder contar tudo a respeito para Dick desapareceu rapidamente. Mas, os olhos dela seguiram a silhueta dele até que ela se transformou em um pontinho e se misturou com os outros pontinhos na multidão estival.

XII

No dia antes de o Doutor Diver partir da Riviera, ele passou o tempo todo com os filhos. Ele não era mais jovem, com um punhado de pensamentos e de sonhos agradáveis para entreter; então ele queria se lembrar deles muito bem. As crianças haviam sido informadas que este inverno elas iriam ficar com a tia em Londres, e que logo elas iriam vê-lo nos Estados Unidos. A Fräulein não deveria ser demitida sem o consentimento dele.

Ele se sentia feliz por ter proporcionado tanto para a menininha — a respeito do menino, ele tinha as suas dúvidas — ele sempre se sentira inseguro a respeito do que tinha de oferecer para o menino que estava sempre crescendo, sempre por perto e pensando em seios. Porém, quando ele se despediu dos dois, ele queria elevar as belas cabeças deles acima de seus pescoços e abraçá-los apertado por horas.

Ele abraçou o velho jardineiro que havia feito o primeiro jardim na Villa Diana seis anos atrás; ele beijou a moça provençal que ajudava com as crianças. Ela tinha estado com eles por quase uma década, e ela caiu de joelhos e chorou até Dick colocá-la em pé com um safanão e lhe dar trezentos francos. Nicole iria dormir até mais tarde, conforme havia sido combinado — ele deixou um bilhete para ela, e outro para Baby Warren, que havia acabado de voltar da Sardenha e estava hospedada na casa. Dick bebeu um grande drinque de uma garrafa de *brandy* que tinha noventa centímetros de altura e comportava nove litros, que alguém lhes havia dado de presente.

Então ele resolveu deixar suas malas na estação em Cannes e dar uma última olhada na Praia de Gausse.

A praia estava ocupada somente por uma guarda avançada composta por crianças quando Nicole e a irmã chegaram naquela manhã. Um sol pálido, informe no céu branco, brilhava em um dia sem vento. Garçons estavam colocando gelo extra no bar; um fotógrafo norte-americano da Associated Press trabalhava com seu equipamento em uma sombra precária e erguia os olhos rapidamente a cada som de passos que desciam os degraus de pedra. No hotel, seus futuros alvos dormiam até tarde nos quartos escurecidos com o recente sonífero proporcionado pela aurora.

Quando Nicole apareceu na praia, ela viu Dick, não vestido para nadar, sentado em uma rocha mais ao alto. Ela se encolheu à sombra de sua cabine de vestir. Em um minuto, Baby se juntou a ela, dizendo:

— Dick ainda está aqui.

— Eu o vi.

— Acho que ele poderia fazer a gentileza de ir embora.

— Este é o lugar dele... de certo modo, ele o descobriu. O velho Gausse sempre diz que ele deve tudo a Dick.

Baby olhou calmamente para a irmã.

— Nós deveríamos tê-lo deixado se limitar aos seus passeios de bicicleta — ela observou. — Quando as pessoas são tiradas de seu ambiente, elas perdem a cabeça, não importa quão encantador seja o truque que elas elaboram.

— Dick foi um bom marido para mim por seis anos — disse Nicole. — Esse tempo todo, eu nunca tive um minuto de dor por causa dele, e ele sempre fez o melhor para não permitir que nada me magoasse.

A mandíbula inferior de Baby se projetou um pouquinho enquanto ela dizia:

— Ele estudou para isso.

As irmãs ficaram sentadas em silêncio; Nicole refletindo, de um modo cansado, nas coisas; Baby conjecturando se deveria ou não se casar com o mais recente candidato à sua mão e ao seu dinheiro, um legítimo Habsburgo. Ela não estava *pensando* a esse respeito. Seus casos tinham por tanto tempo compartilhado uma mesma monotonia que, à medida que ela ia envelhecendo, eles eram mais importantes por seu valor conversacional do que por si só. As emoções dela tinham sua existência mais legítima na hora de falar sobre eles.

— Ele foi embora? — Nicole perguntou, depois de certo tempo. — Acho que o trem dele parte ao meio-dia.

Baby deu uma olhada.

— Não. Ele foi mais para o alto lá no terraço e está conversando com umas mulheres. De qualquer modo, tem tanta gente agora que ele não *tem de* nos ver.

Ele as havia visto, entretanto, quando elas saíam de sua cabine e as seguiu com o olhar até elas desaparecerem de novo. Ele se sentou com Mary Minghetti, bebendo anisete.

— Você estava do jeito que costumava ser na noite em que nos ajudou — ela estava dizendo —, a não ser no fim, quando foi muito ruim com Caroline. Por que não é sempre assim simpático? Você sabe ser.

Parecia incrível para Dick estar em uma posição em que Mary North pudesse lhe dar conselhos.

— Seus amigos ainda gostam de você, Dick. Mas você diz coisas horríveis para as pessoas quando está bebendo. Eu passei a maior parte do verão defendendo-o.

— Essa observação é um dos clássicos do Doutor Eliot.

— É verdade. Ninguém se importa se você bebe ou não... — ela hesitou — mesmo quando Abe bebia demais, ele nunca ofendia as pessoas como você faz.

— Vocês todos são tão enfadonhos — disse ele.

— Mas nós somos tudo o que tem por aí! — exclamou Mary. — Se não gosta das pessoas agradáveis, tente as que não são agradáveis, e veja se gosta disso! Tudo o que as pessoas querem é se divertir e se as deixa infelizes, você se afasta de todo o alimento.

— Eu fui alimentado? — ele perguntou.

Mary estava se divertindo, embora não tivesse consciência disso, já que havia se sentado com ele somente por temor. De novo ela recusou uma bebida, e disse:

— A autoindulgência está por trás disso tudo. É claro que, depois de Abe, você consegue imaginar como eu me sinto a esse respeito... já que observei o progresso de um homem bom rumo ao alcoolismo...

Descendo os degraus aos pulinhos, Lady Caroline Sibly-Biers chegou com uma teatralidade cheia de alegria.

Dick se sentia bem — ele sempre estava adiantado em relação ao dia; tendo chegado ao ponto em que um homem deveria estar no fim de um bom jantar, no entanto ele apresentava somente um interesse educado, cheio de consideração e contido por Mary. Os olhos dele, momentaneamente claros como os de uma criança, pediam a simpatia dela e ele sentiu que se apossava dele a velha necessidade de convencê-la de que ele era o último homem no mundo e ela era a última mulher.

...Então ele não teria de olhar para aquelas outras duas figuras, um homem e uma mulher, negro e branca e metálicos contra o céu...

— Uma época você gostava de mim, não gostava? — ele perguntou.

— *Gostava* de você... eu o *amava*. Todo mundo o amava. Você poderia ter tido qualquer pessoa que quisesse, era só pedir...

— Sempre houve alguma coisa entre nós dois.

Ela engoliu a isca ansiosamente.

— Houve, Dick?

— Sempre... eu sabia dos seus problemas e quão corajosa você era em relação a eles. — Mas, a velha risada interior havia começado dentro dele e ele sabia que não seria capaz de contê-la por muito mais tempo.

— Eu sempre achei que você sabia de muita coisa — disse Mary, empolgada. — Mais ao meu respeito do que ninguém jamais soube. Talvez por isso eu sentisse tanto medo de você quando nós não nos entendíamos tão bem.

O olhar dele se encontrou meigo e gentil com o dela, sugerindo uma emoção subjacente; seus olhares repentinamente se encontraram, se uniram, se mesclaram. Então, quando a risada dentro dele ficou tão alta que parecia que Mary iria ouvi-la, Dick apagou a luz e eles estavam de volta ao sol da Riviera.

— Tenho de ir — ele falou. Ao se levantar, ele se desequilibrou um pouquinho; ele não mais se sentia bem, o sangue dele corria devagar. Ele ergueu a mão direita e, com uma cruz papal, abençoou a praia lá do alto terraço. Rostos se voltaram para o alto lá dos inúmeros guarda-sóis.

— Eu vou me encontrar com ele. — Nicole ficou de joelhos.

— Não, não vai — disse Tommy, fazendo-a ficar sentada com firmeza. — Deixe que ele se arranje sozinho.

XIII

Nicole manteve contato com Dick depois de seu novo casamento; havia cartas sobre questões de negócios e sobre as crianças. Quando ela dizia, como fazia com frequência, "Eu amava Dick e nunca vou esquecê-lo", Tommy respondia, "Mas é claro que não... e por que deveria?"

Dick abriu um consultório em Buffalo, mas evidentemente sem sucesso. Nicole nunca soube qual fora o problema, mas ouviu uns meses depois que ele estava em uma cidadezinha chamada Batavia, N.Y., trabalhando como clínico geral, e mais tarde que ele estava em Lockport, fazendo a mesma coisa. Casualmente, ela ouvia mais a respeito da vida dele lá do que em qualquer outro lugar: que ele andava bastante de bicicleta; era muito admirado pelas mulheres, e sempre tinha uma pilha imensa de papéis em sua mesa, que todos sabiam ser um importante tratado sobre certo tema médico, quase no processo de finalização. Ele era considerado um homem de boas maneiras e certa vez fez um bom pronunciamento em um encontro de saúde pública sobre o tema das drogas; mas, ele se envolveu com uma menina que trabalhava em uma mercearia, e também se envolveu em um processo a respeito de uma questão médica; então, ele partiu de Lockport.

Depois disso, ele não pediu que mandassem as crianças aos Estados Unidos, e não respondeu quando Nicole lhe escreveu perguntando se ele precisava de dinheiro. Na última carta que mandou para ela, ele lhe disse que estava trabalhando em Geneva, Nova Iorque, e ela ficou com a impressão de que ele havia se ajeitado com alguma pessoa para cuidar da casa para ele. Ela procurou Geneva em um atlas e descobriu que era no centro da região de Finger Lakes, e achou que era um local agradável. Talvez, ela gostava de pensar, a carreira dele estivesse dando um tempo, de novo como a de Grant em Galena; a última mensagem dele tinha o carimbo postal de Hornell, Nova Iorque, que fica a certa distância de Geneva e é uma cidadezinha muito pequena; de qualquer modo, ele certamente se encontra naquela região do país, em uma cidadezinha ou outra.

© *Copyright* desta tradução: Editora Martin Claret Ltda., 2018.

Direção
MARTIN CLARET

Produção editorial
CAROLINA MARANI LIMA / MAYARA ZUCHELI

Diagramação
GIOVANA QUADROTTI

Ilustração de capa e projeto gráfico
FABIANO HIGASHI

Preparação
LENITA RIMOLI ESTEVES

Revisão
MAYARA ZUCHELI

Impressão e acabamento
GEOGRÁFICA EDITORA

A ortografia deste livro segue o novo Acordo Ortográfico da Língua Portuguesa.

Dados Internacionais de Catalogação na Publicação (CIP)
(Câmara Brasileira do Livro, SP, Brasil)

Fitzgerald, F. Scott, 1896-1940.
Suave é a noite / F. Scott Fitzgerald; tradução e notas: Solange Pinheiro. — São Paulo: Martin Claret, 2019.

Título original: *Tender is the night*.

ISBN 978-85-440-0221-6

1. Ficção norte-americana I. Pinheiro, Solange II. Título

19-26219   CDD-813

Índices para catálogo sistemático:

1. Ficção: Literatura norte-americana 813
Cibele Maria Dias – Bibliotecária – CRB-8/9427

EDITORA MARTIN CLARET LTDA.
Rua Alegrete, 62 — Bairro Sumaré — CEP: 01254-010 — São Paulo — SP
Tel.: (11) 3672-8144 — www.martinclaret.com.br
1ª reimpressão — 2024

CONTINUE COM A GENTE!

- Editora Martin Claret
- editoramartinclaret
- @EdMartinClaret
- www.martinclaret.com.br